충의사에 있는 계백(?~660) 영정.
백제 말기의 장군. 관등은 달솔(達率)에 이름.

연무읍 구자곡 초교 뒤뜰에 있는 계백장군 동상(왼쪽)과 부여 군청 앞 계백장군 동상(오른쪽).

계백묘. 논산군 부적면 신풍리 수락산의 나지막한 언덕에 있다(왼쪽).
부여군 부여읍 쌍북리에 있는 백제시대의 산성으로 사비성이라고도 한다(오른쪽).

부여 궁남지 근방의 5천 결사대 출정 동상.

황산벌 전경(왼쪽)과 황산성터(오른쪽).
신라군이 사비성으로 가기 위해서는 반드시 거쳐야 하는 곳이 황산벌이었던 만큼 황산벌 주변에 자리하고 있는 산성들은 신라군에 대한 방비를 목적으로 축조되었을 것으로 보인다.

김유신 동상.

흥무대왕 김유신의 위패와 영정을 모신 사당인 길상사(왼쪽).
재매정(財買井). 경주시 교동에 있는, 김유신이 살았다는 집의 유허(遺墟)(오른쪽).

백제의 충신이었던 성충·흥수·계백을 기리기 위해 지은 사당인 삼충사(왼쪽 위). 해마다 양력 4월에 계백장군 제례를 거행하는 충장사(오른쪽 위). 백제의 계백을 비롯한 흥수, 성충, 복신, 도침, 혜오화상, 곡나진수, 억례복유의 8충신과 황산벌에서 항전한 백제 5천 결사대의 위패를 봉안하고 있는 팔충사(왼쪽 아래). 계백장군을 주향(主享)으로 모신 사당인 충곡사(오른쪽 아래).

백제군사박물관에 백제군의 모습(왼쪽). 3천 궁녀의 한과 넋이 서려 있는 백마강(오른쪽).

계백 1권

계백 1권

1판 1쇄 인쇄 | 2011. 7. 20
1판 1쇄 발행 | 2011. 7. 25

지은이 | 이원호
본문 사진 | 신웅섭
펴낸이 | 박연
펴낸곳 | 한결미디어

등록일자 | 2006. 7. 24.
등록번호 | 제 313-2006-000152호
주 소 | 서울 마포구 용강동 469 하나빌딩 3층
전 화 | 02)704-3331 팩 스 | 02)704-3360

ISBN 978-89-93151-29-9 04810
ISBN 978-89-93151-28-2 (세트)

계백 1권

한결미디어

저자의 말

서기 660년 7월 10일, 백제장군 달솔(達率) 계백은 5천 결사대를 이끌고 신라 대장군 김유신의 5만 군사와 대적했다. 그는 이미 자신의 처자식을 베어 죽이고 출전한 길이었으니 이승에서의 인연과 미련을 모두 버렸다. 그리고 그는 5천 결사대에게 말한다.

"옛적 월왕 구천은 5천 군사로 오나라 70만 대군을 물리쳤다. 너희들은 마땅히 죽기로 분투하여 국은에 보답하라."

백제군은 과연 죽기를 각오하고 싸워 신라군을 네 번이나 격퇴시켰으나 결국 전멸되었다. 계백은 5천 군사를 3군으로 나누었는데 좌군은 황령 산성에서 밀려 시장골에서, 우군은 모촌리 산성에서 후퇴하여 충곡리에서, 그리고 계백의 중군은 황산벌 끝쪽의 청동리 산성에서 전멸했다. 이때 살아 포로가 된 군사는 20여 명뿐이었다. 이 싸움을 끝으로 백제는 7월 18일, 678년의 사직을 마감하게 되었으니 실로 처절하게 대미(大尾)를 장식한 계백은 백제의 상징이 되었다. 또 백제인의 기상도 되었다.

역사는 승리자에 의하여 이어져 왔고 패자의 기록은 묻혀지고 지워지기 마련이지만 계백의 용명(勇名)은 1천3백여 년이 지난 오늘날에도 한국인의 가슴에 꿋꿋하게 심어져 있는 것이다.

7세기 중반기의 한반도 삼국 정세는 반도의 북쪽과 요동의 웅주(雄主)인

5

고구려와 반도 남부를 동서로 분할한 신라와 백제간의 끊이지 않는 전란의 시기였다. 그러나 백제는 무왕 이후로 왕권을 급속히 강화시키면서 국력이 강성해졌다. 당 태종 이세민이 정권을 잡고 내치에 힘을 기울이는 동안 백제는 고구려와 연합하여 신라를 위협했다. 의자왕 2년에는 신라의 40여 성을 함락시켰고 의자왕 9년에 이르기까지 집권 초기의 9년 동안 신라를 6번이나 공격하여 영토를 확장했던 것이다. 그러나 백제국 중흥(中興)의 시기로 보였던 이때로부터 10년도 되지 않아 의자왕은 당의 장군 소정방 앞에 무릎을 꿇는다.

'백제는 스스로 망한다'는 말이 국내외로 퍼져 나간 지 얼마 되지 않아서였다.

이 시기에 태어난 계백은 백제의 귀족인 대성 8족(大姓八族)이 아니면서도 제2품 관등인 달솔에 올랐고 황산벌 싸움에서는 제1품 관등 좌평을 휘하에 두고 싸웠다. 왕의 신임이 없었다면 불가능한 일이었고 그만큼 무용(武勇)이 뛰어났기 때문일 것이다.

소설 계백을 쓰면서 꼭 써야 할 책을 쓴다는 기쁨이 있었던 반면에 조건없는 미화(美化)를 스스로 경계하는 마음으로 무겁기도 했다.

나는 장군이자 인간 계백을 쓴 것이다.

비운의 왕을 위해 모든 것을 버린 용장 계백의 짧은 인생을 기록 사이로 살을 붙여 드러낸 것이다. 수년 동안 자료를 모아주신 여러분께 감사드리며 계백 장군의 영전에 이 책을 올린다.

2011년 7월

이원호

3국(고구려, 백제, 신라) 2주변국(당, 왜) 연표도

년(年)	국(國)	왕(王)	사 건 내 용
618	수	양제	- 이연에게 멸망당함
	당	이연	- 당을 건국함
618	당	고조	- 당의 고조 이연이 둘째 아들 이세민에 의해 폐위 당함 - 이세민이 제위에 오름(태종)
621 623	신라	진평	-신라와 당이 연맹을 이룸 -신라가 임나를 공격하여 귀속시킴 (대마도, 일기도 두성이 신라의 영토가 됨)
629	당	태종	- 학사 1300간을 지어 당의 문화진흥을 꾀함 -왜국을 나, 당 연합군으로 끌어 들이기 위해 신주지사 고표인을 외국에 파견함
642	고구려	영류왕 보장왕	- 연개소문이 당에 굴종적인 영류왕을 제거하고 그 아우 보장을 옹립함
	백제	의자	- 무왕의 뒤를 이어 태자 의자가 즉위함 - 신라의 40여 성을 공취하여 대야성을 쳐서 성주 김품석 부부를 살해함
	신라	선덕	- 김춘추가 고구려 장군 연개소문에게 동맹제의, 고구려는 김춘추의 제의를 거절하고 백제와 동맹함
643	백제/고구려	의자/보장	- 동맹군이 신라와 당의 교통로인 당항성 공격
	신라	선덕	- 대마도 방면의 군사를 당항성으로 급파함
	백제	의자	-임나(대마~일기도)지방을 탈취함
645	당	태종	- 30만 정병으로 고구려 안시성 포위, 공격, 패퇴함
	신라	선덕	- 일본의 서부(浦掛水門)에 진군, 왜군을 대파함
648	신라	진덕	김춘추가 입당하여 당태종과 '신라와 당이 협력하여 백제와 고구려를 멸하고 대동강 이남의 땅을 신라의 영토로 하고 그 이북의 땅을 당이 점령한다'는 약속을 함
	대화국(大和國)	효덕	견당사를 파견함(신라에 딸려 보냄)
649	당	태종	- 태종 이세민 사망. 연이은 고구려와의 전투에서 국력과 심신이 피폐함. 요동의 전쟁을 중지하라고 유언함
650	대화국(大和國)	효덕	왜국의 백제 왕족과 그 일파가 휘펑 소동을 일으켜 왕궁에 침입하여 신라계 효덕왕을 축출함
654	신라	진덕 태종무열왕	- 여왕 사망 - 김춘추가 왕위에 오름
655	백제/고구려	의자/보장	동맹군이 신라 33개 성을 공략함
	웅신조	제명	- 신라계 효덕왕이 살해되고 백제 무왕의 딸인 황극 여왕이 즉위함
657	백제	의자	- 서자 40명을 좌평에 임명하고 식읍을 줌
658	고구려	보장	- 당의 영주도독겸 동위도호 정명진과 우령군 중랑자 설인귀가 군사를 이끌고 침공하였으나 패퇴함
659	백제	의자	- 여우들이 떼지어 궁중에 들어옴. - 왕이 신라의 독산, 동잠, 두성을 공격시킴
660	당	고종	- 당과 신라 연합군 18만의 공격을 받음
	신라	태종무열왕	- 계백의 5천 결사대가 황산벌에서 전멸당함(7월 10일)
	백제	의자	- 의자왕이 태자와 함께 웅진성에서 나와 항복함(7월 18일)

고구려, 백제, 신라, 왜국의 관등

	백제의 관등	신라의 관등	고구려의 관등(한원)	왜국의 관위 (椎古 11년, 603년)
품	관 직	관 직	관 직	관 직
1품	좌평(佐平)	이벌찬(伊伐湌)	대대로(大對盧)	대덕(大德)
2품	달솔(達率)	이찬(伊湌)	태대형(太大兄)	소덕(小德)
3품	은솔(恩率)	잡찬(迊湌)	울절(鬱折)	대례(大禮)
4품	덕솔(德率)	파진찬(波珍湌)	대부사자(大夫使者)	소례(小禮)
5품	한솔(汗率)	대아찬(大阿湌)	조의두대형(早衣頭大兄)	대신(大信)
6품	나솔(奈率)	아찬(阿湌)	대사자(大使者)	소신(小信)
7품	장덕(將德)	일길찬(一吉湌)	대형가(大兄加)	대의(大義)
8품	시덕(施德)	사찬(沙湌)	발위사자(拔位使者)	소의(小義)
9품	고덕(固德)	급벌찬(組伐湌)	상위사자(上位使者)	대지(大智)
10품	계덕(季德)	대나마(大奈麻)	소형(小兄)	소지(小智)
11품	대덕(對德)	나마(奈麻)	제형(諸兄)	
12품	문독(文督)	대사(大舍)	과절(過節)	
13품	무독(武督)	사지(舍知)	부절(不節)	
14품	좌군(左軍)	길사(吉士)	선인(先人)	
15품	진무(振武)	대오(大烏)		
16품	극우(克虞)	소오(小烏)		
17품		조위(造位)		

백제와 담로 백제군(郡)

왜국 전도

차례

제1장 가잠성의 혼(魂)

백제 무왕(武王) 19년(서기 618년) 5월,

한낮의 햇볕을 맞으며 가잠성주 국강은 성벽 위에 서서 아래를 내려다보았다. 산봉우리를 감싼 퇴뫼식 산성이었으므로 아래쪽이 다 드러났다. 경사면 위에 쓰러진 신라군의 시체 10여 구는 아직 치워지지 않았다. 바람 한 점 없는 맑은 날씨였다. 숲과 계곡은 깊은 적막에 덮여져서 나뭇잎 하나 움직이지 않는다. 투구 밑으로 흐르는 땀을 손끝으로 씻으며 국강이 옆에선 장수를 바라보았다.

"변품이 서두르고 있다. 이미 사흘을 허비했으니 애가 탈 것이야."

그가 뱉듯이 말을 이었다.

"7천이면 대군이다."

"그렇습니다. 그 병력이면 능히 모산성과 현도성을 짓밟고 득안성까지 진출할 수 있다고 생각했겠지요."

그렇게 말한 장수는 그의 부장 계백영(階伯永)이다. 부리부리한 두 눈에 짙은 수염이 얼굴을 덮은 그의 관등은 7품 장덕(將德)이었다.

"변품이 이곳에 집중하는 것이 차라리 다행입니다, 장군."

계백영과는 달리 왜소한 체구에 흰 얼굴의 국강이 쓴웃음을 지었다. 그는 백제의 동북방 6개 성의 군(軍) 지휘관인 군장(郡將)으로 관등은 4품 덕솔(德率)이다. 사흘 전, 신라장군 변품은 7천 군사를 거느리고 가잠성을 공격해 온 것이다. 사비수 상류에 자리잡은 가잠성은 신라와의 국경지대에 위치한 군사요충지여서 전화(戰禍)가 끊기지 않는 곳이다. 바람을 가르는 소리와 함께 살 한 대가 날아와 계백영의 앞쪽 돌벽에 맞고는 튀겨 나갔다. 아래쪽 숲에 숨은 신라군 궁사가 쏜 것이다.

"장군, 진으로 물러나 계시지요. 적이 움직일 것 같습니다."

투구창 밑으로 아래쪽을 쏘아본 계백영이 말을 마친 순간이었다. 풀숲을 젖히며 신라군이 일제히 모습을 드러냈다. 북과 고각소리가 산을 울렸고 깃발이 어지럽게 흔들렸다. 나무방패로 전신을 가린 신라군은 횡대로 늘어서서 진군해 온다. 살이 하늘을 덮을 듯이 쏟아져 내렸다. 그러자 성 안에서도 빠른 북소리가 났다.

"기다려라!"

돌벽에 몸을 가리고 선 계백영이 고함을 쳤다. 그가 빼든 칼날이 햇빛을 받아 반짝였다.

"오십 보 거리에 올 때까지 쏘지 말아라!"

"장덕, 이곳을 너에게 맡긴다."

국강이 날아온 살을 몸을 틀어 피하면서 소리치듯 말했다.

"오늘은 일찍 시작하는구나."

"염려 마십시오."

신라군의 중앙 부분이 갈라지면서 한 아름이 넘는 나무기둥의 뾰족한 끝 부분이 드러났다. 기둥의 양쪽을 메어 든 4, 50명의 군사들은 곧장 성문으로 달려들 것이었다. 살이 빗발 쏟아지듯 주위에 떨어졌고 뒤쪽에서 억

눌린 신음소리가 났다. 신라군은 북소리에 맞춰 한 걸음씩 전진해 오고 있었다. 어깨의 쇠갑옷을 철그렁거리면서 도이가 계백영의 옆으로 다가왔다.

"주인, 신라군은 기병까지 공격에 참여시켰소이다."

그는 성벽을 넘어 신라군의 진용을 살피고 온 것이다. 그는 계백영 집안의 종이다. 검은 피부에 뼈대가 굵은 그는 마흔다섯 살쯤 되어서 계백영보다는 열 살 정도 위였다.

"변품이 중군에서 독전을 하고 있소."

성벽에 몸을 기댄 궁사들이 모두 그의 얼굴을 바라보고 있었다. 아직 이쪽에서는 살 하나 날지 않았다. 외성의 방비는 그의 지휘하에 있는 것이다. 신라군은 이제 오십 보 거리에 다달았다. 돌덩이만 어지럽게 흐트러져 있는 평지에 나온 것이다. 계백영은 칼을 번쩍 치켜들었다.

"돌을 쏘아라!"

그 순간 뒤쪽의 휘어 늘어뜨린 나무기둥 위에 얹어놓은 머리통만한 돌덩이들이 우박이 쏟아지듯 신라군을 향해 퍼부어졌다.

"살을 쏘아라!"

방패로 돌을 막았지만 위력이 세어서 신라군의 대열은 흐트러졌다. 몸이 드러났고 그 틈으로 살이 집중되었다. 그러나 신라군은 10여 명의 사상자를 낸 채로 다시 대열을 정비하고는 정연하게 밀려왔다. 거리는 삼십 보도 되지 않는다.

"불화살이다!"

계백영이 다시 소리치자 대궁에 불덩이를 붙인 살이 날아가 불씨를 흩트렸다. 기름에 젖은 불씨는 금방 방패를 덮는다.

"옵니다!"

도이가 소리쳤다. 기둥 끝을 앞세운 신라군이 무서운 기세로 달려들고 있었다. 성벽 위에서 그쪽으로 집중하여 살을 날렸으나 속도가 줄지 않았다.

"우직!"

소리와 함께 계백영은 자신의 발밑이 흔들리는 것을 느꼈다. 성문은 열리지 않았지만 깨어졌다.

"쏟아라!"

악을 쓰듯 계백영이 소리치자 성벽 위에서 끓는 물이 쏟아졌다. 그제야 신라군의 대열이 흐트러졌다. 그러나 물러나지는 않는다.

"와앗!"

성벽 위에서 백제군이 함성을 지르자 신라군이 질세라 맞받아 함성을 뱉었다. 이제 신라군은 성벽의 이곳저곳에 나무 사다리를 걸치는 중이었고 백제군은 칼과 창을 휘두르며 그것을 막는다. 혼전이다. 어깨에 살이 꽂힌 군사 하나가 허덕이며 달려왔다. 전령이다.

"장덕! 우측 성벽에 신라군이 벌써 올랐소!"

우측 성벽의 지휘자는 9품 벼슬의 고덕(固德) 회선이다.

"도이! 네가 가라!"

계백영이 소리치자 도이가 주변에 있던 군사 10여 명을 이끌고 달려갔다. 그의 뒤를 따르려던 전령의 목에 살이 꽂혔다. 계백영은 발밑에 쌓아놓은 바위덩이 하나를 들어 아래로 던졌다. 살 한 대가 날아와 투구를 때리고 튀겨 났다. 사비성으로 전령을 보냈지만 지원군이 올 기약은 없다. 신라군은 이제 6천쯤 되겠으나 이제 아군은 종들까지 포함해서 1천2백이 안 된다. 그는 내려놓았던 칼을 들어 마악 성위로 상반신을 내어놓은 신라군의 어깨를 내리쳤다.

비늘 갑옷에 금장식이 달린 투구를 쓴 변품은 백 보 앞쪽의 성문을 바라보며 서 있었다. 주위에 늘어선 호위무사들이 방패로 그의 몸을 가려주고 있었으나 이제 살은 날아오지 않았다. 성벽 주위는 격렬한 혼전상태에 빠져 있었다. 북과 고각이 쉴 새 없이 울렸고 함성과 기합, 서로 부르고 답하면서 꾸짖고 비명을 지른다. 몸을 돌린 변품이 옆에 선 해론을 바라보았다.

"해론, 지금이다. 쳐라."

"예, 장군."

6척 장신에 가죽갑옷을 입은 늠름한 모습의 해론은 18세의 화랑으로 7년 전 이곳 가잠성에서 죽은 현령 찬덕의 아들이다. 허리에 찬 칼을 빼든 해론이 뒤에 선 일단의 군사들을 돌아보았다. 기병대장으로 출정한 해론은 지금 말을 버리고 보군이 되었다.

"자, 가자!"

해론이 앞으로 내달으며 외치자 기병단 5백여 명이 한 덩어리가 되어 뒤를 따랐다. 날아오는 살을 칼날로 쳐내면서 해론이 겨누고 돌입한 곳은 우측 성벽이다. 우측은 경사각이 낮은 데다 이쪽 충차의 공격으로 한쪽 부분이 허물어졌다. 어제의 공격에서 신라군은 성벽위에까지 올라섰다가 밀려왔던 것이다. 한달음에 성벽 밑으로 다가간 해론은 방패로 상반신을 가리고는 허물어진 부분으로 뛰어들었다. 원래 성벽은 두 길 높이였으나 지금은 한 길 반쯤이 되어 있었다.

"와앗!"

뒤쪽의 부하들이 일제히 함성을 지르며 뒤를 따른다. 돌덩이를 방패로 막으며 해론은 몸을 솟구쳐 성벽 위로 뛰어올랐다. 그리고는 찔러 온 백제군의 창을 비키고서 몸을 가누었다.

"와앗!"

성벽 위에 늠름하게 선 해론의 모습을 보자 신라군은 산이 떠나갈듯한 함성을 질렀다.

"아아!"

백제군사 하나가 온몸의 기력을 창끝에 모으고는 살같이 달려들었다. 해론은 선뜻 발을 옆으로 떼면서 비키고는 칼을 후려쳐 군사의 어깨를 베었다. 다시 칼날이 번쩍이며 날아들었고 해론은 칼등으로 받아 넘기면서 성벽 안으로 뛰어내렸다. 신라군은 이제 성벽 위로 모습을 드러냈다. 뒤쪽의 함성을 들으면서 해론은 눈을 치켜 떴다. 이제 우측 성벽은 점령한 것이다. 다시 날아온 칼끝을 피하면서 백제 군사의 아랫배를 깊숙이 찌른 그가 허리를 폈을 때였다. 그는 그에게로 달려오는 일단의 백제군을 보았다. 원군이다. 앞장 선 장수는 장검을 휘두르고 있었는데 기세가 사나웠다.

"나는 백제군 장덕 계백영이다!"

우렁찬 고함과 함께 그는 앞을 가로막는 신라군사 한 명의 허리를 베었다. 그러나 그의 시선은 해론에게서 떨어지지 않는다.

"이름과 나이, 관등을 대라!"

"나는 신라군 화랑 해론."

날카로운 목소리로 외친 해론이 칼을 치켜들고 다가갔다.

"계백영, 네 목을 받아주마."

해론과 계백영의 칼날이 날카로운 쇳소리를 내며 부딪쳤다. 성벽위는 이제 양군의 혼전상태가 되어 있었다. 백제군의 원군으로 아직 점령되지 않은 것이다.

"이 젖내 나는 놈이!"

계백영이 맞부딪친 칼날을 떼지 않고 칼을 쥔 손에 가득 힘을 주어 밀었다.

"이놈."

해론도 두 손에 힘을 주었다. 그들의 주위는 처참한 살육전이 일어나고 있었다. 가쁜 숨을 몰아쉬던 계백영은 문득 자신의 힘이 떨어지는 것을 느꼈다. 이쪽은 삼십대 중반의 장년인데 해론은 혈기가 왕성한 청년이다. 계백영은 땀으로 범벅이 된 얼굴을 들고 빙긋 웃었다.

"아이놈, 죽어라!"

뱉듯이 말한 계백영이 선뜻 칼을 쥔 손의 힘을 빼면서 한 발짝 물러서자 해론의 몸이 와락 앞으로 쏠려졌다. 그 순간 몸을 비킨 계백영의 칼날이 해론의 뒷목을 내리쳤다.

저녁 무렵, 성벽 위에까지 진출했던 신라군은 화랑 해론의 전사로 기세가 꺾여 퇴각했다. 그러나 백제군도 1천2백에서 전투인원이 6백으로 줄어 있었다. 나흘 전 2천의 병력에서 이제 삼분지 일로 줄어든 것이다. 외성의 우측 성벽 보수작업을 감독하는 계백영에게 도이가 다가왔다.

그는 한쪽 팔에 피가 배인 헝겊을 동여매고 있었다.

"주인, 군장께선 더 이상 왕성으로 전령을 보내시지 않을 것 같소이다."

도이가 나무그릇에 담긴 마른 말고기를 내밀었다.

"군사들도 모두 그것을 알고 있어서 사기가 낮습니다."

가잠성은 사방 1리(500m)정도의 요새로 민가는 아래쪽 벌판에 있다. 따라서 성안에는 병사들뿐이어서 백성들의 동요를 걱정할 필요는 없다. 계백영이 말고기를 집어 씹었다.

"대왕께서도 생각이 있으실 터이니 네놈은 입을 닥쳐라."

"예, 주인."

그들은 잠시 성벽 위에 서 있었다. 군사들은 땅바닥에 앉아 말린 고기와 더운물로 배를 채웠다. 떨어진 살을 주워담는 종들의 등위로 비스름한 저녁 햇살이 덮여 있었다. 오후의 전투에서 백제군은 두 명의 부장급 장수를 잃었는데 고덕 회선도 그 중의 하나였다. 성벽 아래에서부터 숲에 이르는 백여 보 정도의 공지에는 수백 명의 신라군이 쓰러져 있었다. 그 중 몇 명은 허리를 세우고 앉아 있거나 하반신을 끌며 아래쪽으로 기어가고 있었지만 내버려두었다. 밤이 되면 신라군은 시체와 부상자를 모두 수습해 갈 것이었다.

"주인, 내일을 넘기기가 어렵습니다."

문득 도이가 말했으므로 계백영은 물그릇을 입에서 떼었다. 그러나 담담한 표정이었다.

"전령이 네 번이나 떠났으니 대왕께서도 이곳의 위급함을 알고 계실 것이야. 놈들을 나흘 동안 막았다면 군성의 값어치는 충분히 했다."

뒤쪽에서 병사 한 명이 내달아왔다.

"장덕, 군장께서 부르시오."

국강은 진막 안에서 5품 간솔(迁率)인 종위와 마주 앉아 있었는데 이마에 피문은 헝겊을 동였다. 살이 스친 것이다. 계백영이 들어서자 그는 앞쪽의 걸상을 가리켰다.

"장덕, 앉게."

그는 백제의 대성 8족(大姓八族)중의 하나인 국(國)씨로 문벌이 뛰어난 집안 출신이다. 그가 입을 열었다.

"이제 싸울 수 있는 장졸은 기병 1백과 보군 4백 정도이다. 신라군의 한 차례 공격에도 당해 내지 못할 것이야."

국강이 가라앉은 시선으로 그를 보았다.

"장덕, 우리는 오늘밤 남은 군사를 모아 변품의 본진을 친다. 그대가 선봉을 맡겠는가?"

계백영이 짙은 수염 사이로 흰 이를 드러내며 웃었다.

"감사합니다. 장군."

"그대는 기마군 1백 명을 이끌고 진입한다. 그 뒤를 중군으로 내가 잇고 후위는 간솔이다."

"알겠습니다."

"다행히 그믐날이다. 말발굽을 헝겊으로 싸매고 갑옷의 쇠장식도 떼도록, 흰 띠를 팔에 매어서 아군을 구별하게 하라."

"예, 장군."

국강이 미리 준비해 놓은 술병을 들더니 계백영과 종위의 잔에 술을 따랐다. 그의 얼굴에 잔잔한 웃음기가 띄워져 있었다.

"술병 하나가 남아 있었어."

술잔을 든 계백영은 국강이 변품을 치고 나서의 지시를 내리지 않았다는 것을 알고 있었다. 그는 한 모금 술을 삼켰다. 자신도 물을 생각이 없는 것이다.

"장덕."

잠자코 앉아 있던 간솔 종위가 그를 불렀다. 그는 군장 국강의 보좌역으로 가슴까지 덮인 긴 턱수염 한쪽이 불에 그을려 있었다.

"야습으로 성을 나가는 군사 중에 왕성으로 보낼 전령이 있네. 가족에게 전할 말이나 물건이 있다면 만나보게."

"없습니다."

머리를 저은 계백영이 국강에게 빈 잔을 내밀었다.

"장군, 술이나 한 잔 더 주십시오."

"늦게 아들을 낳았다면서?"

술잔을 채우며 국강이 묻자 계백영이 빙긋 웃었다.

"한 살도 안 된 어린 자식놈이라 전하고 줄 것도 없소이다."

"그렇군."

국강과 종위가 이끌리듯 얼굴을 펴고 웃었다.

휘하 군관들에게 야습준비를 시킨 계백영은 막사에 혼자 앉아 있었다.

어느 쪽에선가 뻐꾸기가 울다가 곧 그쳤다. 성주와 마신 술기운은 어느덧 가셨으나 눈꺼풀이 무거워졌으므로 그는 문득 쓴웃음을 지었다. 생사가 경각에 달린 상황에서도 잠이 오고 술이 고픈 것이다. 머리를 든 그는 앞쪽을 쏘아보았다. 자식의 얼굴이 떠오른 것이다.

"계백가문을 이어갈 놈이다."

전내부 관리로 시덕벼슬을 살고 있는 계백이정이 한 말이다. 그는 계백영의 형으로 소생은 딸만 둘이었다.

"이놈을 백제국 제일 가는 무장으로 키우겠다."

태어난 지 한 달밖에 되지 않은 아이를 보며 계백이정은 결연하게 말했었다.

"너와 나는 이놈을 위해 기반을 만들어 줘야만 한다."

계백 씨는 토호가문으로 대성 8족의 반열에 들지 못하는 것이다. 아이는 아직 이름도 짓지 않았으나 무럭무럭 자랐고 일 년이 된 지금은 비틀대며 걷는다. 아비도 알아보아서 방긋방긋 웃었는데 이곳으로 떠나기 전에는 웬일인지 품에 안겨 마구 울었다. 길게 숨을 뱉은 계백영은 무명띠로 이마를 동여맸다. 전투 중에 땀을 닦을 겨를이 없는 것이다.

"이놈을 사내로 키우시오."

집을 나설 적에 그가 부인에게 한 말이다. 심지가 깊고 말수가 적은 그의 부인 협 씨는 그저 눈시울을 내렸다가 드는 것으로 대답을 대신했다. 전장으로 여러 번 출정을 했지만 협 부인은 한번도 무사히 다녀오라는 말을 한 적이 없다. 그렇다고 남편의 생사에 초연한 것도 아니어서 돌아온 날은 품에 안겨 꼭 울었는데 전란을 끼고 사는 무장(武將)의 아내인 것이다.

"잘 키울 것이다."

문득 혼잣소리처럼 말을 뱉은 계백영은 여려진 자신을 탓하듯이 헛기침을 했다.

　사비수(泗沘水) 하류의 사비성은 부소산 자락을 깔고 세워진 백제의 왕성이다. 웅진에서 사비로 천도를 단행한 성왕(聖王)은 웅진시대 사회혼란을 야기했던 귀족세력의 발호를 억눌러 왕권을 강화해 나갔다. 22부사의 설치, 5부(部) 5방(국)제도, 16관등제도가 확립되었다. 무왕시대에 이르러서는 5부(部) 37군(郡) 200성(城) 76만 호, 620만의 내륙인구를 가진 강국이 되어 있었고 22담로제로 요서의 영지를 관리했다. 웅진천도가 고구려의 압박에 밀린 천도라면 성왕의 사비천도는 개혁과 도약을 위한 천도였던 것이다. 그러나 성왕이 관산성 싸움에서 신라군에 잡혀 죽은 지 어언 60여 년, 위덕왕, 혜왕, 법왕에 이를 때까지 왕권은 다시 대성 8족에 의해 장악되었다가 무왕대에 이르러 왕권이 다시 강력하게 발휘되기 시작했다. 신라와의 잦은 전쟁으로 국력이 소모되고 있었으나 동방의 강국이다. 무왕 3년(602년), 세도가 당당했던 좌평 해수가 4만 정병을 이끌고 출병했다가 신라의 진품과 무은에게 대패하여 단기로 돌아왔다. 그 이후로 무왕은 귀족들의 발호를 견제하여 더욱 왕권을 강화시킬 수가 있었던 것이다.

　사비성의 대왕전 안이다. 저녁 무렵이어서 한 아름드리 둥근 기둥이 열두 개씩 좌우로 세워진 거대한 전 안은 환하게 능이 켜져 있었다. 왕은 안쪽 붉은 계단 위의 금칠을 한 옥좌에 앉아 있었는데 붉은색 비단옷에 금관을 썼다. 햇볕에 탄 얼굴이었으나 곧은 콧날에 두 눈에는 정기가 흐른다. 대왕전 안은 숨소리조차 들리지 않는 무거운 정적에 덮여 있었다. 다섯 좌평 중에 병이 난 사비연을 뺀 네 좌평이 앞줄에 시립했고 방령이나 외근부로 나가 있는 사람을 제외한 제2급품 달솔 10여 명도 모두 모였다. 품관 순으로 늘어선 신하는 1백여 인이 넘는다. 왕이 입을 열었다.

"기병 5천은 내일 아침에 떠나도록 되었으나 가잠성에 닿는 것은 닷새 후가 된다. 그동안 국강이 견디어 낼지 걱정이야."

그러자 관모에 은장식을 단 좌평 목보가 입을 열었다. 그가 사군부 장리 겸 병관좌평인 것이다.

"대왕, 진평의 목적은 재작년에 잃은 모산성과 가잠성을 탈취하여 서쪽 국경의 주도권을 잡으려는 것입니다. 가잠성을 잃는다면 모산성도 흔들릴 것이옵니다."

"국강이 사흘을 버텼으니 변품의 7천 군사는 2, 3천이 꺾였을터, 모산성 까지 나오지는 못할 것이다."

왕의 표정이 어두워졌다. 가잠성의 급보를 받고 서둘러 군사를 모았으나 겨우 나흘 만에 군사를 출정시키게 된 것이다.

"가잠성이 떨어졌다면 변품의 퇴로를 막고 보군을 기다리도록, 김진평이 지원군을 보낼지도 모른다."

"알겠사오이다, 대왕."

왕의 시선이 옆쪽의 달솔에게로 옮겨졌다.

"백기, 가잠성은 며칠이나 견디겠느냐?"

넓은 어깨에 키가 6척이 넘고 볼에 칼자국이 있는 사내가 한 걸음 앞 으로 나섰다. 그는 2년 전에 8천 명 군사로 신라의 모산성을 탈취한 용 장이다.

"대왕, 오늘로 나흘째이니 앞으로 하루 이틀 후에는 떨어질 것 같사오 이다."

"국강이 그렇게 녹녹할까?"

"성이 낮은 데다 좁아서 포위가 쉽사오이다."

왕의 표정이 다시 어두워졌다.

그러나 가잠성은 무왕 12년인 7년 전에 신라를 쳐서 빼앗은 성이다. 서로 뺏고 빼앗기를 되풀이해서 국경이 수시로 바뀌었으니 득실 계산이 어렵다. 시선을 든 왕이 대왕전 밖의 뜰을 바라보았다. 이미 밖은 어두웠다. 무왕 19년이니 이 해는 서기 618년으로 당 고조 이연이 당을 건국한 해이며 고구려의 영류왕이 즉위한 해인 동시에 신라 진평왕 40년이다.

말재갈 위로 헝겊을 씌우고 난 도이가 계백영에게로 머리를 돌렸다. 어둠 속이어서 두 눈의 흰 창이 두드러졌다.

"주인, 변품을 치고 다시 성으로 돌아옵니까? 아니면 산을 내려가 모산성이나 현도성으로 갑니까?"

가죽갑옷 위에 띠를 매고 있던 계백영이 움직임을 멈추었다.

"성으로 돌아오지 않는다."

"그렇다면 모산성이군요. 60리 떨어져 있으니 내일 아침에야 들어갈 수 있겠습니다."

계백영은 어깨를 덮은 철갑을 떼어 땅바닥에 내려놓았다. 그러자 가죽 어깨 덥개와 몸통 받침만 두르고 두 자루의 칼을 찬 경장 차림이 되었다.

"주인, 공자님 이름을 아직 짓지 않으셨소이다. 생각해 두신 이름이 있습니까?"

말의 안장을 조이면서 도이가 또 물었다. 야습을 눈치채지 못하도록 성 안의 군사들은 발자국 소리도 죽이고 있다. 계백영이 두구끈을 묶으면서 혀를 찼다.

"도이, 오늘따라 말이 많구나."

"생각하신 이름을 말해 줍시오."

"없다. 그냥 계백이다."

"예, 그냥 계백, 성도 이름도 계백."

가죽갑옷 차림의 장수 두 명이 다가왔다. 계백영의 지휘를 받게 될 기마군의 대장들이다.

"장덕, 준비가 끝났소."

"성주께 알려라."

말고삐를 쥔 계백영이 말에 오르자 도이가 그를 올려다보았다.

"주인, 계백 공자님을 무장으로 키우실 생각이시지요?"

계백영이 별 한 점 없는 하늘을 올려다보았다.

"그렇다. 백제국의 장수로."

"계백가문의 이름을 떨치도록 말입니까?"

"가문 같은 것은 필요 없다. 왕께 충성하는 신하면 된다."

뱉듯이 말한 계백영이 말고삐를 잡아채어 늘어선 기마군의 대열 앞으로 다가갔다. 도이가 서둘러 따라와 고삐 한쪽을 쥐었다. 눈을 치켜 뜬 얼굴이다.

"주인, 공자님께 남길 말씀을 줍시오."

"없다."

"주인, 마님께라도,"

"이놈, 물러서라."

이를 악문 도이가 한 걸음 물러서자 계백영은 말에 박차를 넣었다.

성안의 불은 모두 꺼 놓아서 성문을 반쯤 열었어도 신라군은 눈치채지 못한 것 같았다. 빼어 든 칼을 어깨에 걸친 계백영은 마상에 앉아 기마군을 돌아보았다. 아래쪽 숲속에서 부엉이가 울었다. 신라군의 군호인지는 알 수 없지만 주위의 정적이 더욱 짙어지는 느낌이다. 그리고 밤공기를 가득 메운 살기가 뻗치고 있다. 계백영은 가슴 가득히 들여 마신 공기를 길게 뱉어 내었다. 다음 순간 그는 칼을 높게 치켜들었다가 내렸다. 그리고는 말에 박차를 넣었다. 1백 명의 기마군이 2열 종대로 소리 없이 따른다.

성밖의 지리는 익숙했으므로 계백영이 조금 비탈진 능선 쪽으로 말을 몰았다. 나뭇잎이 얼굴을 치고 지났으며 말굽에 채인 돌멩이가 비탈로 구르는 소리도 났다. 이백 보쯤 나아가자 계백영은 앞쪽에서 분주히 뛰는 발소리를 들었다. 신라군이다. 이쪽의 야습을 눈치 챈 것이다. 눈을 부릅뜬 그는 말에 박차를 넣었다. 놀란 말이 뛰었고 그의 뒤를 한 덩어리가 된 기마군이 따른다. 변품은 기마군의 습격에 대비한 나무목책이나 함정을 준비하지 않는다. 계백영은 앞을 가로막은 나뭇가지를 후려쳐 베었다. 이제 헝겊으로 감았으나 1백 필의 말이 달리는 진동음이 땅을 울렸다. 그러나 마상의 기마군은 큰 숨도 뱉지 않았다. 그들이 오백 보쯤을 광풍처럼 숲을 헤치고 전진했을 때였다. 앞쪽에서 산을 울리는 북소리와 함께 날카로운 고각이 어지럽게 불어 젖혀졌다. 이어서 신라군의 함성이 울리면서 불덩이가 보였다. 계백영은 번쩍 칼을 들었다.

"놈들을 몰사시켜라!"

"와앗!"

기마군이 일제히 외쳤다. 숲 사이로 신라군의 횃불이 수없이 떠있었는데 제1진이다. 숲을 헤치고 나온 계백영은 칼을 휘둘러 횃불을 쥔 신라군의 어깨를 베었다. 싸움에 익숙한 말이 발굽으로 신라군 한 명을 차 넘겼고 이어 질풍처럼 달려 1진을 뚫고 나갔다. 변품의 진막은 네 겹의 보군진을 거쳐야 나오는 것이다. 그의 뒤를 기마군이 바짝 따르고 있었는데 모두 눈을 치켜 뜬 야차 같은 모습이었다.

"제2진이 뚫렸습니다."

다가온 부장 채수가 가쁜 숨을 몰아쉬며 말했다.

"장군, 백제군이 곧장 이곳으로 쳐 오고 있소이다."

"국강이 이름을 떨치고 죽으려는 것이다."

변품은 갑옷의 손목받침을 꼼꼼하게 채웠다.

"성에서 죽느니 나와 함께 동사(同死)하자는 작정이야."

시종이 말을 끌고 왔으나 그는 여유 있는 표정으로 위쪽을 바라보았다. 북소리와 함성이 숲을 가득 덮었고 무수한 횃불로 밤하늘은 벌겋게 달아올랐다.

"선봉의 기마군을 따르는 보군은 차단시켰습니다."

채수가 말하자 변품이 머리를 끄덕였다.

"기껏해야 1백여 기일 터이니 모래밭에 물이 스미듯이 놈들은 없어진다."

그 순간 바로 앞쪽의 숲에서 함성과 함께 횃불이 어지럽게 갈라졌다. 칼날이 부딪치는 쇳소리가 났고 땅을 울리는 말굽소리가 이어졌다. 이번에는 변품도 와락 긴장을 했다. 옆쪽의 근위군이 대장의 지휘하에 우르르 이쪽으로 몰려왔는데 대장은 화랑 용화이다.

"장군, 제4진까지 놈들이 밀고온 것 같습니다."

용화는 열아홉으로 오후에 죽은 해론과 형제처럼 다정한 사이였다. 말굽소리가 더욱 가까워졌고 함성과 비명이 바로 백여 보 앞쪽에서 울렸다. 이제 변품의 본진은 한달음인 것이다.

"기세가 대단하다. 4중의 보군을 뚫고 나오다니."

칼자루를 쥔 변품이 주위의 장수들을 둘러보았다.

"백제군의 선봉은 누구인고?"

그러자 대답대신 용화가 한 걸음 나섰다. 다급한 표정이다.

"장군, 근위기병을 끌고 소장이 놈들을 맞겠소이다."

"닥쳐라."

뱉듯이 말한 변품이 가늘게 뜬 눈으로 앞쪽을 쏘아보았다.

"야전이다. 만용을 부릴 필요는 없다."

그 순간 숲에서 한 필의 검정색 말이 뛰쳐나왔다. 이쪽은 횃불로 주변을 온통 밝혀 놓아서 마상의 장수가 선명하게 드러났다. 그는 칼을 높게 치켜들고 있었는데 온몸이 이미 검게 젖어 있었다. 피다.

그리고 그의 뒤를 받치는 군사도 없이 단기(單騎)였다.

"나는 백제군의 장덕 계백영이다!"

그의 목소리가 산을 울렸다.

"장하다."

변품이 그를 쏘아본 채 머리를 끄덕였다.

"내, 계백영의 이름은 들었다."

그 순간 옆에 서 있던 채수가 소리쳤다.

"쏘아라!"

이미 2백여 명의 궁사가 강궁에 살을 재어 기다리고 있던 참이다. 호령 한마디에 살은 빗발처럼 날아가 말과 사람이 순식간에 고슴도치가 되었다. 말과 함께 한 덩어리가 되어 땅바닥에 뒹굴었으나 계백영은 퉁기듯이 일어섰다. 그리고는 칼을 치켜든 채 서너 걸음을 더 떼었다.

"계백영이 변품의 목을 받으러 왔노라!"

다시 살이 날았고 계백영은 앞으로 쓰러졌으나 수십 개의 살이 꽂힌 몸으로 일어서려고 기를 썼다. 변품이 용화에게로 머리를 돌렸다.

"용사다. 네가 나가서 정중히 목을 빌어라."

계백영은 이를 악물었다. 그리고는 상반신을 세우고 일어나 앉았지만 더 이상 몸을 세울 힘은 남아 있지 않았다. 그러나 주위의 사물은 뚜렷하게 보였다. 앞쪽에 늘어선 신라군 진중은 물벼락을 뒤집어쓴 듯 조용해서 자신의 숨소리까지도 들을 수가 있었다. 그 순간 한 움큼의 피를 토해 낸 그는 붉을 입을 벌리고 웃었다.

"계백."

목구멍을 울리는 쉿소리와 함께 그는 말을 뱉었다. 바로 조금 전에 지은 아들의 이름을 부른 것이다.

"아들아, 백제국의 기둥이 되어라."

늘어선 군사들을 헤치고 1기의 가마무장이 달려오고 있었다. 건들거리는 목을 겨우 세운 계백영이 눈을 치켜 떴다. 그러나 갑자기 시야가 흐려졌고 횃불의 불빛만 어른거렸다. 말굽소리가 지척에서 그치더니 무장이 뛰어내리는 기척은 들렸다. 계백영은 마침내 두 손으로 땅바닥을 짚었다.

"대왕, 계백영은 먼저 가오."

그러나 쉿소리와 함께 입안에 고인 피가 품어져서 계백영 자신만 겨우 들었을 뿐이다.

"신라 화랑 용화가 용사의 목을 치겠소!"

찌렁이며 울리는 용화의 목소리가 정적을 깨뜨렸고 머리를 치켜든 계백영이 다시 입만 벌리고 웃었다. 이젠 소리도 나오지 않았다.

풀숲에 엎드린 도이는 의식도 없이 꿈틀거리는 계백영의 목을 용화가 쳐 떨어뜨리는 것을 보았다. 이제 주위에는 함성과 기합소리가 끊겼다. 북도 울리지 않았고 간간이 숲을 수색하는 신라군의 수하 소리만 났다. 백제군은 전멸한 것이다. 국강과 종위는 신라군의 제2진에서 차단되어 전사했으니 장수들도 모두 죽었다. 도이는 번들거리는 눈으로 신라군 화랑이 계백영의 머리를 변품에게 가져가는 것을 보았다.

"주인, 저는 돌아가겠소."

그는 계백영의 목 없는 몸을 향해 열심히 중얼대었다.

"제 손으로 계백 공자님을 기르지요. 그래서 아비 못지않은 무장으로 만들겠소."

무왕 28년 가을, 왕성인 사비성에서 사비수 줄기를 따라 북으로 20여 리를 올라가면 강가의 얕은 능선 위에 토성 하나가 세워져 있다. 강가의 흰 갈대꽃이 옅은 바람에 흔들렸고 강에는 거룻배 한척이 떠 있어서 한가로운 분위기였다. 토성은 마치 불이 타오르는 것 같은 단풍숲을 안고 능선을 따라 긴 담장을 쌓아 놓았는데 대문은 마차 두 대가 지나갈 만큼 넓었다. 지방 토호의 성이다. 대성 8족의 대부분은 사비성이나 웅진성에 기반을 둔 사(沙), 목(木), 연(燕), 국(國), 해(解), 진(眞), 백(苩), 협(劦)의 8개 성씨를 이르는 말이다. 그러나 성왕의 사비천도 이후로 사, 목, 연, 국 씨 등이 세력을 키웠고 한성시대 왕비족인 해 씨와 진 씨 등은 세력을 잃어 가는 중이었다. 이곳 토성은 계백 씨의 거성이다. 9년 전, 토성주인 장덕 계백영이 가잠성 싸움에서 목숨을 잃은 후에 성주는 열 살이 된 계백이 되어 있었다. 그는 지금 안채의 마루에 서서 마당에 선 도이를 바라보고 있다.

"도이, 나는 병법서도 읽었고 목검치기를 2백 번이나 했다. 또, 대궁을 서른 번 쏘아 과녁을 스물네 번이나 맞추었어."

열 살이니 아직 어린 목청이었으나 눈을 치켜 뜨고 얼굴을 붉힌 모습이 사나웠다. 허우대도 열댓 살 먹은 소년처럼 크고 굵다. 그가 소리치듯 말을 이었다.

"시킨 대로 다 했는데 왜 고기 잡으러 가면 안 된단 말이냐!"

도이가 굽은 허리를 폈다. 그는 이제 오십대의 장년이 되어 있어서 위로 동여맨 머리가 반쯤은 세었다.

"다시 대궁 서른 번을 쏘시고 병법서를 읽으십시오. 고기잡이는 안 됩니다."

"난 고기를 잡겠다."

"이제 고기잡이는 안 됩니다."

마당을 지나던 종들이 그들을 힐끗거렸으나 요즘 자주 일어나는 일이어서 크게 관심을 보이지 않았다. 그러자 계백이 옆쪽 벽에 걸어 놓은 대궁을 쥐어 들었는데 능히 사슴을 잡을 만한 크기의 반월형 대궁이다. 그는 날카로운 쇠촉이 박힌 살을 시위에 꿰더니 와락 당겼다. 화살촉이 도이의 가슴을 겨누고 있다.

"도이, 못 가게 하면 쏘겠다."

마당에 있던 10여 명의 종이 일제히 움직임을 멈췄다. 그러자 도이가 빙긋 웃었다.

"쏘아 보십시오. 어서."

"못 쓸 것 같으냐!"

계백이 시위를 더욱 당기자 대궁은 둥글게 부풀었다. 그때였다. 뒤쪽 방문이 열리면서 틀머리를 한 부인이 모습을 드러내었다. 흰 얼굴에 무명옷 차림이었으나 위엄이 느껴지는 모습이었다.

"내려놓아라."

그녀가 낮은 목소리로 말하자 계백은 활을 내렸다. 그러나 붉어진 얼굴에 아직도 눈을 치켜 떴다.

"어머님."

"닥쳐라! 이 버릇없는 놈!"

좀처럼 꾸짖지도, 그렇다고 응석을 받아주지도 않는 협 부인이었다. 말수가 적은 그녀는 계백의 교육을 도이에게 맡기고는 상관하지 않았는데 그것은 도이의 학문과 충성심을 믿고 있었기 때문이다. 도이는 비록 계백가문의 종이 되었으나 10여 년 간 요서의 백제령과 왜국에 머무르며 견문과 학문을 익힌 사내였다. 도이가 머리를 숙이고는 두 손을 모아 쥐었다.

"마님, 소인의 불찰이올시다."

"아니오, 도이. 버릇없이 기른 어미의 잘못이오."

협 부인이 날카로운 시선으로 계백을 보았다.

"네 선친도 도이에게 너처럼 함부로 하지 못했다. 더구나 도이는 네 스승이다. 너는 죄를 지었다."

이제 시선을 내린 계백을 향해 그녀가 자르듯이 말했다.

"매를 맞아라."

그리고는 마당 한쪽에 몰려 서 있는 종들을 바라보았다.

"형틀과 매막대를 가져오너라."

종을 벌줄 때 쓰는 형틀과 매막대를 말하는 것이다. 종들이 꾸물거리자 협 부인의 눈빛이 더 강해졌다.

"뭣들 하고 있느냐!"

7월에 왕은 장군 사걸로 하여금 신라 서북변의 2성을 함락시켜 남녀 3백여 명을 포로로 잡았다. 그리고는 신라가 침략한 땅을 회복하고자 크게 군사를 일으켜 웅진성으로 나아가 주둔했다. 이에 크게 놀란 신라 진평왕은 당에 사신을 파견하여 위급함을 알리고 구원을 간청했다. 전쟁의 기운이 무럭무럭 피어오르는 나날이었다. 앞으로 보이는 사비수 위로 군량을 실은 목선이 무리를 지어 북쪽으로 나아갔고 고각과 북을 울리며 기마군과 보군이 강가의 대로를 행군해 간다. 계백이 형틀에 묶여 매를 맞은 지 열흘 후, 그날도 아침 무렵에 일단의 기마군이 토성 앞을 지났다. 붉은 단풍 빛깔이 바래기 시작한 서늘한 날씨였다. 도이는 가죽옷에 짚신을 단단히 매어 신고 등에 묵직한 자루를 짊어지고는 젊은 종 하나와 함께 마당에 섰다. 종도 먼 길 차림으로 긴 창을 지팡이 삼아 짚고 있었다. 안채의 문이 열리더니 계백이 협 부인과 함께 마루로 나왔다. 가죽모자를 쓰고 가죽옷에 허리띠를 졸라 맨 차림으로 허리에는 짧은 칼이 채워져 있다. 계백은 가죽신을 매어 신는 동안 시무룩한 표정으로 입을 열지 않았다. 그러자 중문에서 협 부인의 오라비 되는 협전과 계백의 백부인 계백이정이 마당으로 들어섰다. 그들의 뒤를 10여 명의 집안 종들이 따른다. 오늘 계백이 먼 북쪽의 한성 근처에 있는 안둔산으로 떠나는 것이다.

한성은 고구려 장수왕 63년에 고구려군에 함락되면서 개로왕이 살해된 통한의 고도(古都)였다. 한성을 빼앗긴 백제국은 개로왕의 아들 문주왕 때 웅진으로 천도했다가 다시 성왕 때 사비로 도읍을 옮겼다. 한성을 빼앗긴 것은 계백이 태어나기 140여 년 전이니 안둔산에 가려면 신라국의 신주(新州) 근처까지 북상해야 한다. 계백이 마당에 서자 협 부인이 댓돌 위에서 그를 내려다보았다.

"계백, 너는 계백영의 자식이다."

모두의 시선을 받은 협 부인이 굳어진 얼굴로 말을 이었다.

"네 아비의 목은 소금단지에 넣어져서 진평에게 보내졌고 몸은 산에서 짐승에게 뜯겼다."

머리를 든 계백의 시선을 잡은 그녀가 말을 맺었다.

"아비의 죽음을 욕되게 말라. 내가 일러줄 말은 그것뿐이다."

협 부인의 옆에 서 있던 계백이정이 헛기침을 했다. 염소수염이 희게 뻗친 그는 사십대 후반으로 전내부 8품의 시덕이다.

"계백, 글과 무예를 익히고 돌아오면 대왕께서도 너를 반기실 것이다."

"어머니."

계백이 협 부인을 불렀다.

"일 년에 한 차례씩 이곳에 옵니까?"

협 부인이 머리를 끄덕였다.

"오너라."

"그럼 그때까지 몸을 보중하시오."

"기특하다."

그렇게 말한 사람은 협 부인의 오라비 협전이다. 12품 문독벼슬을 살던 그는 신라군과의 싸움에서 다리를 잃어 목발을 짚었다. 그가 절름거리며 다가와 계백의 머리를 쓸었다.

"네가 어미의 한을 풀어라."

도이가 헛기침을 했으므로 협전이 비켜섰다. 도이가 땅바닥에 무릎을 끓더니 협 부인을 향해 절을 했고 젊은 종도 서둘러 그를 따라했다.

"마님, 가겠소이다."

머리를 끄덕인 협 부인의 시선이 계백에게로 옮겨졌다. 그러나 서두르듯 몸을 돌렸으므로 계백의 눈시울이 붉어졌다. 잠시 후에 활짝 열린 대문으로 한 떼의 사람들이 쏟아지듯 나왔다. 그리고는 크고 작은 세 사람이 그들과 떨어져 강가의 대로로 나왔는데 바람이 꽤 세었다. 흰 갈대꽃이 바람에 이리저리 흔들리는 사이로 세 사람의 모습이 들쑥날쑥 보였다가 마침내 사람들의 시야에서 사라졌다.

웅진성의 사자각 안이다. 단 위에 비단장막을 치고 보료 위에 앉은 무왕이 군사들을 향해 입을 열었다.

"진평이 걸사표를 보냈다고 하더라도 세민은 움직이지 않을 것이다. 바로 작년에 왕위를 이어받았으니 민심을 수습하기에도 바쁠 것이야."

그는 무성한 턱수염을 손으로 쓸어 내렸다.

"현무문의 변으로 제 형제들을 죽이고 아비한테서 왕위를 빼앗온 놈이야. 진평의 울음소리가 크다고 해서 만사 젖히고 거병하지는 못한다."

당 태종 이세민은 작년 6월, 심복 부하들을 현무문을 통해 궁정 옆의 호숫가에 잠복시켜서 태자이자 형인 건성과 동생 원길을 살해하고 고조 이연을 강제로 퇴위시킨 것이다. 이것이 곧 현무문의 변이고 즉위한 이세민은 정관(貞觀)이라고 올해에 연호를 개원했다.

"대왕."

아래쪽에 시립해 있던 좌평 사비담이 한 걸음 앞으로 나섰다. 그는 대성 8족의 으뜸인 사비 씨로 내신좌평이다.

"이세민은 지략이 출중한 데다 본래 이연 시절부터 군사권을 쥐고 있었 사오이다. 곧 진독이 당에서 돌아올 때가 되었으니 그쪽 사정을 알아본 다음에 신라를 치는 것이 나을 것 같사오이다."

왕이 보료의 팔받침을 손바닥으로 쳤다. 두 눈을 부릅뜬 얼굴이다.

"이세민이 어떻게 나오건 짐은 신라를 칠 것이다. 고구려에 보낸 국지가 돌아오는 대로 출정한다."

진독은 왕의 첩자로 당에서 돌아오는 중이었는데 내정을 살피는 것이 목적이었다. 그리고 달솔 국지는 고구려의 영류왕을 만나고 오는 중이다. 그는 한수유역의 신라땅을 협공하자는 무왕의 밀지를 가지고 갔다. 왕이 목소리를 높였다.

"3만의 군사를 크게 써보지도 못하고 웅진성에서 보낸 지 한 달, 싸움에는 때가 있는 법인데 우리는 고구려의 밀조를 기다리지 않고 발병 즉시 신라를 쳤어야 옳았다."

"그렇사옵니다, 대왕."

달솔 반열에서 한 사내가 나섰으니 득안 성주 사행(沙行)으로 동방(東方) 방령(方令)을 맡고 있는 무장이다.

"이제 곧 겨울이 됩니다. 군사를 며칠 사이에 움직이지 않는다면 늦습니다."

머리를 든 왕이 전안에 가득 찬 신하들을 둘러보았다. 왕위에 오른 지 28년, 한때 완산주(完山州)까지 신라에게 빼앗겼던 백제는 국세를 회복하여 이제 한수유역을 넘보게끔 되었다. 이번 신라의 서변을 공격하려는 것은 곧 빼앗긴 한성과 한수유역의 땅을 회복하려는 전초전인 것이다. 옛 도읍 한성은 조상의 묘와 백제국의 기원(基元)이 있는 땅이었다. 성왕시절, 개로

왕이 고구려의 장수왕에게 빼앗긴 한수유역의 땅을 신라와 연합하여 되찾았던 것이다. 백제군은 남한성, 북한성을 회복하여 강북 6군을 두었다. 그러나 2년 후인 553년, 동맹의 의를 배신한 신라군은 백제의 6군을 탈취하고 이를 신쥬(新州)라고 명명했다. 이에 격분한 성왕이 대군을 보내어 신라군을 치다가 관산성(옥천)에서 기습당해 살해된 후로 한수유역은 신라의 영토가 되어 있었던 것이다. 왕의 시선이 옆쪽으로 옮겨졌다.

"너는 어떻게 생각하느냐?"

모두의 시선을 받은 사내는 삼십대 초반의 당당한 체격에 호남이다. 붉은 옷에 은관을 썼는데 왕을 향해 허리를 굽혔다.

"소자는 대왕께서 대군을 거느리고 거병하신 것만으로도 큰 성과가 있었다고 보옵니다."

"어째서?"

"일시에 3만 군사를 동원하는 군세를 보였으니 진평은 변방에 출몰하기를 겁낼 것이며 백성들은 안심할 것입니다."

"진평이 더욱 경계하지 않겠느냐?"

"군사의 사기는 저하될 것입니다."

"너는 말을 잘한다."

마침내 왕의 얼굴에 웃음기가 띠워졌다. 사내는 무왕의 원자(元子) 의자로 용맹하고 사려가 깊은 성격이어서 이번에도 편안의 분위기를 부드럽혔다. 군신들은 제각기 긴장을 풀었다.

원자 의자(義慈)는 청으로 들어서는 좌평 사비담을 보자 자리에서 일어섰다. 이미 술시가 지나 있어서 별궁 안은 조용했다.

"늦은 시각에 뵙자고 했소이다."

의자가 얼굴에 부드러운 웃음을 띠었다.

"아니올시다. 오늘 원자님 덕분에 소신이 궁지에서 빠져 나왔소이다."

그들은 나무탁자를 사이에 두고 마주 앉았다. 사비담은 마른 체격의 오십대로 여섯 좌평 중의 좌장이다. 백제국의 관등은 사비천도 후 16관등으로 확립되어 일품(一品)이 좌평으로 정원이 여섯이었다. 의자가 손수 사비담 앞에 놓인 술잔에 술을 채웠다.

"진평의 걸사표를 받은 이세민이 출병은 못하더라도 사신은 보낼 것이오."

"그럴 테지요."

술잔을 든 사비담이 머리를 끄덕였다. 그는 처음부터 이번 신라출병에 소극적이었던 것이다.

"아마 곧 도착할 것입니다."

"틀림없이 군사를 이곳에서 물리라고 하겠지요."

"대왕의 심기가 크게 상하실 것입니다."

사비담이 힐끗 의자의 눈치를 보았다. 이세민의 친서를 받기 전에 신라를 공격했어야 하는 것이다. 친서를 받고 나서 공격한다면 당과 정면으로 부딪치게 되니 부담이다. 의자가 그를 바라보았다.

"그래서 오시라고 한 겁니다. 내가 내일 대왕께 사비로 회군하자고 여쭙겠소."

"원자께서 말씀이오?"

퍼뜩 눈을 치켜 떴던 사비담이 곧 눈썹을 찌푸렸다.

"대왕께서 허락하실런지요?"

"이 일로 군신간의 불화가 생겨서는 안 됩니다. 내가 맡겠소."

사비담이 길게 숨을 뱉었다.

"원자께서는 여러 번 신하들을 곤경에서 구해 주십니다 그려."

사비담의 일족은 사비천도 이후로 권력의 중심부에 자리잡은 귀족가문으로 근거지가 왕성인 사비성이다. 더욱이 사비담은 왕명의 출납을 맡은 내신좌평이니 6좌평회의체의 좌장인 것이다.

사비담이 은근한 시선으로 의자를 바라보았다.

"원자께선 참으로 군자(君子)시오."

다음날 아침, 왕이 사자각으로 오르기 전에 의자는 시종의 안내를 받아 왕의 침전으로 들어섰다. 왕은 마악 허리에 장검을 차는 중이었다. 출정 중이라 왕은 금박을 입힌 가죽갑옷에 바지 차림이다.

"네가 일찍 웬일이냐?"

왕의 표정은 요즘 갈수록 어두웠다. 고구려에 보낸 밀사도 예상보다 늦어 아직 도착하지 않았고 신라왕 진평은 국경선에 2만 가까운 군사를 집결시키고 있었다. 때를 놓쳤다는 생각이 든 것이다. 허리를 굽힌 의자가 왕을 바라보았다.

"대왕마마, 곧 이세민의 사신이 군사를 물리라는 서신을 갖고 올 것입니다."

"그럴 테지."

퉁명스럽게 말을 받은 왕이 그에게로 돌아섰다.

"이세민으로서는 삼 국이 쪼개져 있는 것이 나을 것이야. 삼 국이 다투고 있어야 다스리기 쉬울 테니까 말이냐."

"대왕마마, 사신이 오기 전에 군사를 물리시지요."

그러자 왕이 퍼뜩 눈썹을 치켜세웠다. 그러나 말을 뱉지는 않는다. 의자가 다시 허리를 굽혔다.

"이미 때를 놓쳤습니다. 이세민의 회군하라는 서신을 받기 전에 군사를 물리시는 것이……."

"그건 네 생각이냐?"

"예, 대왕마마."

"하긴 그런 말을 할 수 있는 사람은 내 자식인 너밖에 없을 것이다."

쓴웃음을 지은 왕이 갑옷을 펼치면서 걸상에 앉았다.

"대왕 체면에 관계된 일이니 말이다."

"대왕께서 강건하시니 앞으로도 기회는 얼마든지 있습니다."

마침내 왕이 천천히 머리를 끄덕였다.

"내신좌평을 들라고 해라."

제2장 난세수련(亂世修鍊)

수목이 울창한 산세가 좌우로 펼쳐진 낮은 분지를 세 사내가 걷고 있었다. 해가 서산 위로 한 뼘 높이만큼 내려온 시각이어서 산 그림자가 분지의 반을 덮었다. 산밑으로 흐르는 개울에서 가끔씩 물고기가 흰 배를 보이며 솟아올랐다가 떨어졌다. 앞장을 서서 걷는 덕조는 창끝으로 무언가를 채더니 개울 속으로 던져 넣었다. 그는 걸으면서 창을 놀려 뱀이나 개구리, 어떤 때는 토끼도 찍어 잡았는데 계백을 기쁘게 해주려는 것이다. 그는 이십대 초반으로 5년 전에 내해를 건너와 계백가문의 종이 되었다. 요서지방의 내산포가 고향인 것이다. 그러나 종이라기보다도 계백가문을 주인으로 섬기는 신하라는 표현이 맞을 것이고 신하의 우두머리는 도이였다. 덕조가 창 자루로 길옆 풀숲에 앉는 개구리를 툭 쳐 올리더니 빙글 창을 뒤집어 허공의 개구리를 창끝으로 꿰었다. 창은 한 길 반이나 되었고 개구리는 새끼손가락만 했으니 날랜 솜씨였다. 닷새째의 여정이다. 도이가 옆에서 걷는 계백을 내려다보았다.

"공자님, 20리만 걸으면 개암성이 나옵니다. 오늘은 그곳에서 묵지요."

계백은 잠자코 발을 떼었다. 그러나 이를 물고 있는 것이 피로한 빛이 역력했다. 그동안 도이는 물론이고 덕조도 한번도 피로한가를 묻지 않았고 짐도 대신 메어주지 않았다. 하루에 100리가 넘는 길을 강행군해 온 것이다. 분지의 산 그림자는 더욱 넓어졌다. 오후 한나절 동안 그들은 사람 구경도 하지 못하고 산길을 걸어온 것이다. 도이가 오른쪽 산맥을 가리켰다.

"이쪽 산을 넘어 하룻길을 가면 관산성이 나옵니다. 성왕께서 신라군의 신주 군주 김무력의 기습을 받아 돌아가신 곳이지요."

"……."

"그 이후로 백제는 북쪽 영토를 잃었습니다. 지금 대왕께서는 그 영토를 찾으려고 웅진성에 가 계십니다."

"가잠성이 어디야?"

계백이 묻자 도이가 눈을 끔벅이며 그를 내려다보았다

"멉니다. 이곳에서 동쪽으로 닷새 거리에 있지요."

그는 계백에게 계백영의 최후를 말해 준 적이 없다. 그러나 계백은 백부나 외숙부로부터 들은 것이다.

"도이, 그대는 아버님과 같이 있었다면서, 왜 혼자 살아 돌아왔나?"

그러자 앞쪽의 덕조가 힐끗 그들을 바라보았다. 도이가 얼굴에 웃음을 띠었다.

"사람은 제각기 맡겨진 일이 있습니다. 장수와 병졸의 일이 다르고 주인과 종의 일도 다릅니다."

"그대는 비겁한 사람이다."

"예, 겁이 많소이다."

"아버님을 두고 도망친 것이다."

"신라군이 많았습니다. 그래서 도망쳤지요."

"난 도망치지 않는다."

뱉듯이 말한 계백이 치켜 뜬 눈으로 도이를 올려다보았다.

"내가 너라면 아버님과 같이 죽었다."

도이가 잠자코 머리만을 끄덕였으므로 계백은 시선을 떼었다. 안둔산에 은거한 병학자 진화인성(眞花仁性)을 찾아가는 길인 것이다. 대를 이어 은둔생활을 해온 진화인성은 이제까지 제자를 받아들인 적이 없는 기인(奇人)이었다. 그가 계백을 받아들인 것은 가문간의 질긴 인연 때문이다. 앞쪽을 바라보며 도이가 혼잣소리처럼 말했다.

"아버님이 돌아가시기 전에 소인이 공자님의 이름을 뭐라고 지을 것이냐고 물었지요. 그랬더니 그냥 계백이라고 부르라는 말씀이셨소."

"……."

"성만 있고 이름이 없는 계백, 이름도 성도 계백이라고."

도이가 옆에서 걷는 계백을 힐끗 내려다보았다.

"그래서 공자님께 남기실 말씀을 물었지요."

마침내 머리를 든 계백의 시선을 잡고 도이가 빙긋 웃었다.

"없다고 하셨소. 그리고는 1백 기병을 몰고 신라군에 돌입해서 돌아가셨소."

계백은 어금니를 물었고 덕조는 날아가는 까마귀를 향해 돌을 던졌으나 이번에는 빗나갔다.

개암성은 백제 서북방의 변성으로 방령이 주둔하고 있는 도선성(刀先城)에서 50리쯤 북쪽에 있다. 한수 중류의 곡창지대여서 앞쪽에는 추수가 끝난 평야가 광활하게 펼쳐졌고 동쪽 산맥 너머는 신라의 신주였다. 백제국의 군사요충지였으므로 성안에는 4품 덕솔을 수장으로 1천 명 가까운 군사들이 주둔하고 있었는데 개암성이 군장(郡將)의 직할성이기 때문이다. 세 사람이 개암성 안에 들어선 것은 어둠이 짙어갈 무렵이었다. 성안 거리에는 이곳저곳 불이 밝혀졌고 행인들도 많아서 활기 띤 분위기였다. 통이 좁은 소매의 저고리와 바지를 간편하게 차려입은 남자들은 건을 썼고 근래에 유행하는 중국식의 통이 넓은 옷을 입은 사람들도 보였다. 긴 머리를 한 갈래로 늘어뜨린 처녀들과 머리를 돌려 얹은 부인들이 치마를 끌며 그들 앞을 지났다. 금과 은, 또는 옥장식이 등빛을 받아 반짝였다. 내해가 가까운 이곳은 교역도시로 발전한 것이다. 그들은 거리 안쪽에 있는 객사에 들었다. 마구간이 갖춰진 객사에서는 떠들썩한 중국어와 왜어까지 들려왔는데 말 울음소리까지 섞여 소란스러웠다. 안쪽의 넓은 객방을 잡아 은 조각으로 객방료를 치른 도이가 방을 나가려는 하인을 불러 세웠다.

"왜인들이 꽤 많은데 상인들인가?"

"유학생도 섞여 있소이다."

"유학생이 이곳에는 왜?"

"국경이 뚫렸기 때문이오."

방값을 후하게 받은 하인이 공손하게 대답했다.

"신라군이 동쪽으로 이동해 갔기 때문에 바로 위쪽이 비어서 고구려로 들어갈 수가 있게 되었습니다. 대왕께서 대군을 끌고 나오신 덕분이지요."

"신주군(新州軍)이 떠났다고?"

"예, 왜인들은 풍랑에 배를 잃어서 육로로 신주를 지나 고구려를 통해 장안으로 들어간다 하오."

"허어, 이제 곧 한수땅이 우리 차지가 되겠구나."

도이가 얼굴에 웃음을 띠었고 계백은 그냥 찌푸린 얼굴로 부르튼 발을 주물렀다.

때는 무왕 28년 가을이니 신라 진평왕 49년이요, 고구려 영류왕 10년, 당 태종이 집권 2년째였고 왜국은 스이코 말년이었다.

헤이찌가 걸음을 멈추자 뒤를 따르던 두 사내는 거침없이 다가왔다. 술시도 지날 무렵이어서 성문 근처 거리에는 인적도 드물었다.

"왜 따라오는 거냐?"

그가 능숙한 백제어로 물으며 칼자루를 쥐었다. 다가온 두 사내는 관인 복장은 아니었다. 그러나 검정색의 통이 좁은 바지와 저고리를 입고 모두 고깔 모양의 모자를 썼는데 깃털 장식을 붙였다. 토호의 신하이거나 무역상의 호위 행색이다. 그 중 턱수염이 긴 사내가 한 걸음 앞으로 나섰다.

"우리는 백제군 연무 태수 휘하의 군관들이다. 네 얼굴이 낯이 익어 따라왔다."

"백제군이라?"

퍼뜩 눈을 치켜 떴던 헤이찌가 입술을 비틀며 웃었다.

"바다를 건너왔단 말인가?"

백제군(郡)은 요서, 산동, 강수, 절강 등에 흩어진 백제 자치령 담로를 말한다. 그리고 연무 태수는 하남 남부를 장악한 왕족 부여광(扶餘光)인 것이다. 작달막한 키에 다부진 모습의 사내가 한 걸음 다가섰다. 그는 이미 칼자루를 쥐었는데 빼어 칠 자세였다.

"이놈, 네가 왜인 헤이찌렸다."

"그렇다면 어쩔 셈이냐?"

주춤 물러선 헤이찌가 다시 웃음을 띠었다.

"해적에게 해적질을 해 간 것이 죄가 되느냐?"

"이놈, 담대하게 포구 안에서 해적질을 해 간 놈."

사내들은 일제히 칼을 빼 들었다. 헤이찌는 다시 한 걸음을 물러서면서 어두운 골목으로 뒷걸음질쳤다. 사내들은 칼을 겨눈 채 발끝으로 땅을 딛고 따라 들었다. 이제 여유가 없다. 헤이찌가 후려치듯 칼을 빼 든 순간이다. 먼저 긴 수염이 커다랗게 허공으로 칼을 저으며 뛰어올랐다. 내륙식 검법으로 수나라 병사들이 유행시킨 일도양단의 거칠고 단순한 검세였다. 헤이찌는 몸을 들어 비키면서 자신의 칼날을 부딪치지 않았다. 철의 연마 기술이 쉴 새 없이 발달되는 시기여서 여러 번 칼을 부러뜨린 경험이 있는 것이다. 그 순간 작달막한 사내가 유연한 몸짓으로 다가오면서 헤이찌의 가슴과 어깨에 세 번이나 칼질을 했다. 두 번은 칼로 막고 한 번은 뛰어오른 헤이찌의 등에 식은땀이 흘렀다.

이놈은 백제 검법을 쓰는 것이다.

"아앗!"

다시 긴 수염이 이번에는 헤이찌의 허리를 가로로 베었다. 성큼 물러났던 헤이찌의 등이 돌담에 부딪쳤고 다음 순간 작은 사내의 칼끝이 목을 스쳐 돌담에 맞아 불꽃을 냈다.

"이놈, 칼을 내리고 무릎을 꿇어라."

작은 사내의 칼끝이 코앞을 돌았다. 그는 여유 있는 모습이었다.

"널 데리고 내해를 건너야겠다."

그 순간 헤이찌는 몸을 던지듯이 다가서면서 칼을 후려쳤고 허리를 베인 작은 사내가 주춤 물러섰다. 수염이 긴 사내의 칼이 내려쳐졌지만 몸을 비튼 헤이찌는 사내의 가슴을 찔렀다.

"나를 생포해 가려고 했다니, 잃은 물건을 찾으려는 네 태수의 욕심이 네놈들을 죽게 만들었다."

긴 수염은 즉사했지만 허리를 베인 작은 사내는 이제 땅바닥에 주저앉아 있었다. 헤이찌는 칼에 묻은 피를 사내의 어깨에 닦았다.

"너희들한테서 가져 간 비단 삼백 필과 여자 여섯은 이미 없어진지 오래야. 여자들은 아마 아이도 낳았을 것이다."

사내들이 떨어뜨린 칼을 주워 든 그는 서둘러 골목 밖으로 뛰쳐나왔다.

헤이찌는 23세로 열 살이 되었을 때부터 아비를 따라 해적이 되었다. 처음에는 선장인 아버지의 잔심부름이나 하는 정도였지만 본래 머리가 영민한 데다 담력이 세었고 기골이 뛰어났다. 그래서 3년 전에 아비가 병으로 죽은 후에는 자연히 선장을 물려받았는데 그때부터 내해(內海)에서 악명을 떨치게 되었다. 그는 신라나 고구려, 중국선만을 쳤던 아비와는 달리 백제선도 서슴없이 강탈했고 허술한 백제군(郡)의 마을도 그냥 지나가지 않았던 것이다. 또한 바다에서 일거리가 없으면 배를 띄워 둔 채 내륙 깊숙이 들어가 노략질을 하였는데 수단이 참혹했으므로 헤이찌는 각국의 공적(公敵)이었다. 성문은 닫혀 있어서 성벽을 뛰어넘은 헤이찌가 바닷가에 닿았을 때는 그후 한 식경쯤이 지난 해시 무렵이었다. 지척도 분간할 수 없는 어둠 속이었지만 바닷가 바위 뒤쪽으로 정박한 한 척의 배는 보였다. 선수가 날카롭고 돛대가 두 개나 있어서 바람을 타면 살처럼 빠른 그의 배였다.

"두령, 이제 오시오."

바위틈에서 인기척이 나더니 검은 사람의 형상이 드러났다. 다가선 사내는 그의 부장(副將) 오지였다. 그들은 바람을 피해 바위틈에 붙어 섰다.

"성안에서 연무 태수의 군관 둘을 만났다. 베고 오는 길이야."

헤이찌가 습기 띤 바닷바람에 젖은 얼굴을 손으로 씻었다.

"내 얼굴을 알아보다니, 눈이 밝은 덕분에 죽었디."

"어제 백제군의 깃발을 단 무역선 두 척이 지났소이다. 아마 그 배를 타고 온 모양이오."

그들이 서 있는 곳은 백제 서북단의 해안이다. 위쪽은 이제 신라영토가 되어 있는 당항성이 50리 거리에 있었고 아래쪽은 조금 전에 헤이찌가 빠져 나온 백제령 대웅성이 10리 거리였다. 헤이찌가 입을 열었다.

"그놈들은 이미 대웅성을 떠나 개암성으로 갔다. 그곳에서 신주를 통해 고구려로 들어갈 모양이야."

"신주에 주둔했던 신라군이 모두 아래쪽으로 내려갔다고 합니다. 당항성에만 수비병력이 있다고 하오."

이미 그들도 내륙의 사정은 안다. 헤이찌가 별도 뜨지 않은 밤하늘을 올려다보았다.

"밤을 새워 개암성으로 가야만 되겠다. 60리 길이니 내일 해뜰 무렵이면 성에 닿을 수 있을 것이야."

"어디로 가시오?"

옆쪽에 술상을 받아놓고 앉은 사내가 불쑥 물었으므로 도이는 머리를 들었다. 객사 앞쪽의 마룻방 안이었다. 앞쪽이 틔어졌지만 이젠 어둠이 짙어져서 거리는 볼 것이 없고 등을 밝힌 방안에는 대여섯 무리의 손님들이 모여 있었다. 술에 고기를 먹는 무리도 있고 유학생으로 보이는 왜인들은 늦은 저녁을 먹는다.

"난 북쪽으로 가오."

도이가 턱으로 위쪽을 가리키자 사내가 싱긋 웃었다. 턱수염을 잘 다듬은 삼십대쯤으로 보이는 사내였다.

"그럼 손님도 신주를 지나시오?"

"아니오. 산속으로."

"허어."

사내가 다시 웃었다. 인상이 좋아서인지 분위기가 부드러워졌다.

"사냥꾼 행색은 아니신데."

그러자 도이가 따라 웃었다.

"당신의 행색은 우습소."

"우습다니?"

"고구려식 넓은 소매옷에 좁은 바지는 그렇다 치고 새털을 꽂은 비단관은 백제의 귀족이나 쓰는 것이오. 게다가 말끝에 왜말 냄새가 나는구려."

"허어."

이제 사내는 정색을 했다. 그리고는 주위를 둘러보더니 일어섰다.

"난 왜상 마쓰다라고 합니다."

허리를 굽혀 예를 차리자 도이도 따라 일어나 답례를 했다.

"도이라고 하오."

"합석해도 좋겠습니까?"

"그럽시다."

잔과 술병을 옮기고 마주 앉자 마쓰다가 도이의 잔에 술을 채웠다.

"배가 부서지는 바람에 할 수 없이 육로로 고구려에 갑니다."

"신주 길이 뚫렸다니 다행입니다."

뒤쪽 뜰 건너편의 객방에서 지쳐 떨어진 계백은 곤한 잠에 빠져 있었다. 이제 내일이면 안둔산에 닿고 계백과는 헤어져야 하는 것이다. 심사가 산란한 도이는 혼자서 술을 마시고 있던 참이었다.

"대인의 안목이 예민하시오."

마쓰다가 말하자 도이는 술잔을 들었다.

"소인도 요서땅과 왜국에 머문 적이 있소이다."

"히이, 그러셨군요."

스이코 왜국 정권과 백제는 형제국이라기보다 피를 나눈 혈맹의 사이인 것이다. 왜상은 마음 놓고 백제국을 드나들었으며 관리들의 왕래는 더욱 빈번했다. 정색한 마쓰다가 도이를 바라보았다.

"대왕께서 이 기회에 신주를 회복하실 수 있겠습니까?"

"소인은 작은 가문의 종일 뿐이오."

"신라왕 진평이 신주군(新州軍)까지 끌어내려 신주가 공지(空地)가 되었으니 대군을 북상시키면 무혈점령을 할 텐데요."

도이가 잠자코 술잔을 들었다. 신주를 점령하면 바로 고구려와 접경하게 된다. 접경선을 갖게 되었을 때 고구려와 지금 같은 우호관계가 유지될지 알 수 없는 일이었다.

다음날 아침, 계백은 아침을 마치고 바로 객사를 떠났다. 쌀쌀한 날씨여서 계백은 어깨를 움츠리고 있었는데 표정도 어두웠다. 곧 안둔산에 도착할 것이고 도이와 덕조하고도 헤어진다는 것을 알기 때문이다. 성문을 나와 5리쯤 갔을 때 뒤를 돌아본 덕조가 말했다.

"어제 객사에 같이 묵었던 일행들이 오는데요."

이미 알고 있었는지 도이는 잠자코 있었으나 계백이 뒤를 돌아보았다. 일행은 7, 8명이 되었는데 짐을 실은 말이 10여 필이었다.

그들과의 거리는 금방 가까워졌다.

"먼저 떠나셨군요."

앞장 선 마쓰다가 도이를 향해 아는 체를 했다. 오늘은 백제식 비단관을 벗고 고구려인이 즐겨 쓰는 가죽모자를 썼다. 그의 시선이 계백에게 머물렀다.

"공자님이십니까?"

"그렇습니다."

도이가 비껴서면서 그의 시선을 막았다. 그러나 계백이 걸음을 늦춰 도이의 옆구리 사이로 마쓰다를 올려다보았다. 호기심 어린 시선이다.

"몇 살이십니까?"

계백의 시선을 받은 마쓰다가 도이에게 물었다. 예의 있는 행동이다. 계백의 가문을 모르는 터라 어린애일지라도 직접 말을 건네지 않는다.

"예, 올해로 열 살이 되셨소."

"허어."

감탄한 마쓰다의 시선이 계백을 훑었다.

"십오륙 세로 보일 만한 기골이요, 큰 장수가 되겠소."

마쓰다가 동행할 생각인지 걸음을 늦췄으므로 그들은 한 무리를 이루고 인적 없는 들판 길을 걸었다. 마쓰다를 따르는 사내들은 모두 허리에 칼을 찼고 건장했다. 계백은 이제 사내들과 말떼에게로 관심을 보였다. 말들은 등 양쪽에 짐바구니를 실었는데 꽤 무거워 보였다.

"고구려 땅에만 닿으면 마음을 놓겠소. 서부대인(西部大人)의 신표(信表)가 있거든."

마쓰다가 저고리 가슴을 두드려 보았다. 그러나 표정은 밝다.

"하긴 신라군이 있다고 해도 야적떼처럼 강탈하지는 않지요. 귀찮을 뿐이지."

들판을 지난 그들은 낮은 산을 끼고 돌았다. 이미 이쪽은 무인지경으로 사람의 흔적도 보이지 않았다. 산밑에는 맑은 개울이 흘렀는데 팔뚝만한 고기떼가 검은 등을 보이며 꿈틀거렸다. 개울 옆을 지나던 덕조가 가볍게 창을 놀려 고기 한 마리를 꿰어 올렸다가 도이의 눈치를 보더니 도로 던져 넣었다. 그 순간이었다. 날카롭게 바람을 가르는 소리가 들렸고 도이는 계백을 안고 땅바닥에 뒹굴었다. 덕조가 달려와 엎드린 두 사람을 가로막듯 섰을 때였나. 잎쪽 숲이 흔들리면서 일단의 사내들이 모습을 드러냈는데 다시 살이 날아왔다. 이제는 서너 대였다.

"가깝다! 궁수를 잡아라!"

계백을 안고 바위 뒤로 뛰면서 도이가 악을 쓰듯 소리쳤다. 이미 이쪽은 두 사내가 살을 맞은 것이다. 그때서야 마쓰다와 나머지 사내들도 제각기 개울가의 바위를 방패 삼았지만 말들이 이리저리 뛰었다. 다급한 덕조가 바위 옆으로 뛰면서 숲을 향해 창을 던졌다. 습격자와의 거리는 이십 보

정도였던 것이다. 긴 창이 마치 살처럼 날아 궁수 한 명의 가슴을 꿰자 처음으로 비명소리가 터졌다. 그것이 신호라도 된 듯이 숲에서 사내들이 쏟아져 나왔는데 10여 명이다. 도이가 계백의 어깨를 힘주어 눌렀다.

"공자님, 꿈쩍 말고 여기 계시오."

그러자 마악 일어서는 도이를 계백이 바라보았다.

"왜? 도망치려고?"

힐끗 시선을 준 도이는 퉁기듯이 바위 옆을 떠났다.

"덕조, 공자님을 맡아라!"

10여 명의 습격자를 향해 앞장서 부딪친 사내는 도이였고 그 뒤를 마쓰다의 일행 다섯 명이 따랐는데 이쪽 기세도 사나웠다. 개울가의 자갈밭이었다. 금방 날카로운 쇳소리와 함께 격렬한 살육전이 벌어졌다.

계백은 도이가 휘두른 첫 칼질에 사내 하나가 옆구리를 베어 쓰러지는 것을 보았다. 도이는 전혀 다른 사람처럼 보였다. 이쪽으로 언뜻 돌린 얼굴은 눈을 치켜 떴고 이를 악물었다. 처음 보는 표정이다. 그는 내려쳐진 칼날 하나를 막더니 몸을 선뜻 비키고는 비틀거리는 습격자의 목을 쳤다. 그 사이에 마쓰다 일행 두 명이 쓰러졌고 습격자도 둘이 더 죽었다. 머리를 돌린 계백이 뒤에 서 있는 덕조를 바라보았다.

"덕조 너도 가라!"

짧게 소리치자 옆쪽 바위 옆에 서 있던 마쓰다가 놀란듯 계백을 바라보았다.

"어서! 도이를 도와라!"

계백은 허리춤에 찼던 짧은 칼을 빼들었다.

"어서!"

다시 소리치자 어쩔 수 없다는 듯 덕조가 몸을 날렸다. 다시 도이는 두 사내를 더 베었고 마쓰다 일행은 셋을 쓰러뜨렸지만 하나를 잃었다. 그 상황에 덕조가 뛰어들자 형세는 금방 반전되었다. 습격자는 다섯이 남았는데 이쪽은 넷이다. 계백은 이제 바위에서 나와 자갈밭에 서 있었다. 습격자 중 한 사내는 검술이 빼어났다. 그는 도이를 쳤다가 몸을 비틀어 마쓰다 일행 하나를 베어 넘어뜨렸는데 이제까지 그는 혼자서 셋을 베었다. 발군의 실력이었다. 그러나 덕조가 뛰어들면서 단칼에 습격자 하나를 베었고 숨 한번 쉴 동안에 나머지 셋이 쓰러지면서 습격자는 한 사내만 남았다. 온몸에 피칠을 하고 숨을 몰아쉬고 있었지만 칼은 세워 들었다. 도이와 덕조, 그리고 남은 마쓰다의 일행 한 명이 삼각으로 서서 칼끝을 그에게 겨누었다.

그때였다. 마쓰다가 그들에게 소리쳤다.

"그놈은 해적 헤이찌요."

그가 서너 걸음 그들에게로 다가가 섰다.

"내해에서 모르는 사람이 없는 극악무도한 악당이오."

덕조가 칼을 날렸다. 헤이찌는 서둘러 칼날을 세워 막았지만 다음 순간 도이가 내려친 칼등에 손목을 맞아 칼을 떨어뜨렸다. 그러자 덕조가 발을 휘둘러 안쪽 무릎을 쳤으므로 헤이찌는 자갈밭에 털썩 무릎을 꿇었다. 그러나 눈을 치켜 뜨고 이를 문 얼굴이다. 마쓰다가 앞으로 다가가 섰다.

"이놈은 하남의 백제군(郡)도 약탈한 놈이니 성으로 끌고 가든지 목을 떼어 바치면 큰 상이 있을 것이오."

"그대는 비켜라."

갑자기 울린 목소리에 마쓰다가 흠칫 머리를 돌렸다. 계백이 다가왔다. 아직도 손에는 짧은 칼을 쥐었고 긴장으로 굳어진 얼굴이다.

헤이찌 앞에 선 그가 마쓰다를 올려다보았다.

"병법에도 싸움에 대장이 둘 있을 수가 없다고 했다. 오늘 싸움에서 누가 대장인가?"

마쓰다가 눈을 끔벅이며 도이를 보았으나 시선이 마주치지 않았다. 계백이 소리치듯 말했다.

"내 부하들이 없었다면 그대는 이미 죽은 목숨이다. 나서지 말라!"

퍼뜩 눈을 치켜 떴던 마쓰다가 이윽고 머리를 끄덕였다.

"공자님 말씀이 옳습니다."

"내가 대장이야."

"옳습니다."

마쓰다가 한 걸음 물러섰다.

"소인이 경망했습니다."

그러자 시선을 든 도이가 계백을 바라보았다. 아직도 칼끝은 헤이찌의 목 위에 내려놓았다.

"공자님, 이놈을 어떻게 하지요?"

정색한 얼굴이었다. 그 순간 헤이찌와 계백의 시선이 부딪쳤다. 온몸에 피를 뒤집어쓰고 있었으나 그의 눈은 튀어나올 것같이 부릅떠져 있었다. 눈을 깜박이던 계백이 손끝으로 헤이찌를 가리켰다.

"이놈이 잘 싸운다."

도이와 덕조는 어깨를 늘어뜨렸고 마쓰다는 숨을 삼켰다. 계백의 낭랑한 목소리가 골짜기를 울렸다.

"아주 귀신 같다."

"비겁한 놈입니다. 기습을 해서 내 짐을 빼앗으려 했소."

마쓰다가 다시 나섰으나 계백이 머리를 저었다.

"살려 준다."

놀란 마쓰다가 도움을 청하듯이 도이를 보았으나 이번에도 시선이 부딪치지 않았다. 도이가 칼등으로 헤이찌의 목을 가볍게 쳤다.

"일어나라."

그러자 헤이찌가 두 손으로 자갈밭을 짚더니 계백을 올려보았다.

"공자님의 이름을 알려주시오."

"난 계백이다. 성도 이름도 계백."

"예, 계백."

헤이찌가 비틀거리며 일어섰다. 이마에서는 아직도 핏방울이 떨어지고 있다.

"잊지 않겠소이다."

그리고 그는 계백을 향해 머리를 조금 숙여 보이더니 발을 떼었다. 그리고는 뛰쳐나왔던 숲쪽으로 걷는다.

깊은 산속이어서 그 어디에도 사람 사는 흔적이 보이지 않았다. 산맥 뒤쪽으로 한수(漢水) 줄기가 땅을 가르면서 위쪽이 신라의 신주가 되었지만 사방이 황무지였다. 신라군이 강을 건너면 자연히 이쪽이 신라땅이 되었고 정찰 나온 백제군도 강 건너 벌판에서 야영을 하다가 성으로 돌아간다. 그러니 안둔산은 임자가 없는 첩첩산중에 솟은 산이었고 진화인성은 사방 1백 리 산중에서 혼자 사는 인간인 셈이다. 새소리도 들리지 않는 산중턱의 오두막 안이다. 사방에 아름드리 고목이 솟아 있어서 위아래도 보이지 않았고 한낮인데도 어둑했다. 진화인성은 머리와 수염이 눈처럼 희었지만 얼굴빛은 붉었다. 육십대 노인답지 않게 허리가 곧고 눈빛이 맑다. 그는 앞에 무릎을 꿇고 앉은 계백을 한참이나 바라보았다. 문지방 너머에 서있는 도이와 덕조는 숨을 죽이고 있다. 계백은 단정하게 두 손을 무릎 위에 올려놓고 흔들리지 않는 시선으로 진화인성을 똑바로 바라보았다. 이윽고 진화인성이 입을 열었다.

"그만들 가 보게나."

도이와 덕조에게 한 말이다. 도이가 얼른 계백에게 시선을 주었다.

"예, 갑지요. 그럼 공자님…….

"어서 가래도."

진화인성이 나무라듯 말하자 도이와 덕조는 두어 걸음 마당으로 물러섰다. 그러나 시선은 계백의 등에서 떼어지지 않았다. 계백은 머리도 돌리지 않고 있는 것이다. 그러자 진화인성이 계백에게 물었다.

"네 하인들을 왜 돌아보지 않느냐?"

계백이 이를 악문 채 대답하지 않았으므로 그가 빙그레 웃었다.

"강해져야 한다고만 배웠구나. 네놈은."

그가 손을 저었으므로 도이와 덕조는 내키지 않는 듯 다시 뒷걸음질을 쳤다. 마당이 몇 뼘밖에 되지 않아서 그들은 마당 끝에서 몸을 돌려야 했고 덕조는 소매로 눈을 씻었다. 두어 걸음을 더 떼자 금방 오두막이 보이지 않았으므로 덕조는 마음 놓고 눈물을 닦았다. 도이가 길게 숨을 뱉더니 손바닥만한 하늘을 올려다보았다.

"주인, 보고 계시오?"

원자 의자는 무릎으로 말의 배를 조이면서 살을 노루의 목에 겨누었다. 노루와의 거리는 백 보 정도였는데 거리는 좀처럼 좁혀지지 않았다. 말이 느린 것이 아니라 지형이 험난하여 굴곡이 많은 비탈을 달려 오르고 있기 때문이다. 시위를 한껏 잡아당긴 의자는 노루가 뛰어올랐을 때 떨어져 내릴 곳을 겨냥하고 시위를 놓았다. 입에 물었던 고삐를 잡아 쥔 그는 박차를 넣었다. 노루는 비탈에 가려 보이지 않았으므로 그는 초조해졌다. 사냥에 익숙한 말은 시위소리가 들렸을 때부터 흥분해 있었다. 순식간에 비탈을 오른 그는 곧 낮은 구덩이에 머리를 박고 쓰러진 노루를 보았다. 목을 겨냥했던 살이 뒷머리에 박혀 오히려 더 잘 되었다. 뒤쪽에서 땅을 울리는 말굽소리가 들리더니 일단의 기마인들이 순식간에 다가왔다. 앞장선 기수는 달솔 목대였다.

"원자께서 맞추셨소이다."

목대가 감탄한 듯 눈을 크게 떴다. 그는 긴 수염에 체구가 우람했는데 남방(南方)의 방령이다.

"어허, 피가 식기 전에 마십시다."

말에서 뛰어내리며 서두르듯 말한 사내는 달솔 윤충(尹忠)이었다. 곧 사슴은 시종들에 의해 목이 젖혀졌고 붉은 피가 그릇에 가득 담겼다. 한낮이었다. 황산성(黃山城) 근처의 황야(荒野)로 의자는 사냥을 나온 것이다. 더운 피를 서너 모금 마신 의자가 그릇을 목대에게 넘겨주었다.

"달솔이 나한테로 몰아주었기 때문에 잡았소."

"소신 재주로는 맞추지 못했소이다."

목대가 겸손하게 말했지만 그릇에 담긴 피는 많이 마셨다. 이미 초겨울이다. 황야는 마른 풀로 덮였고 바람 끝은 차가웠지만 기마인의 분위기는 화기에 찼다. 껍질을 벗긴 노루는 곧 불에 구워졌다. 모닥불 주위로 둘러앉았을 때 의자는 술병을 들었다.

"우선 술로 몸을 데웁시다."

그가 먼저 잔을 권한 사내는 위사좌평 사봉무다.

"자, 한 잔 드시오."

사봉무가 사양하지 않고 잔을 받았다.

대성 8족 중 사비천도 이후로 득세한 가문은 사, 목, 연, 국 씨의 네 개 성씨였는데 이 자리에 모인 대부분의 관리가 그들이다. 그러나 예외가 있다면 달솔 윤충과 말석에 앉은 전내부 소속 8품 시덕(施德)인 계백이정 그 둘이었다. 계백이정은 노루피는 입에 대지도 못했다.

그날밤, 사비도성 안의 후부(後部)지역, 상항(上巷)거리는 가끔씩 기미순라의 말굽소리만 들릴 뿐 조용했다. 사비도성은 부소산성 밑의 왕궁 아래로 바둑판처럼 조성된 거대한 성안 거리로 이루어져 있다. 나성(羅城)으로 둘러싸인 도성은 5부(部) 5항(巷)의 행정체제로 편성되었는데 상(上), 전(前), 중(中), 하(下), 후(後)의 5부에 각각 5항으로 나뉘어졌다. 도로는 모두 직선이었고 각 부에는 5백 명의 군사가 주둔하여 치안과 방어를 맡았다. 도성 안의 가구수가 1만 가(家)가 되었으니 인구 10여만이 넘는 거도(巨都)다. 상항지역의 오른쪽 두 번째 거리에는 객부(客部)소속의 객관이 있다. 객관의 이층 청에는 환하게 등불이 밝혀져 있었는데 상석에 앉은 사람은 의자였다. 그가 윤충을 바라보았다.

"달솔, 목대는 용력이 뛰어날 뿐만 아니라 지혜도 있소. 동방의 방령을 쉽게 내놓으려고 하지 않을 것이오."

윤충이 길게 숨을 뱉었다. 그는 의자와 비슷한 삼십대였으나 뼈대가 굵은 체격에 눈매가 날카로웠다.

"남방은 요지올시다. 목 씨는 대대로 남방에서 기반을 굳혀 오면서 한번도 앞으로 뻗어 나간 적이 없소이다."

"그건 대왕께서도 아시고 있는 일이오."

의자가 부드러운 시선으로 윤충을 보았다.

"우린 아직 완산주도 완전히 수복하지 못했소."

"목 씨 세력을 누르지 않는 한 남방 진출은 어렵소이다."

의자가 오늘 황산벌로 사냥을 나간 것은, 한편 목대와의 교분을 쌓기 위해서였다. 목대는 달솔로서 남방의 방령이지만 목 씨 일가는 좌평이 하나에 달솔이 다섯이나 있고 제3품 이하는 셀 수도 없다. 사 씨와 비견할 만한 세력인 것이다. 머리를 돌린 의자가 잠자코 앉은 계백이정을 바라보았다.

"시덕은 어떻게 생각하시오?"

계백이정이 머리부터 숙였다.

"목 씨 일족은 병관좌평 목강을 비롯하여 목대, 그 밖의 군장(郡將)과 성주까지 합하면 20여 인이 넘소이다. 서둘 일이 아니라고 생각되옵니다."

"그렇다면?"

"오히려 감싸안으소서. 그래서 그들의 추앙을 받아 위에 오르시는 것이……."

"허어,"

윤충이 그의 말을 잘랐다.

"호랑이새끼를 키우란 말이오?"

"아직 때가 이르다고 말씀드린 것이오."

윤충과 계백이정은 의자의 심복이다. 윤 씨와 계백 씨는 이른바 토호출신의 신진귀족이었는데 아직 기반이 미미했다. 의자가 천천히 머리를 끄덕였다. 계백이정은 왕명의 출납과 근시역인 전내부 소속 관리였으니 내관(內官) 12부와 외관(外官) 10부로 나뉘어진 22부 조직의 상황을 한눈에 본다. 그리고 그는 사려 깊은 성격이다.

"목대는 노루피를 반 넘어 마셨소. 남은 사람들의 몫은 생각지도 않고."

혼잣소리처럼 말한 의자가 얼굴에 웃음을 띠었다.

"허나 노루가 자신 앞에 왔는데도 못 본 척하고 나한테로 쫓아보냈소. 그사의 겸양일까?"

"살이 빗나가면 장수의 면목이 죽습니다."

거침없이 윤충이 말하자 계백이정이 머리를 끄덕였다.

"자신감의 부족일 수도 있지요. 하오나 욕심은 많습니다."

"기다리란 말인가?"

다시 혼잣소리로 말한 의자가 술잔을 들었다. 그러자 계백이정이 무릎을 움직여 조금 다가앉았다. 정색한 얼굴이다.

"원자께서 태자가 되실 때까지만이라도, 대왕의 뜻이라 할지라도 부디 원자께선 나서지 마옵소서."

이제는 윤충도 가만 있었으므로 의자는 한 모금의 술을 삼켰다. 그리고는 문득 머리를 들었다.

"시덕의 조카는 몇 살이오?"

"올해로 열 살이 되었소이다."

"아비를 닮았소?"

"아직 생김새만 그렇소이다."

"장덕이 살았다면 든든했을 게요."

그러자 윤충이 머리를 끄덕였고 계백이정은 술잔을 들었다가 내려놓았다.

"그놈 계백을 가을에 안둔산으로 보냈소이다. 바른 무인이 될 때까지 제 어미는 집에 들이지 않는다고 합니다."

"허어."

의자가 초점 없는 시선으로 앞쪽을 바라보았다.

"세월이 이토록 더디 가는데 그놈을 볼 수나 있을는지 모르겠소."

왕자(王子) 충승(忠勝)은 대취했다. 비스듬히 보료에 기댄 그는 옆에 앉은 여인의 치마 밑으로 손을 넣었다. 눈의 초점이 흐렸고 어깨가 늘어진 모습이다.

"이년아. 다리를 벌려라."

버럭 소리치자 여자는 치마 밑의 다리를 벌렸다. 긴 머리를 틀어 올리고는 옥장식을 달고 귀에는 같은 색깔의 옥고리를 걸었는데 둥근 얼굴이 절색이었다. 충승의 사납던 얼굴이 금방 웃음기로 덮여졌다.

"허어, 이년 골이 깊구나."

앞에 앉은 목강(木剛)은 반듯이 앉아 시선도 돌리지 않았다. 이곳은 왕궁 근처에 있는 목강의 사저였다. 병관좌평(兵官佐平)이니 여섯 좌평 중에서 병마권을 장악한 직책인 것이다. 지금은 왕정이 강화되어서 실권이 약해졌지만 왕을 대신하여 병마를 감독한다. 그만큼 무왕의 신임도 얻고 있는 것이다. 여자는 애를 썼지만 마침내 이맛살을 찌푸리며 가늘게 신음소리를 냈다. 충승의 손놀림이 거칠었기 때문이다. 술잔을 든 목강이 미주를 한 모금 삼켰다. 바다 건너 백제군의 태수 하나가 선물로 보내온 술이다. 여자가 다시 신음소리를 뱉자 충승은 세차게 여자를 밀쳤다. 여자가 뒹굴었고 충승은 자리를 고쳐 앉았다. 놀랍게도 목강을 향한 시선이 또렷했고 어깨도 바로 세워졌다.

"좌평, 나는 차라리 바다를 건너고 싶소. 그곳의 백제군(郡) 한곳을 다스리는 것이 낫겠소."

목강이 술잔에서 손을 떼었다.

"얼마든지 그러실 수 있습니다. 하지만 조금 더 기다리십시오."

"내 나이 벌써 서른이 넘었소."

"이미 스물이 넘은 왕자가 여섯입니다."

차분한 얼굴로 목강이 충승의 잔에 술을 채웠다. 충승은 의자의 바로 밑동생으로 호방한 성격에 무예가 뛰어났다. 또한 정이 많아서 사람을 끌었다. 의자의 매사에 검임하고 부드럽게 감싸안는 성격과는 판이했다.

"원자께서 대왕의 신임을 받고 계시지만 앞날은 예측할 수 없습니다. 기다리셔야 합니다."

목강의 말은 낮았지만 단호했다. 왕자 충승의 야심은 물을 것도 없이 백제국의 왕권이다. 같은 배에서 난 형인 의자가 원자의 대접을 받고 있으나 사비로 도읍을 옮긴 성왕 이후 지금까지 다섯 대의 왕을 거치면서 원자가 태자가 되어 왕으로 즉위한 전례는 없다. 충승이 조금 목소리를 가라앉혔다.

"오늘 의자는 위사좌평과 남방 방령을 데리고 사냥을 갔소. 사봉무는 본래가 의자 사람이지만 남방 방령을 데려간 건 뜻이 있지 않겠소?"

그러자 목강이 빙그레 웃었다. 흰 이가 고르게 드러났고 흰 얼굴에 잔주름이 잡혔다.

"목대는 제 집안이옵니다. 그리고 저와 뜻이 같소이다."

"의자는 수단이 교묘하오."

"비록 정사암회의가 유명무실해졌다고는 하나 대신들의 의견을 대왕께서 덮지는 않으실 테니 기다리십시오."

충승이 다시 술병을 들었다. 나가동그라졌던 여자는 벌써 밖으로 나간 지 오래였으므로 그는 목강의 잔에 술을 채웠다.

"좌평만 믿겠소."

환하게 불을 밝힌 침전 안에는 은은한 향냄새가 맡아졌다. 비단이불을 젖히고 누운 의자는 옷자락을 펄럭이며 다가오는 은고(恩古)를 바라보았다. 붉은 색 비단옷을 여미고는 있었지만 겉옷만 벗기면 금방 알몸이 드러날 것이다. 은고가 침상 위로 올라설 적에 옷자락이 벌려지면서 흰 허벅지가 보였다. 이불을 들치고 옆에 누운 은고의 두 볼은 상기되었다. 검은 눈동자가 반짝였고 오뚝 솟은 콧날과 윤기나는 입술 사이로 흰 이가 드러났다. 은고는 의자의 제2부인이다. 왕자 융(隆)을 낳은 지 여러 해가 되었지만 은고는 아직도 소녀 같은 몸매에 천하절색이었다.

"충승 왕자는 오늘밤 병관좌평 목강의 사저에서 주무십니다."

은고가 의자의 가슴에 머리를 기댔다. 이미 옷자락이 벌려져서 그녀의 흰 알몸이 드러났다.

"본래 가벼운 성품이신 데다 목강 또한 안하무인이지요. 당신을 가볍게 보고 있습니다."

의자가 천장을 향해 쓴웃음을 지었다.

"처음 있는 일이 아니야."

"당신이 남방 방령 목대와 사냥을 간 것이 불안한 모양입니다."

의자는 그녀의 몸을 안았다. 이미 몸은 달아올라 있었으나 다리를 벌리면서도 은고가 말을 이었다.

"왕비께서 꾸짖어 주서야만 하는데 오히려 부추기고 계시는 것 같습니다."

의자의 입이 은고의 입술을 덮었다. 맞는 말이다. 왕비는 같은 자식이었으나 붙임성 있는 충승을 더 좋아하긴 했다. 예의 바른 의자보다 충승과 함께 있는 것이 더 즐거운 모양이었다.

"범이 네 모친 앞에 나타났고 바로 옆에서는 왕께서 물에 빠지셨다. 너는 누구부터 구하겠느냐?"

진화인성이 묻자 계백이 머리를 들었다.

"모친부터 구하겠습니다."

"어째서?"

"저를 낳아주신 분입니다."

"왕은 네 군주시다."

"저한테 해주신 것이 없습니다."

그러자 진화인성이 흰 수염 속의 이를 보이며 웃었다.

"옳다. 나는 혹시 네가 왕부터 구한다고 할까 봐 걱정했다."

"어째서요?"

"보지도 못한 왕을 구한다는 건 거짓이야. 충성심은 강요되어서는 안 된다."

늦은 밤이다. 오두막의 호롱 불꽃이 거적 사이로 뚫고 들어온 바람결을 따라 흔들리고 있었다. 진화인성은 남북조시대의 병법서를 기초로 하여 스스로 백제병법이라고 부르는 책을 만들었는데 계백이 그 첫 독자이자 제자였다. 한동안 병서를 읽던 계백이 머리를 들었다.

"스승님, 양 무제는 반란을 일으킨 후경에게 죽었지만 후경 또한 부하들의 배신으로 죽었습니다. 후경을 죽인 공로자인 진패선과 왕승변도 서로 싸우다 죽었습니다. 스승님의 책에는 모두 역적들의 자손만 기록되어 있습니다."

"그들이 이긴 방법을 보아라."

"모두 간교한 수단으로 이겼습니다."

"계략과 음모도 전술이다."

진화인성의 병서는 역사서도 되어서 계백은 벌써 몇 번째 다시 읽고 있다. 입산한 지 3년째였으므로 계백도 기골이 몰라보게 자라났다. 긴 머리는 뒤로 묶어 늘어뜨렸고 몸에는 곰가죽으로 만든 조끼와 바지를 입었다. 산속 어디에선가 뻐꾸기가 울다가 금방 그쳤다. 큰 짐승이 지나가는 모양이다.

아침에 계백은 하루도 빠짐없이 산마루 세 개를 달려 넘는다. 3년 동안 익숙해져서 가파른 바위능선도 산짐승처럼 퉁겨 올랐고 달려 내려갈 때는 바람 같았다. 가끔 달리면서 맨손으로 토끼도 잡고 산양새끼도 잡았으니 짐승이 다 된 체력이었다. 아침을 먹고 나면 무술수련이다. 오두막 아래쪽에 열 평쯤 되는 평지에서 스승은 검법과 창술, 궁술을 가르쳤는데 3년이 지나자 계백의 기량은 눈에 띄게 향상 되었다. 스승은 수련시간에 조금이라도 방심하거나 게으름 피우는 것을 용납하지 않았다. 처음 일 년 동안은 서럽고 분해서 여러 번 울었는데 시간이 지나자 이제는 그것이 부끄러

왔다. 그리고 열중하면 마치 신에 들린 듯이 칼끝을 따라 마음이 가고 나르는 살처럼 자유로워지는 것이었다. 계백은 혼자서 검무(劍舞)를 추고 있었다.

스승이 전수해 준 백제 검법은 모두 외우고 있었으므로 찌르고 베고 막는 54가지의 초식을 잇달아서 연출하며 검과 함께 몸을 흔드는 것이다. 찌르는 수단에도 강약이 있고 고저가 있는 데다 방향도 수십 군데로 나뉘어진다. 검무는 스승에게 배운 것이 아니어서 스스로 뛰고 흔들면서 다음 동작 사이의 어색함을 메워야 했다. 계백은 몸을 옆으로 틀어 칼을 뿌리면서 껑충 솟아올랐다. 적은 사방에 있어서 허공에서도 칼을 내리쳤고 한 발로 앞쪽을 차 올렸다. 온몸에서 땀이 흘러내렸지만 계백은 열중해 있었다. 54개 초식을 스스로 마구 뒤섞었으므로 초식은 수천 개가 되었고 동작은 더욱 현란해졌다. 칼바람이 날카롭게 울리면서 그의 몸 모든 부분이 칼과 일체가 되는 것 같이 보여졌다. 그가 마침내 두 발로 땅을 짚고 섰을 때였다.

"제법이다."

어느새 왔는지 진화인성이 옆쪽 풀숲에 서 있었는데 놀랍게도 그의 옆에는 말 한 필이 있었다. 그가 말고삐를 계백에게 건네주었다.

"다섯 살배긴데 군마(軍馬)였다."

그러나 말고삐를 받아 쥔 계백이 눈을 크게 떴다. 말은 갈비뼈가 다 드러났고 목을 세울 힘도 없는지 긴 목을 늘어뜨리고 있다. 그리고 눈에는 흰 눈곱이 잔뜩 낀 데다 엉덩이의 커다란 상처에는 파리떼가 새까맣게 붙어 있었다.

"이대로 두면 열흘 안에 죽는다."

정색한 스승이 말을 이었다.

"역참에서 버린 것을 주워 왔다. 살려서 네가 타거라."

계백은 말의 목을 쓸었다. 병서에서 기마군의 전술도 배웠고 기마자세에서의 검술도 익혔지만 말 대신 바위에 앉아 칼을 휘둘렀다.

언젠가 스승이 말을 구해 줄 것이라고 생각은 했었지만 가져 온 것이 열흘 안에 죽을 말인 것이다.

사비는 질풍처럼 골짜기를 달렸다. 바위투성이인 개울가를 피해 산허리에 바짝 붙어 달리는지라 나뭇가지가 어깨를 때리고 지나갔다. 기마훈련은 주로 산 아래의 골짜기와 앞쪽 황야에서 했으므로 가슴이 트였고 속도감으로 흥이 솟는다. 사흘 건너 한 번 꼴로 나오는 터라 사비로 이름 붙인 말도 산을 내려오면 내닫기부터 했다.

계백은 고삐를 입에 물고는 안장에 걸린 활을 쥐었다. 그리고는 살통에서 꺼낸 살을 시위에 재었다. 사비는 네 굽을 모으며 달리고 있었지만 이미 계백의 의도를 안다. 골짜기를 벗어나 넓은 황야로 들어서자 사비는 높은 곳만을 골라 달렸다. 계백이 사냥감을 찾게 하려는 것이다. 한낮이었다. 해는 중천에 떴고 바람은 알맞아서 살이 날리지도 않을 것이다. 계백은 무릎으로 사비의 허리를 단단히 조였다. 열흘이면 죽는다던 사비는 스승이 먹인 약초 덕분에 살아나 이렇게 훌륭한 전마(戰馬)가 되었다. 이미 말과 동체가 되어 온 지 2년이어서 계백의 기마술은 능란했다. 스승은 말에 오르면 말과 사람이 동체가 되어야 한다고 가르쳤던 것이다. 갑자기 앞쪽에서 검은 물체가 튀어 올랐으므로 사비가 속도를 뚝 떨어뜨렸다. 꿩이었다. 장끼 한 마리가 긴 꽁지를 끌며 옆쪽으로 전속력으로 날고 있었다. 달리는 그 자세에서 몸만 튼 계백은 활을 힘껏 당겼다가 살을 날렸다. 몸통이 꿰인 꿩이 풀숲으로 떨어지자 사비는 고삐를 당기지도 않았는데도 머리를 그쪽으로 틀었다.

책을 덮은 진화인성이 계백을 바라보았다.

"이제 한어(漢語)와 왜어도 그만큼 하면 됐다."

산속의 짐승들도 모두 잠이 든 깊은 밤이다.

"백제는 일찍이 바다로 뻗어 나가 대륙의 영지를 관리했다. 백제어가 근본이긴 하지만 그들의 말과 글자도 배워야 확실하게 지배할 수 있는 것이야."

이미 스승과 함께 한 지 5년이다. 계백은 이제 앉은키가 스승보다 컸고 어깨도 넓다. 그가 시선을 들었다.

"스승님, 충신의 근본은 무엇입니까?"

"마음으로 왕을 섬기는 것이다."

"그 마음을 왕이 알아주지 않아도 그렇습니까?"

"그렇다."

정색한 진화인성이 자리를 고쳐 앉았다.

"그것을 바란다면 진실한 충신이 아니다."

"역사에 기록되지도 않고 죽어 간 충신이 많다는 생각이 들었습니다."

"그것도 바라면 안 된다."

"그렇다면 누가 인정해 줍니까?"

"너 자신이다."

진화인성이 손끝으로 계백의 가슴을 가리켰다.

"마음을 비우고 왕을 섬겨라. 그러면 편안하고 자유로워질 것이다."

"제 부친도 그렇게 돌아가셨을까요?"

"그랬을 것이다."

계백은 눈을 감았고 진화인성은 앞쪽의 거적을 바라보았다. 진화인성은 본래 백제 한성시대의 왕비가문인 진(眞)씨의 후예이니 대성 8족의 일원이다. 그러나 조상이 삼근왕 시절에 좌평 해구와 함께 반란을 일으켰다가 가문이 몰락했던 것이다. 그 당시 진화인성의 조상 진위는 6품 나솔이었고 그의 부장이 9품 고덕인 계백곤이었다. 계백곤은 목숨을 걸고 진위의 아들 진서를 보호해 주었는데 그가 바로 진화인성의 조상이었다. 따라서 진화인성의 계백에 대한 열의에는 조상이 진 빚을 갚는다는 의미도 있었던 것이다. 이윽고 시선을 내린 그가 혼잣소리처럼 말했다.

"난세에는 영웅이 나타나기 마련이나 진정한 영웅은 소리 없이 죽는 충신이다. 그들이야말로 세상을 깨끗하게 한다."

제3장 풍운 속으로

하남땅 덕산에 있는 백제군(郡) 덕산 태수 진포(眞抱)가 사비도성에 도착한 것은 저녁 무렵이었다. 진포는 무왕으로부터 동정후(東征侯)를 제수 받은 대성 8족의 일원으로 내해를 건너간 지 10여 년 만의 귀향이었다. 도성 안 후부 상항지역의 객부(客部)소속 영빈관 안이다. 객부의 장리(長吏)인 달솔 사문이 인사를 마치고 돌아간지 얼마 되지 않았을 때 원자 의자가 찾아왔다. 마악 저녁을 마친 진포는 지친 몸을 늘어뜨리고 앉아 있다가 서둘러 일어섰다.

"원자께서는 건강하십니다."

진포가 몇 대 빠진 이를 보이며 웃었다. 그는 육십대 중반으로 의자가 아직 아이였을 때 내신좌평(內臣佐平)을 지냈다.

"할아범께서도 근력이 있어 보이시오."

"허어, 이젠 죽는 날만 기다리고 있소이다."

의자는 밀행이어서 단둘이 마주 앉았다. 비록 바다 건너 하남땅의 태수로 가 있지만 진포가 본국(本國)의 정정(政情)을 모를 리가 없다. 연락용 쾌선(快船)은 수시로 사비와 내해 건너 백제군들을 왕래하고 있는 것이다. 진포가 은근한 시선으로 의자를 바라보았다.

"잘 견디고 계시오. 당에서는 해동중자(海東曾子)라고 이미 소문이 났소이다."

"그런데 갑자기 웬일로 먼 길을 오셨습니까?"

정색한 의자가 물었다. 진포의 이번 귀향 이유는 대왕께 문안을 올리려는 것이었다. 그러자 진포가 길게 숨을 뱉었다.

"연무 태수가 신라 배를 받소. 게다가 쾌속 선단을 조직하여 해적질을 하고 있소이다."

"연무 태수가 말입니까?"

의자의 얼굴이 굳어졌다. 연무 태수 부여광은 왕족이다. 덕산 태수인 진포의 영지(領地)와 접경하고 있었는데 튀어나온 반도의 앞쪽 요지여서 내해 위쪽 요서 앞바다의 제해권을 잡은 백제군(郡)이었다. 진포가 낮은 목소리로 말했다.

"당항포를 떠난 신라의 관선(官船) 두 척이 백포(白浦)에 정박하고 있는 것을 내 신하가 똑똑히 보았소."

"……"

"게다가 부여광의 쾌선은 우리 백제군의 무역선까지 가리지 않고 노략질을 하오. 그것도 내 신하들이 확인을 했소."

의자가 길게 숨을 뱉었다. 백제의 해외 영지는 왕족이나 귀족가문의 중신(重臣)으로 태수를 삼아 왕(王) 또는 후(侯)로 봉해졌다. 그러나 일종의 자치령이어서 부여광은 삼 대에 걸쳐 태수를 세습해온 것이다. 주위를 둘러본 의자도 목소리를 낮췄다.

"할아범, 그 일을 대왕께 말씀 올리려고 오셨습니까?"

"그렇소이다. 명목은 대왕을 오랫동안 뵙지 못해 인사를 드린다는 것으로 만들었으나 부여광의 죄상을 밝힐 작정으로 왔소이다."

"말씀하지 마십시오."

"아니 대왕께 말씀 올리지 않는다면 부여광을 놔두란 말이오?"

진포가 눈을 부릅뜨자 의자는 머리를 저었다.

"아니오. 할아범, 소자가 대왕께 은밀히 말씀을 올리겠소."

"……."

"내일 조신들이 모인 청안에서는 그저 인사만 올리십시오."

"그럼 도성 내에도 부여광의 동조자가 있단 말이옵니까?"

긴장으로 굳어진 진포가 의자를 바라보았다.

"원자 말씀은……. 그것 때문이오?"

"그럴 수도 있소. 그리고 청에서 말씀을 올린다면 금방 그 소문이 연무 태수에게로 전해질 것이고 그때는 연무 태수가 어떻게 할 것 같습니까?"

눈만 끔벅이는 진포를 향해 의자가 말을 이었다.

"당의 이세민에게 투항해서 연무군 태수로 봉해질 수도 있지 않겠습니까?"

"그러면 다른 수단을 쓰자는 말씀이군."

그제야 뜻을 알아차린 듯 진포가 머리를 끄덕였다.

"합당한 말씀이시오. 원자께선 그동안 크게 성숙하셨소이다."

"부여광은 이미 딴마음을 먹고 있소이다."

뱉듯이 말한 의직(義直)이 의자를 바라보았다.

"바다 건너 백제령의 왕노릇을 삼 대에 걸쳐 해왔으니 종주국을 잊었소이다."

의직은 4품 덕솔로 도성의 후부(後部) 부장(部將)이다. 천성이 강직하고 무공(武功)이 뛰어났으나 신분이 낮아 13품 무독(武督)으로 오래 박혀 있다가 의자의 후원에 힘입어 도성경비 오부장(五部將) 중 일인이 되었으니 파격 승진이었다. 후부 상항지역의 민가 안이었다. 영빈관을 나온 의자는 곧장 이곳에 들렀는데 방안에는 의직과 윤충, 계백이정 세 사람이 의자를 바라보고 앉아 있었다.

"신라 진평의 걸사표가 장안의 이세민에게 그토록 빨리 전해졌던 이유를 이제 알았소이다."

윤충이 탄식을 했다.

"내해를 건너 바로 연무군에 닿았던 것이오."

당항성에서 가장 가까운 중국 대륙이 내해 쪽으로 뻗쳐 나온 백제령 연무군인 것이다. 계백이정이 조심스런 시선으로 의자를 바라보았다.

"원자 전하, 이번 일은 신중을 기해야 할 것 같소이다."

"그래서 덕산 태수께는 이 일을 발설하지 말라고 당부했소."

"연무 태수의 추종세력이 있을 것이외다."

그러자 윤충이 힐끗 의자를 바라보았다.

"충승 왕자와 왕래가 많소이다. 그리고 목 씨 가문도."

모두 알고 있는 일이었으나 방안은 무거운 정적에 덮여졌다. 의자 앞에 앉은 윤충과 계백이정, 그리고 의직 등은 신진 세력으로 대성 8족이 아니다. 의자의 후원으로 고위직에 올랐으나 그들 모두는 대성 8족의 기반이 얼마나 단단한지 잘 알고 있는 것이다. 이윽고 의자가 입을 열었다.

"어지러운 세상이오. 이런 상황에서 내분이 노출된다면 나라가 위태하게 되오. 신중하게 처리해야 한다는 시덕의 말씀이 옳소."

다음날 아침 동정후(東征侯) 겸 백제령 덕산 태수 진포는 무왕을 뵙고 오랫동안 뵙지 못한 인사를 드렸는데 대왕전 안의 분위기는 화기애애했다. 진포는 중국산 비단 천 필과 서역(西域) 상인들에게서 구입한 갖가지 재물을 한 배 가득히 싣고 왔던 것이다. 진포는 연무 태수 부여광에 대한 이야기는 하지 않았다. 무왕이 인접한 연무군(郡)에 대해서 물었어도 별고 없는 줄로 알고 있다고만 대답했다. 그날 밤은 부소산 기슭의 명월정(明月亭)에서 대왕이 태수를 맞는 연회가 열렸다. 덕산 태수 진포는 내신좌평 출신인 데다 동정후다. 그리고 그는 바다 건너 덕산군(郡)에 9개의 성(城)과 포성(浦城)으로 나뉘어진 영역에 3만 호, 20만의 인구를 가진 자치령의 수장(首長)인 것이다. 기녀의 춤을 바라보던 대왕이 문득 진포를 바라보았다.

"동정후, 덕산군에는 쾌전선(快戰船)이 몇 척이나 있소?"

"전선(戰船)이 10여 척 있사오나 쾌전선은 없사오이다."

"쾌전선이 있어야겠소."

둘만의 이야기는 그것으로 끝났으나 진포는 술잔을 들어 한 모금을 삼켰다. 바로 옆자리에 앉은 데다 풍악이 요란했으므로 아무도 듣지 못했다. 대왕은 원자로부터 부여광의 이야기를 들은 것이다. 신라왕 김진평의 배가 연무군에 닿는 것을 막으라는 뜻이다. 진포는 대왕의 시선이 오기를 기다렸다가 머리를 숙였다. 명을 따르겠다는 표시였다.

산속 어디에선가 산새가 울고 있었다. 산새소리에 섞여 계곡의 물 흐르는 소리, 곤충의 울음소리가 귀에 들리더니 나뭇잎 밟히는 소리가 났다. 짐승이다. 단단한 발굽이 바위에 가볍게 부딪치는 걸 보면 산양이나 노루일 것이다. 해는 중천에 떠 있어서 바위 위에 앉은 계백의 그림자는 보이지 않았다. 그는 손을 뻗쳐 옆에 놓인 철궁을 쥐고 일어섰다. 몸을 날려 세 길 아래의 바위 위로 뛰어내린 그는 풀숲을 헤치며 달려가기 시작했다. 험한 능선을 날렵하게 뛰어올랐을 때 노루는 마악 건너편 산기슭으로 뛰어 건너는 중이었다. 달리면서 그는 철궁에 살을 재었다. 거리는 오백 보나 되었지만 숨 몇 번 쉬고 나면 따라잡을 수 있을 것이다. 그가 노루를 매고 오두막에 닿았을 때는 미시 무렵이었다. 오두막의 좁은 마당에 오른 그는 노루를 떨어뜨리면서 눈을 크게 떴다. 손님이 와 있었던 것이다. 그것도 두 사람이다. 마루 끝에 서 있던 도이는 금방 두 눈에서 눈물을 쏟았는데 입을 열지는 않았다. 그리고 스승과 마주 앉아 그를 보고 있는 노인은 백부인 계백이정이다.

"어서 오너라."

계백이정도 목이 메었다. 그가 눈물이 글썽한 눈으로 계백을 바라보았다.

"꼭 네 아비를 닮았구나."

그러자 도이가 마당 위로 털썩 무릎을 꿇었다.

"주인, 장하게 크셨소."

그는 머리를 들지 않았다.

그날 저녁, 오두막의 마당에는 화톳불이 타올랐다. 노루고기가 토막으로 갈라져 구워지고 있었는데 화톳불 주위에는 네 사내가 둘러앉았다. 계백이정이 계백을 바라보았다.

"네 소식은 듣고 있었다."

그가 옆에 앉은 도이를 손으로 가리켰다.

"도이가 산 아래에서 네 스승님을 자주 만나고 갔다."

잠자코 노루 다리살을 뜯고 있는 계백을 향해 그가 빙긋 웃었다.

"네 스승님 말씀대로 이젠 떠날 때가 된 것 같구나."

계백이 고기를 내려놓았다. 긴장한 얼굴이었다.

"떠나다니요? 무슨 말씀입니까?"

말은 백부에게 물었지만 시선은 진화인성에게 향해졌다.

"제자는 아직 멀었습니다."

"이젠 세상에서 단련해라."

진화인성이 자르듯 말했다.

"네 바탕은 굳어졌으니 크기는 스스로 만들어야 할 것이다."

"네가 내해(內海)를 건너 백제군(郡)에 다녀와야겠다."

계백이정의 표정이 엄숙해졌다.

"나는 원자 전하께도 허락을 받고 온 길이야. 연무 태수 부여광이 신라와 당과 내통하고 있다. 네가 그곳 사정을 자세히 알아오너라."

계백이정이 목소리를 부드럽혔다.

"계백가문의 영예(榮譽)다. 이런 기회가 어찌 두 번 오겠느냐?"

그러자 진화인성이 얼굴에 웃음을 띠었다.

"그래, 내 조상의 허물을 제자인 네가 씻을 수도 있겠다."

그가 계백이정을 향해 술잔을 내밀었다.

"또한 나는 조상이 계백가문에 진 빚을 갚게도 되었고, 일거양득이로다."

다음날 아침 계백은 안둔산을 떠났다. 스승 진화인성은 오두막 안에 앉아 나와보지도 않았지만 계백은 몇 번이고 멀어져 가는 숲과 골짜기를 돌아보았다. 자신의 몸은 부모가 만들어 주었으나 스승은 사람을 만들어 주었다. 멸문당한 역적의 후손인 진화인성은 계백이 유일한 제자였으며 조상 대신으로 임금께 봉사하는 그의 유일한 기회였을 것이다. 평지에 내려왔을 때는 한낮이었다. 그제야 계백이정이 말문을 떼었다.

"부여광은 원자 전하의 아우인 충승 왕자, 그리고 군권을 쥐고 있는 목씨 가문과 맥을 통하고 있다."

쉰이 넘은 계백이정이라 그는 소매로 얼굴의 땀을 씻었다.

"내국의 일은 가깝게 있으니 손을 쓸 수가 있으나 바다 건너 백제군(郡)의 모반은 막기 힘들다."

그는 덕산 태수 진포의 보고 내용을 차근차근 말해주었다.

"덕산군(郡)은 그렇다고 치더라도 만일 연무군(郡)이 모반하면 다른 군에도 영향을 미칠 것이야. 원자께서는 그것을 걱정하신다."

"백부님, 소질(小姪)은 경륜도 부족한 데다 재능도 없습니다. 대임에 적임자가 아니올시다."

계백의 말에 계백이정이 피로가 가신 듯한 얼굴로 소리내어 웃었다. 뒤를 따르던 도이의 주름진 얼굴에도 웃음기가 배어 났다.

"네 스승이 잘 가르쳤구나. 겸양의 덕이 첫째느니."

"그르칠까 두렵습니다."

"이제 어른이 다 되었다."

계백이정이 정색을 했다. 그들은 이제 산허리를 돌아 나가는 중이었다.

"너는 연무군에 잠입하는 것이야. 네 얼굴을 아는 사람이 거의 없을 터이니 그것이 네가 적임인 첫째 이유다."

계백이정이 주름진 눈시울을 들어 계백을 바라보았다.

"우리 계백가문은 백제땅의 토호로서 수백 년을 왕께 봉사해 왔다. 하나 지금처럼 왕실이 우리 가문의 도움을 필요로 하는 때가 없었다."

그가 계백의 어깨에 손을 얹었다.

"난 원자 전하의 측근이다. 원자께선 곧 백제국을 맡으셔야 할 몸이고, 나는 그분께 내 조카인 너를 추천한 것이다."

귀족과 서민, 종으로 나뉘어진 사회인 것이다. 수많은 토호집안이 몰락하여 없어졌으나 계백가문은 다행히 맥을 이었다. 그리고 측근으로 중용(重用)될 기회가 온 것이라는 말이었다. 뒤로 처져 있던 도이가 다가왔다.

"주인, 대웅성에서 덕조가 기다리고 있소이다. 소인은 늙어 모시지를 못하나 덕조가 주인을 수행할 것이오."

도이가 말하자 계백이정이 걸음을 늦췄다.

"난 대웅성까지 같이 가지 못한다. 그러니 오늘은 야숙을 해서라도 너와 같이 있고 싶구나."

혹치상지(黑齒常之)는 본래 선조부터 안남(安南)의 담로를 지낸 가문으로 그곳의 풍습대로 이를 검게 물들였는데 본국으로 건너온지는 일 년밖에 되지 않았다. 안남 땅의 백제군(郡)은 중국 대륙 최남단의 열대지역이다. 그러나 해상통행의 요지(要地)여서 서역과 중국상선의 교차로 역할을 했으므로 문물이 발달했다. 혹치상지의 아비 혹치사차(黑齒沙次)는 두 아들을 두었는데 기골이 크고 무예에 익숙한 둘째 아들 상지를 본국으로 보내면서 원자(元子)인 의자에게 간절한 글을 올렸다. 남방에 정착한 지 1백여 년이 되어 자식들이 본국의 임금을 모르며 말과 풍속을 잊는 것이 절통하니 둘째를 충실한 백제국 신하로 만들어 달라는 내용이었다. 제9품 고덕(固德)인 혹치상지는 관모에 비복(緋服)을 입고 적대를 찬 차림으로 왕궁을 나섰다. 그는 도성 전부(前部)의 상항(上巷) 항장(降將)이니 휘하에 1백여 명의 군사를 거느린 도성 수비군의 장수였다. 늦은 오후였지만 거리에는 행인들이 많았다. 10여 간이 되는 직선도로에는 비닥에 돌이 깔려서 가죽신 바닥의 쇠창이 걸음마다 경쾌한 소리를 냈다. 사비도성은 동방의 대도(大都)인 것이다. 거리에는 왜인들과 중국인에다 이따금 피부가 검은 서역상인들의 모습도 보였다. 그가 상항 끝쪽에 있는 객사에 들어섰을 때는 도성 전체가 환하게 등불을 밝히고 있었다.

"이봐, 술 한 상 차려 넣어라."

하인에게 던지듯 말한 그가 마악 숙소인 이층으로 향하는 계단으로 오르려는데 비어 있는 줄만 알았던 아래층에서 인기척이 났다.

"이보게, 고덕."

몸을 돌린 흑치상지는 미복 차림의 의직이 서 있는 것을 보았다.

"아니, 덕솔 나으리."

흑치상지가 허리를 굽혔다. 의직은 도성의 후부(後部) 부장이다.

"여긴 웬일이십니까?"

"고덕을 데리러 왔어."

빙긋 웃으며 의직이 가볍게 손을 저었다.

"어서 미복으로 갈아입고 날 따르게."

본국에 온 지 일 년 밖에 되지 않은 데다가 올해로 열일곱이다. 원자 의자의 추천으로 고덕 벼슬은 잡았으나 흑치상지는 객사에서 혼자 생활하고 있었던 것이다. 서둘러 옷을 갈아입고 의직을 따라나선 흑치상지는 감히 이유를 묻지 못했다. 의직은 신라와의 싸움에서 눈부신 공을 세운 용장이다. 그리고 이제까지 그와 한번도 단둘이 있어본 적이 없는 것이다. 의직이 그와 함께 들어선 곳은 근처에 있는 아담한 사가(私家)였다. 청에 오른 흑치상지는 놀라 우선 허리부터 굽혔다. 원자 의자가 안쪽에 앉아 있었던 것이다. 술상 앞에 앉은 그가 얼굴에 웃음을 띠었다.

"고덕, 어서 여기 앉게."

의자의 옆에 앉은 사내는 달솔 윤충이다. 술잔을 든 의자가 순서를 깨고 먼저 흑치상지에게 내밀었다.

"고덕, 우선 술잔부터 받게나."

"아니옵니다. 원자 전하."

당황한 흑치상지가 손을 저었는데 이번에는 옆쪽 윤충까지 거들었다.

"원자께서 주시는 잔이야. 어서 받게."

"황공하옵니다."

흑치삼지는 두 손으로 잔을 받았다. 윤충과 의직이 원자 쪽 사람이라는 것은 알고 있었다. 두 사람 모두 신라와의 싸움에서 혁혁한 무공을 세운 무장이다. 다만 대성 8족이 아닌 이유로 낮은 신분에 머물다가 원자의 후원을 받아 솔품(率品)계에까지 올랐고 윤충은 제2품인 달솔이 되었다. 흑치상지의 가슴이 세차게 뛰었다. 자신도 원자의 후원으로 입신한 사람 가운데 하나인 것이다.

다음날 아침, 흑치상지는 전부(前部)부장에게 병을 청하여 휴근의 허락을 받고는 곧 숙소로 돌아와 짐을 꾸렸다. 마방에서 금 조각 두 개를 주고 튼튼한 수말 한 마리를 산 그는 미복 차림으로 말에 올라 도성을 나왔다. 말 등에 실린 것은 둘둘 말린 짐 꾸러미 하나였고 허리에는 장검을 찼을 뿐인데 행인들의 눈에는 팔자 좋은 귀족 서방님이 가까운 곳으로 나들이를 가는 것으로 보였을 것이다. 도성을 나온 그는 말에 박차를 넣고 북으로 달렸다. 한낮이었고 여름이다. 작년에 가뭄이 심하여 대왕은 도성의 역사를 중지시켰는데 올해도 비가 적었다. 말은 부연 흙먼지를 일으키며 달려나갔다.

대웅성은 백제의 내해를 향한 요지로 신라가 차지한 북쪽의 당항성과는 60리 기리었다. 바다 쪽은 틔어 있고 나머지 삼면은 돌벽으로 쌓아서 마치 말굽 형태의 성이었는데 넓이가 각각 1리 반이 되었으니 대성(大城)이었다. 바다 쪽의 포구는 천연의 산줄기가 둥그렇게 감싸안는 형국으로 한꺼번에 대선 스무 척이 들어와도 남았다. 당항성보다 뒤질 데가 없는 포구였고 선박의 입출과 성안의 활기에 있어서는 오히려 더 나았다. 왜국의 무역선과 내해 건너편 백제군(郡)의 배들이 수시로 왕래하고 있었으며 서역배들도 한산한 당항성보다 대웅성을 기착지로 했기 때문이다. 대웅성의 서문(西門)

안 거리에 있는 객사 안이다. 앞쪽 주청에는 거침없는 왜말과 한어가 떠들썩하게 흘러나오고 있었다. 모두 무역선을 타고 온 상인들이다. 아직 초저녁이었으나 이미 술에 취해 눈이 풀린 왜인들도 보였다.

"저놈들이 오늘 아침 배로 도착한 마쓰이 산조의 졸개들이오."

오지가 소곤대며 말하자 헤이찌가 쓴웃음을 지었다.

"졸개들이 더 시끄러운 법이다."

그들은 주청 안쪽의 탁자에 나란히 앉아 있었으므로 주청 안이 다 보였다. 술잔을 든 헤이찌가 은자 한 닢 값어치의 술을 한 모금 삼켰다.

"마쓰이 산조가 재물을 얼마나 싣고 왔는지를 생각하면 가슴이 떨리는구나."

마쓰이 산조는 조오메이의 섭정 소가노에미시의 무장이다. 왜국은 섭정인 소가노에미시의 천하가 되어 있었는데 왕도 그가 옹립한 것이다. 안쪽의 객사에서 나온 사내 하나가 그들 앞으로 다가와 앉았다.

"두령, 배가 물이 새기 때문에 이틀을 수리하고 사흘째 되는 날에 떠난다고 하오."

사내가 소곤대듯 말을 이었다.

"배안에는 당에서 산 미녀도 열 명이나 있다고 합니다. 소가노에미시에게 올릴 진상품이오."

안쪽의 객사에는 마쓰이 산조의 부하들이 묵고 있는 것이다. 지금 앞쪽에서 떠들썩하게 술을 마시고 있는 왜인들도 그들 일행이다. 술잔을 내려놓은 헤이찌가 정색을 했다.

"포구 안에서 놈들의 재물을 뺏는다."

그러자 오지가 두 눈을 치켜 떴다.

"두령, 뺏을 수는 있겠지만 곧 백제군의 쾌전선(快戰船)에 잡힙니다. 포구 안은 위험하오."

"미련한 놈 같으니."

헤이찌는 혀를 찼다.

"누가 배로 달아난다고 했느냐? 내륙으로 숨었다가 당항성 아래쪽에서 우리 배를 만나 실으면 될 것이다."

그가 날카로운 시선으로 앞쪽의 사내들을 바라보았다.

"기회는 오늘밤이 좋겠다."

객청 안으로 들어선 흑치상지는 나무 걸상에서 일어서는 사내를 보았다. 어두워서 얼굴 윤곽은 선명하지 않으나 장신의 사내였다.

대웅성 중문 근처의 예빈관은 주로 중국 상인들이 묵는 곳이다. 객청에는 중국인 서너 명이 있었지만 백제인 복색은 한 명뿐이었다. 사내에게 다가선 흑치상지가 정중히 물었다.

"계백 공자시오?"

"아니올시다. 소인은 공자님의 종이오."

당황한 사내가 허리를 굽혔다가 세웠다.

"주인께서 기다리고 계시오."

사내가 안내한 곳은 복도 끝쪽에 있는 방이었다. 방으로 들어서자 안쪽에 서 있던 사내가 다가왔다. 방안의 등빛이 환했으므로 굵은 눈썹과 맑은 두 눈이 드러났다. 6척이 넘어 보이는 신장에 이끼가 벌어졌고 볕에 탄 피부는 윤기가 났다.

"소인이 계백이올시다."

사내가 허리를 굽히자 흑치상지도 따라 예를 보였다.

"흑치상지올시다."

그들은 초면이다. 다탁을 사이에 두고 마주 앉자 그들은 잠시 서로의 얼굴을 바라보았다.

흑치상지가 열일곱이니 계백보다 한 살 위였으나 체격과 얼굴은 계백이 더 어른스러워 보였다. 5년 동안 산속에서만 단련해온 때문일 것이다. 흑치상지가 입을 열었다.

"시덕 어른으로부터 말씀은 들었소이다."

계백이 머리만 끄덕였으므로 그가 말을 이었다.

"하남 땅은 내가 어렸을 적에 여러 번 왕래한 곳이오. 특히 연무군과 덕산군은 내 손바닥같이 잘 알지요."

"잘 부탁합니다. 나는 본국 땅 밖으로 나간 적이 없습니다."

"바닷길이 익숙해지면 거친 파도가 거친 말보다 낫습니다."

흑치상지의 임무는 내해(內海)를 건너 계백을 연무군의 도성까지 안내하는 일이다. 바다에는 해적선이 빈번하게 출몰하는 데다가 연무군의 해안은 부여광의 초계선과 군사에 의해 철통같이 방비되고 있는 것이다. 긴장을 풀어주려는 듯이 흑치상지가 이를 드러내고 웃었다. 그의 이는 이름처럼 검지 않고 희었는데 본국으로 보내지면서 물감을 닦았기 때문이다.

"덕산군으로 가는 무역선 한 척에다 세 사람의 승선을 부탁해 두었습니다. 우선 덕산군에서 하선한 다음 연무군으로 들어가는 것이 상책이오."

"언제 출발이오?"

"내일 한낮입니다. 우리 세 사람은 덕산군으로 중국 비단을 사러가는 장사꾼이 되는 것이오."

덕조가 술상을 들고 방안으로 들어섰다. 상을 내려놓은 그가 술병을 들더니 우선 흑치상지의 잔에 술을 따랐다.

"네 고향이 어디냐?"

흑치상지가 묻자 덕조가 부푼 입으로 대답했다.

"요서의 대산포에서 나왔지요."

"대산포라면 덕산군에는 가보았느냐?"

"내륙으로만 떠돌았소."

계백이 얼굴에 웃음을 띠었다.

"허나 한어와 왜어에 능하고 창을 잘 씁니다."

딱딱해진 분위기를 누그러뜨리려는 것이다. 흑치상지가 쓴웃음을 지었다.

"백제국 사람이면 한어와 왜어를 응당 알아야지요. 나는 남만어와 서역어도 익혔소이다."

흑치상지가 자신의 객사로 돌아간 것은 늦은 밤이다. 예빈관 안은 차츰 조용해졌고 가끔 주인이 하인을 부르는 소리만 났다. 걸상에 앉은 계백의 앞으로 덕조가 다가와 섰다.

"주인, 덕산까지는 뱃길로 보름입니다. 무역선이라 하지만 숙식이 불편할 터이니 고생은 하셔야 될 것이오."

그러자 계백이 빙긋 웃었다.

"너는 나를 아직 어린애로 보는구나."

"아니오. 하지만 종의 당연한 도리로써……."

"넌 덕산군뿐만 아니라 연무군에도 가보았다고 했다. 흑형에게는 왜 거짓말을 했느냐?"

"실삽이로 나선 사람에 아는 체할 필요는 없지요."

덕조가 굳어진 시선으로 계백을 보았다.

"연무군은 이제 적지(敵地)올시다. 매사에 조심하셔야 하오."

"흑형은 견문이 풍부한 사람이다. 좋은 친우를 만난 것 같구나."

몸을 돌린 덕조가 침상을 정리했다. 계백이정이 계백을 첩자로 추천한 것은 원자를 도우려는 목적도 있었지만 수련을 거의 마친 계백에게 바다 건너 대륙의 견문을 쌓게 하려는 것이었다. 그러나 덕조로서는 걱정부터 앞서기만 한다. 계백이정은 딸만 둘이었으니 계백가문의 흥망은 오직 계백에게 달린 것이다.

"어머님은 건강하시더냐?"

문득 계백이 물었으므로 덕조가 허리를 폈다. 안둔산을 나온 지 사흘이었다. 계백은 어머니 안부를 처음 묻는다.

"예, 건강하십니다."

"……."

"주인께 몸조심하라고 당부하셨습니다."

"또 거짓말을 하는구나."

머리를 든 계백이 쓴웃음을 지었다.

"어머님은 그런 말씀을 하실 분이 아니다."

"마님은 주인을 강하게 키우시려는 것이오."

"어머님 스스로도 강해지려고 노력하시는 것이야."

계백이 퍼뜩 시선을 든 덕조를 바라보았다.

"산속에서 어머님의 입장이 되어서도 생각해 보았다."

"과연."

커다랗게 머리를 끄덕인 덕조가 침상에서 비껴 섰다.

"주인은 이제 어른이 다 되셨소 주무시오."

"자빠져들 자는 모양이다."

헤이찌가 옆에 선 오지를 바라보았다.

"소리 없이 해치워야 한다."

다시 한번 다짐하듯 말한 헤이찌가 눈짓을 하자 오지는 금방 부하들과 함께 어둠 속으로 사라졌다. 포구에는 10여 척의 대선(大船)이 정박해 있었는데 당의 상선이 세 척이었고 왜선도 두 척이나 있었다. 그 중에서 높이가 열 자(尺)에 길이는 1백여 자쯤이나 되는 대선이 마쓰이 산조가 지휘하는 배였다. 헤이찌가 뒤를 돌아보았다. 그가 서 있는 곳은 선박 수리창의 나무더미 밑이었는데 마쓰이의 배는 백 보쯤 앞이었다.

"자, 가자."

앞장 선 헤이찌의 뒤로 10여 명의 부하가 소리 없이 따랐다. 오지는 부하들과 함께 바다로 들어가 반대쪽에서 배로 기어오를 것이고 헤이찌는 정면이었다. 때맞게 그믐날 밤이었다. 포구에 드문드문 화톳불이 밝혀져 있었지만 이제는 개 한 마리 다니지 않았고 파도소리만 들릴 뿐이다. 소리 죽여 걷는 헤이찌의 앞으로 서너 명의 부하가 날렵한 동작으로 달려갔다. 해적질에 이골이 난 부하들이다. 내해에서 이름을 떨치는 귀신 헤이찌의 부하답게 발소리도 들리지 않았다.

대웅성의 성주는 4품 덕솔인 국지(國志)였는데 군장(軍將)이다. 그가 1천여 명의 군사를 거느린 것은 북부의 요지이기 때문이었고 성주의 품격이 높은 데다 수비군의 군율도 엄한 편이었다. 포구의 경비를 맡은 장수는 9품 고덕인 왕규로 엄격한 인물이었다. 자시가 되자 그는 군사 다섯을 거느리고 포구의 순찰을 나섰다. 앞장 선 군사는 기름종이에 싼 등불을 들었는데 겨우 발 밑만을 비칠 뿐이다. 그 뒤를 왕규가 가죽갑옷에 장검만을 찬 경장(輕裝) 차림으로 걸었으며 따르는 네 녕의 군사도 같은 차림이었다. 그의 순찰 길목은 포구 오른쪽에서 왼쪽 끝까지를 살핀 다음 안쪽의 창고를 돌아 나오는 것으로 이제까지 한번도 다르지 않았다. 나란히 정박한 왜선 앞을 지나가던 왕규는 그 가운데 큰 쌍돛배를 유심히 바라보았다. 등 하나 달아놓지 않아서 거선은 그저 형체만 보였다. 왜선들은 좌측 끝에 정박하고 있었으므로 순찰대는 곧 안쪽으로 꺾여져 들어섰다.

"왜선들이 언제 출항인고?"

혼잣소리처럼 그가 묻자 뒤쪽의 군사 하나가 대답했다.

"한 척은 오늘 떠날 것이고 저기 큰 배는 배에 물이 새어서 사흘 뒤에 떠난답니다."

큰 배가 왜국의 집권자인 소가노에미시의 배란 것은 왕규도 안다.

"날이 밝으면 수리창의 역장을 물이 새는 왜선으로 보내라."

"알겠소이다."

왕규는 힐끗 왜선을 바라보았다. 왜국과 백제는 동맹관계나 마찬가지인 것이다. 더욱이 지난달에는 사신들이 왜국으로 들어갔다. 왜국 왕실과 백제국과는 같은 피가 흐르고 있는 현실이다.

순찰대의 불빛이 창고를 돌아 보이지 않게 되자 헤이찌는 상반신을 세웠다.

"쳐라."

이미 20여 명의 부하들은 배위에 모두 올라와 있었다. 그가 낮게 소리치자 해적 무리들은 사방으로 흩어졌다. 짙은 어둠 속이었지만 배에는 익숙한 무리들이다. 일부는 아래층 선창으로 쏟아져 들어갔으며 나머지는 사방의 출구를 막았고 예비조는 그의 옆에 웅크리고 앉아 만약의 사태에 대비했다. 선실로 통하는 입구로 헤이찌가 들어서자 배안에서 희미한 소음들이 났다. 가끔 단말마의 비명도 들렸고 칼날이 부딪치는 소리도 울렸지만 배안에 있는 경비무사는 7, 8명뿐이었다. 나머지는 성안 객사에서 술에 취해 뻗어 있을 것이었다. 아래쪽 선창에 다다랐을 때 피묻은 칼을 든 부하가 뛰쳐나왔다. 두 눈이 번들거리고 있었다.

"두령, 재물이 산 같소. 그리고……."

그는 소리내어 침을 삼켰다.

"당나라 여자들이 10여 명이나 있소."

"열 명이라 들었는데, 세었느냐?"

"세지는 않았소."

선창 안으로 들어선 헤이찌는 숨을 들여 마셨다. 번쩍이는 비단이 산처럼 쌓여 있었던 것이다. 그리고 옆쪽의 뚜껑이 열려진 나무상자들 안에는 갖가지 재화가 가득 들어 있었다. 금과 옥이 등빛을 받아 번쩍였는데 헤이찌로서도 이런 보물은 처음이다. 경비무사의 시체를 건넌 헤이찌가 다시 선창의 나무문을 열자 안에 몰려 서 있던 여자들의 시선이 일제히 쏟아졌다. 당나라 여자들이다. 사치를 좋아하는 소가노에미시는 저택의 정원에 수미산까지 만들고 밤낮으로 향연을 벌이고 있었다. 여자들은 그에게 좋은 선물이 될 것이다.

"이제 재물을 날라라! 어서!"

헤이찌가 소리치자 부하들이 일사불란하게 움직였다. 아직 헤이찌는 칼도 뽑지 않았다. 그가 겁에 질려 떨고 있는 여자들에게로 머리를 돌렸다.

"이년들도 데려가! 입에 재갈을 물리고 아예 자루에 넣어라."

무역선은 돛대 하나에 길이가 60자쯤 되어 보였는데 뱃머리가 뾰족했고 치켜들려 있어서 빠르게 보였다. 배에 오르려던 흑치상지가 계백을 돌아보았다.

"빈 배라 바람만 타면 꽤 빠를 게요."

배안에는 10여 명의 승객이 타고 있었다. 머리에는 두건을 쓰고 허리에는 가죽띠를 맨 텁석부리 사내가 그들에게 다가와 섰다.

"짐이 적어서 좋소."

그들이 들고 온 행장을 훑어보고 하는 말이다.

"선장, 내 일행이요."

흑치상지가 계백과 덕조를 소개했으나 그는 눈길도 주지 않고 말했다.

"안에 자리 잡으시오. 떠나기 전에 순찰대의 검색을 받아야 할테니까."

"그건 왜 그렇소?"

긴장한 흑치상지가 묻자 선장이 뱉듯이 대답했다.

"어젯밤 왜선 한 척이 포구 안에서 강탈당했소. 왜인 일곱이 죽고 배에 실린 재물이 몽땅 털렸다고 하오."

"포구 안 기찰이 심한 것이 그 일 때문이군."

허를 찬 흑치상지가 계백을 바라보았다.

"이젠 포구 안에까지 해적이 들어오는 모양이오."

고덕 왕규가 20여 명의 군사를 이끌고 배에 오른 것은 그로부터 한 식경쯤이 지난 뒤였다. 군사들은 배안을 샅샅이 뒤지고 나서 승객들의 행장도 풀어 보았다. 승객 대부분이 장사꾼으로 덕산군에 물자를 사러 가는 길인지라 금붙이도 꽤 나왔다. 한 사람씩 승객과 행장을 번갈아 바라보며 걸어오던 왕규가 발을 멈춘 곳은 덕조의 앞이었다. 덕조의 행장에는 가죽주머니에 금 조각이 어린아이 머리통만큼이나 담겨져 있었던 것이다.

"어디 사는 누구냐?"

왕규가 대뜸 묻자 덕조는 의외로 가슴을 폈다.

"도성에 사는 사달솔의 집사요."

"사달솔이라면 누구여?"

"외관 도시부(都市部)의 사복교 어른이오."

"덕산군에는 왜 가는가?"

"명을 받고 비단을 사러 가오."

"증표를 보자."

그러자 옆에선 계백이 긴장을 했으나 덕조는 품에서 가죽주머니를 꺼내 들었다. 그는 주머니를 풀어 기름종이를 내 보였다. 종이를 받아 든 왕규가 훑어보더니 계백과 흑치상지를 눈으로 가리켰다.

"이 사람들은 일행인가?"

"그렇소."

머리를 끄덕인 왕규가 증표를 돌려주었다.

"뱃길 조심하시게."

"고맙소이다."

왕규는 군사들을 이끌고 곧 배를 떠났으므로 얼굴을 편 선장이 닻을 끌어 올렸다. 배가 천천히 포구를 떠날 때 흑치상지가 덕조에게 다가가 섰다. 웃음 띤 얼굴이다.

"이보게, 그 증표는 어디서 얻었나?"

덕조가 표정 없는 얼굴로 그를 보았다.

"만들었소."

"허허, 도시부의 직인도 말인가?"

"그렇소이다."

도시부는 외관(外官) 10부의 하나로 상업교역을 전담하는 부서다. 도시부의 장령(長鴒)인 사복교를 모르는 포구의 관리는 없다. 흑치상지가 옆에 선 계백에게로 머리를 돌렸다.

"든든한 시종을 두셨소. 사실은 나도 도시부의 허가증을 준비했습니다."

동남풍을 받은 배는 돛을 불룩하게 부풀린 재 순항했다. 파도는 조금 거칠었으나 맑은 날씨였다. 사흘 동안을 따라오던 갈매기 떼는 나흘째부터는 보이지 않았고, 망망대해의 사방을 휘둘러보아도 수평선 끝에 티끌 하나 붙어 있지 않았다. 닷새째 되는 날은 바람이 눅어지더니 돛이 늘어졌다. 백제인 선장은 아홉 명의 선원을 부리고 있었는데 백제인이 셋에 말갈인이 셋이었고 둘은 왜인이다. 선장 종금은 덕조가 달솔 사복교의 집사인 줄로만 알고 있었으므로 세 사람에게 깍듯했다. 그는 쩌렁이는 목청으로 선원들을 불러 모았다. 그러고는 승객 중에서도 나이 든 사람 몇 명을 뺀 나머지를 선창으로 모았으나 셋에게는 눈길도 주지 않았다. 노를 저으려는 것이다. 계백이 종금에게 다가갔다.

"선장, 나도 노를 잡겠소."

"그래 주시려오?"

선장이 처음으로 눈가를 좁히며 웃었다.

"며칠 간 바람 한 점 불지 않을 것이오. 그렇다고 자빠져만 있으면 안남땅으로 흘러가오."

노는 길이가 두 간(間)이 넘는 기둥 같은 대노여서 한 개에 두 사람이 붙었는데 배의 양쪽으로 네 개씩 있었다. 계백이 뒤쪽 노를 혼자서 쥐자 흑치상지가 옆쪽 노를 역시 혼자 쥐었다. 종금이 손에 참나무막대를 들고는 앞을 가로지른 선창의 버팀목을 내려쳤다. '따악!' 하고 제법 명료한 소리가 바다까지 울리면서 종금이 소리쳤다.

"나간다."

그러자 선원들이 노를 밑으로 내렸다.

"어이쌰!"

'따악' 소리에 노가 들려졌다. 서너 번을 따라 하자 계백은 그들과 동작을 맞췄고 흑치상지도 마찬가지였다.

"난 열흘을 꼬박 저은 적도 있지요."

흑치상지가 계백에게 말하고는 웃었다.

"바람 없는 바다는 폭풍 속 바다보다 더 겁이 나오."

"깊은 산도 그렇소."

힘 주어 노를 당기면서 계백이 마주 웃었다.

"새소리도 끊기면 짐승들은 겁을 내지요."

"범을 잡아 보았소?"

"작년에 두 마리를 잡았소."

그때 뒤쪽에서 키를 쥐고 있던 선원이 뛰어 내려오더니 종금의 귀에 무언가를 말했다.

"어이싸!"

종금의 목소리가 높아졌다.

'따악!' 막대의 내려치는 간격이 짧아졌다. 계백이 머리를 돌려 뒤쪽에 선 종금을 보았다.

"무슨 일이요?"

그러자 구령을 외치고 난 종금이 다시 소리쳤다.

"힘껏 저으시오. 해적선이 다가오고 있소!"

그러자 놀란 몇 명이 노를 헛저었고 그 바람에 배는 왼쪽으로 돌았다. 머리를 든 계백이 노를 내놓은 둥근 구멍으로 밖을 내다보았다. 수평선 위로 배가 보였다. 한 면만 보이는 그 배의 한쪽 노는 여섯 개나 되었다.

한 식경쯤이 지나자 배는 형체가 확연하게 드러났다. 돛대가 두 개인 쾌선으로 선수가 활처럼 휘어져 있었는데 북소리와 함께 노가 일제히 솟았다가 떨어졌다. 눈을 치켜 뜬 종금이 이 사이로 말했다.

"머릿수가 서른 명이 넘겠소."

그는 이미 막대를 던지고 빈손이었다. 승객은 물론이고 선원도 지쳐 나가떨어진 것이다. 배는 급속도로 가까워져서 갑판에 서 있는 사람들도 보였다.

"재물만 뺏고 목숨은 살린다오?"

겁에 질린 장사꾼 하나가 물었으나 대답하는 사람은 없다. 덕조가 뱃전에 서 있는 계백에게 다가가 섰다.

"주인, 싸울 사람은 셋밖에 없소."

그가 힐끗 뒤쪽의 종금을 바라보았다.

"선장은 그저 배를 내줄 것 같소."

"안 될 말이다."

다가오는 배를 쏘아보던 계백이 머리를 저었다.

"셋이 아니라 나 하나라도 싸운다."

"그렇다면 선창으로 들어가 계시오. 놈들이 배안에 옮겨 탄 다음에."

흑치상지가 서둘러 다가왔는데 긴장한 얼굴이었다.

"계백형, 셋으로 당하겠소?"

"우린 선창으로 들어가 있겠소. 흑형은 어찌시려오?"

계백이 묻자 흑치상지가 힐끗 다가오는 배를 바라보았다.

"기회를 봐서 따라가리다."

계백과 덕조가 선창으로 내려갔지만 다른 사람들은 다가오는 배에 정신이 팔려 그들에게 눈길도 주지 않았다. 계백의 뒤를 따르던 덕조가 뱉듯이 말했다.

"사람은 궁지에 몰리면 본색을 보이게 됩니다. 주인."

"가볍게 판단하지 마라."

그들은 선창의 칸막이 뒤에 붙어 섰다. 노 젓는 방이어서 노 구멍으로 다가오는 배가 보였다. 이제는 좌우측 여섯 개씩의 노 가운데 세 개씩만 젓고 있다. 이쪽 분위기를 알아챈 듯 여유 있는 모습이다.

"주인, 두렵지 않으시오?"

문득 덕조가 물었으므로 계백이 시선을 들었다. 덕조의 눈은 바로 지척이었다. 계백이 빙긋 웃었다.

"이놈, 날 떠보지 말아라."

"주인 목숨은 소인 목숨과 다릅니다."

배가 바짝 다가왔으므로 그들은 밖을 내다보았다. 해적들은 갑판 위로 몰려나와 있었는데 말소리까지 들렸다. 왜말이다. 한낮이어서 그들이 치켜든 창검이 빛에 반사되어 반짝였고 몇 명은 위협하듯이 이쪽을 향해 고함을 쳤다.

갈고리로 뱃전을 걸어 당긴 다음 해적들이 일제히 넘어왔지만 무역선은 이미 투항한 상태였다. 선장 종금이 털썩 무릎을 꿇었고 선원들과 장사꾼들이 우르르 그를 따라 꿇어앉았다. 함성을 지르며 난입했던 해적들은 그들의 머리 위로 칼바람을 내었을 뿐 내려치지는 않았다. 기세를 억제하지 못한 해적 두어 명이 칼로 선체를 내려찍기는 했다. 헤이찌는 허리에 칼을 차고 머리에는 백제귀족이 쓰는 은장식이 달린 두건을 썼다. 고구려의 통이 좁은 바지에 돌궐식 기마장화를 신은 차림으로 난간을 넘어 무역선으로 건너갔다.

"어디로 가는 배인가?"

유창한 백제말로 묻자 해적들은 순식간에 좌우로 벌려 서면서 입을 다물었고 선장 종금이 두 손으로 갑판을 짚었다.

"예 덕산군으로 가오."

"배에 실린 것이 무엇이냐?"

"장사꾼뿐이오. 넉산으로 물사를 사러 가는 배여서."

"그렇다면 자금이 있겠구나."

종금이 대답하지 않은 것은 그렇다는 표시였다. 헤이찌가 머리를 끄덕였다.

"자금만 가져 가고 목숨은 붙여주마. 너희들은 운이 좋았다."

헤이찌가 손짓을 하자 해적들은 사방으로 흩어졌다. 서른 명도 넘는 머릿수였지만 움직임이 한 몸처럼 규율이 잡혀져 있어서 갑판 끝에 몰려 앉은 사람들은 더욱 기가 질렸다. 그때였다. 선창 쪽에서 고함소리가 터져 나오더니 곧 신음소리로 바뀌어졌다. 칼날이 부딪쳤고 계속해서 고함과 신음이 들려왔는데 모두 부하들이 지르는 것이었다. 긴장한 헤이찌는 칼을 빼 들었다. 그 순간 이미 어깨가 깊숙이 베인 부하 하나가 갑판으로 뛰쳐나왔다.

"두령! 적이……."

그러나 그가 말을 잇기도 전에 두 사내가 더 갑판으로 뛰쳐나왔는데 맹렬한 기세였다. 옆으로 달려든 부하 하나가 그 가운데 나이든 사내에게 단칼로 허리가 베였고 뒤에서 치던 다른 부하는 젊은 사내가 휘두른 칼에 가슴이 비스듬히 갈라졌다. 헤이찌의 눈이 치켜 떠졌다.

"벌려 서라!"

악을 쓰듯 소리치자 부하들이 두 사람의 주위로 일제히 벌려 섰다. 상대는 두 명뿐인 것이다. 헤이찌는 칼끝을 앞에 선 사내에게로 겨누었다.

"이놈 귀신 헤이찌에게 도전했겠다. 이제 이 배에 탄 놈은 모조리 죽인다."

그때 사내가 주춤 칼끝을 물렀다.

"네가 헤이찌라고?"

"그렇다. 이놈, 겁나느냐?"

그러고는 헤이찌가 마악 칼을 치켜들었을 때 사내가 소리쳤다.

"멈춰라! 이 배은망덕한 놈아. 네 목숨을 구해 준 은인이 여기 계시다."

헤이찌가 그 모습 그대로 눈만 휘번덕거렸을 때 덕조가 목소리를 낮췄다.

"5년 전 기억 나느냐? 널 살려준 공자를?"

"……."

"안둔산 길목의 개울가에서 넌 목숨을 붙였다. 내 얼굴도 잘 보거라."

96

"……."

"그리고 내 옆에 계신 공자도"

그러자 헤이찌가 칼을 내렸다. 그러고는 아직 칼끝을 겨누고 있는 부하들을 향해 소리쳤다.

"칼을 거둬라!"

그러고는 눈을 끔벅이며 계백을 보았다.

"그 아이가 저분이란 말이냐?"

"그렇다."

칼을 내린 덕조가 한 걸음 다가섰다.

"성과 이름을 입 밖으로 뱉지 말아라. 알고 있다면 나중에……."

덕조의 시선이 뒤쪽에 몰려 선 장사꾼과 선원들을 스치고 지났으므로 헤이찌가 머리를 끄덕였다. 내해의 귀신 헤이찌를 살려줬다고 소문이 난 사람이 어떻게 될 것인지는 뻔한 일인 것이다.

해적선의 선실 안이다. 헤이찌가 앞에 선 계백에게 물었다.

"계백 공자시오?"

"그렇다. 아직도 해적질이냐?"

던지듯이 대답했어도 헤이찌는 이를 드러내고 웃었다.

"이제 어른이 되셨습니다. 검술도 훌륭하셨소."

"왜 나만 쫓아오느냐?"

"부처님이 만들어주신 인연이오."

헤이찌가 정색을 했다.

"아무래도 공자님과는 전생에 인연이 있는 것 같소이다. 내 배를 타시지요. 바람은 며칠 간 불지 않을 테니 빠른 내 배로 모시겠소이다."

한 걸음 다가선 헤이찌가 계백을 바라보았다.

"두 번째 인연인데 이번에는 소인이 놓치지 않겠소이다."

그러자 계백이 머리를 저었다.

"저쪽 배에 내 일행이 있다. 그리고 셋이 해적선에 옮겨 탄다면 덕산군에서 용모파기(容貌疤記)를 올려 본국에 통보할 데니 일이 어렵게 된다."

"그렇다면 소인과 덕산에서 뵙시다."

"난 덕산에 가지 않는다."

힐끗 옆에 선 덕조에게 시선을 준 계백이 말을 이었다.

"덕산을 거쳐 연무군에 간다."

배가 덕산에 닿은 것은 그로부터 보름 뒤였다. 덕산군은 하남도의 산동반도 윗부분에 위치한 백제군(郡)으로 동정후 진포가 태수로 있는 곳이다. 군의 주성(主城)인 덕산성 아래가 바로 포구였는데 배에서 내린 계백의 일행 앞으로 군사 셋을 인솔한 장교가 다가와 섰다.

"저쪽 관부(官府)에서 증표를 받아 가시오."

장교는 가죽갑옷에 붉은 색 띠를 매었고 머리에는 백제식 둥근 모자를 썼다. 백제군 장교와 비슷한 차림이었으나 띠가 달랐고 허리에 찬 검도 길었다. 대륙의 동부지역에 분산된 백제군(郡)은 제각기 자치령이니 군(郡)마다 약간씩 다른 복색과 체제를 갖추고 있기 때문이다. 수십 척의 배가 정박된 포구는 활기에 차 있었고 각종 인종이 들끓었다. 포구 안 거리는 각국에서 모인 물자가 더미로 쌓여 흥정이 활발했다. 관부에서 증표를 받아든 그들은 안쪽의 객사로 들어섰다. 아직 한낮이었으나 오늘은 덕산포에서 묵기로 한 것이다.

"덕산군은 1만의 보기(步騎)가 있지만 주력군(主力軍)은 수군이요. 전선(戰船) 열두 척에 순시선이 수십 척인데 곧 쾌전선도 만든다고 합니다."

객방에 자리잡고 앉은 흑치상지가 말했다.

"쾌전선은 신라 관선(官船)을 잡으려는 것이지요."

해상 싸움이 있고 난 뒤에 흑치상지는 별로 말이 없었으나 육지에 닿고 나서 다시 활기를 찾은 것처럼 보였다. 계백이 머리를 끄덕여 말을 들었으나 덕조는 등을 보이며 행장을 정리했다. 장사꾼 무리와 함께 흑치상지는 헤이찌 앞에 무릎을 꿇었던 것이다. 저녁 무렵, 객방에 둘이 남게 되었을 때 덕조가 입을 열었다.

"주인, 어쩌면 흑치공(公)의 처신이 난세에 적합할지도 모릅니다. 그때 해적의 두령이 헤이찌가 아니었다면 우리 주종(主從)은 둘 다 죽었소."

"사람은 저마다 타고난 소임이 있다고 스승이 말씀하셨다."

"주인은 소임이 무엇이오?"

"대왕의 충직한 신하가 되는 것이야."

"계백가문은 어찌하시고?"

"아버님도 가문 같은 것은 버리셨어. 나에게 이름도 남겨주지 않으신 것도 그 때문이야."

"허나 큰 일을 위하여 목숨은 아껴야 하오."

"그렇다고 작은 일에 소홀할 수도 없다."

자르듯 말한 계백이 자리에서 일어서자 덕조가 혀를 찼다.

"도이 영감이 계셨다면 주인께 한 말씀 올리겠지만 소인은 말이 짧아 답답하오."

헤이찌는 만면에 웃음을 띠고 계백을 맞았다. 포구 안의 객사는 상인들의 거래 장소로도 이용되고 있어서 객청은 떠들썩했다. 헤이찌가 묵고 있는 객사는 화려했고 방도 더 컸다.

"소인은 사흘 전에 도착했습지요."

해상에서 헤어지면서 이곳 객사에서 만나기로 했던 것이다. 계백에게 의자를 권한 헤이찌가 마주 앉았다. 덕조는 계백의 뒤에 서있었는데 그의 표정도 부드러웠다. 헤이찌가 말을 이었다.

"그래서 그동안 가져 온 하물의 거래를 모두 끝냈습니다."

대웅성 포구에서 강탈한 소가노에미시의 진상품이다. 방문이 열리더니 술상을 받쳐 든 종들이 들어섰다.

"배가 들어오는 것을 보고 준비를 시켰습니다."

술상에는 산해진미가 놓여졌고 술병에서는 향기가 났다. 헤이찌가 계백에게 술잔을 권했다.

"공자님, 드시지요 5년 전에 이렇게 만나게 될지 누가 예측이나 했겠습니까?"

계백은 헤이찌가 따른 술을 한 모금 삼켰다. 입안에서 향기가 맴돌다가 콧숨으로 뱉어졌고 곧 식도를 따라 짜릿한 기운이 흘러 내려갔다. 그가 헤이찌를 보았다.

"그대는 이제 어디로 가는가?"

"예, 아래쪽 복주 근처에 조그만 섬 하나를 근거지로 삼고 있습지요. 왜국에서 옮겨 간 백성이 1천여 인인 데다가 각지의 유민이 사오천이니 가히 소왕국(小王國)입니다."

헤이찌가 이를 드러내고 웃었다.

"언제건 은인을 모시지오."

"해적국이로군."

"그렇게들 부릅니다."

"나는 내일 연무군으로 떠난다."

"직접 연무군으로 가시지 않는 데다 본색을 숨기고 들어가시는 걸 보면 어떤 임무가 있습니까?"

정색한 헤이찌가 묻자 계백이 머리를 끄덕였다.

"연무 태수가 신라와 당과 내통하고 있다는 거야. 나는 연무군에 잠입해서 그 증거를 찾아야 한다."

"연무 태수 부여광은 능히 그럴 만한 위인이요. 태수 소속의 전선(戰船)을 해적선으로 둔갑시켜 상선을 약탈합니다. 그놈 덕에 내가 누명을 여러 차례 썼소."

격앙된 헤이찌가 눈을 부릅떴다.

제4장 백제령의 반란

　김유신(金庾信)은 가야 수로왕의 12세손이며 조부가 한수유역 백제 6군(郡)을 점령하여 신주군주(新州軍主)가 된 김무력(金武力)이다. 부친 김서현은 갈문왕의 손녀 만명(萬明)과 결혼하여 유신을 낳았으니 유서 깊은 가문이었다. 그러나 무장(武將)이면서도 지혜가 있고 포용력이 컸으므로 사람이 모였는데 오늘도 그의 집안에는 각지의 사람으로 활기 찬 분위기였다. 김유신은 이제 36세의 나이로 대아찬의 벼슬이었다. 백제군과 수차례의 전쟁에서 세운 발군의 공은 그의 명성을 신라 전역에 떨치고도 남는다. 대청 안이었다. 사방이 트인 청안에 앉은 김유신이 앞에 엎드린 사내에게 물었다.

　"부여장(夫餘璋)이 의자를 신임하고 있기는 하나 반대하는 세력도 만만치 않아."

　부여장은 백제 무왕의 이름이다. 그가 말을 이었다.

　"특히 목 씨가 그렇다."

　"연무 태수 부여광은 사비 씨와도 인연이 많습니다."

머리를 든 사내는 흰 얼굴에 입술이 붉고 눈이 맑아서 마치 여자와 같다.

"왕자 충승을 중심으로 사비 씨와 목 씨가 모이면 백제 왕권은 충승 왕자에게 돌아갑니다."

"그럴까?"

보료에 등을 기댄 김유신의 얼굴에 옅은 웃음기가 배어 났다.

"의자가 아둔하지 않아. 이미 충승의 주변을 탐지하고 있을 것이다."

"허나 충승의 배후에는 왕비가 있습니다. 의자가 함부로 손을 대지 못할 것이오."

사내는 백제국 외관(外官) 외사부(外舍部)의 12품 문독벼슬을 살고 있는 정학이다. 10여 년 전부터 백제 조정에 박혀 있는 신라의 첩자인데 이번에는 직접 신라까지 왔다. 외사부는 국정 인사를 담당하는 기관이다. 그는 12품 벼슬을 받기 위하여 왕비전에 금을 다섯 자루나 바쳤다. 정학이 품안에서 가죽주머니를 꺼내더니 다시 안에서 접혀진 종이를 끄집어냈다.

"의자의 측근들 명단입니다."

종이를 받아든 김유신이 적혀진 이름들을 꼼꼼하게 읽었다.

"대부분이 대성 8족이 아니로군."

"대성 8족에 대한 견제세력을 양성하는 것이지요. 아직 품계가 낮지만 모두 요직에 심어져 있소이다."

"의자가 왕위를 이으면 기를 펼 무리다."

시선을 든 김유신이 정색을 했다.

"의자의 왕위계승을 막아야 한다. 의자가 제 아비의 신임을 받고있다고 하나 실책이 이어지면 아비 마음도 달라질 게야."

"지당하신 말씀이오."

"네 할 일이 막중하다."

"분부만 내려 주십시오."

김유신이 손을 젓자 정학이 무릎걸음으로 다가앉았다. 사방이 트여진 청안이어서 오히려 이쪽이 엿듣는 자를 볼 수가 있는 위치인 것이다.

"웬일이시오?"

김유신을 맞는 김춘추가 놀란 듯 두 눈을 둥그렇게 떴다. 저녁 무렵이었다. 사냥에서 돌아온 지 얼마 되지 않았으므로 김춘추의 얼굴은 아직도 상기되어 있었다. 그는 28세이니 김유신보다는 8살 아래였다. 그러나 진지왕의 친손자이고 진평왕의 딸 천명부인(天明夫人)이 친모이니 곧 진평왕이 외조부가 되었다. 가야국의 후손인 김유신보다 격이 높은 것이다.

방에 둘이서 자리잡고 앉자 김유신이 입을 열었다.

"사비에서 첩자가 왔소이다."

"정학이 말이요?"

"그렇소이다. 의자와 충승의 알력이 더 심해지는 것 같소."

"잘된 일이군."

김춘추가 얼굴에 웃음을 띠었다.

"부여장이 이때쯤 죽어 넘어진다면 백제가 둘로 나눠지지 않겠소?"

"그렇기야 합니다만."

김유신이 따라 웃었다. 무왕 대에 이르러 백제는 날로 국력을 키워가는 중이었다. 근래에 이르러 백제군의 끊임없는 침략으로 신라 변경은 전화가 가실 날이 없었다.

"의자와 충승의 내분을 촉발시키려면 먼저 외부에서 불씨를 지펴야 할 것 같소이다."

"외부라면?"

"하남땅 연무 태수 부여광이 먼저 반기(叛起)하게 하는 것이오. 그러면 주위의 백자군(郡)이 동요하게 될 것이고 부여장은 내해를 건너 대군을 보낼지도 모릅니다."

"연무 태수와 충승 왕자의 내통 사실이 알려진다면 부여장이 먼저 내국(內國) 수습부터 하지 않겠소?"

"그렇긴 하나 그 사실을 알고 있는 자는 서넛뿐인 데다가 충승 왕자 뒤에는 왕비가 있습니다."

긴장한 김춘추가 천천히 머리를 끄덕였다.

"의자의 기반이 굳어지기 전에 손을 써 둬야겠소. 대아찬의 말씀이 옳소."

"정학이 의자의 측근 명단을 가져왔습니다. 거의가 대성 8족이 아닌 데다 모두 요직에 심어져 있습니다. 이들에게는 따로 손을 써야 될 것 같습니다."

김춘추가 다시 머리를 끄덕였을 때 시종들이 주안상을 받쳐 들고 들어섰다. 김춘추의 위상에 걸맞게 산해진미가 놓여진 데다 술 냄새도 향기로웠다.

연무군의 주성(主城)은 포구를 내려다보는 구릉 위에 세워져 있었는데 위풍이 당당한 거성이었다. 성벽의 높이는 스무 자로 한 아름이 되는 돌벽을 맞추어 올렸고 성곽 세 귀퉁이에 세운 망루 높이는 오십 자도 더 되었다. 붉은 색 깃발이 펄럭이는 성벽 위에 선 초병들은 시각마다 교대를 했다. 정연한 움직임이었고 군기가 있어 보였다. 객사의 뒤뜰에 서서 앞쪽의 성을 바라보던 흑치상지가 계백에게로 머리를 돌렸다.

"성안에는 근위군 2천이 있고 성밖에는 병영에 3천의 주군(主軍)이 있소."

그가 뒤쪽을 손으로 가리켰다.

"뒤쪽의 포구에는 쾌전선을 포함한 전선(戰船)이 20여 척에다 수군(水軍)이 2천여 명이요. 당 태종 이세민도 가볍게 공략할 수가 없는 요새지요."

계백이 머리를 끄덕였다. 요서와 산동, 강소와 절강성 등지에 흩어진 백제군(郡)이 연합하면 능히 당의 대군도 당할 수가 있을 것이다. 덕산군에 내려 산과 들을 건너 연무군의 주성 앞 포구까지 오는데 엿새가 걸렸다. 같은 동족(同族)이 통치하는 군(郡)이었으나 국경에는 드문드문 경비병도 있었던 것이다.

"부여광은 호색한으로 소문이 났습니다. 소실이 넷에다 자녀가 열다섯이라고 들었소."

"성안 가구 수는 얼마나 되오?"

"3천 호(戶)에 2만 명 정도요. 허나 포구의 가구수도 그와 비슷하니 산동의 대도(大都)라고 불릴 수 있을 거요."

저녁 무렵이었다. 성곽 위로 붉은 노을이 덮여져서 성의 위용이 더욱 두드러졌다. 성안에서 북이 울리는 것은 성문이 닫힌다는 신호였다. 흑치상지의 시선이 계백에게로 옮겨졌다.

"계백형을 적지(敵地)에 두고 떠나려니 가슴이 아프구려."

"이제까지 도와주신 것만 해도 큰 신세를 졌습니다."

"해적들이 몰려왔을 때,"

흑치상지가 정색을 했다.

"나는 대국(大局)을 위해 칼을 빼지 않았습니다."

"알고 있습니다."

시선을 받은 계백이 얼굴에 웃음을 띠었다.

"내가 무모하고 경솔했었소."

성에서 다시 북소리가 들리더니 거대한 성문이 천천히 닫히고 있었다.

부여광(夫餘光)은 오십대 중반으로 비대한 몸에 키도 작았다. 그러나 지금도 아침이면 목도(木刀)를 1백 번 휘두르고 강궁(强弓)을 백 번 쏘아 백보 거리에서 80번 이상을 맞출 수 있었다. 강인한 체력이다.

조반으로 삶은 돼지고기 두 근과 밥 두 그릇을 깨끗이 비운 그가 정청에 들어서자 내대신(內大臣) 우백이 기다리고 있었다.

"태수께 아뢰오. 장군 마석이 돌아왔소이다."

"어어, 돌아왔어?"

부여광의 얼굴이 환하게 퍼졌다.

"그래, 고구려의 무역선은 잡았다더냐?"

"예, 두 척을 모두 잡았다고 하오."

"허어, 잘했다."

장군 마석은 두 척의 쾌전선(快戰船)을 끌고 고구려 무역선을 잡으러 나갔던 수군 장수인 것이다. 부여광이 웃음 띤 얼굴로 우백을 바라보았다.

"물론 배는 가라앉혔겠지?"

"그렇다고 하오."

"마석을 들라 해라. 내가 상을 내리겠다."

백제와 고구려는 근래 들어 거의 동맹관계나 마찬가지인 것이다. 신라 진흥왕 대에 한수유역의 거대한 영토를 빼앗긴 고구려는 절치부심(切齒腐心)하여 때를 노렸고 백제 또한 같은 입장이다. 신라와 연합히여 한수땅을 빼앗았지만 곧 신라의 배신으로 한수유역 6군을 빼앗긴 데다 성왕(聖王)까지 관산성에서 신라군에게 패사(敗死)했던 것이다. 우백이 정청을 나가자 이어 들어선 것은 부여진(眞)이다. 부여광의 정실부인 고(高) 마님이 낳은 3남 1녀 중 외동딸이었다.

"아버님, 마석장군이 전리품을 가득 싣고 돌아왔다고 궁안에 소문이 났습니다."

다가선 부여진이 또렷한 눈동자로 그를 바라보았다.

"그런데 바로 엿새 전에 우리 포구에서 고구려 무역선 두 척이 떠나지 않았습니까?"

그러자 얼굴을 굳힌 부여광이 청안을 둘러보았다. 넓은 청안에는 그들 부녀 두 사람뿐이다.

"넌 무슨 말을 하려는 게냐?"

"한 달 전에도 비슷한 일이 있었습니다. 왜국 무역선 한 척이 우리 포구를 떠난 지 열흘 뒤에 쾌전선이 전리품을 싣고 들어왔지요."

"그것이 어쨌단 말이냐?"

"해적선을 쳐서 전리품을 빼앗았다고 하지만 사람들이 의심할 것 같습니다."

"이년, 당돌하다."

눈을 치켜 뜬 부여광이 손끝으로 부여진을 가리켰다.

"누가 믿지 않는단 말이냐? 함부로 입을 놀리지 마라."

총명한 데다 활달한 성격의 부여진을 아껴왔던 부여광이다. 그러나 지금의 기세는 사나웠다.

"네년의 입이 가볍다. 벌을 내려야겠다."

"아버님, 곧 본국에도 소문이 날 것입니다. 근래 몇 년 사이에 무역선의 입항이 눈에 띄게 줄었습니다."

한 걸음 다가선 부여진이 눈썹을 찡그리며 부여광을 바라보았다. 어리광을 부리는 것 같기도 했고 울상처럼도 보였다.

"아버님, 소녀는 어리지만 신라와 당이 접근하는 이유를 압니다. 하지만……."

"닥쳐라!"

부여광이 발을 구르며 소리쳤다.

"네년이 무얼 안다고! 당장 물러가지 못할까!"

얼굴이 벌겋게 달아오른 그가 마침내 자리를 차고 일어섰다.

"백제왕 부여장과 내 선조는 같다. 같은 할아비를 둔 자손이 하나는 신하고 하나는 왕이란 말이냐!"

그가 부릅뜬 눈으로 부여진을 노려보았다.

"이곳은 내 영지고 내 성(城)이다. 누구도 나한테 영(令)을 내릴순 없다!"

부여진은 열여섯이었으나 이미 어렸을 적부터 군주(君主)의 공주 신분으로 자란 때문인지 사람을 부리는 데 익숙했고 몸도 숙성했다. 연무군은 대륙에 붙은 땅이어서 대륙 문물이 여과 없이 들어왔는데 부여진은 여섯 살 적부터 서하 사람 유성재로부터 학문을 배웠다. 유성재는 지금의 당 태종 이세민에게 참수당한 서하 군장(軍將) 고덕유를 모시고 있던 사람이다. 그는 당의 창업과 정치에 비판적이었으므로 제자인 부여진도 자연히 배당(背唐)사상을 품게 되었고 당과 빈번히 접촉하는 신라에 거부감을 느낀 것이다. 궁으로 돌아온 부여진은 옷을 갈아입었다.

"나, 성밖에 다녀오겠다."

시중 들던 궁녀가 걱정스런 표정으로 그녀를 바라보았다.

"소녀가 모시고 갈까요?"

"필요 없어."

"지난번에도 대왕께 꾸중을 들으셨지 않습니까?"

"꾸중은 내가 듣는 것이다. 그리고……."

몸을 돌린 부여진이 똑바로 시녀를 바라보았다.

"내 앞에서 아버님을 대왕이라고 부르지 말라. 아버님은 태수지 대왕이 아니시다."

"하지만 공주님, 성안에서는 모두……."

"내가 알기로는 아버님이 그렇게 하라고 시키지는 않으셨어. 아부하는 자들이 만들어 낸 것이야."

바지에 저고리 차림으로 갈아입은 부여진이 허리에 단검을 차고 머리에 두건을 쓰자 미소년의 모습이 되었다. 그녀가 아직 긴장하고 있는 시녀를 향해 자르듯 말했다.

"아버님을 저렇게 만든 것은 간신배들이야. 난 성안에 있는 것이 답답하고 무섭다."

"고향이 어디냐?"

군관 복색의 사내가 계백의 위아래를 훑어보았다. 턱수염이 길고 얼굴색이 검어서 남방 사람처럼 보였다.

"예, 하북의 동성군(郡)에서 태어났지만 부모는 모릅니다. 모두 소인이 어릴 적에 죽었다고 하오."

계백이 대답하자 군관이 머리를 끄덕였다.

"검이나 창을 쓸 줄 아느냐?"

"방랑하면서 어깨너머로 배웠소."

군관은 연무군(郡) 근위군의 모병관(募兵官)이다. 성의 뒷문 근처에 있는 병영에는 수백 명의 장정이 모여 있었는데 연무군(郡)의 장병은 급식과 대우가 좋다는 소문이 나 있었다. 그래서 병역을 기피하는 다른 곳과는 달리 반수 이상의 지원자가 탈락하는 기현상이 벌어졌다. 더욱이 이번은 근위군 모집이다. 주군(主軍)에서 근위군으로 옮기고 싶어하는 병사들이 대부분이어서 경쟁률이 더욱 높았다. 군관이 턱으로 옆쪽을 가리키며 이름이 적힌 종이를 주었다.

"저쪽에 가서 순서를 기다려라."

먼저 활을 쏘게 하는 것이다. 열 명의 사수를 늘어 세우고 백 보 거리에 있는, 지름이 두 자쯤 되는 모래주머니를 맞추게 하는 것인데 십사(十射)에서 다섯 발 이상 적중되어야 합격이다. 계백은 남들이 다섯 발을 쏘는 동안에 열 발 모두를 적중시켰다. 시험관인 군관이 눈을 둥그렇게 뜨더니 계백을 한쪽으로 데려갔다. 그러고는 계백의 가슴에 꽂힌 이름표를 읽고는 붉은 색 헝겊을 쥐어 주었다.

"이름이 호성이라고? 넌 합격이다."

"칼과 창의 시험이 남았지 않습니까?"

"열 발 다 맞춘 놈은 네가 처음이다. 이 헝겊을 가지고 끝쪽에 앉은 장수에게 가거라."

장수는 모병 책임자로 좌우에 두 명의 군관을 세우고 의자에 앉아 있었는데 붉은 헝겊을 쥐고 온 계백을 꼼꼼하게 바라보았다. 그의 위쪽에 덮여 쳐진 진막이 바람에 출렁거렸다.

"호성이라고 하느냐?"

"예, 장군."

"네가 살 열 발을 모두 적중시켰어?"

"그렇소이다."

그가 가늘게 째진 눈으로 옆에 선 군관을 바라보았다.

"이놈한테 활을 주어라."

곧 계백에게 활과 한 대의 살이 주어졌다. 주위의 시선이 계백에게 모아졌고 장수가 손을 들어 하늘을 가리켰다.

"저, 갈매기를 쏘아라."

바닷가로 갈매기 한 마리가 돌아가고 있었는데 이백 보도 넘는 거리였다. 장수의 째진 눈에 웃음기가 배어 있다.

"그래, 한 대에 적중 못한다면 살 네 대를 더 주마."

그 순간 계백은 살을 먹인 시위를 힘껏 당겼다. 강궁과 시위가 만월처럼 부풀었다가 다음 순간 짧은 쇳소리를 내며 퉁겨졌다. 사람들은 모두 숨을 죽였다.

"와앗!"

먼저 소리를 지른 것은 계백에게 활과 살을 준 군관이다. 그리고 이어서 사람들이 제각기 탄성을 뱉었고 장수의 눈이 크게 떠졌다. 갈매기는 하늘에서 수직으로 떨어지고 있었던 것이다.

"나는 닷새에 한 번 성밖으로 나올 수 있다."

계백이 말하자 덕조가 머리를 끄덕였다.

"알고 있습니다. 부디 조심하시고……."

"내 걱정은 말아라."

성밖 포구 안의 상가에 거간 가게를 낸 덕조는 상인 행색이었다. 그리고 계백은 근위군의 십장(什長)이니 열 명의 병졸을 거느린 초급군관이어서 검정색 군복에 흰 띠를 매었다. 계백이 세 평쯤 되는 가게 안을 둘러보았다. 사방에는 당과 왜, 고구려의 특산물인 비단과 자기, 짐승 가죽과 병기까지 쌓인 만물상이다.

"근위군이긴 하지만 궁밖 근무야. 궁성 안에서 근무하는 자들은 신분이 확실한 연무군 출신이다."

"당연하지요. 부여광은 교활한 데다 철저한 성격입니다. 쉽게 허점을 드러내지 않을 것이오."

왜인 하나가 가게 안을 들어섰다가 덕조의 시큰둥한 반응에 금방 나갔다. 덕조는 성밖에서 정보를 모으고 계백은 궁성에서 탐문하는 입장으로 나뉘어진 것이다. 덕조가 입을 열었다.

"헤이찌의 부하가 닷새에 한 번씩 들르기로 했습니다. 아마 근처에 소인처럼 가게를 내고 있는 모양입니다."

"해적질에 장사도 하나?"

"뺏은 물건을 팔기도 해야 되겠지요."

밖을 살핀 덕조가 말을 이었다.

"주인, 부여광의 쾌전선이 두 척 들어왔는데 재물을 가득 싣고 있었다고 하오."

"또 해적질을 했을까?"

"쾌전선이 출항하기 닷새 전에 고구려 무역선 두 척이 나갔다고 합니다. 그 배를 쳤을 것이라는 소문이 있소이다."

"소문만을 본국에 알릴 수는 없다."

"쾌전선을 지휘한 장수 이름이 마석이오. 주인께서 궁성에서 알아보실 수도 있을 것입니다."

"알았다."

자리에서 일어선 계백이 따라 일어서는 덕조를 바라보았다.

"네 눈빛을 보니 이제 더 이상 나를 어린애로 보지는 않는 것 같구나."

"바다에서 칼질할 때 이미 떨구었소."

덕조가 이를 드러내고 웃었다.

"도이 영감한테 주인의 모습을 보여주고 싶은 마음이 간절했었소."

오시 무렵이었다. 점심을 마친 계백이 궁성 밖의 샛문으로 다가가 동료 십장에게 말했다.

"이보게, 내가 대신 번을 설 테니 성밖으로 나가보게."

동료 십장이 반색을 했다. 나이는25, 6세로 계백보다 한참이나 많았지만 체격은 작았다.

"그래주겠는가? 하지만 순찰감이 오면 어떡하지?"

"별일이야 있을라고. 내가 번을 똑바로 서면 될 것이야."

동료가 결심한 듯 머리를 끄덕였다.

"내가 신세를 잊지 않겠네, 호성이."

그는 곧장 등을 돌리더니 빠른 걸음으로 시야에서 사라졌다. 성밖에 사는 그의 노모가 위독한 것이다. 어제 온종일을 노모 곁에 붙어 있다가 번 차례가 되어 나왔으나 안절부절하고 있었던 참이었다. 샛문 주위에 벌려서 있던 군사들이 계백과 시선이 마주치자 제각기 아는 체를 했다. 이미 근위군에 배치된 지 한 달이 넘은 것이다. 신궁(神弓)소리를 들은 십장인데다 겸손했고 몸가짐이 가볍지 않았으므로 군사들은 절로 그를 따랐다. 계백이 샛문 옆에 섰다. 샛문은 태수의 시종들이 출입하는 문으로 특히 여종들의 출입이 잦은 곳이다. 여종 두 명이 제각기 바구니에 생선을 들고 다가왔다. 한 달이 되었으므로 계백도 낯이 익었지만 앞을 가로막고 섰다.

"표식을 보이시오."

"번 차례도 아닌데 십장이 바뀌었네."

종알거린 여종 하나가 가죽으로 만든 궁인(官人) 표식을 보였고 다른 여종은 치마끈에 꿰어 놓은 표식을 꺼내다가 허리살이 드러났다. 여종들이 샛문 안으로 들어서자 옆에 있던 나이 든 군사가 계백에게 말했다.

"태수께 손님이 와서 오늘 밤 크게 주연이 벌어질 모양이오."

"본국에서 말인가?"

"본국 손님들은 태수가 반기지 않소."

"그럼, 백제군(郡) 손님들인가?"

"안에서 근무하는 고향사람한테 들었는데 신라손님이라고 했소."

군사가 대수롭지 않은 표정으로 말을 이었다.

"이번에도 선물을 가져왔겠지요."

여자 하나가 다가왔으므로 그들은 말을 멈췄다. 머리에는 천으로 된 모자를 쓰고 바지에 저고리 차림이었는데 바지에는 갯벌의 흙이 말라붙어 있었다. 그리고 맨손이었으므로 여종과는 조금 달라 보였다. 계백이 여자의 앞길을 가로막고 섰다.

"표식을."

"없다."

딱 자른 그녀의 말에 계백은 머리를 저었다.

"그럼 들어가지 못한다."

그 순간 여자가 퍼뜩 눈꼬리를 치켜올렸다가 이내 흰 이를 드러내고 웃었다.

"신참 십장이구나."

옆쪽의 나이 든 군사가 다가와 섰다.

"십장, 이분은 공주님이시오."

계백이 곧 눈을 부릅떴다.

"공주가 왜 샛문으로 다닌단 말이냐? 그래도 표식 없이는 들어가지 못한다."

"난 궁문으로 나왔다가 돌아가기 싫어서 이곳으로 온 거야."

여자는 부여진이다. 그녀가 웃음 띤 얼굴로 계백을 바라보았다.

"군사들도 내 얼굴을 알고 있는 터이니 막지 말라. 난 표식을 받지 않았다."

"소직은 표식 없는 자는 들여보내지 말라는 군령을 받았소. 안 됩니다."

부여진이 다시 이를 드러내고 웃었다.

"네 이름이 무엇이냐?"

"십장 호성이올시다."

"넌 십장에서 더 올라가기 어려울 것이다."

몸을 돌린 부여진이 가벼운 걸음으로 그곳을 떠났다. 군사들은 각기 제자리에 서 있었지만 계백과 시선을 마주치려 하지 않았다.

"대왕께서는 연무국(國)을 백제국의 대를 이을 종실 왕가(王家)로 여기고 계십니다. 그래서 여기 왕께 드리는 선물을 만들어 왔습니다."

이찬 서규는 비단 보자기를 손수 풀었다. 보자기가 벗겨지자 검은 칠을 한 나무상자가 나타났다. 뚜껑을 연 서규는 곧 휘황찬란한 금관을 꺼내 들었다.

"신라왕이 백제왕에게 드리는 금관이오."

"허어, 이런 고마울 데가."

예기치 못했던 선물인 데다 이런 예우는 받은 적이 없는 부여광이다. 얼굴을 활짝 편 그가 두 손으로 금관을 받았다.

"대왕께 고맙다는 말씀을 전해주시오."

신라왕 진평의 재위 53년이 되는 해이다. 여름에 이찬 칠숙과 아찬 석품이 반란을 일으켰다가 실패한 뒤로 진평왕은 당에 보내는 사신과 함께 부여광에게도 밀사를 보낸 것이다. 궁전 위쪽의 사자각은 사비도성 안의 궁성 사자각을 모방했는데 촛대까지 똑같았다. 부여광이 번들거리는 눈으로 손에 든 금관을 바라보았다. 백제왕의 그것과 똑같다. 주위에 둘러앉은 신하들과 부여광의 세 아들은 모두 숨소리도 내지 않았다. 이윽고 부여광이 금관을 내려놓았다.

"대왕의 뜻을 알았다고 전하시오."

"그렇게 전하겠소이다. 그리고……."

정색한 서규가 말을 이었다.

"이번에 당에 간 사신 편에도 우리 대왕은 당의 태종 황제께 연무국의 백제국 승계를 간곡히 요청하였습니다. 곧 황제께서도 윤허를 내리실 것으로 믿습니다."

"고마우신 처사요."

술잔을 든 부여광이 좌우를 둘러보았다.

"무엇을 하는가? 술을 들지 않고?"

그의 목소리가 다시 사자각을 울렸다.

"풍악을 울려라. 기녀는 춤을 추고."

이틀 뒤에 이찬 서규는 연무군을 떠났다. 배는 길이가 70자가 넘는 무역선으로 돛대가 두 개 달린 데다가 선원이 열둘이었다. 서규는 진골(眞骨) 출신의 귀족으로 사십대 중반이었다. 해사한 용모에 윤기 나는 수염을 기른 그는 한때 화랑으로 백제와의 전쟁도 여러번 치렀다.

"대감, 동남풍이 알맞게 불어 이제 닷새면 당항성에 닿을 수 있을 것 같소이다."

후갑판에 서 있는 서규에게 사찬(沙湌) 윤백이 다가섰다. 그는 서규를 보좌하는 부사로 10여 명의 군관을 이끌고 있다.

"그렇군. 올 적에도 순풍이더니 돌아갈 때도 바람이 적당하구려."

서규가 웃음 띤 얼굴로 윤백을 바라보았다.

"부여광이 금관을 쓴 모습을 보았소? 꼭 돼지머리에 금장식을 한 것 같더구먼."

"제사 지낼 때 돼지머리에 장식을 하지요."

윤백이 따라 웃었다.

그들은 난간에 나란히 서서 푸른 바다를 바라보았다. 부여광은 답례로 진평왕에게 비단 백 필과 백옥(白玉)한 상자를 바쳤다. 서규가 입을 열었다.

"부여광이 겨울에 봉기하면 부여장은 손을 쓸 수가 없을 게요. 겨울에 내해를 건너기가 쉽지 않은 데다가 군사를 모으기도 어려울테니."

"아마 내년 봄에야 배를 띄울 테지만 그때는 이미 대륙 동쪽의 백제령은 태반이 붕괴되어 있겠지요."

주고받는 말에 뜻이 맞고 호흡이 어울렸으므로 그들은 마주 보고 다시 웃었다. 임무는 대성공이다. 연무 태수 부여광은 겨울에 해동(海東) 백제국이라 칭하고 백제의 속령에서 벗어나기로 한 것이다. 봉기 즉시 연무군(郡)의 수륙 양군은 인접한 덕산군을 쳐서 병합할 것이니 백제는 산동반도를 모두 잃는다. 그것은 신라는 물론이고 당에서도 눈에 박힌 가시가 뽑힌 것 같은 상황이 될 것이었다.

"서둘러야겠소. 대왕의 친서를 받아 다시 대당 황제께 올려야 할 터이니."

두 손으로 난간을 잡은 서규가 가슴 가득 바닷공기를 들여 마셨다. 당 황제 이세민이 펄쩍 뛸 듯이 좋아할 것은 물론이다. 현무문의 변을 통해 정권을 잡은 지 겨우 3년밖에 되지 않았으므로 태종은 내치에 전력하는 중이었다. 그는 외방에 군사를 파견할 겨를도 여력도 없는 것이다.

"배가 꽤 빠르군."

혼잣소리처럼 말하는 윤백의 목소리에 서규는 머리를 들었다. 배 한 척이 두 개의 돛에 바람을 가득 안고 달리고 있었다. 같은 방향이었다.

"무역선인가?"

윤백이 다시 중얼거렸을 때 발소리와 함께 선장이 다가왔다. 민간인 복장을 했으나 그는 신라 수군(水軍)의 장수다.

"대감, 저 배가 수상합니다."

얼굴을 굳힌 그가 말까지 더듬었다.

"홀수를 보니 빈 배에 사람만 많소이다."

"돛을 맞추지 못하는 놈은 눈알을 뽑을 테다!"

헤이찌가 왜말로 소리치자 옆에 선 덕조가 풀썩 웃었다. 힐끗 그를 흘겨 본 헤이찌가 다시 소리쳤다.

"이제 왼쪽으로 붙어라!"

배가 한쪽으로 기울면서 뱃머리가 왼쪽으로 꺾여졌다. 무역선과는 1리(500m)쯤의 거리였으니 갑판 위의 사람도 보였다. 숨을 돌린 헤이찌가 덕조를 바라보았다.

"왜 웃는 게여?"

"돛만 태우려는 네 심보를 알기 때문이야."

"이놈아, 배를 태우려고 내가 사흘 밤낮을 쫓아왔겠느냐!"

이제 그들은 서로 말을 놓았는데 친해서가 아니다. 헤이찌가 눈을 부릅떴다.

"저 배에 신라의 사신이 타지 않았다면 넌 곧장 물귀신이 된다."

"네 놈은 사신이 있건 없건 간에 재물만 있으면 될 것이여."

덕산포 근처에 있던 헤이찌의 해적선에 연락을 해서 서규가 탄 배가 출항한 지 하루 뒤에야 쫓기 시작했던 것이다. 덕조가 눈을 가늘게 뜨고 앞쪽 무역선을 바라보았다.

"틀림없어. 뒤쪽 돛 색깔이 더 진한 것이 그렇고 푸른 천이 늘어진 것도 그렇다."

"기름을 잔뜩 묻혀라!"

헤이찌가 벽력같이 고함을 쳤으므로 덕조는 목을 움츠렸다. 해적들은 모두 왜인으로 훈련이 잘되어 있었다. 갑판에 일렬로 쭈그려 앉은 궁사들은 제각기 살촉에 매단 헝겊에 잔뜩 기름을 묻히고는 눈을 번들거리며 헤이찌의 다음 명령을 기다리고 있었다. 그 뒤쪽에 갈고리를 움켜쥔 대여섯이 있었고 끝쪽의 대열은 당장에라도 뛰어나갈 자세의 10여 명이다. 배는 머리를 치켜든 채 살처럼 나아갔으므로 무역선과의 거리는 이백 보 정도로 가까워졌다. 갑판 위를 이리저리 뛰는 사람들이 똑똑히 보였고 번득이는 창검도 드러났다.

"군관이 열 명도 넘어. 그리고 선원도 모두 수군(水軍)인 게야."

다시 한번 덕조가 다짐하듯 말하자 헤이찌가 입술 끝을 비틀고 웃었다.

"해전(海戰)의 반은 배의 몫이고 나머지 반은 기세야. 우린 이미 다 이겼다."

불화살이 날아와 돛을 태우기 시작했을 때 서규는 이를 악물었다. 상대는 해전에 익숙한 해적이었던 것이다. 기름을 잔뜩 먹인 불화살 수십 개가 돛에 박혀 이미 두 대의 돛은 불덩이가 되어가고 있었다.

"늘어서라!"

윤백이 목청껏 소리치며 칼을 빼들었다. 그는 접전에 능한 장수여서 상황판단이 빠르다. 해적선은 이제 오십 보도 안 되는 거리로 다가섰고 뱃전이 붙여지면서 해적떼가 뛰어들 것이다. 병사들을 늘어 세운 그가 충혈된 눈으로 서규를 바라보았다.

"대감, 안으로 들어가 계십시오!"

"그럴 수가 있나?"

날아오는 살을 비끼면서 서규가 이를 드러내고 웃었다.

"나도 화랑 출신이야. 팔힘이 줄었지만 아직 서너 놈은 벨 수 있소."

다음 순간 빗발 같은 살이 쏟아졌고 늘어서 있던 병사 서넛이 살을 맞았다. 해적선에서 함성이 오르면서 해적들의 얼굴도 똑똑히 드러났다.

"이놈들!"

서규는 선창에서 꺼내 온 장검을 빼 들었다.

"한 놈도 남기지 말고 저놈들을 죽여라!"

그 순간 와락 다가온 해적선이 옆구리로 이쪽의 옆구리를 들이받았으므로 배가 기우뚱 흔들렸다.

"와악!"

해적떼가 다시 함성을 지르면서 대여섯 개의 쇠갈고리가 날아와 난간을 걸었다. 쇠줄로 연결되어서 칼날도 먹히지가 않는다. 다시 배가 진동을 하더니 해적선과 바짝 붙었고 나무방패로 앞을 가린 해적떼가 일제히 배안으로 쏟아져 들어왔다.

"와악!"

"쳐라!"

윤백이 아우성치듯 소리치자 신라군도 함성과 함께 마주쳤다. 서규는 앞장 서 뛰어든 해적 하나를 단칼로 허리를 베었지만 다음 순간 휘청이며 한 걸음 물러섰다. 뒤를 이어 달려든 사내의 칼에 머리꼭지를 맞은 것이다.

"이, 이런."

서규는 눈을 부릅떴다.

이마를 타고 주르르 핏방울이 흘렀는데 그는 칼을 고쳐 쥐었다. 다음 순간 서규는 번쩍이는 칼빛을 보았고 옆구리에 충격을 받았다.

"이, 이……."

그는 한 걸음을 물러서다가 시체에 걸려 뒤로 넘어졌다. 배안은 아수라장이 되어 있었다. 쫓고 쫓겼고 부르고 답했으며 함성과 비명이 바다 위를 가득 메웠다. 한 칼로 신라군관을 베어 넘긴 헤이찌가 소리쳤다.

"이겼다!"

왜말이었고 해적들은 일제히 함성을 올렸는데 그의 말대로 신라군은 이미 반 이상이 넘어졌다. 이쪽은 30명 가까운 병력으로 신라군은 이제 열도 안 남은 것이다. 그가 성큼 윤백에게 다가가자 윤백이 가슴을 내밀고 소리쳤다.

"나는 신라국 사찬……."

그 경황 중에도 이름을 밝히고 대결하려던 윤백이다. 그러나 미처 그가 말을 끝내기도 전에 해적 하나가 뒤에서 칼을 내질렀고 등을 꿰인 윤백은 놀란 얼굴로 앞으로 엎어졌다. 갑판 위의 싸움은 끝나가고 있었다. 머리를 돌린 헤이찌는 덕조가 피투성이의 신라군 장수 하나를 구석으로 끌고 가는 것을 보았다. 금박을 입힌 띠를 두른 사내였다.

부여고(夫餘高)는 스물네 살로 부여광의 장남이자 후계자였다. 6척 신장에 용모 또한 호방하여 가히 군주(君主)의 위풍이 있었으나 성격이 잔혹해서 사람들이 주위에 모이지 않았다. 그것을 본인은 자신의 위엄 때문인 줄로 착각했는데 고생 모르고 자란 데다가 사부의 훈도가 제대로 먹혀 들지 않았기 때문이기도 했다. 청명한 날씨여서 부여고는 오늘도 아침부터 사냥을 떠났다. 초가을의 산야는 마악 지는 단풍과 마르기 시작하는 풀숲이 어우러져 경관이 좋았고 사냥감도 많았던 것이다. 진시가 조금 넘은 시각이어서 이슬도 말랐다. 말에 박차를 넣은 부여고가 옆을 따르는 위사장 복규를 바라보았다.

"주계산은 어제 훑었으니 오늘은 운구산으로 가오."

복규가 말없이 머리만을 끄덕였다. 연무군의 내륙은 완만한 산맥으로 이어져 있었는데 산에는 유달리 짐승이 많았다. 노루와 멧돼지, 곰뿐만이 아니라 가끔 범도 나온다. 아침 햇살을 받으며 기마대는 한 덩이가 되어 달려나갔다. 모두 50여 기로 부여고의 측근과 위사들이다.

"왕자님, 운구산 아랫마을 백성들을 몰이꾼으로 내몰지요."

박차를 넣어 가깝게 다가온 사내는 장군 마석이었다.

"우리는 산위에서 기다리고 있다가 몰린 짐승을 잡도록 하십시다."

"그것 좋군."

부여고가 얼굴에 웃음을 띠었다.

"오늘은 꽤 잡겠구려."

"소장이 먼저 아랫마을 백성들을 징발하러 가겠소이다."

"잡은 짐승을 나눠준다고 하오."

마석이 말고삐를 채더니 한 무리의 기마군과 함께 대열에서 떨어졌다. 지난번에 고구려의 무역선을 강탈해 온 마석은 태수는 물론이고 부여고의 신임을 받고 있었다. 부여고가 달리는 속도를 늦췄다. 운구산은 아직 5리쯤 밖이었으나 몰이꾼과 보조를 맞추려는 것이다. 위사장 복규가 입을 열었다.

"왕자님, 성안에 소문이 퍼져 있소이다."

"무슨 소문 말이오?"

"지난번 고구려 무역선을 잡은 일뿐만 아니라 신라의 밀사가 다녀간 것까지."

"군사들이 입을 놀린 모양이군."

"고구려뿐만이 아니라 왜국 무역선의 입항도 근래 들어 부쩍 줄었소이다."

"들었소."

말고삐를 채자 말은 이제 속보로 걸었다.

"이미 부여장의 속국에서 벗어나기로 결정이 되었으니 상관없는 일이요."

"덕산 태수 진포가 긴장하고 있을 것입니다. 소문이 그쪽까지 가지 않을 리 없소이다."

"그자의 운도 올해 안에 끝나게 될 터."

부여고가 햇살을 받아 번들거리는 얼굴로 그를 바라보았다.

"덕산군의 침공은 내가 선봉을 맡을 것이오."

몰이꾼의 함성이 들려온 것은 미시가 되었을 무렵이다. 운구산은 좌우에 날개처럼 펼쳐진 두 개의 봉우리가 안으로 굽어 져서 마치 학이 날개를 접으려는 모습이었는데 숲이 울창했다. 아름드리 소나무와 전나무 사이로 잡목이 빼곡이 들어차 있었지만 산세가 가파르지 않고 낮아서 몰이꾼의 외침은 금방 가까워졌다. 부여고는 산등성이의 요지(要地)에 자리잡고 있었는데 바위 위였다. 말을 산 아래에 매놓고 온 참이어서 쫓겨오는 짐승을 서서 잡을 참이다.

"저기 노루가 뜁니다!"

아래쪽의 군관이 낮게 소리쳤지만 노루는 부여고의 눈에 띈 순간에 옆으로 사라졌다. 위사장 복규가 있는 쪽으로 간 것이다. 이번에는 멧돼지 한 마리가 무서운 기세로 달려올라 왔는데 잡목 부서지는 소리가 요란했다. 망보는 군관이 미처 소리를 지르기도 전에 부여고는 살을 날렸다. 백보 앞 과녁을 열 발을 쏘아 팔중 하는 실력이다. 멧돼지의 등판에 살이 박혔고 바위 밑의 군관들이 함성을 질렀으나 멧돼지는 옆으로 달려갔다.

"놈은 철갑을 입었다."

뱉듯이 말한 부여고는 다시 살을 꿰었다. 실망한 얼굴이 아니다.

"왕자님! 노루 두 마리가 옵니다!"

군관 하나가 소리쳤고 그 순간 부여고의 살이 날았다.

"야앗!"

소리 죽인 군관의 함성이 났다. 정통으로 목을 꿰인 노루가 펄쩍 뛰어올랐다가 쓰러진 것이다.

그러나 남은 한 마리가 아직도 이쪽으로 달려왔으므로 군관들은 숨을 죽였다. 거리는 사십 보도 안 되었으므로 이번에도 어김없이 왕자가 맞출 것이었다. 노루가 두어 번을 뛰어 바짝 다가왔으므로 앞길을 막고 있던 군관이 창을 고쳐 쥐었다. 그러나 왕자의 사냥이다. 왕자의 살이 날기 전에 창을 박으면 노여움을 사게 될 것이어서 군관은 머리만을 돌려 바위 위의 왕자를 바라보았다. 왕자와의 거리는 십여 보 정도였는데 바위 위의 왕자

124

는 잡목가지에 머리를 기대고 앉아 있었다. 그리고 이마 한복판에 박힌 살이 보였다. 왕자는 눈을 치켜 뜨고 있었지만 하늘을 향한 시선에는 초점이 잡혀 있지 않았다.

"아, 아."

눈을 부릅뜬 군관이 앓는 소리를 냈고 주위의 군관들도 모두 몸을 돌려 왕자를 보았다. 이번에는 노루 세 마리가 그들의 바로 옆을 스치며 지났고 몰이꾼의 함성은 아주 지척에서 들려왔다.

"당에서 자객을 보냈을 리가 없소이다."

내대신 우백이 떨리는 목소리로 말하고는 몸을 웅크렸다.

"당군(軍)이 쓰는 살은 성밖 거리에서 얼마든지 구할 수가 있소이다."

궁성의 대왕전 안이다. 사비도성의 대왕전을 흉내 낸 건물이었는데 아직 덜 지어서 벽의 한쪽은 비단으로 막았다. 부여광이 핏발선 눈을 들어 전안을 둘러보았다.

"그렇다면 누구란 말이냐?"

메마른 목소리가 전을 울렸지만 아무도 대답하지 않았다. 장차 연무군(郡)에서 벗어나 해동백제국(海東百濟國)의 왕위를 이을 태자가 암살 당한 것이다. 부여고의 이마에 깊숙이 박힌 살은 당군용(唐軍用)이다. 열(列)속에 숨듯이 서 있던 마석이 머리를 들었다.

"신의 생각으로는 백제의 자객이 한 짓 같소이다."

부여고의 시체를 싣고 들어온 그는 사색(死色)이 되어 있었다.

"덕산군을 통해 얼마든지 침투할 수 있는 처지니만치."

늦은 밤이어서 전안의 곳곳에는 팔뚝만한 대황초 수십 개가 타오르고 있었다. 부여고의 시체가 성안으로 들어온 뒤로 신하들은 아직 저녁도 못 먹었다. 이윽고 부여광이 길게 숨을 뱉었다.

"아직 당과의 협의가 이뤄지지 않았으나 전군을 동원하여 덕산군을 친다."

턱을 든 그가 어깨를 폈다.

"어쨌든 우리의 방해세력이 한 짓인 것만은 틀림없다."

신하들이 일제히 허리를 굽혔다. 본국 백제일 수도 있고 덕산군이나 백제와 동맹관계인 고구려와 왜국일 수도 있는 것이다.

잔뜩 가라앉은 전안의 분위기는 무거운 살기로 바뀌어졌다. 전쟁인 것이다.

"주인, 이제 덕산군으로 옮기십시다."

한낮인데도 아예 가게문을 닫아 건 덕조가 계백에게 말했다.

"이곳에서 할 일은 없습니다."

"네가 혼자 가거라."

계백이 자르듯 말하자 덕조가 눈과 입을 한꺼번에 벌렸다.

"아니, 주인 왜 그러시오?"

"나는 이곳에 남는다. 너는 서둘러 이곳 상황을 덕산 태수께 알려야 돼."

"주인은 무얼 하시려고?"

운구산에서 부여고의 이마에 살을 박은 것은 계백이다. 사흘째 사냥을 나선 부여고를 쫓아간 보람이 있었던 것이다. 몰이꾼 틈에 끼어 산에 오른 계백은 살 한 대로 부여고의 이마를 꿰고는 곧장 말을 달려 성으로 돌아왔다. 계백이 입을 열었다.

"전쟁이니 근위군은 궁 안팎의 구분이 없어졌다. 내가 기회를 봐서 부여광도 죽일 테다."

"쉽지 않을 게요."

덕조가 정색을 했다.

"부여광은 죽은 아들놈처럼 산속에 있는 것이 아닙니다. 수백의 위사들에게 둘러싸여 있소."

"허점이 있을 것이야."

자리에서 일어선 계백이 덕조를 쏘아보았다.

"네놈은 나이 들더니 말만 많아졌다. 지금 당장 떠나지 않으면 아예 네놈을 안 볼 테다."

"아, 죽으면 보려고 해도 못 보십니다."

덕조는 자리에서 일어섰다. 성난 듯 눈을 치켜 뜨고 있었지만 다시 입을 열지는 않았다. 신라 사신 서규를 잡아 내해를 건너갔다 온 덕조다. 대웅성에서 원자 의자가 보낸 덕솔 의직에게 서규를 인계하고는 의자의 지시까지 받고 돌아온 것이다. 원자는 계백에게 기회가 온다면 부여광 부자를 베라고는 했다. 그러나 이런 상황에서 더 이상의 임무수행은 불가능한 것이다. 계백이 문을 열고 나가자 덕조는 세게 혀를 찼다.

"주인은 점점 더 고집이 세어지는군, 그래."

성안은 긴장 속에서도 활기에 덮여 있었다. 부여고의 장례를 치르는 동안에도 전선(戰船)은 속속 입항하였고 기마군과 보군이 성밖의 넓은 벌판에 모여들었다. 연무군(郡)은 12성(城), 7만 호(戶), 40만 인구를 가진 거군(巨郡)이다. 따라서 장례를 마친 닷새 뒤에 벌판에 모인 병력은 2만이 넘었다. 오시 무렵, 계백이 궁성의 샛문 교대처로 다가갔을 때 기다리고 있던 부장(副將) 오창이 말했다.

"호성, 궁안으로 들어가 위사장을 뵈어라."

그가 눈을 끔벅이며 계백을 바라보았다.

"너, 위사장을 아느냐?"

"소인은 모릅니다."

"어서 들어가 보아라. 교대는 내가 바꿔줄 테니."

군사들의 시선을 받으며 계백은 궁안으로 들어섰다. 석 달 가깝게 궁성 수비를 섰지만 궁안 출입은 처음이다. 궁안은 넓고 화려했다. 수목이 우거진 동산도 있고 그 옆 푸른 못에는 붉은 색 단청을 입힌 정자가 세워졌다. 같은 근위군이라도 궁안 수비대는 격이 높은 데다 복장도 다르다. 장수는 쇠비늘 갑옷에 붉은 가죽띠를 맸고 군사는 모두 가죽갑옷을 입었다. 위사장의 거처는 왕실로 통하는 또 하나의 성벽 앞이었다. 그가 다가가자 위사 복장의 군관이 가로막고 섰다.

"궁밖 십장이 여기 무슨 일인가?"

"위사장이 부르셨소 십장 호성이요."

위아래를 훑어본 군관이 대문 안으로 들어가더니 곧 나왔다.

"기다리고 계신다."

계백은 군관을 따라 안으로 들어섰다. 좁은 마당이 바로 청으로 연결된 일자형 기와집이었는데 청 마루에 금박을 입힌 쇠비늘 갑옷을 걸친 위사장 복규가 앉아 있었다. 마악 무언가를 지시하는 듯 그 앞에는 대여섯 명의 위사 군관이 서 있다. 계백이 다가서자 위사장은 군관들을 물리쳤다. 복규는 삼십대 후반쯤의 나이로 보통 체격이었으나 무술이 뛰어났고 지모가 깊다는 소문이 났다. 더욱이 태수의 신변을 경호하는 막중한 책임을 갖는 위치인 만치 부여광의 신임도 각별했다. 그가 아래쪽 뜰에 선 계백을 내려다보았다. 표정 없는 얼굴이었다.

"네 고향이 어디라고?"

"하북의 동성군에서 태어났소이다."

"동성군 어디?"

"대산포의 성밑 마을이오."

"그곳에서 자랐느냐?"

"여섯 살 때까지 마을사람들 손에서 자랐소이다."

"네 부모가 일찍 죽었다고?"

"소인이 젖을 떼기도 전에 갔다고 하오."

"그 뒤로 어딜 다녔어?"

"전쟁터를 쫓아다니며 시체의 옷과 갑주를 벗겨 팔았습지요. 들개처럼 피냄새를 따라다녔소이다."

복규의 두 눈이 번들거렸고 주위의 군관들은 긴장을 했다. 시선을 든 계백이 똑바로 복규를 바라보았다. 동성군 대산포에서 태어난 것은 덕조였다. 덕조가 말해준 지난 이야기를 그는 토씨 하나 빠뜨리지 않고 말하는 중이다. 복규가 가라앉은 목소리로 물었다.

"궁술은 어디서 배웠느냐?"

"시체를 먹는 까마귀를 쏘려고 소인 혼자서 익혔소이다."

한동안 뜰에는 무거운 정적이 흘렀고 마침내 복규가 입을 열었다.

"이제 넌 위사대의 군관이다. 좌장(左將) 정패가 네 직속상관이다."

덕산 태수 진포는 청안의 장수들을 둘러보았다.

"부여광의 목표는 이곳 덕산 산성이다. 아마 수륙 양면으로 동시에 쳐들어올 것이야."

쓴웃음을 지은 그가 말을 이었다.

"방자한 아들놈이 피살되자 마침내 부여광의 본색이 일찍 드러났다. 잘된 일이야."

이미 한 달 전에 신라 사신 서규를 잡은 덕조로부터 부여광과 신라의 음모를 실토 받기는 했다. 본국의 대왕과 원자 의자는 그 사실을 알고 있었지만 아직 표면화시키지 않은 것은 내부의 정리 때문이었다. 좌측의 장수가 한 걸음 나섰다.

"태수, 부여광의 육로군은 소곡령을 넘어올 것입니다. 군사를 모아 소곡령에서 막는 것이 끌어들이는 것보다 나을 것 같소이다."

"허나 우리 군사는 1만 남짓이야. 성벽도 없는 산등성이에서 부여광의 2만 군사를 어떻게 막는단 말이냐?"

"옳소이다. 그래서 이곳 성을 의지하여 막는 것이 아군에 유리하오."

장수 하나가 진포에게 동의했다. 청안에 다시 정적이 덮였다. 인근의 백제령인 하상군과 진남군 태수에게 급보를 띄운 지 사흘이 되었으나 사자(使者)는 아직 돌아오지 않았다. 다른 때 같으면 이틀이면 돌아왔던 것이다. 따라서 진포는 지금 덕산군 단독으로 연무군의 침입에 대비하는 회의를 하고 있다. 진포의 시선이 말석에 앉은 흰색 옷차림의 사내에게 옮겨졌다. 백제식 바지저고리를 입은 그는 덕조였다.

"네가 말한 왜선은 대웅성에 언제 닿을 것 같으냐?"

"나흘 전에 떠났으니 나흘은 더 지나야 닿을 것 같소이다."

덕산으로 넘어오기 전에 덕조는 헤이찌에게 대웅성으로 급보를 띄웠던 것이다. 그러나 앞으로 닷새는 더 지나야 본국에서 이 사실을 알 것이고 그 안에 부여광은 군사를 몰고 온다. 이윽고 진포가 결심한 듯 머리를 들었다.

"성에서 부여광을 맞는다. 전선(戰船)은 앞바다로 나가 적선(敵船)을 맞되 흩어지지 말도록 하라. 각 성(城)도 문을 굳게 닫고 부여광이 지치기를 기다린다."

진포의 주름진 얼굴이 긴장으로 굳어져 있었다.

"역적의 무리는 반드시 몰사할 것이니 두고 보아라."

사비도성의 후부(後部) 상항(上巷)지역에 적동각이라는 객사가 있다. 주로 왜인들이 자주 묵는 객사로 오늘도 바깥채 술청에서는 초저녁부터 왜인들의 술판이 벌어져 있었다. 안채 이층의 끝방 안이다. 기름등잔 세 개가 삼면에서 타오르고 있어서 넓은 방안은 꽤 밝았지만 분위기는 어두웠다. 상석에 앉은 의자는 미복 차림에 머리에는 상인처럼 두건을 썼다. 그가 헤이찌에게로 시선을 돌렸다.

"그렇다면 계백은 근위군에 남아 있다는 말이냐?"

"그렇사오이다. 주인은 끝까지 남아 기회를 잡겠다고 하셨사오이다."

사비도성에 도착한 지 한 식경이 겨우 넘은 헤이찌였다. 그는 이제 계백을 주인이라 불렀는데 계백과는 상의하지도 않았다. 의자가 계백의 밀서에 다시 시선을 내렸다.

"그럼 지금쯤이면 부여광의 군사가 움직였을 것이야."

혼잣소리처럼 말하자 옆에 앉은 윤충이 입을 열었다.

"원자님 어서 대왕께 말씀을 올리시는 것이……."

"그렇습니다. 시각이 촉박하오이다."

옆쪽에 앉은 의직이 거들었다. 의자가 다시 머리를 들었는데 이번에는 문쪽에 앉은 계백이정에게로 시선이 향했다.

"시덕은 어떻게 생각하시오?"

"달솔과 덕솔의 말씀이 옳소이다."

자리를 고쳐 앉은 계백이정이 말을 이었다.

"대왕께 말씀을 올리실 적에 정학이가 접선한 무리들을 일거에 소탕도록 해야 됩니다."

방안에 다시 어두운 정적이 덮였다. 신라 사신 이찬 서규로부터 그가 부여광과 맺은 약조와 백제 조정에 심은 첩자 정학까지 알아내었던 것이다. 대왕도 지금 정학이 접선한 백제 조정 내의 반역도가 색출되기를 기다리고 있다. 이윽고 의자가 길게 숨을 뱉었다.

"알았소 종기는 한꺼번에 짜야 되는 법. 씨를 남겼다가는 후환이 다시 생기리라."

그날 밤 해시 무렵에 왕궁 안의 대왕 침전에는 무왕과 원자 의자가 둘이서 마주 앉았다. 무왕은 비단겉옷만 한 장 걸치고 있었는데 흰 눈썹이 뻗뻗하게 치켜 올라갔다. 격노한 표정이다.

"더 이상 기다릴 것 없다. 전선을 모아 내해를 건넌다."

이미 서규의 자백을 직접 들은 터라 목소리는 담담했다.

"역적은 구족(九族)을 멸하는 법인데 그럴 수는 없게 되었구나. 나하고는 육촌이니."

"부여광이 이미 덕산군으로 출병했을지도 모릅니다, 대왕마마."

정색한 의자가 왕을 바라보았다.

"그리고 출병하기에 앞서 내부를 안돈시켜야 되옵니다."

"그건 그렇다."

머리를 끄덕인 왕이 목소리를 낮췄다.

"부여광과 정학, 그리고 그놈들의 동조세력이 조정에 박혀 있겠지. 찾았느냐?"

"이찬 서규는 오직 정학의 존재만 알고 있을 뿐이어서 정학을 여러 날 미행했으나 뚜렷한 증거를 잡지 못했사오이다."

"그놈을 잡아 문초를 해라."

"잡아 두었으니 대왕께서 직접 친국하시는 것이……."

"지금 가겠다."

무왕이 옷자락을 펄럭이며 일어서자 의자가 다가가 부축했다.

"대왕마마, 말이 나면 정학이 접선한 무리가 도주할지도 모르옵니다. 행차를 은밀히 하소서."

궁성 안의 수뢰옥(水雷獄)은 한낮에도 인적이 드문 곳이다. 수뢰옥의 마당에 불이 밝혀졌고 무왕이 청에 앉았는데 뜰 아래에는 외사부의 문독 정학이 꿇려졌다. 주위에는 급히 불려온 내신좌평(內臣佐平) 사비담, 위사좌평 사봉무, 달솔 윤충과 옥장(獄長)이 둘러서 있었으며 의자는 왕의 아래쪽에 시립해 있다. 정학은 온몸을 떨면서 시선을 들지 않았다. 집에서 흑치상지에게 잡혔을 적만 해도 코웃음을 치며 큰소리를 냈던 그가 점점 기가 꺾이더니 궁성 안으로 들어왔을 때는 입을 닫았고 무왕을 보자 떨기 시작한 것이다.

　"네가 포섭한 조정의 관리를 대라."

　무왕의 목소리가 채찍처럼 날아 밤공기를 날카롭게 찢었다.

　"이미 김백정의 신하 이찬 서규로부터 네놈 정체를 들어 안다. 말하라."

　김백정이란 진평왕의 이름이 백정(白淨)이라 이름을 부른 것이다. 신라에서 무왕을 부여장이라고 이름을 부르는 것과 같다. 옥장인 덕솔 국조가 문득 자신의 직무를 깨닫고 한 걸음 나섰다.

　"이놈! 대왕께서 물으셨다. 말하라!"

　정학이 번쩍 머리를 들었다. 진평왕의 이름이 불리어진 순간 그는 찬물을 뒤집어쓴 것처럼 떠는 것을 멈추고 있었다. 그러나 얼굴색은 눈처럼 희다.

　"살려준나믄 말하겠소."

　"그 벌레 같은 목숨을 붙여주마."

　무왕이 낮게 말하자 정학이 눈을 부릅떴다.

　"저기 계신 원자가 소인의 배후올시다."

　그러자 퍼뜩 시선을 든 무왕이 의자를 바라보고는 머리를 끄덕였다.

　"말하라."

　"내신좌평과 위사좌평도 소인과 수시로 만나 조정의 내막을 알려주었소.”

그러자 내신좌평 사비담은 어금니를 물었고 위사좌평 사봉무는 칼자루를 쥐었다. 무왕이 다시 머리를 끄덕였다.

“또 없느냐?”

“이들은 자신들의 정체가 탄로날 것 같으니까 소인을 먼저 잡아 올린 것이오.”

“김백정은 늙어빠진 놈이라 네놈같이 교활한 놈을 선발하지 못했을 터.”

이제 무왕의 얼굴에 잔잔한 웃음기가 떠올랐다.

“김춘추나 김유신이 네놈을 보냈으렷다.”

“대왕을 욕하지 마라! 이놈 부여장아!”

악을 쓰듯 정학이 소리친 순간 옥장 국조의 발길이 날아 이를 모두 부서뜨렸다. 무왕이 자리에서 일어섰다.

“그놈을 베어라.”

국조가 칼자루를 쥐었으나 그보다 사봉무의 손이 더 빨랐다. 칼빛이 번쩍였고 정학의 머리가 뜰에 떨어져 뒹굴었다. 무왕이 내신좌평 사비담을 바라보았다.

“내일 백관을 모아 태자를 책봉한다.”

아직도 놀란 가슴을 누르지 못해 눈만 끔벅이던 사비담이 숨을 멈췄다. 무왕의 시선이 의자에게로 옮겨졌다.

“원자 의자를 태자에 봉할 것이야. 좌평들은 아침 일찍 준비를 하라.”

윤충은 줄줄 눈물을 쏟았다. 궁성 안의 내전 창고 옆이었는데 그의 앞에 선 의직과 계백이정도 같이 울었다. 아직 깊은 밤이어서 주위는 어두웠고 오십 보쯤 앞으로 위사 두 명이 서 있을 뿐이다.

“이제 되었어.”

소매로 눈물을 훔친 윤충이 목멘 소리로 겨우 말했다.

"원자가 태자가 되시다니. 원을 풀었어."

의직과 계백이정은 궐문 밖에서 대기하고 있다가 달려왔으므로 윤충으로부터 줄거리만 들었다. 계백이정이 머리를 끄덕였다.

"대왕께서는 단숨에 내분을 수습하셨소. 내일이면 충승 왕자의 추종세력은 흔적도 없이 사라질 것이오."

"태자께 붙겠지. 간사한 것들."

뱉듯이 말한 의직이 손끝으로 눈물을 털어 냈다.

"도륙을 해야 마땅한 무리들이요. 정학과 내통한 것은 그놈들이요."

"대왕께서는 왕실 내부의 변을 원치 않으십니다. 그래서 원자님을 서둘러 태자로 봉하시려는 것이오."

계백이정이 목소리를 낮췄다.

"정학이 죽기 전에 원자님과 내신좌평, 위사좌평을 끌고 들어가는 것을 보시고 대왕은 충승 왕자가 배후에 있다는 것을 아셨을 겁니다."

"현명하신 분이시어."

윤충이 커다랗게 머리를 끄덕였다.

"이제 백제국은 기틀이 잡혔다."

제5장 야습

　노도와 같이 진군한 연무군의 대군은 우려했던 소곡령도 말 한 필 상하지 않고 통과한 다음 덕산성이 바라보이는 벌판에 진을 쳤다. 연무군을 떠난 지 만 사흘도 안 되었으니 그야말로 질풍과 같은 기세였다. 전군(全軍)의 사기는 높았고 진막에서는 웃음소리까지 들렸다. 이미 승전 기분으로 노획품의 분배에 대해서 이야기를 나누는 군사들도 있다.

　"전선이 풍랑을 만나 며칠 늦을 모양이다."

　좌장 정패가 바다 쪽을 실눈으로 바라보며 말했다. 한낮이었으나 하늘은 흐렸고 바다 빛은 검푸렀다. 파도 끝이 일으키는 흰 물결이 높았으므로 떠 있는 배는 보이지 않았다. 정패는 20대 후반으로 연무군(郡) 사람이었다. 건장한 체격에 성품도 좋았는데 군사들의 말을 들으면 검술이 능하다고 했다.

　부여광의 본진은 50인도 더 들어갈 수 있는 대형 천막이었다. 사방에 깃발이 무수히 꽂혔고 위사대 천막이 수십 개 둘러쳐져 있어서 마치 한 마을이 솟아난 것 같았다.

"호성, 기마군에 가서 말떼들을 오른쪽으로 더 옮기라고 하라."

정패가 아래쪽의 기마군 진지를 턱으로 가리켰다.

"위치가 좋지 않아. 본진의 태수 진막과 정면이야."

허리를 굽혀 보인 계백은 옆에 세워놓은 말에 날렵하게 올랐다. 활과 살통을 안장 옆에 매달았으며 허리에는 장검을 찼고 가죽 위에 철을 박은 갑옷에다 머리에는 가죽모자를 썼다. 당당한 위사 십장의 모습이다. 말에 박차를 넣은 계백은 본진을 떠나 아래쪽의 기마군 진지를 향해 달렸다.

그날 저녁 덕산성의 동문을 지키던 13품 무독(武督) 황기문은 벌판의 연무군 진지에서 달려오는 한 필의 기마무사를 보았다. 이미 어둑해져서 양측 군사들은 제각기 정비된 진용 앞에 경계병을 늘리는 때였다. 가끔 일대의 기마군이 성앞을 가로지르며 이쪽을 탐색했으므로 황기문은 성벽을 짚고 서서 앞을 노려보았다. 속보로 달려오던 기마무사는 곧 말머리를 틀더니 성벽과 나란히 달리기 시작했다.

그러나 거리가 이백 보가 넘었으므로 이쪽 군사들은 그저 바라보고만 있다. 정찰이거나 성 옆쪽의 포구 안에 주둔한 보군에게 가는 전령인 모양이었다. 그때였다. 바람을 가르는 살 소리에 그는 퍼뜩 목을 움츠렸으나 바로 위쪽의 난간 기둥에 따악 소리와 함께 살이 박혔다. 질색한 그는 그지 시선만을 올렸다. 성문 위의 정자 난간에 박힌 살에는 접힌 종이가 매어져 있었다. 주위가 어두워진 때문인지 매어진 흰 종이는 더욱 선명했다. 무서운 놈이다. 이백 보 거리에서 살촉의 쇠끝이 안 보이도록 살을 박은 것이다. 그는 손을 뻗쳐 살에서 종이를 빼 내었다.

부여고가 죽은 뒤부터 한번도 얼굴을 펴지 않던 부여광이 오늘밤에는 조금 밝은 표정이 되었다. 여태 술도 삼가고 있다가 저녁 반주로 두 잔을 마셨다.

침공은 성공적이었고 이제 덕산군의 함락이 목전으로 다가온 것이다. 그가 앞에 앉은 내대신 우백에게 술잔을 내밀었다.

"덕산 수군(水軍) 전선이 네 척 침몰했고 여섯 척은 도주했어. 풍랑이 오히려 아군 전선의 공격에 유리했던 거야."

그가 입술 끝만을 비틀고 웃었다.

"놈들은 싸움에 유리하려고 배를 가볍게 하고 나섰다가 풍랑에 두 척이 뒤집혔고 나머지는 뿔뿔이 흩어졌지."

이쪽은 배에 가득 수군을 싣고 왔던 것이다. 홀수가 내려앉은 연무군의 선단은 높은 파도에 잘 견뎠다. 옆쪽에 앉은 장군 육간이 입을 열었다.

"전하, 덕산을 점령한 다음에는 곧 당 태종에게 사신을 보내시는 것이."

"이미 선물도 준비해 두었어."

술을 삼가고 있던 부여광은 세 번째 잔을 들었다.

"이세민도 앓던 이가 빠진 것처럼 시원해 할 것이다."

덕산군은 당의 하남도와 접경해 있는 것이다. 내대신 우백이 부여광의 잔에 술을 따랐다.

"전하, 덕산 태수의 처리를 어떻게 하시렵니까?"

"항복하면 살려준다."

이미 생각하고 있었던 듯 그가 선뜻 대답했다.

"하지만 이곳에 둘 수는 없지. 당의 장안성에 보내어 이세민이 그놈을 처리하도록 하겠다."

벌컥이며 술을 삼킨 부여광이 눈을 부릅떴다.

"고(高)를 죽인 것은 틀림없이 사비성에서 온 부여장의 자객이야. 덕산 태수 진포도 그 일당이다."

북이 울렸으므로 부여광이 허리를 폈다. 고기 비늘처럼 황금으로 만든 갑옷이 불빛에 번쩍였다.

"어어, 벌써 해시가 되었나? 수군이 내일 일찍 닿는다고 했으니 내일은 전쟁이다."

그가 술잔을 엎었으므로 신하들은 몸을 일으켰다. 북소리가 그치면서 밖은 다시 조용해졌다.

"담대한 계략이나 모두 죽음을 각오해야 한다."

덕산 태수 진포가 머리를 들었다. 긴장한 표정이었고 주위의 장수들도 모두 얼굴을 굳히고 있다.

"허나 다른 길이 없다."

그가 장수들을 둘러보았다.

"누가 가겠는가?"

"소장이 가겠소이다."

건장한 삼십대 장수가 진포를 바라보았다. 위사장 동극으로 하동 출신의 한인(漢人)이다.

"이제까지 거두어주신 은혜를 갚겠소이다."

"고맙다."

"솜씨 좋은 위사 열 명을 고르겠소이다."

"소인도 가겠습니다."

말석에 앉아 있던 덕조가 어깨를 폈다.

"소인의 주인이 주장(主將)인 터에 종이 빠질 수가 없소이다."

진포가 머리를 끄덕였다.

"장하다. 그럼 너도 가거라."

이미 해시가 지나 있어서 주위는 짙은 정적에 덮여 있었다. 그러나 성안 태수의 정청에 모인 십여 명의 장수들은 아직도 갑옷을 두른 차림이다. 진포가 탁자 위에 펼쳐진 흰 베 조각을 바라보았다. 계백이 활에 매어 쏘아 온 베 조각인 것이다.

"준비하라. 북소리를 군호로 하라고 했으니 준비되면 북을 쳐라."

덕산성의 성루(城樓)에서 가볍게 북이 두 번 울렸다. 성밖의 연무군 군사들도 그 소리를 들었지만 순라의 교대나 시각을 알리는 신호처럼 생각되었다.

계백은 말고삐를 당겨 기마군의 진막으로 다가갔다. 앞쪽의 화톳불 옆에 서 있던 기마군의 십장이 그를 올려다보았다. 수염이 텁수룩한 사내였다.

"어디로 가는가?"

"정찰을 나간 근위군한테 가네."

"이 늦은 밤에 정찰을 나갔나?"

"대왕의 명이셨어."

십장을 지나자 곧 앞쪽은 짙은 어둠에 덮여졌다. 4리쯤 앞에 덕산성의 성곽이 뚜렷하게 드러났다. 성안의 곳곳에 불을 피우고 있어서 성벽 위쪽 하늘은 붉다. 1리쯤 어둠 속을 나아가자 곧 앞에서 희끗한 물체가 보이더니 십여 명의 군사가 가로막듯 섰다.

"누구냐?"

어둠 속에서 투구에 깃털 장식을 붙인 부장(副將)급 장수가 앞으로 나섰다.

"근위군 십장이 어딜 가는가?"

"정찰 나간 근위군 기병을 맞으러 가오."

"근위 기병이 내 앞으로 나간 적이 없어."

"포구 쪽으로 나갔소이다."

계백이 목소리를 낮췄다.

"대왕께서 기다리고 계시오. 내일 공격할 성벽의 허실을 알아보려고 나갔기 때문에……."

"몇 명인가?"

"근위군 십인장 급으로 한 조가 나갔소."

"가라."

부장이 한 걸음 비켜섰지만 아직도 미심쩍은 표정이었다.

"자넨 십인장 누구인가?"

"호성이라고 하오."

"대장이 누구여?"

"좌장 정패올시다."

말에 박차를 넣은 계백이 그의 옆을 지났다. 최전방의 초소인 것이다. 앞쪽은 이제 2리쯤의 공간이 있었고 덕산성의 웅자가 더욱 크게 드러났다. 내일이면 이 공간에 시체가 쌓이고 피가 골을 타고 흐를 것이다.

그가 곧장 말을 몰아 서문 근처로 다가갔을 때였다.

"주인이시오?"

낮으나 낯익은 목소리가 들렸다. 어둠 속에서 덕조가 말을 끌고 다가왔다. 그가 이를 드러내며 웃었다.

"수인, 소인이 왔소이다."

"네가 왔구나."

예상하지 못했던 계백이 마주 웃었다. 덕조의 뒤로 한 무리의 말과 사람이 서 있었는데 위사장 동극이 모습을 드러냈다.

"계백공, 소장은 덕산 태수의 위사장 동극이요. 시각이 촉박하니 안내해주시오."

초소의 부장은 횡대로 다가오는 그들 일행을 보더니 우선 가로막고 섰다. 어둠 속이라 그가 목을 뽑아 앞장 선 계백의 얼굴을 올려다보았다.

"이제 오는가?"

"꼭 이곳으로만 지나 미안하우."

"이곳으로 나갔으니 이곳으로 들어와야 하는 것 아닌가?"

그가 뒤에 늘어선 기마군을 바라보았다.

"모두 몇이여?"

그러자 근위군 부장 복색의 동극이 나섰다.

"수고허우. 우린 모두 아홉이오."

"끌고 온 십장까지 열이로군."

"우린 나갈 적엔 포구 쪽으로 나갔었소."

"들었소."

동관(同官)인 때문인지 부장이 선선히 비켜섰다.

"어서 가시우. 밤늦게 고생이 많으시구려."

초소를 지난 그들은 다시 횡대로 늘어서서 앞으로 나아갔다. 1리 쯤 앞에는 기마군의 초소가 있고 다음에는 근위군이 지키는 본진이다. 동극이 박차를 넣어 계백 옆에 붙었다.

"부여광의 진막 앞으로 근위군이 몇 겹으로 감싸고 있소?"

"다섯 겹으로 다섯 번 검문을 받아야 하오."

"여기까지 온 것만 해도 다행이오."

계백의 시선을 받은 그가 어둠 속이라 이만 보이고 웃었다.

"기마군의 초소는 통과할 수 있겠소?"

"나올 적에 얼굴을 익혀 두었소이다."

별도 뜨지 않은 밤이어서 그들은 바짝 붙어 나아갔다. 곧 그들 앞으로 화톳불이 가까워졌고 기마군의 초소병이 드러났다. 텁석부리 십장이 계백을 알아보았다.

"자네가 두 번째 초소로 나갔나?"

그가 불쑥 물었으므로 계백이 말을 세웠다.

"그건 왜 물어?"

"두 번째 초소에서 전령이 본진으로 들어간 지 꽤 되었어. 그런데 그 망할 놈이 나오지를 않는구먼……."

말에 박차를 넣은 계백이 그의 옆을 지났다. 잠시 후에 계백의 옆으로 동극과 덕조가 양쪽으로 붙었다.

"탄로가 났소."

동극이 차분한 목소리로 말했다.

"아마 본진 앞에서 우리를 기다리고 있을 거요."

"그 쥐새끼 같은 초소장놈……."

혀를 찬 덕조가 계백을 바라보았다.

"우리를 함정 속으로 몰아넣었소."

그들은 기마군과 본진 사이의 어두운 공간에 섰다.

동극은 본래 당나라의 이연, 이세민과 천하의 패권을 다투던 두건덕의 장수였다. 그러나 두건덕이 이세민에게 궤멸되자 탈출하여 백제령 덕산 태수 진포의 위사장이 되었으니 기구한 운명이다. 크고 작은 싸움을 수백 번이나 겪은 그는 전법보다도 동물적인 감각으로 상황을 판단했다. 전장에서 몸으로 부딪쳐 온 상수였던 것이다. 그가 계백을 바라보았다.

"계백공, 이곳에서 갈라섭시다."

눈으로 묻는 계백에게 그가 다시 이를 보이며 웃었다.

"둘씩 셋씩 분산하여 숨어 들어가도록 합시다."

계백이 머리를 끄덕였다. 근위군은 이미 자신의 배반을 알아차리고 있을지도 모른다.

"좋습니다. 나는 서쪽으로 들어가겠소."

몸을 돌린 동극이 부하들과 함께 금방 어둠 속으로 사라졌다. 덕조가 그를 바라보았다.

"주인, 어찌 하시려오?"

"말을 버리고 숨어 들어가겠다."

말에서 내린 계백이 앞쪽을 바라보았다. 앞쪽은 짙은 어둠에 덮여 있어서 아무 것도 보이지 않았으나 차가운 냉기가 피부에 닿았다. 전장에서 처음 느끼는 이것은 아마 살기일 것이다.

부여광은 갑옷에 투구까지 쓰고 나무걸상에 앉아 있었는데 얼굴의 술기운이 아직 가시지 않았다. 그가 앞에 선 위사장 복규를 노려보았다.

"놈이 아홉을 데리고 들어왔다면 이곳을 노리는 것이다."

조금 전에 최전방 초소의 부장이 다시 전령을 보내왔던 것이다.

"그놈이 진포의 첩자였다. 자객을 데리러 진을 나간 것이었어."

시선을 내린 복규가 어금니를 물었다. 계백을 근위군 중에서도 태수의 측근을 경호하는 좌군(左軍)에 편입시킨 것이 자신인 것이다.

"이미 기마군의 초소를 통과했을지도 모른다."

말이 끝나기도 전에 진막을 들치고 좌장(左將) 정패가 들어섰다. 눈을 부릅뜬 얼굴이었다.

"장군, 놈이 아홉을 끌고 기마군의 초소를 통과했소. 나가면서 초소장과 낯을 익혀 두었던 것이오."

복규에게 보고했지만 대답은 부여광이 했다.

"진에 불을 밝혀라."

그가 발을 구르며 일어섰다.

"이제 숨어 기다릴 필요는 없다. 군사를 풀어 놈들을 색출하라!"

진막에 가득 차게 모여 섰던 장수들이 모두 나가자 복규가 머리를 들었다.

"대왕, 침소를 옮기시는 것이 나을 것 같소이다. 소장의 진막으로 가시지오."

십장 호성이 정찰대를 데리러 간다는 핑계를 대고 최전방 초소를 빠져나갔다는 보고를 받았을 때 복규는 근위군을 모두 깨워 대기시켰다. 심상치가 않았던 것이다. 호성은 이백 보 밖의 갈매기를 쏘아 맞춘 명궁(名弓)이다. 부여광을 호위하여 자신의 진막으로 들어선 복규가 허리를 꺾었다.

"모두 소장의 불찰이올시다. 기필코 반역배와 그 무리들의 목을 베어 올리겠소이다."

"잡고 나서 바로 성을 공격한다."

침상 옆의 허술한 걸상에 앉은 부여광이 짜증스런 얼굴로 말했다.

"이미 근위군도 모두 깨었으니 해뜨기 전까지 성을 함락한다."

전선(戰船)이 조금 늦게 포구에 닿아 수군을 내려놓겠지만 깨어 버린 병사들을 다시 재운다고 해도 어차피 선잠이다.

복규가 다시 허리를 꺾어 보이고는 명을 전하려고 밖으로 서둘러

나갔다.

"주인, 이제 늦었소이다."

젖은 풀숲에 바싹 엎드린 덕조가 속삭이듯 말했다. 오십 보쯤 앞의 근위군 진지는 갑자기 켜진 횃불들로 대낮처럼 환했는데 근위군은 제각기 대오를 지어 정렬하고 있었다. 그야말로 쥐 한 마리 빠져나갈 수도 없는 태세였다.

"이쪽을 수색하려 하오."

다급하게 덕조가 말했지만 계백도 이미 보았다. 근위군은 횡대로 늘어서고 있었는데 마치 그물을 편 것처럼 간격이 일 보도 되지 않았다. 계백

이 활을 고쳐 쥐자 덕조가 질색을 하였다.

"주인, 왜 이러시오?"

그 순간이었다. 오른쪽 진막 근처에서 고함소리가 났고 근위군의 한 떼가 그곳으로 몰려갔다. 덕조가 계백의 활 쥔 팔을 쥐었다.

"주인, 도망칩시다."

꽤 멀었으나 앞쪽의 화광(火光)으로 덕조의 눈이 보였다. 절박한 눈빛이었다.

"개죽음하시면 안 되오. 부여광보다 큰 일에 몸을 내놓으시오."

"놓아라. 이놈아."

덕조의 팔을 거칠게 뿌리친 계백이 상반신만 들었다. 이를 악문 표정이었다.

"부여광을 베라는 원자의 명이시다."

"이미 부여고를 죽였으니 주인께선 그만해도 대공(大功)이요."

그 순간 다시 고함소리가 났는데 이번에는 서너 명이 함께 질렀다. 앞쪽의 근위군이 어지럽게 흩어지더니 이내 진막의 왼쪽으로 몰려 나갔다. 다른 방향에서 동극의 부하가 치고 들어선 것이다.

"아앗!"

저도 모르게 짧은 외침을 뱉으며 덕조가 벌떡 일어섰다. 계백이 몸을 날려 진막 쪽으로 달려갔기 때문이다.

"이…… 이런."

이를 악문 덕조가 뒤를 따랐다. 앞쪽은 마침 비었기는 했으나 불꽃 속으로 뛰어드는 부나방 꼴이었다.

"됐다. 가자."

퉁기듯이 몸을 일으킨 동극이 진막 쪽으로 뛰자 기호문과 왕산이 뒤를 따랐다.

그들 둘 또한 한인으로 두건덕 휘하의 무장이었다. 진막 주위는 비어 있었다. 우측으로 백여 보 떨어진 곳에서는 아직도 소동이 가라앉지 않았다. 그의 부하 두 명이 칼을 치켜들고 쳐들어간 것이다. 진막 안으로 뛰어든 그들은 금방 허리를 세우고는 군사들 속으로 끼어 들었다. 근위군 복장이어서 곁을 지나는 군사들도 그들을 거들떠보지 않았다. 동극은 길게 숨을 뱉었다.

"성문을 열어라!"

진포 옆에 선 장군 오책이 소리치자 높이가 한 길 반에 넓이가 세 길이 되는 성문 두 짝이 양쪽으로 활짝 젖혀졌다. 마상에 앉은 진포가 허리에 찬 검을 빼 들었다.

"자, 역적 부여광을 쳐서 백제국을 보존한다!"

나이 예순이 넘었지만 아직도 우렁찬 태수 진포의 외침에 군사들은 악을 쓰듯 함성을 질렀다. 진포가 빙긋 웃었다.

"이겼다."

그가 박차를 넣었고 이미 흥분한 검정색 말갈미는 네 굽을 모으고 뛰어나갔다. 기마군 1천 기가 한 덩이가 되어서 성문을 빠져나갔으며 그 뒤를 보군 5전이 성상 차림으로 뛰었다.

"태수를 감싸라!"

위사장 동극 대신으로 태수의 경호를 맡은 장군 배기창이 기를 쓰고 달려 진포의 앞으로 나갔다. 위사들이 다시 배기창의 앞으로 나섰으므로 자연히 선봉이 되었고 속력은 더욱 붙었다. 목표는 화광이 충천한 앞쪽의 부여광 본진이다. 이제나 저제나 하며 동극의 신호를 기다리던 진포는 부여광의 본진에 대낮같이 불이 밝혀지자 계획이 어긋난 것으로 알았다. 그래서 야습으로 결전(決戰)을 낼 작정을 한 것이다.

"부여광의 목만 떼어라!"

흰 수염을 휘날리며 다시 진포가 고함을 쳤고 1천 기의 기마군이 따라 외쳤다.

"성에서 쳐 나오고 있소이다."

진막 안으로 구르듯이 들어온 장수는 위사장 복규가 아닌 기마군에 가 있던 내대신(內大臣) 우백이었다. 그의 뒤를 기마군 부장(副將)이 따랐다.

"대왕, 어서 준비를 하시는 것이……."

"기마군으로 막아라!"

부여광이 소리치자 부장은 대답도 변변히 하지 못한 채 밖으로 뛰쳐 나 갔다.

"전령은 어디 있느냐!"

"여기 있소이다."

전령 장수가 허겁지겁 달려와 무릎을 꿇었다.

"보군대장을 불러라!"

이미 일어선 부여광이 발로 땅을 굴렀다.

"장수들은 왜 모이지 않는 거냐!"

"전하의 진막으로 간 것 같소이다."

우백이 손등으로 이마의 땀을 씻었다.

"소신도 위사한테서 겨우 들었소이다."

그제야 진막 안으로 위사장 복규가 서두르며 들어섰다. 상기된 얼굴 이다.

"대왕, 본진의 진막으로 옮기시지요."

땅이 울리고 있었다. 진포의 기마군이다. 아직 이쪽의 기마군은 나가지 않았다.

"에에익!"

버럭 소리친 부여광은 앞장 서서 복규의 진막을 나왔다. 바깥의 분위기가 떠 있는 것이 그의 눈에 금방 띄었다. 태수의 안전이라 소리를 죽이고 걸음도 늦추고 있었으나 진막 옆쪽으로 뛰는 군사가 보였고 말굽소리는 더욱 크게 들렸다.

"놈들을 잡았느냐!"

서둘러 걸으며 칼로 내려치듯 묻자 복규가 힐끗 그를 바라보았다.

"다섯을 베었소이다."

"다섯이 남지 않았는가?"

이제 함성소리까지 들렸고 아군의 앞쪽에서도 맞받아 소리쳤는데 소리가 가닥으로 갈라졌다. 복규는 대답하지 않았지만 부여광도 더 이상 물을 경황이 없다. 진포가 야습해 오리라고는 생각지도 못한 것이다. 성안의 군사래야 7, 8천이 고작이다. 2만 대군을 향해 치고 나온 진포는 이미 죽음을 각오한 것이다.

깃발을 쥐고 서 있던 왕산은 숨을 들이마셨다. 진막 세 개 건너서 일단의 장수들과 함께 다가오는 황금투구를 본 것이다.

"자…… 장군."

소리를 죽인 데다 더듬대었지만 옆에 서 있던 동극은 이미 보았다. 그들 주위로 근위군이 뛰듯이 오겠는데 장수들이 부르고 외치는 소리 속에 말굽과 함성은 점점 더 커졌다. 동극은 이를 악물었다. 천운(天運)이다.

앞으로 두 곳의 진을 더 뚫고 나가야 부여광의 본진에 닿을 것인데 본인이 스스로 이쪽으로 오고 있는 것이다. 그가 힐끗 왕산에게 시선을 주었다.

"내가 먼저 칠 테니 네가 이어라."

"알았소이다."

세 발짝쯤 떨어진 진막 옆에 쭈그리고 앉아 신발을 주무르고 있던 기호문이 그제야 부여광 일행을 본 모양이었다. 그러나 가볍게 움직이지는 않았다. 부여광은 진막 하나를 돌아 잠시 보이지 않더니만 곧 정면으로 나타났다. 그들과는 십여 보 거리밖에 안 된다. 뛰던 군사들이 재빨리 멈추더니 비켜섰고 동극과 왕산도 머리를 숙였다.

"왕산아, 난 태수께 충신으로 죽는다."

아래쪽을 보며 동극이 말하자 왕산이 중얼거려 말했다.

"두건덕 장군이 가신 후로 장군은 이런 기회를 기다리고 계셨소. 같이 가시지요."

서둘러 발을 떼던 부여광은 해동백제국(海東百濟國)의 깃발 옆쪽에 선 근위군의 십장과 부장을 보았다. 깃발은 만든 지 얼마 되지 않아서 금술이 선명했는데 깃발에 적힌 글자를 본 그의 가슴이 답답해졌다. 어금니를 문 그가 시선을 떼었을 때였다. 위사장 복규가 갑자기 와락 상체를 밀었으므로 그는 비틀거렸다.

"이야앗!"

기합소리는 다른 쪽에서 났다.

"이놈!"

부여광을 밀친 복규가 칼을 반쯤 빼었으나 이미 동극의 칼날에 어깨에서 허리까지 비스듬히 베어진 후였다. 부여광 대신으로 칼을 맞은 것이다. 다음 순간 왕산이 뛰어들었는데 위사 한 명이 그의 칼을 받았다.

"자객이다!"

누군가가 소리쳤고 아수라처럼 동극이 다시 칼을 내려쳤지만 부여광의 투구에 맞아 퉁겨났다. 그 순간 뒤에서 내지른 칼끝이 동극의 등을 꿰었다.

"이놈! 부여광!"

동극이 또 한 발짝을 내딛으며 위사 한 명을 더 베었으나 부여광은 두 걸음쯤이나 옆으로 달아났다. 그 순간 왕산이 위사들의 빗발 같은 칼날을 받고 쓰러졌다.

"이놈!"

동극이 와락 부딪쳐 온 장수의 허리를 베었다. 부여광은 더욱 떨어졌다. 그때였다. 부여광의 바로 앞으로 솟아오른 듯이 나타난 기호문이 칼을 날렸다. 동극은 부여광의 목에서 피를 뿜는 것을 보고는 빙긋 웃었다. 그리고는 다시 가슴에 칼을 받고는 천천히 쓰러졌다.

"보시오. 충신이요."

계백의 옷깃을 잡은 덕조가 옆쪽으로 끌었다.

"충신은 저렇게 죽소."

그들이 달려갔을 때는 부여광과 동극이 마악 쓰러지는 순간이었던 것이다.

"대왕이…… 태수가 죽었다!"

누군가가 소리쳤고 그 한 마디는 엄청난 소용돌이를 몰고 왔다. 성에서 진출해 온 진포의 군사는 이미 1리 밖의 기마군 진지에서 혼전 중이다. 덕조가 다시 계백의 소매를 끌었다.

"주인. 어서 포구로 뜁시다! 여기 있다가는 오인되어 개죽음을 당하오!"

이미 주위는 이리저리 내닫는 근위군으로 혼란에 빠져 있었다. 장수들의 고함소리가 서너 차례 들렸지만 곧 그쳤고 여운이 흐린 군사들의 놀란 외침만 잦아졌다.

"태수가 죽었다!"

이제 대왕이 아니라 태수다.

계백은 덕조와 함께 포구를 향해 뛰었다. 군사 한 무리가 그들과 같이 뛰면서 저희들끼리 갑론을박 하더니 곧 어둠 속으로 흩어졌다. 옆쪽의 기마군 진지에서 함성소리가 연거푸 났다. 그리고는 이쪽으로 몰려오는 기마군의 말굽소리가 크고 굵어졌다. 어둠 속을 달리면서 계백은 이를 악물었다. 동극의 웃음 띤 얼굴이 떠오른 것이다.

"주인. 잘 뛰시는 구려."

옆을 달리던 덕조의 목소리는 밝았다.

"마치 사슴 같소."

전장을 옆으로 벗어나는 중이어서 가끔 부여광의 보군과 마주쳤지만 안에서 밖으로 나가는 그들을 내버려두었다.

"태수가 죽었다."

덕조가 밤하늘이 울리도록 소리쳤다.

"연무 태수 부여광이 칼을 맞고 죽었다!"

머리를 든 계백이 따라 소리쳤다.

"부여광은 덕산 태수의 위사장 동극에게 죽었다!"

그러자 가슴이 후련해졌다. 현장에 늦게 닿았을 뿐인 것이다. 동극의 죽는 모습에 늦게 닿은 죄책감과 함께 공을 빼앗겼다는 공명심이 함께 일어났다. 옆을 달리던 덕조가 힐끗 그를 보았지만 입을 열지는 않았다.

보름 후인 덕산군의 성밖 포구는 여느 때와 마찬가지로 뜨고 닿는 선박들로 분주했고 상인들의 외침소리도 여전했다. 그러나 태수 진포는 연무군 태수를 겸하게 되어 연무군의 도성(都城)에 머물렀으므로 덕산 성주는 진포의 아들 진범(眞凡)이 되었다. 초겨울이어서 바람 끝이 꽤 차가웠다. 오시 무렵의 해는 머리끝에서 밝게 빛났고 바람은 북서풍이어서 항해하기에 좋은 날씨였다. 덕조는 가죽저고리에 토끼털을 댄 바지를 입었는데 한 손에는 한 길 반이나 되는 창을 쥐었다. 어깨를 편 그의 얼굴은 날씨처럼 밝았다.

"주인, 타고 가실 배는 저놈이오."

덕조가 창끝으로 앞쪽의 무역선을 가리켰다. 짐을 싣고 난 배는 이제 선객들을 태우고 있다. 그들은 북적이는 사람들을 헤치고 널빤지를 두 개 이어놓은 배앞으로 다가갔다. 무역선은 길이가 1백 자 가깝게 되는 데다가 높이가 15자가 넘는 쌍돛선이다. 백제식 청복에 백대를 멘 무독(武督) 복장의 관리가 허리에 찬 칼자루를 쥐고 서서 승선자를 일일이 검문하고 있었다. 그들이 다가갔을 때 무독은 두 남녀를 세워 검문하는 중이었다.

"이놈아. 너한테 묻는 게 아녀!"

눈 꼬리를 치켜든 무독이 버럭 고함을 쳤다.

"한번만 더 네놈이 입을 열었다가는 목을 칠 테여!"

사내는 종인 것처럼 보였는데 기가 질린 듯 허리를 굽혔다. 무독이 저고리와 바지 차림의 여자에게 물었다.

"본가가 어디라고?"

"동성군입니다."

여자는 가죽모자를 귀밑까지 덮어썼고 등에는 가벼운 봇짐을 메었다. 또렷한 목소리로 그녀가 말을 이었다.

"동성군 가양현의 오 씨가 본가지요 종과 함께 본기에 다녀가는 길입니다."

"본국의 낭군은 무얼 하는가?"

"목 씨 성을 가졌고 웅진성에서 대덕 벼슬을 하오."

덕조가 사람을 헤치고 앞으로 나섰으므로 계백도 뒤를 따랐다. 대덕 벼슬이면 11품으로 황대를 찬다. 무독보다도 2품이나 높다. 찡그린 표정의 무독이 마악 여자에게 증표를 건네주다가 덕조를 보았다.

"이봐. 넌 뉘기에 새어 들어오느냐?"

"그럴 만한 사람이니까 그렇지."

턱을 든 덕조가 저고리 속에서 가죽으로 만든 증표를 꺼내 보였다. 태수 진포가 친히 쓴 증서에 수결까지 그려져 있다. 무독이 무안해진 얼굴로 증표를 돌려주었다.

"어서 들어가시우."

덕조의 뒤를 따르던 계백의 시선이 옆쪽에 서 있는 여자에게 옮겨졌다. 그 순간 그는 눈을 치켜 떴다. 여자도 놀란 듯 얼굴빛이 금방 하얗게 되었는데 부여광의 외동딸 부여진이었던 것이다. 종이 서둘러 소매를 끌었으므로 부여진은 휘청이며 널빤지 위로 발을 떼었다. 그들의 뒤를 덕조와 계백이 따랐다. 부여진은 연무땅을 도망쳐 나와 이곳 덕산군으로 온 것이다. 부여광이 덕산성 밖 황야에서 죽은 후로 연무군 병력은 순식간에 궤멸되었다. 여세를 몰아 연무군으로 진격한 진포는 부여광의 일족 백여 명을 남김없이 참살했기 때문에 살아남은 일족이 있다는 말은 듣지 못했던 것이다. 배안은 상인들로 혼잡했고 떠들썩했다. 덕조가 계백을 돌아보았다.

"주인. 헤이찌가 딱 좋아할 무역선입니다."

밝은 표정이다. 그는 이제 계백과 함께 사비도성의 태자 의자에게로 가는 것이다. 원자 의자는 정월에 태자로 책봉되었는데 신라에서는 같은 달에 진평왕이 세상을 떠나고 선덕여왕이 즉위했다. 바다 건너 백제령의 난(亂)도 평정한 백제국은 기운이 뻗쳐 가는 상황이며 계백가문 또한 도약할 기회가 온 것이다.

계백이 다가갔으나 부여진은 바다를 바라본 채 시선도 주지 않았다. 난간을 잡고 선 그녀의 옆모습은 마치 목상처럼 굳어져 있었다. 포구를 벗어나자 무역선은 순풍을 받고 바다 위로 미끄러지듯 나아가는 중이다.

"그대는 역적 부여광의 딸 부여진이다."

옆에 선 계백이 낮게 말했지만 부여진은 움직이지 않았다.

"난 근위군으로 왕성의 샛문 경비를 섰던 십장 호성이야. 기억할 것이다."

"……"

"허나 내 본색은 백제국 태자의 밀명을 받고 역적을 탐색하러 갔던 계백 가문의 계백이다."

그제야 부여진이 머리를 돌려 그를 바라보았다. 검은 눈동자가 조금 젖은 것은 습기 띤 바닷바람 탓일 것이다. 그러나 그녀는 입은 열지 않았다.

"아씨. 안으로 듭시오. 바람이 춥습니다."

종이 다가왔는데 계백을 향한 시선이 날카로웠다. 계백이 쓴웃음을 지었다.

"저놈은 도망치고 남은 위사겠구나. 그래도 충신이다."

그 순간이었다. 부여진의 몸이 앞쪽으로 기우는 것 같더니 난간 너머로 상반신이 훌떡 젖혀졌다.

"아앗!"

놀란 종이 소리쳤으나 몸이 따르지는 못했다. 부여진의 두 다리가 떴고 뒤집힌 몸이 배밖으로 떨어지는 순간에 계백은 팔을 뻗쳐 다리 한쪽을 겨우 잡았다. 그러자 부여신은 두 팔을 빌린 채 배밖에 떠 있었다. 그제야 종이 달려와 부여진의 다리 한쪽을 마저 잡았다.

사람들이 소리쳤고 놀란 덕조도 달려왔다.

"어허. 이런……"

그는 아직 영문을 모른다.

깊은 밤이다. 그러나 별빛이 밝았으므로 별을 겨냥하고 나아가는 대해

선(大海船) 선원들에게는 오히려 낮보다 이런 밤이 낫다. 이층의 귀빈용 선실이었으나 한 평쯤 되는 방에 누워 있던 계백은 문에서 들리는 인기척에 눈을 떴다. 문앞 마룻바닥에 자리를 깔고 누워 있던 덕조였다.

"주인. 그 여자가 왔소이다."

계백은 일어나 앉았다. 덕조도 이제 여자의 정체를 안다. 계백이 말해준 것이다. 부여진은 종과 함께 서 있다가 덕조가 비켜서자 선실 안으로 들어섰다. 선실이래야 마룻바닥에 곰가죽을 깔았을 뿐 의자도 침상도 없었고 벽에 걸린 기름등만이 꺼질 듯이 흔들거렸다. 부여진은 잠자코 문을 등지고 앉았는데 등불에 비친 얼굴은 핼쑥했다.

"무슨 일인가?"

계백이 묻자 그녀가 시선을 들었다.

"날 살려준 이유를 말해!"

그녀의 목소리는 메말랐으며 끝이 떨렸다.

"배에서 내리면 잡아갈 셈이냐?"

"그럴 수도 있지."

어깨를 편 계백이 그녀를 쏘아보았다.

"연무군에서 차라리 당으로 도망치는 것이 나았을 텐데 위험을 무릅쓰고 굳이 본국으로 가는 이유가 의심스럽다."

"나는 백제 사람이야."

"난을 일으킨 역적의 딸이지."

"백제에서 서민으로 살면서 그저 핏줄만 이을 거야."

그리고는 그녀가 시선을 떨구었다.

"성씨도 버리겠어."

"네 자식들에게 네 아비의 한을 말해 줄 셈이냐?"

문밖에 선 덕조와 부여진의 종은 숨소리도 내지 못했다. 그들도 긴장하고 있는 것이다. 그 순간 흔들리던 등빛이 그녀의 얼굴 위를 덮으면서 두 줄기의 눈물을 비추었다.

"난 원한이 없어."

"……"

"다 죽고 나 혼자서 도망쳐 살았지만 대륙을 헤매면서 살기는 싫었어."

부여진이 갑자기 두 손으로 선실 바닥을 짚었다.

"날 놓아줘. 그냥 백제땅 깊숙한 곳에 들어가 살 테니까……"

이틀 간 역풍(逆風)이 불어 배가 남쪽으로 흘렀으나 다행히 풍랑이 높지 않았고 항해는 순조로웠다. 대웅성에 도착한 것은 덕산포를 떠난 지 열하 루째 되는 날이었다. 배에서 내려 곧장 포구 안의 거리로 들어서는 계백의 옆으로 덕조가 다가왔다.

"주인, 본가로 가 계시면 태자께서 부르신다 하셨소."

그가 힐끗 계백의 눈치를 보았다.

"마님께서 기다리고 계십니다."

6년이나 어머니를 보지도 못한 계백이다. 계백의 급한 마음을 아는지라 덕조는 마방(馬房)에서 시세보다도 훨씬 높은 값을 치르고 말 두 필을 샀 다. 흥정할 시간도 아끼려는 것이다. 해는 조금 서쪽으로 기울어져 있었지 만 그들은 100리 남쪽의 개암성까지 갈 작정이었다. 말의 안장을 조이던 덕조가 계백을 바라보았다.

"주인. 잘 하셨소."

"뭘 말이냐?"

"놓아준 것 말씀이오."

계백이 생각난 듯 주위를 둘러보았다. 포구에서 한참이나 떨어진 거리 의 마방 안이라 이미 무역선에서 내린 승객들은 산산이 흩어진 후였다. 부여진과 종의 모습이 보일 리가 없다.

"그 공주는 자주 왕성에서 나와 백성들과 어울렸다고 들었소. 병들고 가난한 백성에게 끼고 있던 반지나 귀걸이를 빼 주었다는 소문도 있습디다."

"……."

"산속 깊은 곳에 들어가 살겠다니 주인께서 안 보신 것으로 하면 그만이오."

"나는 역신의 일족을 놓아 주었으니 왕명을 거역했다. 덮으려 들지 말아라."

"주인."

몸을 세운 덕조가 정색을 했다.

"덕산 태수도 그 여자를 찾지 않은 걸 보면 죽었다고 믿는 것 같소이다."

"……."

"피할 상황에서는 피하고 굽힐 때는 굽혀야 큰 일을 맡게 됩니다."

"종놈이 너무 아는 체를 하는구나."

"주인보다 열다섯 해나 많이 살았소."

덕조가 안장을 채운 말의 고삐를 넘겨주었다.

"소인의 그릇은 적소이다. 허나 험난한 세상을 살다보니 옳고 그른 것은 제법 분간이 됩니다."

"네놈은 말이 너무 많다."

말에 오른 계백이 박차를 넣자 놀란 말이 마방을 뛰쳐나갔다. 덕조가 얼굴에 웃음을 띠고는 말에 올랐다.

사비도성의 후부(後部) 상항(上巷)지역 중심부에 후부장(後部將)의 집무청이 있다. 도성의 치안과 방위를 담당하는 다섯 부의 하나인 데다 왕궁이 바로 뒤쪽이어서 후부장인 달솔 의직은 자주 대왕과 태자를 뵈온다. 오늘

밤에도 태자 의자는 후부장의 집무청에 앉아 있었다. 사군부(四軍部)에 들 렀다가 오는 길이라고 했으나 청안에는 윤충과 계백이정, 흑치상지가 모여 앉아 있었다. 등을 환하게 밝힌 청안의 분위기는 무거웠다. 의자가 먼저 윤충에게 말했다.

"달솔, 목대는 점구부(點口部)의 장리(長吏)가 되었으니 크게 실망하지는 않을 것이오."

"겉으로는 그렇게 보일지 모르지만 군권을 빼앗겼으니 불안해 할 것입 니다."

각진 얼굴을 든 윤충이 말을 이었다.

"이미 목 씨 일족은 부여광과의 관계가 탄로 난 줄 알고 있을 것입니다."

윤충은 이번에 목대 대신으로 남방(南方)의 방령(方令)이 된 것이다. 방성 (方城)인 구지하성(久知下城)은 도성에서 360리나 남쪽으로 떨어져 있었고 신라와 등변을 맞대고 있는 요지였다. 의자가 얼굴에 웃음을 띠었다.

"대왕께서는 내분을 원치 않으시오. 이미 반역의 중심이 제거되었으니 불길은 꺼질 것이오."

그러나 윤충과 의직의 얼굴은 개운해 보이지 않았다. 그가 부드럽게 말 을 이었다.

"신라 여왕이 아비를 닮아 영특하다고 들었소. 내분이 길면 그들에게 허 점만 보여주게 될 것이오."

"김덕만이 곧 당에 사신을 보낼 것입니다."

계백이정이 그의 말을 받았다.

의자를 도와 화제를 바꾸려는 것이다.

"당에 더욱 의지하게 될 것이니 이세민으로서는 반가운 일이지오."

김덕만은 선덕여왕의 이름이다. 백제와 고구려, 왜의 삼 국이 결속을 굳 혀 가는 상황이어서 신라로서는 당에 매달릴 수밖에 없는 입장이기도 했다. 머리를 끄덕이던 의자가 생각난 듯 물었다.

"계백은 본가에 돌아왔소?"

"곧 돌아올 것입니다."

"부여광의 난에 큰 공을 세웠소. 본가에 오면 시덕이 나에게 데려오시오."

"황공하옵니다. 태자 전하."

계백이정의 주름진 눈이 모처럼 치켜 떠졌고 그것을 본 윤충과 의직의 얼굴에도 웃음기가 떠올랐다. 계백이정의 계백에 대한 집념을 아는 것이다.

"네 이름이 무엇이라고?"

충승 왕자가 묻자 종이 온몸을 떨었다.

"이름이 없습니다."

"뭐라고 부르느냐?"

"명이라고 부릅니다."

웅진성에서 20리쯤 떨어진 석성(石城) 안이다. 웅진성은 방령이 통치하는 방성이었으므로 주위에 서너 곳의 석성으로 방어벽 역할을 만들었다. 충승이 앉은 곳은 석성의 정청 안이다. 석성의 수장이며 군장(郡將)인 덕솔 연성이 눈을 부릅떴다.

"이년, 술을 엎지르다니 당장에 목을 치겠다."

"살려줍시오."

마룻바닥에 무릎을 꿇고 앉은 여종은 17, 8세쯤 되어 보였는데 반반한 용모에 깨끗한 무명옷을 입었다. 왕자를 맞아 연성이 골라 뽑아 온 여종일 것이다. 한동안 여종을 내려다보던 충승의 얼굴에 희미한 웃음기가 떠올랐다.

"너. 남자하고 관계한 적 있느냐?"

여종이 눈물이 가득한 눈을 들었고 연성은 얼굴을 굳혔다. 청안에는 충승의 심복이며 왕비전의 위사장인 간솔 해위도 있었으나 그는 딴전만 보았다.

충승이 이제는 다그치듯 물었다.

"말해라. 바른 대로 말하면 살려준다."

"있사옵니다."

두 손으로 마룻바닥을 짚은 여종은 필사적인 표정이었다. 충승이 이제는 이를 드러내고 웃었다. 술을 스무 잔도 넘게 마셨는데도 아직 눈가만 붉을 뿐이다.

"몇 번이나 했느냐?"

"예, 네 번…… 아니 다섯 번이옵니다."

충승이 소매에 묻은 술을 손끝으로 털었다. 여종은 술을 따르다가 충승이 몸을 치는 바람에 엎질렀으나 종의 목숨쯤은 주인의 한 마디에 결정이 나는 세상이다.

"나는 네년의 엉덩이를 보고 그쯤 되리라고 짐작을 했다."

술잔을 든 그가 부드럽게 말했다.

"옷을 모두 벗고 시중을 들어라."

"무얼 하느냐!"

연성이 서두르듯 소리치자 여종은 일어나 옷을 벗었다. 충승이 단숨에 술잔을 비우고는 내려놓았다.

"왕비가 계신 동안에는 의자는 날 건드리지 못해."

눈을 치켜 뜬 그가 연성과 해위를 바라보았다.

"의자는 어제도 웃는 얼굴로 나를 맞았지만 그 속을 내가 안다. 날 치지 못해서 안달이라는 것을……."

"왕자 전하."

해위가 목소리를 낮췄다.

"왕비께서도 걱정하고 계십니다. 부디……."

"칠 테면 쳐보라고 해. 그래서 궁성 밖으로 멀리 나온 것이다."

충승이 팔을 뻗쳐 다가온 여종의 깊은 곳을 어루만졌다. 여종은 다시 술을 쏟을까 봐 움직이지 않는다.

"나는 지금 의자한테 기회를 준 것이야."

해위가 잠이 깨었을 때는 자시 무렵이었다. 충승 왕자는 알몸의 여종을 보자 음심(淫心)이 발동하여 군장 연성의 침소로 데려갔는데 한동안 소란을 떨었다. 평소에는 호방한 데다 정이 많은 성품이었으나 술에 취하면 말마다마다 독이 섞였고 행동이 거칠어지는 왕자인 것이다. 그의 침소는 세 간쯤 떨어진 이층의 끝방으로 계단 바로 옆이었다. 석성 내부 깊숙한 곳에 자리잡은 군장의 처소인데다 왕자가 행차한 밤이다. 주위는 짙은 적막에 덮여 있었으나 경비병은 무섭게 긴장하고 있을 것이었다. 해위가 잠을 깬 것은 경비교대 시각을 알리는 북소리 때문이었다. 사비도성의 궁성에서는 경비교대 따위에 북을 쳐서 대왕의 잠을 방해하지 않았지만 이곳은 군성 (郡城)이다. 해위는 반듯하게 누운 채로 자신의 고른 숨소리를 들었다. 충승 왕자는 음욕을 채운 모양인지 조용했고 가끔 아래쪽을 지나는 경비병의 가벼운 발소리만 났다.

해위가 다시 살풋 잠이 들려는 때였다. 그는 이층 나무계단이 밟히는 소리를 들었고 다음 순간 소리 없이 상반신을 세웠다. 아무리 아귀를 맞춘 계단이라도 밟히면 소리가 난다. 게다가 그는 칼바람만으로 방향과 각도를 맞추는 무인(武人)인 것이다. 세 명이다. 자리에서 일어선 그는 침상 옆에 세워 놓은 장검을 쥐었다. 긴장으로 굳어진 얼굴이었다. 자객이다. 목표는 말할 것도 없이 충승 왕자인 것이다. 이제 세 사내는 계단을 모두 올라왔고 발끝으로 걸어 해위의 방앞으로 다가왔다. 충승 왕자의 방은 안쪽인 것이다. 미닫이 문옆에 숨을 죽이고 서 있던 해위는 두 번째 사내가 방을 반쯤 건넌 순간에 몸을 날렸다.

"이야앗!"

성안이 들썩이도록 소리를 지른 것은 경비병과 충승 왕자 모두가 들으라는 것이다. 문과 함께 밖으로 떨어져 나가면서 해위는 칼을 내리쳤다. 검은 옷으로 몸을 감싼 사내가 웅크리더니 칼을 눕혔다. 그러나 기세에 눌린 칼날이 잘려지면서 자객의 어깨는 깊숙이 베어졌다. 다음 순간, 칼빛이 번쩍였고 해위는 왼쪽 어깨에 섬뜩한 충격을 받고는 기둥에 등을 부딪쳤다. 뒤따라 온 자객의 칼을 맞은 것이다. 능란한 검술이었다. 이를 악문 해위는 다시 내려쳐진 자객의 칼을 겨우 막았다. 그 순간 나머지 한 명이 동료의 뒤를 뛰어 건너 앞쪽으로 내달았다.

"이놈! 서라!"

해위는 악을 썼다. 그러나 다시 날아온 자객의 칼을 이번에는 손잡이의 끝으로 막았다. 역부족이다.

"왕자 전하!"

그가 악을 쓴 순간이었다.

"으아앗!"

충승 왕자의 침소 쪽에서 비명이 터졌고 곧 발자국 소리가 울리더니 두 명의 사내가 뛰어들었다.

"에에익!"

놀란 것은 마악 해위를 치려던 자객이다. 당황해서 흐트러진 그의 뒤통수에 사내의 칼이 날아들었고 뼈가 부서지는 소리가 났다. 칼등으로 내려친 것이다. 자객이 허물어지듯 쓰러지자 사내가 해위를 바라보았다.

"난 태자 전하의 위사 교진이요. 이놈을 살렸으니 문초하시오."

그제야 계단을 어지럽게 밟고 경비군사가 몰려왔는데 안쪽 방문이 열리더니 충승 왕자도 나왔다. 술이 깬 얼굴에 눈을 치켜 뜨고 있는 것이 밖의 사정을 들은 모양이었다.

교진이 통성명을 안했지만 해위도 궁안에서 안면이 있었다. 삼십대 중반쯤의 그는 한쪽 무릎을 꿇고 앉아 충승을 바라보았다. 침소안이었는데 충승은 아직 저고리도 잘 여미지 않았다.

"왕자 전하, 무사하셔서 다행입니다."

"태자의 위사라고 했나?"

떨떠름한 표정의 충승이 교진의 위아래를 훑어보았다.

"그런데 태자의 위사가 여기에는 웬일로……."

"전하의 영(令)을 받고 왔소이다."

"영이라니?"

"왕자 전하를 보호하라는 영이셨소."

"허어……."

"혹, 신라의 자객이 왕자 전하를 친다면 음해 세력이 태자 전하의 소행이라면서 준동할 것이고 그것이 신라에 일석이조가 된다고 하셨소이다."

충승이 힐끗 옆에 선 해위에게 시선을 주었다. 그러나 해위는 교진을 향해 선 채 움직이지 않았다. 충승이 콧숨과 함께 가는 신음소리를 뱉었다. 저녁에 술을 마시며 태자가 칠 테면 쳐 보라고 흰소리를 뱉은 기억을 떠올린 것이다. 방문이 열리더니 군장 연성이 들어섰다.

그의 얼굴은 누렇게 떠 있었다.

"전하. 놈들은 신라 자객이었소이다. 놈이 실토를 했고 품에서 증물도 나왔소이다."

제6장 성주의 자질

협 부인은 아직 40대 초반이었으나 희끗한 흰머리가 보였고 이마엔 주름살이 깊었다. 그녀는 앞에 꿇어앉은 계백을 물기 어린 시선으로 바라보았다.

"잘 컸구나."

여느 어머니는 안고 울기도 하겠고 푸념 섞인 긴 사설을 늘어놓을지도 모르지만 협 부인은 말과 행동을 아끼는 편이었다. 6년 만에 만나는 자식에게 잘 컸다는 한 마디만 하고는 그저 바라만 보았다. 계백이 두 손으로 방바닥을 짚고 절을 했다.

"어머님. 그동안 건강하셨습니까?"

"난 괜찮다. 네가 고생이 많았겠다."

일 년에 한 번 집에 오도록 하겠다는 약속을 받고 떠났던 계백이다. 열 살 나이어서 처음 일 년은 꼬박 집에 갈 꿈만 꾸며 보냈고 다음 일 년은 버림받았다는 절망감으로 보냈었다. 협 부인이 입을 열었다.

"이제 열여섯이니 사내 몫을 하겠구나."

말대로 계백은 6척 신장에 어깨도 넓고 볕에 탄 피부는 윤기가 흘렀으며 굵은 눈썹 밑의 눈빛은 강했다. 이젠 군역(軍役)에도 나갈 나이인 것이니 어른이 되어 돌아왔다. 한동안 계백을 바라보던 협 부인이 다시 입을 열었다.

"네 백부께서 곧 너를 데리러 사람을 보내실 것이다. 태자께서 널 기다리고 계시다는구나."

그녀는 얼굴에 웃음을 띠었다.

"네 이야기는 다 들었다. 가신 부친께서 굽어보신다면 기뻐하실 것이다."

안방에서 나온 계백에게 도이가 다가와 섰다. 그가 주름진 얼굴을 펴고 웃었다.

"주인 마님께서 주인께 술상을 올리라고 하셨소이다. 별채로 가시지요."

6년 만에 돌아온 주인을 맞아 집안 분위기는 활기에 찼다. 과년한 여종들은 일도 없으면서 계백의 앞을 몇 번이고 지나갔고 부엌에서는 고기를 굽고 떡을 만들었다. 귀족과 서민, 종으로 엄격히 구분된 사회인 것이다. 3리쯤 떨어진 마을의 주민들도 제각기 떡과 술을 빚어 들고 다녀갔다. 조상 때부터 계백가문이 토호(土豪)였기 때문이다. 도이는 종의 우두머리인 집사이며 2대째 주인을 모시고 집안 살림을 도맡아왔다. 그러나 이제 나이가 예순이 가까웠으므로 허리는 곧았지만 어깨뼈가 드러났다. 무릎을 꿇고 앉은 그가 계백에게 술잔을 올렸다. 별채의 청안이다. 저녁 무렵이어서 사방에 등을 밝힌 청안에는 덕조까지 세 사람의 주종이 앉아 있었다.

"주인, 부친께서는 단기로 변품에게 뛰어드셨소이다. 그리고는 수십 대의 살을 받고 쓰러지셨소."

그는 손등으로 진물처럼 번진 눈가의 물기를 씻었다. 술잔을 쥔 계백이 잠자코 도이를 바라보았다. 그저 전사하여 목이 떨어졌다고만 들었을 뿐 부친의 최후 순간은 처음 듣는다. 도이의 눈물을 처음 본 그는 무섭게 긴장하고 있었다.

"그러나 부친께선 일어나셨소이다. 칼을 허공에 뿌리며 계백영이 변품의 목을 받으러 왔다고 외치셨소."

밖은 종들의 떠들썩한 소음에 덮여 있었지만 청안은 조용했다. 도이가 말을 이었다.

"다시 살이 쏟아졌고 부친께선 다시 쓰러지셨으나 일어서려고 애쓰셨소이다. 그때 신라 화랑이 달려와 목을 정중히 떼어 갔소."

그러자 계백이 술잔을 비우고는 도이에게 내밀었다.

"살아 훗날을 도모할 기회는 없으셨느냐?"

"가잠성에서 최후까지 신라군의 전력을 소모시키겠다는 것이 대왕의 뜻이었던 것 같소이다."

머리를 끄덕인 계백이 덕조를 바라보았다.

"충신은 왕의 눈밖에 있을지라도 왕의 뜻에 목숨을 내놓는 것이다."

"옳소이다."

상체를 세운 덕조가 계백의 시선을 받았다.

"선대(先代) 주인께선 목숨을 버릴 곳을 잘 잡으셨습지요."

부여광의 본진에 단신으로 들어가려 했던 계백을 빗댄 말이다. 도이가 계백의 잔에 다시 술을 채웠다.

"소인은 늙어 일어나고 걷는 것도 이제 힘에 벅찹니다. 덕조가 예의가 모자라고 말이 빠르나 사리는 분명한 놈이지요."

이미 도이는 덕조로부터 이야기를 들은 모양으로 부드럽게 말을 이었다.

"서둘지 마십시오, 주인. 할 일이 얼마든지 있고 겪고 나시면 새로워지는 법입니다."

계백이 이제는 빈 잔을 덕조에게 내밀었다.

"부여광의 딸 부여진을 놓아주었다는 것도 도이에게 말했느냐?"

"했소이다."

잔을 받은 덕조가 이를 드러내고 웃었다.

"노인께서 꼬치꼬치 물으셔서 혼났소이다."

계백의 시선을 받은 도이가 따라 웃었다.

"담대한 공주인 것 같소이다. 본국에서 죽겠다는 의기가 가상하오."

"오갈 데가 없었던 게야."

"열여섯 나이에 절색이라니 아비가 난을 일으키지 않았다면 왕실의 공주로 귀족 남편을 맞았을 것이오."

도이가 문득 생각난 듯이 계백을 바라보았다.

"주인 오늘밤 여종 한 년을 보내지요. 품으십시오."

마치 새 술상을 권하는 것 같은 말투였고 계백도 잠자코 있었다.

옷을 벗은 종은 이불을 들치고는 부끄러운 기색도 없이 계백의 옆자리에 누웠다. 방에 불은 껐으나 어둠에 익숙한 계백의 눈에 실오라기 하나 걸치지 않은 종의 몸이 보였고 풋풋한 살 냄새도 맡아졌다. 계백은 팔을 뻗어 종의 어깨를 안았다.

"넌 처음 보는 종이다. 언제 왔느냐?"

"처음이라니요? 소녀가 순오의 딸 복이올시다."

"어어, 네가?"

계백이 상반신을 들고 종을 내려다보았다. 어둠 속이라 복이 흰 이만 보이며 웃었다.

"소녀도 몰라 뵙겠으니 주인께서 모르시는 건 당연하지요."

복이 협 부인의 수종(首從)인 순오의 딸이라면 계백보다 두 살 위인 열여덟이다. 계백이 어릴 적에 같이 동무로 놀았고 더 어렸을 적에는 업혀 지

168

냈다. 복이 계백의 저고리와 바지를 익숙한 손놀림으로 벗겨냈다.

"이젠 어른이 되셨네요."

"너도 곧 애를 낳겠구나."

그러자 복이가 목구멍을 울리며 웃었다.

"주인님은 처음이시지요?"

마악 타고 누르는 계백의 가슴을 밀치면서 복이 허덕이며 말했다.

"가르쳐 주는 사람도 없었을 터이니 그저 소녀가 시키는 대로 하십시오."

그러나 말과 달리 복의 숨은 턱에 찼고 자꾸 마른침을 삼켰다. 그녀는 서둘러 계백의 몸을 넣고는 소리 죽인 신음소리를 냈다. 계백은 몰입했다. 이미 건장한 성년인 데다 무술로 단련된 그의 몸이 움직일 때마다 복은 비명과 같은 신음을 뱉으며 매달려왔다. 가르쳐주겠다는 말은 이미 잊었고 그저 계백의 다음 동작만 애타게 기다리는 것이다. 성(性)을 숨기거나 부끄럽게 여기는 세상은 아닌 것이다. 복의 신음이 밖으로 울려 퍼지자 마당 건너 종들은 침을 삼켰고 도이는 활짝 웃었다.

사비도성 안 부소산 기슭에 자리잡은 왕궁의 뒤쪽으로 사비수가 흐른다. 본래 사비천도를 단행한 성왕은 천도와 동시에 국호를 남부여(南夫餘)로 개칭하였는데 왕권과 집권력의 강화를 도모하려는 것이었다. 부여는 백제왕실이 출자한 곳으로 왕실의 성인 부여 씨도 이것에서 기인한다. 그러나 성왕이 관산성에서 신라군에게 패사한 후로 국호는 다시 백제로 환원되었고 이후 현재의 무왕대에 이르러서야 왕권이 제자리를 찾았으니 80년 세월이 허송되었다. 사비수가 내려다보이는 대홍루 안이다. 태자 의자는 금칠을 한 상좌에 앉아있었는데 웃음 띤 얼굴이었다. 그가 계단 아래쪽에 무릎을 꿇고 앉은 계백을 바라보았다.

"아비를 닮았구나. 널 보니 장덕(將德) 생각이 난다."

"황공하옵니다."

의자와는 첫 대면인 계백은 두 손으로 바닥을 짚었다.

"일어서라."

부드럽게 말한 의자가 계백에게 손을 저어 가까이 오라는 시늉을 했다. 그는 자줏빛 바지저고리에 허리에는 금박을 입힌 띠를 매었는데 관은 쓰지 않았다. 계백이 세 걸음쯤 앞에 와 서자 그는 옆에 선 의직에게서 조그만 나무상자를 받아들었다.

"넌 오늘부터 9품 고덕(固德)이다. 네 공으로 평가한다면 품계를 더 올려 줘도 될 것이나 고덕부터 시작하도록 하라."

"황공하옵니다."

계백이 의자가 건네주는 나무상자를 두 손으로 받았다. 백제의 관등은 16관등제이나 그것도 세 부분으로 구분되는데 1품 좌평에서 6품 나솔까지가 상급관리이고 7품 장덕에서 11품 계덕까지가 중급으로 덕계(德系) 관등이다.

하급이 12품 문독에서 16품 극우까지이니 계백은 일시에 중급관리가 되었다. 공(功)도 있었으나 가문의 영향과 의자의 후원이 삼위일체가 된 것이다. 의자가 말을 이었다.

"너도 보았다시피 본국이 동요하면 바다 건너 백제령은 더 흔들린다. 이제 내분은 진정되어 가고 있지만 마음을 놓을 수는 없다."

그가 턱으로 계백이 쥐고 선 나무상자를 가리켰다.

"넌 개진토성의 수장(守將)이다. 안에 영표(令標)도 함께 넣어져 있다."

개진토성은 처음 듣는 성이었으므로 계백이 눈만 끔벅였다. 그러자 의자가 옆에선 의직을 바라보았다.

"달솔이 말해주오."

"개진토성은 동방의 상주군에 속한 성으로 신라와의 접경일세."

의직이 똑바로 계백을 바라보았다.

"바로 강 건너에 신라의 서곡성이 있는 요지(要地)인데 수비병사는 2백 인이고 좌군(左軍) 두 명이 지휘하고 있네."

계백은 의직의 옆에 선 계백이정의 표정이 어두워져 있는 것을 아까부터 보았다. 늙은 백부는 이제까지 한 마디도 말을 꺼내지 못하고 있었다. 의자가 의직의 말을 이었다.

"7년 동안 세 번이나 신라군에 빼앗겼다가 재작년에 되찾은 성이다. 너는 방비를 든든히 하고 강 건너 서곡성의 허실을 알아내도록해라."

"명심하겠소이다."

계백이 허리를 굽혀 절을 했다.

"임무를 꼭 완수하겠소이다."

"믿음직 하다."

다시 얼굴에 웃음을 띤 의자가 계백이정에게로 머리를 돌렸다.

"장덕(將德), 듣던 것보다 더 나은 무장감이요. 참으로 든든하오."

"황공하옵니다."

계백이정도 허리를 숙였다.

그는 시덕에서 일품 승진하여 장덕이 되어 있었는데 아직도 전내부 일을 보고 있었다. 그러나 계백은 백부의 어두운 얼굴이 마음에 걸렸다.

도성안 중부(中部) 전항지역은 주로 관리들만 거주한다. 계백이정의 저택도 이곳에 있었는데 십여 칸짜리 기와집이었다. 저녁 무렵이어서 집안에는 종들이 바쁘게 움직였고 고기 굽는 냄새도 났다. 먼저 내실로 들어가 백모(伯母)께 인사를 드리고 나온 계백은 청에서 계백이정과 둘이 마주 앉았다. 종이 그들 앞으로 더운 인삼물을 한 그릇씩 가져다 놓았으므로 계백이정이 그릇을 들었다.

"우리 가문에 사내자식은 너 하나다."

던지듯이 말한 계백이정이 인삼물을 한 모금 마시고는 내려놓았다. 그에게는 딸만 둘이 있었으나 모두 출가한 것이다.

"개진토성은 지난번 공격 때 신라군이 다 헐고 가는 바람에 이젠 성도 아니다."

계백이정이 가라앉은 목소리로 말을 이었다.

"토호 출신 좌군 두 명이 있다고 하나 직함만 있는 늙은이이고 군사는 2백이라 하나 변방이라 허수가 있을 게야."

그가 길게 숨을 뱉었다.

"태자께서는 처음에 너를 병관좌평이 장악한 사군부(司軍部)에 넣으려고 하셨는데 병관좌평 목강이 반대하여 너를 사지(死地)로 보내게 되었다."

"무장에게는 사지가 따로 없다고 스승이 말씀하셨습니다."

"하긴 사비도성 안에서도 생사가 갈리기는 한다."

계백이정이 마음을 먹은 듯 자리를 고쳐 앉았다.

"내 너에게 궁성 안의 내막을 말해 주어야겠다. 너도 이제 9품 관리가 되었으니……."

흑치상지는 이제 전부(前部) 상항지역의 관저에서 종 넷을 거느리고 살았다. 남종 하나에 여종 셋으로 남종은 신라군의 포로인데 칼을 맞아 다리를 심하게 절었다.

"나리께 누구시라고 전할까요?"

남종이 묻자 계백은 대답대신 그의 아래위를 훑어보았다.

"포로였느냐?"

"예에."

남종의 얼굴이 긴장으로 굳어졌다. 4월이었으나 아직 아침저녁은 찬바람이 붙었는데 종은 팔다리가 드러난 베옷에 헤어진 짚신 차림이었다.

"난 계백이다."

"예에."

관복은 입지 않았으나 자줏빛 바지저고리에 무늬를 넣었고 허리에 찬 소가죽 칼집에 은장식을 붙였으니 계백은 관인 행색이다. 뛰어들어갔던 남종이 다시 절름거리며 돌아왔다. 주름지고 마른 몸이었으나 눈이 맑은 걸 보면 20대 중반쯤의 사내였다.

"나리, 청에서 기다리시지요. 주인께선 곧 나오십니다."

종을 따라 마당을 건넌 계백은 청의 마루 끝에 앉았다. 한낮이다. 신시 경에 근무를 나가는 흑치상지에게 계백은 인사차 들린 것인데 도성에 온 후로 처음 만나는 것이다. 곧 청의 안쪽에서 관복 차림의 흑치상지가 뛰듯이 다가왔다.

"계백공, 반갑소이다."

손이라도 잡을 듯이 다가오던 그가 문득 발을 멈추더니 허리를 굽혀 절을 했다. 당황한 계백이 따라 절하자 허리를 편 흑치상지가 빙긋 웃었다.

"관직을 축하드리오. 더욱이 성주(城主)로 나가시게 되었으니……."

그들은 청에 놓인 의자에 마주 앉았다. 여종이 재빠르게 다가와 탁자 위에 향기 나는 더운 차를 내려놓았다.

"안남의 부친께서 보내주신 향차올시다. 드시지요."

찻잔을 든 그가 웃음 띤 얼굴로 계백을 바라보았다.

"녹봉만으로는 종을 부리고 살 수가 없어서 매년 부친께서 비단이나 금붙이를 보내 주시지요."

계백이 향차를 한 모금 삼키자 향기가 콧숨으로 품어 나왔다.

"나는 내일 임지로 떠납니다. 떠나기 전에 인사를 드리려고……."

"개진토성은 요지올시다. 특히 신라의 서곡성을 방비하기 위해서는 빼

놓을 수 없는 곳이지요."

그가 목소리를 낮췄다.

"그곳에서 공을 세우시면 곧 술계 관등도 어렵지 않을 것이오."

사비도성 거리는 모두 바둑판처럼 직선으로 뻗쳐 나가 어디에서든 끝이
보였다. 도로에는 돌을 깔아 마차가 지나거나 기마군이 달릴 때면 요란한
소리가 났다. 거리는 사(士)와 서민의 구역으로 구분되어 있기는 했지만 모
두 기와집이었고 객사와 음식점, 가게가 즐비했다. 거리의 행인도 한인과
왜인이 많은 것은 물론이고 남방인과 서역인도 보였는데 백제령에서 이주
해 온 사람들에다 장사꾼이 섞여 있기 때문이다. 대륙의 동부지역뿐만 아
니라 남방에까지 담로를 만들어 백제령을 관리해 온 지 3백 년이 된다. 따
라서 백제에는 성명이 두 자, 세 자, 네 자를 가진 사람들이 골고루 섞여
있는 것이 당연한 일이다. 흑치상지의 관저를 나온 계백이 전부(前部) 후항
지역을 지날 때였다.

"나리."

뒤에서 헐떡이며 부르는 소리에 그는 몸을 돌렸다. 흑치상지의 남종이
땀으로 범벅이 된 얼굴로 허리를 굽혔다.

"네가 웬일이냐?"

"나리를 뵈려고 왔습지요."

손등으로 얼굴의 땀을 씻은 종이 다시 허리를 숙였다가 들었다.

"그래. 무슨 일로?"

"나리, 개진토성으로 부임하십니까?"

"그렇다."

종이 얼굴을 다시 닦고는 한 걸음 다가섰는데 이제 보니 두 눈에서 눈물
이 흐르고 있다.

"나리, 소인이 3년 전에 개진토성에서 포로가 되었습지요."

행인이 많았으므로 계백이 옆쪽 객사의 처마 밑으로 비켜섰고 종은 땅바닥에 털썩 무릎을 꿇었다. 그가 때와 눈물로 범벅이 된 얼굴을 들었다.

"나리, 강 건너 서곡성에 소인의 노모가 홀로 사십니다. 노모께 소인이 살아 있다는 말씀만 전해주십시오."

"어떻게 말이냐?"

그러자 종이 와락 계백의 신발을 부둥켜안고 어깨를 들썩이며 울었다. 지나던 행인들이 힐끗거렸으나 종이 주인한테 혼나는 것으로 알았을 것이다.

"나리, 신라군이 강으로 매일 순찰을 나옵니다. 그들에게 창수(創手)인 백이가 사비도성에서 잘 살고 있다고만 소리쳐 주시면 노모께 알려줄 것입니다."

절규하듯 말한 종이 얼굴을 계백의 신발에 비볐다.

"나리, 노모는 소인만을 의지하고 살았소이다."

계백이 종의 손에서 발을 빼냈다.

"그것은 내통이야. 안 된다."

몸을 돌린 그가 발을 떼었으나 종은 움직이지 않았다.

다음날 아침. 마악 아침상을 물린 흑치상지는 찾아온 손님을 맞아 청으로 나왔다. 안면이 있는 객사의 주인과 낯 모르는 사내였다. 청 아래 선 그들은 허리를 반만 굽혔다. 객사의 주인은 시민이나 종을 20여 인이나 거느린 거부(巨富)였다.

"나리, 여쭐 말씀이 있소이다."

한때 흑치상지가 묵기도 했던 객사 주인이 먼저 입을 열었다.

"나리 댁 절름발이 종을 요긴하게 쓸 데가 있을 것 같소이다."

그가 옆에선 40대의 비대한 사내를 턱으로 가리켰다.

"이 사람은 대웅성에서 비단장사를 하는 길말태(吉末太)라는 사람인데 종놈들이 수시로 비단필을 싸들고 도망질을 치는 바람에 다리병신 종만 고른다고 하오."

그가 웃음 띤 얼굴로 흑치상지를 바라보았다.

"온전한 사내종 값을 쳐 드릴 테니 나리 댁 절름발이를 넘겨주지 않으시겠소?"

흑치상지가 따라 웃었다.

"정이 들었으나 사정이 그렇다면 금 한 근만 내어."

"아이구."

두 사내가 동시에 눈을 둥그렇게 떴다.

"그만한 금이면 힘깨나 쓰는 사내종 셋을 사겠소."

버럭 화를 낸 비단장사가 몸을 반쯤 돌리자 흑치상지가 얼른 말했다.

"놀린 걸세, 반 근만 내게."

"반 근도 비쌉니다. 은 한 근으로 합시다."

잠시 후에 흑치상지는 은 한 근과 무명 한 필을 받고 절름발이와 종 문서를 상인에게 내어주었다. 그로서는 잘한 흥정이었으므로 표정이 밝았다.

중부(中部) 전항지역에 들어선 길말태는 제법 번듯한 기와집의 대문 앞으로 다가갔는데 집안이 떠들썩했다. 말 울음소리도 들렸고 종을 나무라는 소리도 났다. 그가 들어서자 곧 안쪽에서 사내 하나가 사람들을 헤치고 다가왔다.

"데려왔소?"

가죽저고리에 바지를 입고 허리에는 장검을 찼으므로 무관(武官) 차림의 덕조였다.

"예. 저기……."

길말태는 몸을 돌려 문밖에 서 있는 백이를 가리켰다. 덕조가 머리를 끄덕이자 길말태는 종 문서를 건네주었다.

"금 한 근을 주었습니다요."

덕조가 퍼뜩 눈을 치켜 떴으나 곧 입맛을 다시더니 저고리의 가슴에서 묵직해 보이는 주머니를 꺼내 건넸다.

"아마 반쯤은 당신 몫이겠지."

"아닙니다요. 물어보십시오."

"가시오."

덕조는 미와 몸을 돌리려는 길말태의 어깨를 잡았다.

"종은 당신이 데려가는 것으로 했지?"

"예. 그리고 두어 달 후에는 죽겠습지요."

어깨를 잡은 손을 풀자 길말태는 서둘러 대문을 빠져나갔다. 덕조가 손을 저어 백이를 불렀다. 다가선 백이는 만사를 체념한 듯 멍한 표정이었다.

"너. 말을 탈 줄 아느냐?"

불쑥 덕조가 묻자 백이의 시선이 마당에 매어진 대여섯 필의 말로 옮겨졌다.

"예. 압니다."

그 순간 백이는 청에서 내려오는 젊은 무장을 보았다. 가죽갑옷에 미리에는 사슬 달린 가죽투구를 썼고 허리에는 장검을 찼다. 시선이 마주쳤으나 무장은 잠자코 말로 다가가 고삐를 쥐었다. 계백이다. 멍한 표정으로 서 있는 백이의 등을 덕조가 쳤다.

"넌 끝쪽 얼룩이를 타라. 말안장에 옷과 신발이 걸려 있으니 바꿔 입고……."

웅진성의 객사 안이다. 한때 백제국의 도성(都城)이었던 웅진성은 지금은 북방(北方)의 방령(方領)이 통치하는 방성(方城)이 되어 있었으나 거성(巨城)이다. 객사 안에는 왜어와 한어가 자주 들렸는데 상인들이었다. 삼차복이 방으로 들어섰을 때 부여진은 창가에 앉아 지는 해를 보고 있었다.

"공주님. 다녀왔소이다."

허리를 굽혀 보인 삼차복이 다가와 그녀의 두어 걸음쯤 앞에 섰다.

"서문 북쪽으로 이십 리쯤 떨어진 곳에 칠곡이라는 마을이 있소이다. 삼십 호가 조금 넘는 작은 마을로 골짜기 깊숙이 빈 집이 있었소이다."

그가 손등으로 이마의 땀을 닦았다.

"마을 사람들에게는 사비도성에서 살다가 낭군이 죽어 혼자 사시려고 거처를 옮긴다고 말했는데 의심하는 사람은 없는 것 같았습니다."

부여진은 쓴웃음을 지었다.

"낭군이 죽었다고 했느냐?"

"예. 등창으로 작년에 죽었다고 했습니다."

삼차복은 여전히 굳은 표정이다.

"지후현 속령이나 현성과는 50리도 더 떨어져 있는 데다 빈한한 마을이어서 일 년에 한 번쯤이나 관리들이 나올까 말까 한답니다."

"잘되었다."

시선을 내린 부여진이 머리를 끄덕였다.

"이제 밭 메고 이삭 주우며 살겠다."

"금과 패물이 한 짐이나 있으니 종을 여럿 두고 사실 수가 있소이다."

삼차복이 머리까지 저으며 말을 이었다.

"성안의 거간한테도 말해 두었습지요. 옮겨가실 때 아예 세간과 함께 종들을 데려가실 수 있소이다."

삼십대 초반의 삼차복은 부여진 집안의 대를 이은 종이며 위사였다. 부여광이 죽자 모두 제 목숨부터 구하려고 산산이 흩어졌으나 삼차복은 부여진을 보호하여 성을 빠져나왔다. 그가 없었다면 벌써 부여진은 죽어 묻혔을 것이었다.

삼차복이 문득 생각난 듯 말했다.

"성안에서 들었소이다. 계백이 9품 고덕이 되어 동방 상주군의 개진토성 성주로 부임했다고 하오."

부여진의 시선을 받은 그가 말을 이었다.

"그놈은 덕산성 밖 싸움에서 큰 공을 세웠다고 합니다. 그래서 고덕이 된 것이오."

"누가 그러더냐?"

"거간들이 말해주었소이다. 그들 말은 대개 맞습니다."

부여진이 창밖으로 시선을 돌렸으므로 삼차복은 말을 그쳤다. 저녁 무렵이었다. 마구간의 말들이 발굽으로 바닥을 긁으며 울었고 주방에서는 밥 짓는 냄새가 났다. 이윽고 부여진이 혼잣소리처럼 말했다.

"난 이제 부여 씨(氏)가 아니니 옛날 인연은 다 잊을 것이다."

거간은 귀화한 한인(漢人)으로 수염이 길었고 붉은 얼굴이었다. 그가 주머니에 든 금자의 무게를 달아보듯 위아래로 흔들어보더니 종 문서를 넘겨주었다.

"남종 둘에 여종 둘이면 어지간한 관인 부럽지 않게 지내실 수 있지요. 종들을 시켜 땅을 일구면 수년 내로 50석은 소출하실 수 있을 거요."

"도성의 세간을 모두 죽은 남편식구에게 넘기고 왔으니 세간 일습도 구해야겠소."

삼차복이 말하자 거간이 크게 머리를 끄덕였다.

"금자 열 냥만 내시면 수저에서 옷장까지 마련해 드리지요. 소달구지를 마련해서 칠곡까지 실어 드리겠소."

"객사에 오래 있을 수도 없으니 이틀 안에 마련해주시오."

"사흘 후에는 떠나실 수 있을 것이오."

삼차복이 품에서 주머니를 꺼내어 금자 열 냥을 탁자 위에 놓았다.

"그럼 모레 저녁에 물건을 보러 오겠소."

"준비해 놓겠소이다."

거간이 흡족한 표정으로 두 손을 모으고 절을 했다.

"어려운 일이 있으면 언제든지 말씀해주시오."

삼차복이 종 넷을 데리고 객사로 돌아왔을 때는 아직 해가 서쪽 성벽 위로 한 뼘 높이로 걸려 있었다. 방 두 칸을 더 얻어 남종과 여종을 구분해서 넣고 나오는데 그 중 나이 든 남종이 그를 불렀다.

"나리. 드릴 말씀이 있습니다요."

멈춰 선 그의 앞으로 다가온 종이 주위를 둘러보았다. 사십대 중반 쯤의 나이로 마른 몸에 얼굴에는 주름이 많았다.

"무슨 말이냐?"

"나리. 거간이 소인을 두 번 팔았소이다."

복도에는 사람이 없었지만 종은 더욱 목소리를 낮췄다.

"대웅성의 선주(船主)에게도 팔았는데 소인을 사흘 후에 넘겨준다고 했소이다."

삼차복이 퍼뜩 눈을 치켜 떴다.

"사흘 후에 말이냐?"

"소인과 함께 온 종 셋도 같이 팔았습지요."

"……"

"소인이 엿들었습니다. 선주는 배에서 부릴 종을 구하고 있었는데 소인은 배에서 죽기는 싫소이다."

어금니를 문 삼차복이 그를 노려보았다.

"틀림이 없느냐?"

"거간 황가(黃家)는 교활한 자로 소문이 났소이다. 게다가 성안의 관리들과 교분이 깊습니다."

"너는 어찌 그리 잘 아느냐?"

"성안에서 5년 동안 종살이를 했기 때문입지요."

삼차복이 길게 한숨을 뱉었다. 종이 거짓말을 할 이유가 없었던 것이다.

"바다로 가자."

삼차복의 이야기를 들은 부여진이 낮게 말했다. 시선을 탁자 위의 찻잔에 둔 채로 그녀가 말을 이었다.

"그놈이 우리가 피해 다니는 신세라는 것을 알고 그런 짓을 한 것이다."

"베고 가겠습니다."

"일을 만들지 마라."

시선을 든 부여진이 머리를 저었다.

"오늘밤에 몰래 떠나기로 하자."

"바다라면 어디 말씀입니까?"

"포구가 한둘이겠느냐? 무역선이 오가고 안남인과 서역인까지 북적이는 포구면 우리 행색도 숨기기가 쉬울 것이다."

"종들은 어떻게 할까요?"

"문서를 태우고 놓아주어라."

"따라간다면 어찌합니까?"

그러자 부여진이 엷은 입술 끝을 올리며 웃었다.

"도망쳐 다니는 신세에 식구(食口)까지 늘다니, 하지만 놓아줘서 굶어 죽는다면 할 수 없는 일이지. 데려가자."

그날 밤, 부여진과 삼차복은 종 넷을 데리고 웅진성을 떠났다. 종들은 모두 새 옷에 새 신발을 신고 제각기 식량이 든 등짐을 메었는데 얼굴에는 화기가 찼다. 오히려 주인 둘이 어깨를 늘어뜨리고 그들에게 끌려가는 행색이었다.

산허리를 돌자 강가의 능선 위에 세워진 성이 보였다. 개진토성이다. 한낮이어서 푸른 하늘을 뒤쪽에 깔고 우뚝 솟은 성벽과 감시탑이 제법 위용 있게 드러났다. 말고삐를 채어 말을 세운 계백은 강 건너 좌측을 바라보았다. 강 건너는 신라땅이다. 그러나 낮은 구릉에 가려 앞쪽에 있다는 서곡성은 보이지 않았다.

"주인. 성에서 기마군 셋이 내려옵니다."

실눈을 뜨고 성을 바라보며 덕조가 말했다. 성은 2리쯤의 거리였으나 옆쪽의 샛길로 내려오는 기마병이 보였다. 순찰인 모양이었다.

계백이 머리를 돌려 백이를 바라보았다. 얼룩무늬 말을 탄 그는 깨끗한 무명저고리에 바지 차림이었는데 머리에는 두건도 썼다.

"넌 강을 건너라."

계백이 바로 옆쪽의 강을 턱으로 가리켰다. 이곳은 강물의 폭이 넓었으나 바닥의 자갈이 드러났다. 아직 말뜻을 알아차리지 못한 듯 백이가 크게 뜬 눈만 끔벅였다.

"가서 어머니를 뵈어라."

"장군나리!"

목이 메인 백이가 말을 잇지 못하고는 주르르 눈물을 쏟았다.

"소인이 이 은혜를……."

"어서 가래도."

"예에."

백이가 말에서 서둘러 내리다가 절름발이 다리가 발등자에 걸려 뒤집혀 떨어졌다. 덕조가 혀를 차자 계백이 얼룩말의 고삐를 쥐었다.

"말도 가져 가거라."

"예에?"

땅바닥에서 일어난 백이는 아직 제정신이 아니었다.

"네 걸음으로는 강을 건너기도 전에 잡힐 것이니 말을 타고 건너라."

계백이 그에게로 고삐를 던져주었다.

"어서!"

"뭘 해! 이 자식아! 이러다가 다시 붙잡힐 셈이냐!"

덕조가 소리치자 백이는 퉁기듯이 솟구쳐 말에 올랐다.

계백은 말고삐를 채어 몸을 돌렸다.

"나리, 잊지 않겠소이다!"

말발굽 소리와 함께 뒤쪽에서 백이가 악을 쓰듯 외쳤는데 곧 물을 튀기는 소리가 났다.

"주인, 성주(城主)의 입성이 초라합니다."

박차를 넣어 옆으로 붙은 덕조가 시치미를 뗀 얼굴로 말했다.

"오늘 온다고 기별이 갔을 터인데 마중 나온 관리도 없다니요?"

좌군(左軍) 각진은 오십내 중반으로 수염이 희있으나 일굴은 붉고 기골이 컸다. 청복(靑服)에 백대를 맨 관복 차림에 허리에는 장검을 찼는데 위풍이 있었다. 그가 두 손을 모으고는 허리를 굽혀 예를 보였다.

"좌군 각진이 성주를 뵙소."

"고덕 계백이오."

토성 안이 내려다보이는 대청에는 각진을 비롯한 15품 진무(振武), 16품 국우(剋虞) 등 하급무장 십여 명이 모여 서 있었다. 상견례를 하는 중이어서 분위기는 자못 긴장되었다. 각진이 옆으로 물러서자 무장들이 제각기 관등과 성명을 대었는데 성명이 두 자인 사람부터 석 자, 넉 자까지 다양했다. 대륙과 왜에서 건너와 백제인으로 정착했기 때문이다. 상견례가 끝나자 상좌에 앉은 계백이 각진에게 물었다.

"좌군 서용지는 어디 있소?"

"작년에 전사했소이다."

턱을 든 각진이 얼굴에 웃음을 띠었다.

"술에 취한 채로 순찰을 나갔다가 살을 맞았지요. 말이 목 없는 몸을 싣고 왔소이다."

뒤에선 서넛이 낮게 웃었다가 곧 그쳤다. 계백이 들고 있던 점고판을 내려놓았다. 사군부(司軍部)에서 준 명단에는 좌군 서용지가 엄연히 살아 있는 사람으로 기록되어 있는 것이다.

"군사는 모두 몇 명이오?"

"세어 보면 아시겠지만 모두 74명이 됩니다."

다시 각진이 대답했다.

"허나 칼을 쥐고 달릴 수 있는 군사는 50인이 조금 넘소이다."

계백의 시선이 옆쪽에 서 있는 덕조를 스치고 지나갔다. 사군부 기록에는 군사가 178인으로 되어 있었던 것이다. 헛기침을 한 각진이 정색을 했다.

"성주, 재작년 신라로부터 이 성을 빼앗은 후로 성주가 한 분 오셨으나 석 달이 안 되어 임지를 옮기셨소. 그후로 소직과 작년에 죽은 서용지 둘이서 성을 관리하고 있었소이다."

"서용지가 죽은 것은 군령(郡令)께 알렸소?"

"알렸소이다."

"사군부의 기록에는 군사가 178인이오."

"방령이나 군령께 여쭤보십시오. 소직은 74인이라고 보고를 올렸소이다."

방령은 방성인 득안성에 자리잡고 있었는데 달솔 사행(沙行)이었고 군장(郡將) 목신(木新)은 상주성에 있다.

계백이 머리를 끄덕였다.

"그동안 수고가 많으셨소."

각진과 하급무장들은 계백의 치하에도 밝은 표정이 아니다.

"군사들이 개진토성이 봉화(烽火)용 성이라고 말하고 있었소이다."

저녁을 마친 계백이 침소에 앉아 있을 때 덕조가 들어와서 말했다.

"뒤쪽 구암성에 적침을 알리기만 하면 된다고 하더군요."

구암성은 뒤쪽으로 30리 떨어진 곳에 자리잡은 성으로 성안 가구수가 2천 호가 넘는 대성(大城)이다. 덕조가 조심스런 눈길로 계백을 바라보았다.

"주인, 소인 생각에는 군장(軍將)이나 방령(方令)이 허수(虛數)의 군량을 착복하는 것 같소이다."

"……."

"그들도 주인께서 성주로 부임한 것을 알 테니 긴장하고 있겠지요."

그러자 계백이 쓴웃음을 시었다.

"그럴 리가 있느냐? 무언가 착오가 있었을지도 모른다."

"군장 목신은 병관좌평 목강의 일족입니다. 조심하셔야……."

"내가 이곳에 잘 왔다."

자리를 고쳐 앉은 계백이 정색을 했다.

"스승께서도 말씀하셨다. 무장의 그릇은 역경에서 만들어진다고."

"허나……."

"잔소리를 잇지 말아라."

계백이 눈을 부릅떴다.

"만용을 부리지는 않을 테니까."

토성 성벽에 서면 강 건너 서곡성이 한눈에 보였다. 서곡성은 신라 서변의 요지(要地)로 성주(城主)인 사찬(沙湌) 우복지가 1천여 명의 군사를 거느리고 있었다. 낮은 구릉 위에 두 길 높이의 성벽을 쌓은 퇴뫼형 성인데 능선을 따라 높낮이가 달랐으나 앞면의 길이만 1리가 되었다.

"기마군도 2백이 있습니다. 수시로 강을 건너 뒤쪽까지 정찰을 나옵니다."

좌군 각진이 서곡성을 바라보며 말했다.

"재작년에 이곳을 빼앗은 여세를 몰아 공격했지만 보름 만에 군사를 돌렸습니다. 성이 견고한 데다 주민까지 수성(守城)에 나서는 통에……."

"주민이 몇이나 되오?"

계백이 묻자 각진이 서곡성 둘레를 손으로 그어 보였다.

"성 주위에 다섯 마을이 있는데 전쟁이 나면 일시에 양식을 메고 성안으로 들어갑니다. 대략 5, 6천이 넘습니다."

아침 시각이어서 성 주위에는 옅은 안개에 덮여 있었다. 그러나 직선으로 5리쯤의 거리여서 성루에 걸린 깃발도 보인다.

"아마 저쪽도 성주가 새로 오셨다는 것을 알고 있을 겁니다."

시선이 마주치자 각진이 얼굴에 웃음을 띠었다.

"우리가 사찬 우복지가 언제 배탈이 났다는 것까지 알고 있듯이 말입니다."

"첩자가 있소?"

"마을사람들을 통해 듣지요 우리쪽 마을사람들은 신라쪽 마을에 친척들이 많습니다. 저기 왼쪽의 땅도 한때 소직의 영지였지요."

각진이 손으로 앞쪽을 가리켰다. 그는 지방토호 출신인 것이다.

"성주, 언제 군장(郡將)을 뵈러 가십니까?"

문득 각진이 물었으므로 계백이 그를 바라보았다.

"사군부에서 통지가 갔을 터인데 내가 군성(郡城)까지 갈 필요가 있소?"

"없습니다. 하지만……."

말을 멈춘 각진이 시선을 돌렸다.

"전(前) 성주는 입성 하루만에 군장을 뵈러 갔습지요."

몸을 돌린 계백이 성안을 둘러보았다.

"군사들의 조련과 정비가 우선이요. 인사는 나중해도 됩니다."

무왕(武王) 34년(633년)이니 신라 선덕여왕 2년이요. 고구려 영류왕 16년, 당 태종의 정관(貞觀) 7년이다. 일본은 조오메이 5년이었는데 당을 중심으로 반도와 왜국의 정세는 서서히 태동하기 시작했다. 우선 당은 오랜 침묵을 깨고 2년 전인 영류왕 14년에 고구려로 광주 사마 장손사람을 보내어 수나라 전사(戰士)의 해골을 다시 묻고 제사를 지냈는데 당시에 요하 하류변한 땅에 세웠던 경관(京觀)을 헐어버렸다. 이른바 전적비를 없앤 것이다. 당 태종의 노골적인 적대 표현이요, 시위였으므로 고구려 조정은 긴장을 했다. 따라서 그해 2월에 천리장성의 축조를 시작했다. 신라는 직년 12월에 당에 사신을 보내어 조공을 했는데 계속되는 백제와의 긴장상태로 힘겨운 처지였다.

4월 하순이었다. 태자 의자는 태자궁을 나서다가 왕자 충승을 보았다. 충승은 위사 둘을 거느리고 바삐 태천루(太天樓) 앞을 지나는 중이었는데 활을 메었다. 사냥 가려는 차림이었다. 태자가 다가가자 충승은 허리를 굽혀 예를 보였다.

"어딜 가느냐?"

의자가 부드럽게 물었으나 충승의 얼굴은 굳은 채였다.

"외성벌로 사냥을 갑니다."

의자의 시선이 충승이 멘 활에 머물렀다.

"활이 좋구나."

손잡이에 상아를 박고 끝에는 옥을 붙여서 마치 악기처럼 보이는 활이다. 의자가 뒤에 선 태자궁의 위사를 돌아보았다.

"왕자께 내 검정말을 드려라. 날랜 말이니 사냥감을 놓치지 않을게다."

"황공하오."

허리를 굽혔다 편 충승의 얼굴에 웃음기가 번졌다.

"꼭 타고 싶었던 말이었소이다."

"그렇다면 네가 가져라."

의자가 따라 웃었다. 의자가 서른여덟이니 세 살 아래의 충승은 서른다섯이다. 한배에서 나온 친동기간이었으나 이렇게 마주보고 웃는 것도 오랜만이었다. 충승이 의자에게 한 걸음 다가가 섰다.

"지난번 석성에서 소제의 목숨을 구해주신 은혜에 감사드리오."

"형으로서 당연한 일이다."

"뒤늦게 인사를 올려 송구스럽습니다."

"마음만 통하면 됐지."

석성의 사건은 이미 두 달이나 지난 것이다. 그후로 충승은 근신하는 태도를 보였고 궁밖에서 오래 머물지 않았다. 살아남은 자객을 문초한 결과 그들은 신라의 아찬(阿湌) 윤종이 보냈다고 실토했던 것이다. 윤종은 김유신의 심복이다. 의자가 말을 이었다.

"언제건 태자궁에 오거라. 너하고 술을 마신 지도 오래 되었구나."

"황공하오. 가겠소이다."

의자와 헤어진 충승이 마악 궁을 나설 적에 말굽소리가 울리더니 태자궁에 위사 교진이 태자의 검정말을 끌고 왔다. 교진은 석성에서 충승의 목숨을 구해준 사내였다.

"워워. 기어이 이놈이 내 차지가 되었다."

말고삐를 건네 받은 충승이 환한 얼굴로 말갈기를 쓸었다. 그가 웃는 얼굴로 교진을 바라보았다.

"너한테도 내가 사례를 못했다. 내 잊지 않을 테다."

"황공하옵니다."

교진이 표정 없는 얼굴로 허리를 숙였다. 석성 사건은 비밀로 붙였으므로 무왕도 모른다. 충승은 날렵한 동작으로 말에 올랐다. 말이 코에서 바람을 뿜었고 그가 박차를 넣자 네 굽을 모으고 달려나갔다.

"당의 이세민이 국력(國力)을 모으고 있다."

무왕이 앞에 앉은 의자를 바라보았다. 대왕전 안쪽의 정방(淨房)에는 무왕과 의자 두 사람이 앉아 있었다. 한낮이었으나 주위는 숨소리도 들리지 않았다. 흰 수염을 쓸어 내린 무왕이 말을 이었다.

"동부(東部)의 백제령은 광범위하게 분산되어 있어서 군사를 쪼개어 공격해야 될 것이니 백만 군으로도 모자랄 것이야."

"하오나 고구려가 정벌된다면 백제령도 무사할 수 없사옵니다."

의자의 말에 무왕이 머리를 끄덕였다. 고구려가 당을 막아주는 동안에 백제는 신라를 노릴 계획이었던 것이다. 따라서 지금은 고구려와 거의 동맹관계나 다름없는 상황이 되어 있었다.

"신라에서 작년에 이세민에게 또 걸사표(乞師票)를 보낸 모양이다."

"이세민이 고구려를 공격한다면 신라군도 참전시킬 것이옵니다."

"그때는 백제가 신라를 친다. 그것이 고구려를 지원하는 한편으로 영토를 확장시키는 일석이조의 효과가 있을 것이야."

무왕이 정색하며 말을 이었다.

"이세민이 고구려 정벌군을 출정시키려면 아무래도 시일이 걸릴 것이야. 우리는 그동안에 모은 군력(軍力)으로 신라를 친다."

"신라의 김선덕(金善德)이 아직 제대로 자리잡지 못했으니 기회가 좋사옵니다."

의자가 말을 이었다.

"동방(東方) 개진토성 앞쪽의 서곡성이 신라군의 서쪽 요충지입니다. 먼저 서곡성을 빼앗아 길을 만드는 것이 어떻겠사옵니까?"

"추수가 끝난 가을이 좋다."

"개진토성 성주로 계백영의 아들 계백을 보냈사오이다."

"허어, 계백을?"

무왕의 흰 수염 속의 입술이 조금 벌려졌다.

"내해 건너 백제령에서 공을 세웠다지만 짐은 아직 그놈 얼굴도 못 보았다."

"이미 장수 몫을 하옵니다."

"변방으로만 내모는 것 아니냐?"

"본래 사군부에 넣으려고 했으나 병관좌평 목강이 반대를 했습니다."

그러자 한동안 의자를 바라보던 무왕이 머리를 끄덕였다.

"잘했다. 그자들의 신경이 날카로워져 있을 테니."

그가 목소리를 낮췄다.

"충승은 아직도 목 씨 가문에 미련을 갖고 있느냐?"

"요즘은 목 씨 쪽에서 피하는 것 같습니다."

"그럴 테지."

무왕이 쓴웃음을 지었다.

"국력을 모아야 할 때인데 내분이 일어나면 안 된다. 꽃이 지면 벌 나비가 흩어지는 법. 순리에 맡기도록 하라."

"오늘 충승이 사냥을 간다기에 제 검정말을 주었습니다."

"허어. 네가 그토록 아끼던 말을?"

눈을 크게 뜬 무왕이 수염을 쓸었다.

"잘했다. 충승도 기뻐했을 것이다."

정방을 나온 의자가 태자궁으로 돌아가는데 위사 교진이 서둘러 다가왔다. 허리를 굽혀 보인 그가 의자 옆으로 바짝 붙었다.

"태자 전하, 왕자는 검정말을 타지 않았소이다."

그가 목소리를 낮추고는 빠르게 말을 이었다.

"성밖으로 나가서는 검정말을 위사에게 넘기고 내내 빈 말로 끌고 다녔습니다."

의자가 얼굴에 웃음을 띠었다.

"짐작하고 있었다. 말에 흉수(兇手)라도 썼을까 의심하는 것이다."

"점구부 장리(長吏) 목대가 따랐소이다."

앞쪽을 향한 채 의자가 머리를 끄덕였다. 목대는 남방(南方) 방령(方令)을 윤충에게 내놓고 점구부 장리가 되었다. 남방의 군(軍)과 행정의 지휘관 자리를 빼앗겼으니 불만이 많을 것이다.

"불만은 밖으로 품도록 해야 한다."

혼잣소리처럼 말한 의자가 걸음을 빨리 했다.

"오래 두면 곪아 들어내야만 하는 법."

왕비는 향료를 탄 더운물에 손을 적셨다가 꺼냈다. 왕자비 연사(燕絲)가 흰 무명수건으로 왕비의 손을 닦아주었다.

"손이 곱기도 하옵니다. 왕비마마."

"그러냐? 젊었을 적에는 더 고왔다."

"아니옵니다. 제 손보다도 더……."

"그만둬라."

하지만 왕비는 얼굴에 웃음을 띠었다. 나이가 예순이 되었으나 왕비의 얼굴은 아직 주름도 깊어지지 않았다. 의자와 충승, 그 밑으로 공주 셋을 더 낳았으니 소생이 다섯이오. 그중 원자 의자는 이제 태자가 되었다. 왕비가 부드러운 시선으로 연사를 바라보았다.

"태자비가 너만큼만 되었다면 내가 근심을 덜 터인데……."

"태자비께선 그릇이 넓고 자애로우십니다."

"허튼 소리 말아라."

왕비가 정색을 했다. 연사는 왕자 충승의 아내인데 자색이 곱고 성품이 어질었다. 충승이 여색을 밝혀 소실을 여덟이나 두었지만 왕자궁의 내전에는 한번도 큰소리가 난 적이 없을 정도로 내치(內治)를 잘했다.

"은고(恩古)는 왕비감이 아니야. 의자의 덕을 깎아 내릴 것이다."

"하오나 왕비마마……."

"애써 변명해 줄 필요 없다. 이곳에 은고의 첩자는 없으니까."

보료에 등을 기댄 왕비가 씁쓸하게 웃었다.

"비천한 가문에서 태어난 것이 태자비까지 되었으니 이제 한 계단만 남았다."

왕비전의 침소에는 그들 둘뿐이었지만 연사는 숨도 죽인 채 눈만 들고 있었다. 왕비는 의자의 관용과 인자함을 무기력으로 보았다. 그것이 은고의 총명함과 변화가 많은 성격에 휘둘리게 되면 국정을 망칠 것이라고 생각하게 된 것이다. 은고는 몰락해 가는 토호의 자식으로 의자가 선택한 아내인 반면에 연사는 연(燕)씨 집안의 귀족으로 왕비가 직접 고른 왕자비다. 왕비가 부드러운 시선으로 연사를 보았다.

"왕자는 어디에 있느냐?"

"사냥 가셨습니다. 하지만 저녁에는 돌아오십니다."

"태자는 자주 만나느냐?"

연사가 시선을 내리자 왕비는 가늘게 숨을 뱉었다.

"부여광의 난(亂) 이후로 나도 잠을 제대로 못 잔다. 처신을 조심해야 된다."

"계백이라면 대성(大姓) 집안은 아니구먼."

우복지가 말하자 도사 길천이 머리를 끄덕였다.

"그렇소이다. 허나 난데없이 9품 관등을 받고 성주로 부임해 온 걸 보면 부여 씨의 신임을 받고 있는 것 같소이다."

본래 서곡성주(城主)는 도사(道士) 길천이었으나 국경의 요충지여서 군장(軍將)인 우복지가 통치하는 군성(郡城)이 되어 있었다.

"허나 이곳은 벽지야. 열여섯짜리 벼락 벼슬을 한 자가 올 데로는 어울리지 않아."

우복지가 실눈으로 앞쪽의 개진토성을 바라보았다. 서곡성의 반의반도 안 되는 토성으로 수비군이 1백 명도 안 된다는 사실도 알고 있는 것이다. 이쪽에서 마음만 먹으면 반나절에 공취(攻取)할 수 있으나 뒤가 약하다. 개진토성 뒤쪽의 백제 군성(郡城) 병력과 부딪쳐야 할 테니 긴 전쟁이 시작될 것이었다. 길천이 입을 열었다.

"당주. 소문을 들으니 계백이 아침저녁으로 군사를 조련시킨다고 하오."

"허어. 그 오합지졸들을?"

우복지가 이를 드러내고 웃었다.

삼십대 중반의 그는 기골이 장대한 데다 백제군과의 크고 작은 전투에서 여러 번 공을 세운 장수다.

"의욕이 넘치는군. 그럼 어디 시험을 한번 해볼까?"

성벽으로 다가선 그가 손을 들어 토성을 가리켰다.

"토성 옆길로 매일 기마 순찰 3기가 나오지 않나? 궁수들을 숨겨 놓았다가 쏘아 잡도록 하게."

"계백의 반응을 보시렵니까?"

"그런 건 상관하지 않아. 우리가 앞쪽 성에 있다는 것을 깨우쳐 주려는 거야."

"긴장하겠지요."

길천이 얼굴에 웃음을 띠었다.

"일 년 가깝게 작은 충돌도 없었습니다. 우리 군사도 긴장하게 될 것입니다."

"저쪽도 오랜만에 성주가 왔으니 그럴 시기도 되었어."

우복지는 지장(智將)이라기보다는 용장(勇將)이다. 적과 코를 맞대고 있는 성의 성주들은 대부분 용장이 많았고 그것이 사기에 도움이 되었다.

백이가 촌주(村主) 앞에 끌려간 것은 옥에 갇힌 지 닷새 후였다. 촌주 오대기는 청에 앉아 있다가 절름거리고 들어오는 백이를 유심히 바라보았다. 군관 대여섯이 주위에 서 있었는데 청의 분위기는 갑자기 무거워졌다. 백이가 꿇어 앉혀지자 오대기가 얼굴에 웃음을 띠었다.

"그 절름거리는 다리로 백제군사의 말을 빼앗아 도망쳐 왔다니, 그 말을 누가 믿을 것 같으냐?"

"촌주 나리, 사실이오."

백이가 두 손으로 땅을 짚고 소리쳤다.

"죽을 난관을 뚫고 도망쳐 온 군사를 왜 죄인 취급하십니까?"

"사실대로 말하라. 그렇지 않으면 죽는다."

오대기의 두 눈이 치켜 올라갔다.

"새 옷에 좋은 말을 타고 돌아와서는 죽을 난관을 뚫었다고? 넌 호사하다가 돌아왔다."

"나리. 억울하오."

"바른 대로 실토하면 목숨만은 살려주마."

그러자 백이가 오대기를 노려보았다.

"사비성을 탈출하면서 모아둔 돈으로 옷을 샀소이다. 말은 객사의 마방에서 훔친 것이오."

"그렇게 경비가 허술하더냐?"

"깊은 밤에 훔쳤소이다."

오대기가 머리를 저었다.

"사비성에서 이곳까지 관문이 수십 개다. 말을 타고 산을 넘을 수는 없을 터이고, 너는 관문을 무사히 통과했다."

"나리. 소인은 첩자가 아니오."

"너는 매를 맞아야겠다."

엉덩이가 찢어지도록 매를 맞은 백이가 다시 옥에 던져진 것은 저녁 무렵이었다. 촌주의 옥에는 세 명의 죄인이 긴혀 있었는데 그중 하니는 백이가 나간 사이에 들어왔다. 게다가 같은 마을사람이었다.

"어이구. 이 사람아!"

그가 백이의 바지를 걷어 내리면서 탄식을 했다.

"글쎄 집에는 왜 왔는가?"

엎드린 채 신음소리만 뱉던 백이가 겨우 머리를 들었다.

"어른은 웬일이시오?"

"나는 세(稅)를 못 내어 들어왔지만 내 걱정할 겨를이 자네에게 있는가?"

그가 바닥의 짚풀이 날리도록 큰 숨을 뱉었다.

"어제 저녁에 자네 모친께서 목을 매셨네. 이 사람아."

다음날 밤. 계백이 마악 침상에 누우려는데 수직군관이 밖에서 기침을 했다.

"성주. 수직군관 고도사한이올시다."

"무슨 일이냐?"

"서곡성에서 기마 1기가 투항해 왔는데 꼭 성주를 뵙자고 합니다."

계백이 자리에서 일어섰다.

"투항이라?"

"예, 전(前)신라군 백이라고 하면 아신다고 하오. 그리고 절름발이올시다."

잠시 후에 계백은 청의 끝에 서서 마당에 엎드린 백이를 내려다보고 있었다. 백이의 옆에 선 덕조는 자못 감개가 어린 표정이었다.

"넌 왜 돌아왔느냐?"

계백이 묻자 백이가 우선 눈물부터 쏟았다.

"갈 곳이 없었소이다, 나리."

"네 어미한테 간다고 하지 않았느냐?"

백이가 딸꾹질을 했으므로 덕조가 대신 입을 열었다.

"백제군 첩자로 오인받아 촌주의 옥에 갇혀 있었다고 합니다. 그 사이에 어미는 목을 매어 죽었다고 하오."

둘러선 장졸들은 숨을 죽였고 덕조의 말이 이어졌다.

"그래서 저녁 무렵에 옥을 지키는 신라군을 죽이고는 말을 훔쳐 도망쳐 왔다고 하오."

계백은 이제 이를 악문 표정의 백이를 바라보았다.

"내가 네게 말과 옷을 주었기 때문이냐?"

"그렇게 말했다가는 더욱 첩자로 오인받소이다."

"헤어진 옷으로 걸어 돌아갔던 것이 나았을까?"

"그랬다간 이쪽 순찰 기마군에게 잡혀 죽었겠지요."

그렇게 대답한 것은 덕조였다. 이윽고 계백이 머리를 끄덕였다.

"안되었다. 어미가 목을 매었다니……."

그가 덕조에게로 시선을 돌렸다.

"먹을 것과 새 옷을 주어라. 저놈하고는 인연이 길다."

순찰 기마군 셋이 매복해 있던 신라군을 만나 죽임을 당한 것은 다음날
이었다. 살해당한 장소도 강 이쪽 편인 백제령 안이었으므로 군사들이 동
요했다. 근 일 년 가까이 양군(兩軍)은 단 한 번의 무력 충돌도 없었던 것이
다. 시체를 싣고 와 우선 창고에 눕혔을 때는 저녁 무렵이었다. 청으로 들
어선 덕조가 계백에게 다가가 섰다.

"주인. 어찌 하시렵니까?"

"뭘 말이냐?"

"군사들이 동요하고 있습니다. 이미 인근 마을에도 소문이 퍼져 있을 터
이니 백성들도 불안해 하겠지요."

"서곡성주 놈이 날 시험하는 것이다."

좌군 각진이 청으로 들어섰으므로 덕조는 옆쪽으로 비켜섰다.

"성주, 군장(軍將)께 전령을 보냈소이다."

각진이 굳어진 얼굴로 계백을 바라보았다.

"우리도 궁수를 보내어 몇 놈을 맞추는 것이 어떻겠습니까?"

죽은 기마군 중 하나가 각진의 마을사람이었던 것이다. 토호 출신의 각

진이라 책임감도 일어났다. 그러나 계백이 머리를 저었다.

"당장에 나설 필요는 없소. 우복지가 기다리고 있을지도 모르니……."

"군사들의 사기가 떨어집니다."

"그렇다고 대책도 없이 일만 벌일 수는 없소."

각진의 주름진 얼굴이 불만으로 더욱 찌푸려졌으나 더 이상 입을 열지는 않았다. 상주성에서 기마군 5기가 도착한 것은 그로부터 닷새 후였다. 기마군을 이끈 무장은 가죽갑옷에 머리에는 두건을 쓴 경장 차림으로 성에 들어설 적에는 군장이 보낸 전령이라고 했다. 성안의 군사들은 긴장했고 청으로 군관들이 모여들었다. 닷새 전에 이쪽에서 보낸 전령은 군장 목신(木新)으로부터 어떤 지시도 받아 오지 않았던 것이다. 전령이 계백을 향해 허리를 굽혀 예를 차렸다.

"상주성 군장 휘하의 무독(武督) 고사문이요."

"잘 오셨소. 군장께선 평안하시오?"

"성주께 전갈을 가져왔소이다."

전령이 대뜸 용건을 꺼냈다. 20대 중반쯤의 나이에 건장한 체격의 무장이다.

"지난번 사건은 심히 유감이나 적을 자극하면 안 된다는 말씀이셨소. 성주께선 유념하여 주시기 바랍니다."

계백이 머리를 끄덕였다.

"영(令)대로 시행하리다."

무독이면 13품으로 성주(城主)의 부장(部將)을 맡거나 일개 단위부대의 대장(隊將)이었으므로 고위급 전령이다. 그날 밤 계백은 고사문을 맞는 술좌석을 마련했지만 일찍 끝났다. 술시 무렵에 침소에 들어서는 계백을 덕조가 따라왔다.

"주인. 무독께서 은밀히 뵙자고 합니다."

계백이 머리를 끄덕이자 곧 고사문이 덕조의 안내를 받아 침소로 들어섰다. 탁자를 사이에 두고 마주 앉았을 때 고사문이 품에서 접힌 서신을 꺼내 건네주었다.

"소인은 전령 고사문이 아니라 태자궁의 위사 부장(副將)인 무독 교진이요."

긴장한 계백이 서신을 펴고 등빛에 비춰 읽었다. 태자 의자의 친필 서신이다. 이윽고 계백이 서신을 접고는 등불의 불꽃에 가져다 대었다. 곧 기름종이에 불길이 번지더니 순식간에 타올라 재만 남았다.

"아직 군장도 모르는 일이니 성주께서는 각별히 조심하셔야 합니다."

교진의 목소리가 더욱 낮아졌다.

"도처에 신라의 밀정이 있는 데다 군장 목신은 전(前) 남방 방령(方令) 목대의 동생입니다. 불만이 많을 터인즉 믿을 수가 없습니다."

등불의 그림자가 그들의 얼굴을 덮었다가 지나갔다.

엉덩이의 상처도 다 나았으므로 백이는 마구간 일을 보았는데 누가 시킨 것도 아니다. 마구간에는 십여 필의 말에 나귀도 다섯 마리가 있어서 나이 든 군사 셋이 마구간지기 노릇을 했지만 손이 부족했던 참이었다. 다리는 절었어도 힘이 좋은 데다 부지런한 백이가 거들자 마구간은 금방 질서가 잡혔다. 저녁 무렵, 말똥을 치우고 돌아온 백이는 주춤 발을 멈췄다. 마구간 안에 계백이 서 있었던 것이다. 그가 내보냈는지 마구간 안에는 말들만 이쪽으로 목을 내밀고 있을 뿐 사람은 그들 둘뿐이다.

"네가 살던 마을이 오십 년 전에는 백제 영토였다."

계백이 불쑥 말했으므로 백이는 눈만 굴렸다.

"그때 네 조상은 백제인이었다. 아마 백제군사로 신라와 싸웠을게야."

"……."

"내 휘하로 들어와 줄 테냐? 싫다면 어디 다른 곳으로 떠나거라. 신라땅이건 백제땅이건 상관하지 않을 테니."

그러자 말뜻을 알아차린 백이가 마구간 바닥에 털썩 무릎을 꿇고 엎드렸다.

"절름발이를 그토록 위해 주시다니요. 목숨을 드리겠소."

무왕 34년 여름이다. 비가 잘 왔으므로 곡식의 알이 충실했고 충해(蟲害) 또한 적어서 풍년이 예상되었다.

제7장 서곡성 공방(攻防)

"마님은 어디 계셔?"

삼차복이 묻자 득손이 안쪽을 가리켰다.

"안채에 들어가셨소."

대웅성 포구 안의 붉은 기를 매단 거간상은 무역상들에게 서역상 집으로 불렸다. 주로 서역상인들의 물품을 취급하기 때문인데 규모가 커서 바닷가에 창고가 두 채나 있고 부리는 종이 십여 인이었다. 안채로 들어선 삼차복이 닫혀진 방문 앞에 섰다.

"마님. 소인입니다."

그러자 문이 열리며 부여진이 모습을 드러냈다. 두 갈래로 땋은 머리를 틀을 지어 올렸으니 영락없는 안방마님 모습이었으나 얼굴은 앳되었다. 그녀가 붉은 기 집의 주인인 것이다.

"웬일이냐?"

"어제 도착한 서역상선 선주가 향료와 비단을 인삼과 바꾸자고 합니다."

"잘되었다."

부여진의 얼굴에 웃음기가 배어 나왔다. 며칠 전 인삼을 5백 근이나 사 두었던 것이다.

"아마 인삼을 우리만큼 모아둔 거간은 없을 게야."

"그렇습니다. 인삼 한 근을 향료 한 통과 바꾸어 준다니 열 배가 넘는 장사가 되겠습니다."

삼차복이 한 걸음 다가가 섰다.

"하오나 마님. 배는 서역배인데 선주와 선원이 모두 왜인들이올시다."

주위를 둘러본 그가 목소리를 낮췄다.

"아무래도 미심쩍어서 포구의 입항증을 보자고 했더니 아예 도시부(都市部) 장리(長吏)의 직인이 찍힌 입항증을 보여 주었소이다."

도시부는 시장교역을 총괄하는 백제의 외관(外官) 10부(部) 중의 하나인데 장리는 장관(長官)으로 달솔이 맡는다. 부여진이 삼차복을 바라보았다.

"그럼 되었지 않아? 장리의 직인이 찍힌 입항증이 있다니 본국뿐만 아니라 백제령 어느 곳에도 입항하여 교역할 수 있겠다."

"그건 그렇습니다만······."

"왜인이 서역배를 샀을 수도 있지."

부여진이 머리를 들며 다시 말을 이었다.

"그럼 내가 그 선주라는 왜인을 만나보기로 하지. 어차피 물품을 바꿀 적에는 만나야 할 테니까."

유시경이 되었을 때 꽃무늬가 박힌 붉은 색 비단 바지저고리에 머리에 는 같은 색 비단 두건을 쓰고 허리에 칼을 찬 선주가 안채로 들어섰는데 위풍이 당당했다. 뒤를 따르는 두 사내는 무명 바지저고리 차림으로 선주 못지 않게 다부지고 드센 풍모였다. 삼차복의 안내로 청에 놓인 의자에 앉 은 선주는 여유 있는 표정으로 주위를 둘러보았다.

"집이 아늑하고 좋습니다."

백제말도 유창해서 전혀 왜인 같지가 않다. 청으로 부여진이 들어서자 선주는 일어섰는데 놀란 듯 두 눈이 둥그래졌다.

"붉은 기 집주인이 미녀라는 소문은 들었지만 과연 그렇소이다."

대놓고 하는 칭찬이라 부여진이 어색한 듯 웃었다.

"앉으시지요."

선주가 의자에 엉덩이를 잘못 내려놓아서 의자가 조금 흔들렸다.

"향료가 상등품이라고 집사한테 들었습니다."

부여진이 말하자 선주가 얼굴에 웃음을 띠었다.

"집사께서 가져 온 인삼도 상등품이었습니다. 한 근에 향료 한 통을 드리겠소."

"인삼을 어디로 가져가십니까?"

"허어……."

선주가 대답대신 입을 벌리고 소리 없이 웃었다.

"물으실 필요가 없는 것을 물으시는 걸 보니 거래가 마음에 걸리십니까?"

"도시부 장리의 직인이 찍힌 입항증을 가지고 계신 귀인(貴人)이시지만 포구에 박힌 우리는 사건이 생길 때마다 창고 뒤짐을 당합니다."

부여진이 부드럽게 웃었다.

"거래선과의 신의는 끝까지 지킬 터이니 우리가 모르고 당하는 일이 없도록 부탁드리는 것입니다."

"서역배에 왜인 선주와 선원이 타고 있는 것이 미심쩍으시군요."

아직도 선주는 웃는 얼굴이었다.

"그리고 내가 도시부 장리의 입항증을 갖고 있는 것도……."

"……."

"난 왜인 해적 헤이찌요."

그가 불쑥 말했으므로 부여진이 몸을 굳혔다. 헤이찌는 연무군 포구 안에까지 들어와 해적질을 해 간 포악한 인물이었던 것이다.

헤이찌가 다시 소리 없이 웃었다.

"하나 내 입항증은 진본(眞本)이요. 의심이 가거든 직접 확인해도 좋습니다. 헤이찌의 이름을 대고 말이요."

"아니 그렇다면……."

뒤에 서 있던 삼차복이 나섰는데 그의 얼굴도 딱딱하게 굳어져 있었다.

"도시부가 직접 교부해 주었다는 말인가요? 당신이 누구인지 알면서?"

"그렇소."

턱을 든 헤이찌가 의자에 등을 기댔다.

"난 그후부터 백제국 배를 건드린 적이 없습니다. 나로서는 결의 형제를 맺은 백제 무장이 있는 데다 태자께도 충성을 맹세한 몸이어서……."

"……."

"혹 계백 이름을 들으셨는지 모르겠소. 지금 9품 고덕으로 성주(城主)가 되어 있는 젊은 무장인데 나하고는 결의 형제요."

헤이찌는 다시 묻지도 않은 말을 덧붙였다.

"물론 나이로 쳐서 내가 형이올시다."

"계백이 연무군(郡)을 무너뜨린 원흉이었습니다."

삼차복이 조심스럽게 입을 열었다. 계약을 마친 헤이찌가 돌아간 후 청 안에 두 사람이 마주 앉았다.

"그리고 왕자님을 살해한 것도……."

말을 잇지 못한 삼차복이 시선을 내렸다. 헤이찌는 계백의 무공(武功)을 마치 제가 한 일처럼 떠들었던 것이다. 사냥 나간 부여고(夫餘高)의 이마에 살을 박은 것도 계백이었고 덕산성 앞 부여광의 본진으로 열 명의 자객을 끌어들인 것도 계백이었다.

"그놈을 죽여서 돌아가신 대왕의 원수를 갚겠소이다."

"난 잊기로 했다."

부여진이 가늘게 말했으나 삼차복이 와락 눈을 부릅떴다.

"공주, 부친과 오라비를 죽인 철천지 원수를 잊으시다니요?"

"내가 무슨 힘으로……."

"백제국에는 아직도 우리와 맥이 닿는 가문이 있지 않습니까?"

다그치듯 말하던 삼차복이 벌린 입을 닫지 못한 채 숨을 멈췄다. 부여진의 두 볼을 타고 흐르는 눈물을 본 것이다. 머리를 숙이고 있었으나 눈물은 턱에 맺혀 자꾸 떨어졌다. 은은한 종소리가 적막한 청안으로 흘러 들어왔다. 유시가 되면 성안 보국사에서 종을 쳐 성문을 닫는다.

"절색이다!"

헤이찌가 몇 번째인지도 모르게 감탄을 했다.

"지아비가 죽었다니 참으로 잘된 일이야. 앞으로 하물은 붉은 기 집에서만 매매한다."

뒤를 따르는 오지는 헤이찌의 색탐(色貪)을 아는지라 그저 소 보고 짖는 개소리로 들었다. 그런데 객사로 돌아와 앉은 헤이찌가 정색을 했다.

"이봐, 오지. 집사놈의 눈빛이나 몸놀림이 보통 놈이 아니다. 혹시 그 여자의 정부(情夫)가 아닐까?"

"그건 모르겠소."

"네놈 눈에는 술만 보이느냐? 그놈은 내내 몸을 굳히고 있었는데 살기가 뻗쳐 나왔다."

"엄지손가락 위에 굳은살이 박힌 걸 보면 칼을 오래 쥐었던 것 같소."

"손까지 보았구나."

"집사는 대개 무인(武人)을 쓰지요. 험한 세상이지 않습니까?"

"내 문득 계백 주인 말을 꺼내게 되었지만 끝내고 나니 허전하다. 뵙고 싶구나."

"결의 동생이라고 하시지 않았소?"

"이놈아. 그것들이 뭘 알겠느냐?"

잠깐 눈을 끔벅이던 헤이찌가 오지에게 시선을 돌렸다.

"내 이곳에 꽤 있을 테지만 내륙으로 들어갈 형편이 못 되니 네가 주인께 다녀오거라."

"두령, 소인은 개진토성이 어디에 붙었는지도 모르오."

"이놈아. 망망대해에서 바늘 끝만한 무역선도 찾는 놈이 사방에 물을 사람이 좍 깔린 육지에서 성(城)을 못 찾아?"

버럭 목소리를 높인 헤이찌가 갑자기 서둘렀다.

"그렇지, 서역배에서 빼앗은 비단에다가 칼도 몇 자루 챙겨야겠다. 혹시 모르니 금자도 한 상자 가져가거라."

동방 상주군의 군장(郡將) 목신은 키가 6척이 넘는 데다 두 팔이 길어 칼을 쥐면 칼끝이 먼저 닿았고 활을 당기면 남들보다 오십 보는 더 나갔다. 목 씨 가문의 일원이 아니더라도 그가 이제까지 세운 무공(武功)만으로 능히 4품 덕솔(德率)로 군장에 오를 만한 인물이었다. 군성(郡城)의 정청에 앉은 그의 얼굴은 붉었다. 한낮부터 술을 마신 것이다.

"개진토성에 보낼 군마(軍馬)는 준비되었느냐?"

그가 소리치듯 묻자 늘어서 있던 군관 중 하나가 나섰다.

"예, 준비되었소이다."

"그럼 떠나도록. 사열할 필요는 없다."

"알겠소이다."

청안의 분위기는 무거웠고 떠나는 인사를 차리려고 늘어선 군관들의 어깨는 더욱 늘어졌다. 자리를 차고 일어선 목신이 청을 나가자 군관들이 삼삼오오 흩어졌다.

"망할, 우린 마치 벽지로 귀양가는 신세로군."

군관 하나가 투덜거리자 동료가 코웃음을 쳤다.

"군장 휘하 병력을 성주(城主)에게 떼어주게 되었으니 화도 나겠지."

청 밖의 창고 앞에는 이미 개진토성으로 떠날 군마가 대기하고 있었는데 기마군이 1백50기에다 보군이 2백이다. 거기에다 병기와 군수품을 실은 수레가 50여 대나 늘어서 있어서 제법 군대의 이동 같다. 지휘 도사 이좌진(阿佐眞)은 12품 문독(文督)으로 개진토성 성주인 계백의 부장(副將)으로 직이 옮겨졌다. 말에 오른 그도 좋은 표정은 아니었다. 청에서 군장으로부터 사열할 필요가 없다는 소리를 들은 터라 마치 내몰리는 기분일 것이다.

"북은 울리지 말고, 고각도 불지 말라."

말고삐를 잡은 그가 뱉듯이 말했다.

"기마군이 선두에, 보군과의 거리는 2리를 지켜라."

상주성 수비군이 보기(步騎) 1천이 조금 넘었으니 삼 할이 변두리의 소성(小城)으로 빠져나가는 셋이나. 그것도 개진토성 수비군이 허수로 채워져 있었기 때문에 군성의 병력을 떼어주라는 사군부의 지시였으므로 문책성 감군이다. 군장 목신의 심기가 좋을 리 없는 것이다.

"기병 1백50기에 보군 2백이라고?"

서곡성 정청 안에 앉은 군장 우복지가 앞에 한쪽 무릎을 꿇고 앉은 군관을 바라보았다.

"지휘군관이 누구냐?"

"예. 도사(道士) 아좌진으로 문독이라고 들었습니다."

"제법 격을 맞추는군."

우복지는 정색한 얼굴이 되었다.

"개진토성이 중급성(中級城)이 되는 것이다."

"지난 번 습격이 과장되어 전해졌나 봅니다."

도사 길천이 조심스럽게 말했지만 우복지가 이맛살을 찌푸렸다.

"군사가 상주성에 있든 개진토성에 있든 마찬가지야. 놈들이 지레 겁을 먹은 것이다."

"그렇소이다."

찔끔한 길천은 입을 다물었고 우복지의 시선이 다시 군관에게 옮겨졌다.

"다른 소문은 없다더냐?"

"개진토성의 군사가 허수로 채워져 있었기 때문에 군성의 군사를 떼어 냈다는 소문이랍니다."

"그럼 그렇지."

우복지는 이를 드러내고 웃었다. 군관은 첩자의 말을 옮긴 것인데 아직 상주성을 떠난 백제군은 개진토성에 도착하지도 않았다.

"아마 계백이 징징 울면서 도성에 하소연했을 것이다. 군장 목신은 이를 갈고 있겠다. 잘되었어."

김유신이 군장 우복지의 서신을 받은 것은 그로부터 닷새 후였다. 대아 찬 김유신은 이제 서른아홉으로 역전의 용장이요, 조정의 중신(重臣)이다. 신라는 진평왕 대에 이르러 서당(誓幢), 보기당(步騎幢), 사천당(四千幢), 급 당(急幢) 등의 중앙군단이 새로이 설치되어서 기왕의 대당, 귀당, 법당 등과 함께 운용되었고 지방에는 5정의 군단조직이 있어 군사당, 보기당 등이 직속부대로 편제되었다. 김유신은 중앙군단인 보기당의 장(長)인 장군으로 서곡성 당주 우복지는 그가 추천하여 내려보낸 인물이다. 전쟁이 끊이지 않는 상황이었고 작년 가을에도 백제군이 침공하였으나 겨우 물리쳤다. 무장 김유신의 진가가 유감 없이 발휘되는 시기였다. 서신을 탁자 위에 내려놓은 김유신이 전령을 바라보았다.

"당주에게 전하라. 앞으로는 도발하지 말도록. 지금은 시기가 아니다."

낮으나 내려치는 듯한 말투에 전령은 땀을 흘렸다.

"예. 하오나 당주는 백제군이 싸움을 걸어오면 어찌할 것인가를 듣고 오라 하셨소이다."

"성을 지키고 나가지 말도록 하라."

"예. 나가지 말도록."

새김질하듯 중얼거린 전령이 다시 머리를 들었다.

"그것뿐이옵니까?"

"아니, 더 있다."

그리고는 의자에 등을 기댄 김유신이 빙그레 웃었다.

보기당의 진영이 있는 대막성 밖이다. 청안에는 장수들이 도열해 있었으나 거드는 사람은 없다.

"계백이라는 성주는 내해(內海)를 건너 연무군의 난을 진압한 무장이다."

김유신의 말이 정을 울렸나.

"나도 열다섯에 화랑이 되어서 한몫을 했다. 내려보면 안 된다고 일러라."

전령이 다시 머리를 숙였고 김유신은 일어섰다. 말과 행동의 진퇴가 분명한 무장인 것이다.

"이보게 상구."

뒤에서 부르는 소리에 상구는 몸을 돌렸다. 그리고는 눈을 치켜 떴다.

"이게 누구야? 자네가……"

목소리를 낮춘 상구가 좌우를 살피더니 다가왔다. 담장에 기대어 서 있는 사내는 백이였던 것이다. 늦은 밤이어서 마을 안은 조용했고 가끔 개 짖는 소리만 났다.

"백제땅으로 도망쳤다더니 왜 돌아왔어?"

바짝 다가선 상구의 목소리가 떨렸다.

그는 백이와 어릴 적부터 동무로 군역도 같이 치뤘는데 지금은 촌주(村主) 오대기의 종이 되어 비탈에 난 밭을 일구고 살아간다.

"자넬 기다렸어."

백이가 말하자 상구가 팔을 끌었다.

"우리 저쪽 갈대밭으로 가자."

마을 밖의 갈대밭은 어릴 적에 그들이 뛰놀던 곳이다. 사람 키만큼의 높이로 무성한 갈대숲에 들어서자 그들은 마주 앉았다. 별도 없는 흐린 밤이었다.

"자네 모친 묘에는 가 보았나?"

상구가 묻자 백이는 머리를 저었다.

"어딘지도 모르지만 뵐 낯이 없어. 안 갈 테여."

"송골산의 자네 부친 묘에서 아래쪽이야. 내가 돌덩이 세 개를 앞에다 쌓아 놓았는데……"

"그보다 상구. 자넨 오대기의 종노릇이나 하다가 죽을 텐가?"

"그게 무슨 소리여?"

긴장한 상구가 침을 삼키며 되물었다.

"자네가 군사를 죽이고 도망치고 나서 나도 촌주께 끌려가 이틀간 경을 치고 풀려났어."

"자네나 나나 이젠 혈혈단신 아닌가?"

목소리를 낮춘 백이가 바짝 다가앉았다.

"이 땅이 신라땅이건 백제땅이건 우리 같은 놈들한테 무슨 상관이여? 안 그런가?"

"그게 무슨 말이……."

몸을 굳힌 상구에게 백이가 덮어씌우듯이 말했다.

"촌주 오대기의 전답과 재물을 모두 자네 차지로 해줄 방도가 있단 말이네."

지휘도사 문독 아좌진이 개진토성에 도착했을 때는 저녁 무렵이었다. 좁은 토성 안은 말과 군사들로 가득 차 활기가 났다. 말 울음소리와 군사들의 떠들썩한 목소리가 청안에까지 환히 들렸다. 아좌진이 군관들과 함께 청에 오르자 의자에 앉아 있던 계백이 일어섰다.

"지휘도사 아좌진이 신고하오."

아좌진이 군례로 허리를 반쯤 숙였고 뒤에 늘어선 십여 명의 군관들도 이를 따랐다.

"수고들 했소."

계백이 머리를 끄덕이며 답례를 했다. 아좌진은 물론이고 군관들도 계백과는 첫 대면이나.

"보기(步騎)로 3백50인가?"

"그렇습니다. 기마군 1백50에 보군이 2백인데 말은 예비마까지 1백80필이 되오."

다가선 아좌진이 계백에게 문서를 바쳤다.

"수레 55량에 잡곡 2백 석과 병기도 실려 있습니다."

"군사들의 사기는 어떻소?"

계백이 묻자 이좌진이 눈을 끔벅이며 바라보았다.

16세라고 들었으나 6척의 키에 어깨가 넓었고 날카로운 눈빛의 계백은 무장으로 손색이 없는 풍모였다. 내해 건너 연무 태수 부여광의 난을 평정한 일등공신이라는 소문이 슬그머니 믿어졌다.

"사기는 낮습니다."

자신도 모르게 불쑥 그렇게 말한 이좌진은 말을 이었다.

"모두 변방의 오지(汚地)로 내몰렸다고 믿는 것 같습니다."

계백이 빙그레 웃었다.

"도사도 그러하오?"

"소직은 영을 따를 뿐입니다."

"군사의 사기는 장수에게 달렸소."

이미 정색한 계백이 늘어선 군관들을 둘러보았다.

"우선 군기를 엄하게 잡아 늘어진 몸을 세우도록 해야겠소. 이곳은 전선(戰線)이요. 방심했다가는 바로 목이 떼어질 테니까."

기병 십장(十長) 목소진수의 음주난동 사건이 일어난 것은 그날 밤이었다. 하급 군관 중에서도 힘과 무술이 뛰어난 목소진수는 본래 군장 목신의 종이었다가 군관이 되었다. 마구간 옆의 숙소에서 그는 상주성에서 가져온 곡주를 마시고는 밖에 나왔다가 수하 하는 순시병을 두들겼다. 상주성에서부터 그는 술에 취하면 망나니짓을 했는데 상급군관들은 대개 모른 척했다. 두어 번 주사로 감옥에 갇혔지만 목신의 종으로 있는 그의 여동생이 주인에게 청을 넣어 그때마다 빼내 주었던 것이다. 그러나 이번에 그를 잡은 사람은 좌군 각진이다. 목소진수의 내력을 알 리가 없는 그는 가차 없이 포박하여 성안의 감옥에 박아 두고는 다음날 아침에 계백이 청에 오르자 보고를 했다. 보고를 들은 계백이 옆에 선 이좌진을 바라보았다.

"술에 취한 것도 군율을 어긴 것이고 더욱이 수하하는 순시병을 때려 팔을 부러뜨렸다면 중죄요."

"그렇습니다. 허나……."

이좌진은 목소리를 낮췄다.

"성안의 병사와 초면이라 실수한 것 같습니다. 상주성에서는 서로 얼굴을 익히 알고 있어서 수하당해 본 적이 없었지요."

"그것은 잘못되었소."

정색한 계백이 말을 이었다.

"얼굴을 안다고 수하를 안 한다면 변장한 적병이 얼마든지 들어오겠소."

청안이 갑자기 조용해졌다. 계백이 앞에 선 각진에게로 머리를 돌렸다.

"성문 밖으로 끌고 나가 목을 베시오."

허리를 굽힌 각진이 몸을 돌리자 이좌진이 계백에게 바짝 다가섰다.

"성주. 그자는 군장의 종이었소이다."

그러나 계백이 못 들은 척했으므로 이좌진이 허리를 폈다. 청안에서는 숨소리도 들리지 않았다. 이제까지 군관은 물론이고 병사도 참수한 전례가 없는 것이다.

"이보시오. 좌군."

이좌진이 부르자 앞서 가던 각진이 몸을 돌렸다. 긱진은 청 뒤쪽의 감옥으로 가는 중이다. 다가선 이좌진이 잠시 망설였으나 결심한 듯 말했다.

"좌군. 복소진수는 군장의 종이었던 자로 인연이 굵소. 만일 그놈을 벤다면 일이 커질 것이오."

"우리 성주를 생각하여 하시는 말씀이군요."

"그렇소."

각진은 이좌진보다 직품이 낮았지만 나이는 한참 위였다. 그가 얼굴에 웃음을 띠었다.

"오히려 잘되었지 않습니까? 그놈 목을 벤다면 군사들의 군율이 일시에 잡혀질 것 같습니다."

"허어. 이런…… ."

"군장이 세도가문 목 씨의 일족이긴 하지만 우리 성주가 그렇게 호락호락하지 않습니다."

"과연 그럴까?"

"군장은 이곳 토성의 허수 군사 몫 백여 인의 녹봉을 착취해왔습니다. 탐관이오."

각진이 발을 떼었으므로 그들은 나란히 걸었다. 이좌진이 조금 가라앉은 목소리로 물었다.

"성주의 성품은 어떻소?"

"직접 겪게 되실 겁니다."

힐끗 시선을 준 각진이 말을 이었다.

"부임한 지 넉 달이 되었는데 오합지졸이던 군사들이 제법 군율이 잡혔습니다. 나도 아들 또래인 성주의 심복이 되었소."

"공평하오?"

이미 목소진수의 목 따위는 잊은 이좌진이 묻자 각진이 입끝으로 웃었다.

"인정도 있어서 신라군 하나가 되돌아왔습니다. 사연을 들은 군사들이 감복했지요."

"덕장(德將)인 모양이군."

"젊지만 경솔하지도 않습니다."

옥에 닿았으므로 이좌진은 서둘러 발을 돌렸다. 안면이 있는 목소진수를 피하려는 것이다.

오지가 성에 도착한 것은 다음날 해가 막 중천에 떴을 때였다. 무명 바지 저고리에 멋을 부린답시고 꿩의 꽁지깃을 두건 옆쪽에 꽂은 오지는 청에 들어서자 납작 엎드렸다.

"주인. 소인 오지 문안드리오."

계백은 오지의 얼굴을 알고 있다. 그가 웃음 띤 얼굴로 오지를 바라보았다.

"내가 왜 네 주인이냐?"

"소인 두령의 주인이시니 저에게도 주인이 맞습니다."

"여기까지 잘도 찾아왔구나."

"길을 잘못 들어 하마터면 신라 땅으로 들어갈 뻔했습니다."

계백의 주위에 서 있던 군관들의 얼굴에도 웃음기가 돌았다. 오지는 왜인으로서 백제어에 유창한 편이었으나 왜말 끼가 조금 섞였다.

"두령이 문안인사를 올리라면서 소인을 대신 보냈습니다."

"헤이찌는 지금 어디에 있느냐?"

"대웅성에 있습니다."

그는 손을 들어 청 아래에 매어놓은 두 필의 말을 가리켰다. 말등에는 양쪽으로 커다란 대나무바구니가 매달려 있었다.

"두령이 비단 50필에 칼 5자루, 그리고 금자 2백 닢을 보내셨습니다."

"허어. 해적질한 물건들 아니냐?"

"서역배를 쳤지요."

얼굴을 든 오지가 자랑하듯이 말했다.

"아주 배까지 빼앗았습니다."

"어쨌든 잘 왔다. 네 두령께 고맙다고 전해라."

그날 밤 계백의 침소에서 오지는 계백과 마주 앉았는데 덕조도 옆자리에 동석했다. 탁자 위에는 모처럼 술과 안주로 삶은 돼지고기가 놓여졌다.

"지난달에 연무군 앞바다에서 신라 관선(官船) 한 척이 연무군 쾌전선에게 나포되었지요. 배안에는 유학생이 가득 타고 있었습니다."

오지가 두 손으로 술잔을 받으며 말했다.

"모두 당나라인 복색들을 하고 있어서 처음에는 당선(唐船)인 줄 알았다고 합니다."

"연무군이 평정되었으니 신라 사신들은 꽤 먼 길을 돌아야 장안에 닿겠다."

술잔을 든 계백의 얼굴은 밝았다. 내륙 깊숙한 변방에까지 사람을 보낸 헤이찌의 마음에 기뻤고 바깥소식을 듣는 것도 즐거운 것이다. 오지가 머리를 끄덕였다.

"그렇습니다. 이쪽 당항성만 함락되면 신라는 뱃길 천 리를 더 돌아야 하겠지요."

"당항성을 포함한 한수유역은 본래 백제 영토였다."

"알고 있습니다."

오지가 문득 머리를 들어 계백을 바라보았다.

"주인께선 마님을 얻으실 때도 되었지 않습니까? 두령도 궁금해 하셨습니다."

"아직 때가 이르다."

쓴웃음을 지은 계백이 옆에 앉은 덕조를 힐끗 보았다. 덕조로부터도 들은 이야기였던 것이다.

"십장의 목을 베었다니 군율을 엄하게 시행하는군."

정색한 우복지가 길천을 바라보았다.

"제법 담대하군, 그래."

김유신의 지시를 받은 이후로 우복지는 신중해졌고 계백의 일거수 일투

족에 신경을 곤두세웠다. 개진토성에 병력이 대거 증강된 데다 주사를 부린 십장의 목을 베었다는 정보는 바로 다음날에 입수되었던 것이다.

"부여장이 근래에는 군사를 일으키지 않았지만 의자를 태자로 삼은 데다 연무군의 난도 평정하여 내부를 정리했으니 칼끝을 밖으로 돌릴 수도 있습니다."

길천이 말하자 우복지가 머리를 끄덕였다.

"허나 이곳 서곡성은 난공불락이야. 백제군 몇만이 온다고 해도 끄덕하지 않는다."

성의 수비군만 해도 정병 1천2백이었고 전시(戰時)에는 인근 마을의 장정들을 동원하게 될 터이니 일시에 4, 5천의 병력이 된다. 백제군이 주위 방(方)의 병력을 모아 오지 않는 한 상주성의 군장(郡將) 휘하 병력은 물론이고, 득안성의 동방 방령이 군사를 끌고 온다고 해도 견딜 자신이 있는 것이다. 청에 앉아 있는 그들 앞으로 군관 하나가 다가와 군례를 했다.

"당주. 양진촌의 촌주 오대기가 왔습니다."

"들라고 해라."

곧 촌주 오대기가 청으로 올라왔는데 깨끗한 무명옷 차림에 허리에는 장검을 찼고 관을 썼다. 관직은 없었으나 지방토호이니 무시할 수 없는 존재였다.

"당주, 촌주 오대기가 문안드리오."

"갑자기 웬일이오?"

우복지가 묻자 오대기는 허리를 굽혔다.

"감옥을 탈출한 첩자 백이 놈이 지금 개진토성의 계백 휘하에 있습니다."

"그런가? 제 갈 곳으로 갔군, 그래."

짐작하고 있었던 듯 우복지는 시큰둥했다. 촌주의 허술함을 나무라는 투였다.

"당주. 놈이 마을의 허실을 제 손바닥처럼 알고 있을 터이니 군사를 보내 주셨으면 하오."

"어디로 말이오?"

"마을은 넓은데 군사는 이십여 명밖에 되지 않습니다."

"내줄 수 없소."

단호하게 자른 우복지가 오대기를 바라보았다.

"유사시에는 성에서 북이 울릴 것이고 그것을 군호로 촌주는 마을 사람들을 이끌어 성으로 입성하게 되어 있소. 군사를 마을마다 분산시킬 수는 없소."

"당주. 허나······."

"장정들을 더 모아 순찰을 강화하시오. 필요하다면 병장기는 내주리다."

눈을 끔벅이며 우복지를 바라보던 오대기가 마침내 단념한 듯 머리를 숙였다. 그가 청을 나가자 우복지가 쓴웃음을 지었다.

"그놈의 원한이 두려운 모양이군."

"에미가 촌주 때문에 목을 매었다고 믿고 있을 테니까요."

"계백이 그놈을 보냈을까?"

"첩자라 하더라도 사전에 발각되었으니 헛수고를 한 셈입니다."

길천의 말에 우복지가 앞쪽을 노려보았다. 개진토성이 있는 쪽이었으나 나무에 가려 성은 보이지 않았다.

"계백 그놈의 그릇이 더 궁금해지는군, 그래."

달솔 의직이 6천 군사를 이끌고 상주성에 도착한 것은 가을로 접어든 8월초였다. 기마군 2천에 보군 4천의 군사는 성밖의 황야에 진을 쳤는데 무수한 깃발이 펄럭였고 인마가 들끓었다. 군장 목신이 수하 관리들과 함께 의직의 본영에 들어섰지만 심기가 좋지 않았다. 사비도성의 후부 부장으로 왕궁의 경비까지 맡고 있는 의직의 명성은 안다. 그러나 의직의 6천 군사가 상주성과 사흘거리에 이르기까지 군장인 자신도 전혀 눈치채지 못하고 있었던 것이다. 의직은 장수들과 둘러앉아 있었는데 들어선 목신에게 눈길도 안 주었다. 급히 세운 지휘막사여서 벽쪽의 천막이 너풀거렸으나 안은 넓었다. 목신의 얼굴이 굳어졌다.

"달솔. 군장 목신이 왔소이다."

목신이 말하자 의직이 머리를 들었다.

"상주 군장은 여기 있는 덕솔 사한이 맡게 되었다."

의직이 옆에 앉은 장수를 눈으로 가리키고는 던지듯이 말했다.

"전(前)군장 덕솔 목신은 즉시 도성으로 귀환하라는 대왕의 분부시다."

"달솔. 무슨 말씀이시오?"

얼굴색이 하얗게 된 목신의 목소리가 떨렸다.

"사군부의 영표를 봅시다."

"사군부 장리인 좌평 목강의 직도 떨어졌어."

의직이 문득 생각난 듯한 얼굴로 목신을 바라보았다.

"태자 전하께서 지금 사군부의 장리도 겸하고 있다는 말을 내가 안 했던가?"

목신이 휘청이는 걸음으로 막사를 나갔으나 수하 관리들은 모두 남았다. 그러나 모두 나무토막처럼 서 있을 뿐이다. 허리를 편 의직이 그들을 둘러보았다.

"상주 군장 휘하 병력은 본대의 후위를 맡는다. 대오를 정비한 다음 내일 일찍 출발이다."

"어…… 어디를 말씀이오?"

붉은색 띠를 매었으니 9품 고덕 차림의 장수가 당황해 물었을 때 대답은 신임 군장 사한이 했다.

"개진토성이다. 우리는 신라의 서곡성을 친다."

전령이 나는 듯이 달려 김유신 앞에 엎드린 것은 그로부터 이틀 후였으니 의직의 군사가 개진토성에 마악 닿았을 무렵이다. 전령의 숨 가쁜 보고를 받은 김유신은 빙그레 웃었다.

"목표가 서곡성이었구나."

그가 윤기 나는 수염을 부드럽게 쓸었다.

"부여장이 움직일 때가 되었다고 생각했었다."

"장군. 보기(步騎) 6천이면 서곡성이 감당하기 어렵습니다."

옆에 선 대감(大監)이 말하자 그는 머리를 끄덕이며 일어섰다.

"우선 왕께 여쭙겠다."

이찬(伊湌) 김춘추와 함께 김유신이 여왕 앞에 섰을 때는 저녁 무렵이었다. 선덕여왕은 조금 근심 어린 시선으로 그들을 바라보았는데 눈이 맑았다. 진평왕의 대를 이어 즉위한 지 2년째이나 정사는 아직 시중 을제(乙祭)에게 맡기고 있다.

"웬일들이시오?"

여왕이 묻자 김춘추가 입을 열어 백제군의 변방 집결을 보고했다. 안색이 변한 여왕이 옆에 선 을제를 바라보았다. 그러나 노신(老臣) 을제에게도 뾰족한 대안이 있을 리가 없다.

김춘추가 다시 입을 열었다.

"서곡성은 서쪽 요지올시다. 시급히 증원군을 보내야 될 것입니다."

여왕이 머리를 끄덕였다. 선덕여왕의 이름은 본래 덕만(德蔓)으로 진평왕의 맏딸인데 성품이 어질었다. 그녀의 시선이 김유신에게로 옮겨졌다.

"경의 군사도 서곡성으로 보내야겠소."

이미 김춘추와 동행한 김유신을 보고 짐작한 것이다. 김유신이 머리를 굽혔다.

"신도 보기당 군사를 보낼 것이나 삼천당(三千幢)의 기마군도 떼내야 될 것 같습니다."

여왕이 을제를 바라보았다.

"즉시 증원군을 보내도록 하시오."

왕궁을 나온 김춘추와 김유신은 말머리를 나란히 하고 도성 길을 나갔다.

"이번의 백제군 침공은 아주 신속하오."

김춘추가 김유신에게 말을 이었다.

"백제군이 상주성 근처까지 갔을 때에야 이동이 탐지되다니 기밀유지도 놀랍소."

"첩자를 보강해야 합니다."

말에 박차를 넣어 김유신이 바짝 붙었다.

"지난번 정학이 잡힌 후로 백제 조정의 정보가 부쩍 줄었습니다."

김춘추가 머리를 끄덕였다. 그는 진골(眞骨) 왕족으로 진지왕의 왕자 이찬 용춘의 아들이었으므로 진지왕이 조부가 된다. 또한 어머니 천명부인(天明夫人)은 진평왕의 딸이니 진골 중의 진골이었으나 아직 세력기반이 굳지 않았다. 또한 김유신은 아버지 김서현이 진흥왕 동생의 딸인 만명부인(萬明夫人)과 혼인을 하여 왕족으로 진출한 후에 그는 김춘추의 아버지 김용춘과 더불어 4년 전에 고구려의 낭비성을 함락시켰다. 신흥귀족 양가문의 결속과 군사적 위력이 다져지는 중인 것이다. 김춘추가 힐끗 김유신에게 시선을 주었다.

"평시(平時)에는 말 잘하는 무리들이 나서다가 전시(戰時)가 되면 모두 입을 다무는구려."

그러자 김유신이 쓴웃음을 지었다.

"이찬 무종이 중원군의 총지휘를 맡을 것 같습니다. 이번에 공을 세우면 기반이 반석처럼 굳어지겠지요."

이찬 무종(武宗) 또한 진골왕족으로 진흥왕의 손자였으니 김춘추보다 오히려 가문이 낫다. 나이 사십에 이미 일선주의 군주를 지낸데다 지금은 중앙군단인 대당(大幢)을 장악한 장군이다. 시중 을제로부터 연락을 받은 그가 저택으로 휘하 장수들을 모은 것은 늦은 밤이었다. 모두 대감(大監)과 제감(弟監) 등의 고급군관들이다. 그가 장수들을 둘러보았다.

"내가 서곡성 지원군의 지휘를 맡았다. 주력부대는 우리 대당군단이고 보기당과 삼천당에서 보군 2천과 기마군 1천이 지원된다."

그렇게 되면 대당의 군사가 6천이니 1만에 가까운 병력이 된다. 무종이 말을 이었다.

"의직의 군사는 보기(步騎) 6천이 조금 넘지만 부여장이 고르고 고른 정예임에 틀림없다. 결코 방심할 수 없다."

"보기당에서 이번에는 나서지 않는군요."

태대감(太大監) 일승이 무종을 바라보았다. 그는 지모가 뛰어난 무종의 참모이다.

"서곡성의 당주 우복지는 보기당 장군 김유신의 심복이올시다."

"은근히 김춘추와 함께 출병을 원한 모양이지만 임무는 내가 맡았다."

턱을 든 무종이 쓴웃음을 지었다.

"이제 더 이상 그자들에게 기회를 줄 수는 없다."

"고구려 낭비성은 김이찬의 부친과 김유신이 함락시켰으니 이번에 김이찬과 김유신이 나서면 손발이 맞을 텐데요."

그러자 둘러선 장수들이 소리내어 웃었다. 서곡성은 험지에 위치하고 있어서 지난번 백제군의 침공도 거뜬히 물리쳤던 것이다. 의직이 용장이고 정예를 골라왔다 하지만 이쪽은 군세는 물론이고 사기도 월등한 상태다.

개진토성 옆쪽의 비탈길에 말머리를 나란히 붙인 의직과 계백이 서 있었다. 서산 위로 반쯤 걸린 석양이 짧은 빛살을 뿜어냈는데 마침 서곡성을 덮었다.

"김덕만이 아직 왕권을 제대로 잡지 못하고 있는 판에 누가 지원군을 이끌고 나올지 궁금하군."

서곡성을 바라보며 의직이 말했다.

"태자께서도 그것을 궁금해 하셨어. 보기당 장군 김유신이 될지 대당 장군 무종일지, 아니면 북한산주의 군주인 변품이 나올 수도 있지."

모두 지용을 겸비한 장군들이었고 특히 변품은 가잠성에서 아비 계백영을 베었다. 계백이 그를 바라보았다.

"장군. 어제 낮에 서곡성으로 들어가지 못한 백성 오십여 인이 짐을 싸들고 투항해 왔습니다."

"우복지가 서둘러 성문을 닫은 모양이군."

"아마 투항자는 더 늘어날 것이오."

"백성늘이 전쟁에 익숙해 있기 때문이야. 누구 영토가 되건 세규과 부역은 마찬가지일 테니까 목숨만은 건져야지."

의직이 웃음 띤 얼굴로 계백을 바라보았다. 백제군이 강을 넘게 되면 신라쪽 마을에 남아 있는 백성들은 목숨을 부지하기 힘든 것이다. 첩자로 오인받거나 광폭해진 군사들에게 해를 입는다. 그래서 미처 서곡성으로 피난 못 간 신라마을 백성들은 아예 이쪽으로 넘어 온 것이다.

"이보게 고덕. 백제국의 부흥은 이 싸움에서 시작일세."

그저 눈만 끔벅이는 계백을 향해 그가 말을 이었다.

"당은 고구려와 일전을 준비하는 중인 데다 신라의 기세는 백제와 고구려의 양면 압박으로 꺾여져 있어. 게다가 여왕의 즉위로 진골들 사이에 갈등이 깊어."

의직이 가늘게 뜬 눈으로 앞쪽의 서곡성을 바라보았다.

"백제는 이제 왕권이 굳혀졌고 태자 책봉으로 내분도 가라앉았어. 고구려와 왜와의 동맹이 굳어진 데다 백제령도 단단히 정비되었네. 이 싸움의 승리로 그것이 증명될 것이야."

"나하고 혼인할 사람이요."

상구가 말했으므로 기덕상과 마재부노는 그냥 머리만 끄덕여 보였다. 서곡성 남문 근처의 돌 깨는 노역장에는 수백 명의 남녀가 몰려 있었는데 남문 옆에 바위산이 있기 때문이다. 화강암으로 돌이 단단한 데다 면이 날카로워 포차(砲車)용 돌과 함께 투석용 돌을 만들고 있는 것이다. 상구와 혼인할 여자는 스무 살 안팎으로 곱상한 얼굴이었으나 옷차림이 남루했다. 거친 베옷을 두 겹으로 껴입고 허리에는 삼줄을 동여매었는데 상구에게 눈짓을 하더니 조금 한산한 바위 그늘로 다가가 섰다. 그녀가 기덕상과 마재부노를 번갈아 바라보았다. 또렷한 시선이다.

"촌주의 재물을 모두 준다는 약속을 어떻게 믿습니까?"

기덕상이 그녀에게 바짝 다가섰다. 그도 베옷에 머리에는 헤어진 두건을 썼지만 마재부노와 같이 백제군 군관이다. 서곡성에서 북이 울려 인근 마을사람들이 피난짐을 싸들고 성안으로 들어올 적에 상구와 함께 끼어 들어온 것이다.

"우리 성주는 의인(義人)이요. 절름발이 백이를 말에 태워 놓아준 사람이요."

기덕상이 열심히 말을 이었다.

"그런 사람이 공을 세운 당신들을 모른 척하겠소?"

"촌주는 재물을 모두 성안의 친척집에 옮겼습니다. 내가 그 집을 알 아요."

"일 끝나면 말씀만 하시구려."

여자가 어깨를 늘어뜨렸다. 그녀는 양진 촌주 오대기의 부엌 종이었다.

"이대로 사느니 하겠어요."

그러자 마재부노가 옆에 선 상구를 바라보며 웃었다.

"둘이서 자식 많이 낳고 배부르게 먹으며 살게 될 거요."

"사흘 후에 도착할 것이오."

전령의 말을 들은 우복지가 머리를 끄덕였다.

"사흘쯤은 문제없어. 열흘이라도 버틴다."

"장군께서는 그동안 성문을 굳게 닫고 지키기만 하라고 하셨소."

"알고 있소."

이미 김유신으로부터도 들은 말이다. 전령이 물러가자 우복지가 옆에선 길천에게로 머리를 돌렸다.

"대당 장군께선 나를 어린애로 보는군."

"생각이 깊으신 장군이지요."

"왕성 근처에만 계셨으니 머리는 많이 쓰셨을 게야."

목소리를 낮췄으나 긴장한 길천이 주위를 둘러보았다. 아래쪽의 군관들 은 들은 것 같지 않다.

"당주. 목소리를 낮추시오."

우복지는 이찬 무종이 지원군 총지휘가 되어 온다는 말을 듣고는 크게 실망하고 있는 것이다. 그는 김유신이 오기를 바랐고 그에 대한 불만이 자

225

주 행동으로 나타난다. 자리에서 일어선 우복지가 청끝으로 다가가 섰다. 이층 누각이어서 청의 끝에 서면 앞쪽의 개진토성이 보인다.

"토성 뒤에 단단한 막사들을 짓고 있다니 의직이 곧 움직일 것 같지는 않습니다."

옆으로 다가선 길천이 말하자 그는 머리를 저었다.

"가을이야. 날씨가 추워지면 물러가야 될 테니 앞으로 열흘 전후로 승부를 내야 될 것이야."

석양이 서쪽 능선 위로 지면서 은근히 남아 있던 빛줄기가 꺼졌다. 앞쪽 토성은 이미 검은 그림자에 덮여 있어서 무수히 나부끼는 깃발만 겨우 보였다.

서곡성은 정면이 높은 벼랑 위의 봉우리를 에워싼 퇴뫼형 산성이었지만 뒤쪽의 골짜기에도 산성을 이어 쌓아 포곡형을 겸한 이중산성이다. 따라서 위쪽 산성에는 지휘부가 위치했고 아래쪽에는 백성들이 몰려 있었는데 질서는 잘 잡혔다. 남녀노소로 구분하여 제각기 군관의 지휘하에 소임을 맡았고 군율이 적용되었다. 개진토성에서 나온 백제군이 강을 건너 서곡성을 공격해 온 것은 다음날 아침이었다. 서곡성 쪽에서는 그저 보고만 있었는데 먼저 기마군이 쏟아져 나오더니 뒤를 이어 보군이 꾸역꾸역 밀려 나왔다. 무수한 깃발이 흔들렸고 숲처럼 세워진 창날이 햇빛을 받아 빛을 냈다. 기마군은 천기도 더 되어서 땅이 울리기 시작했다. 강을 건널 때는 물보라가 하얗게 일어났다가 금방 대형을 만들더니 다섯 대의 진으로 나뉘어 졌다. 성루에선 우복지가 감탄을 했다.

"말이 좋군. 한나절은 뛰겠다."

"말에 갑옷을 입히지 않은 걸 보니 우리 쪽에서 나오지 않을 걸 아는 겁니다."

옆에선 길천이 말하자 그가 쓴웃음을 지었다.

"이찬께서 기마군 2천을 끌고 오신다니 그땐 한바탕 기마전이 일어나 겠군."

강을 건넌 기마군은 거침없이 이쪽으로 달려왔는데 선봉의 깃발에 글자가 보였다. 가늘게 눈을 뜨고 그쪽을 보던 길천이 말했다.

"개진성주 계백이 선봉입니다."

"어디."

목을 뻗어 그쪽을 보던 우복지는 계백을 찾지 못했다. 그도 깃발의 글자만 겨우 읽었을 뿐이다. 서곡성의 앞쪽은 2리쯤이 평원이라 말이 달리기에 딱 좋았다. 모래가 섞인 땅으로 잡초는 무성했는데 기마군은 순식간에 평원을 달려 서곡성의 아래쪽에 포진했다. 3백 보쯤의 거리였다.

"장수가 나옵니다."

길천이 말했으나 우복지도 이미 보았다. 기마장수 하나가 속보로 다가왔는데 몸에는 갑옷을 걸치고 철투구를 썼다. 이쪽은 모두 말도 그치고는 그의 모습에 집중했다. 이윽고 그는 말을 세우고 허리를 폈다. 성루와 이백 보쯤의 거리였다.

"서곡성주 우복지 들어라!"

굵은 목소리가 평원과 성을 울렸다.

"백제군 달솔 의직이 대왕의 명으로 서곡성을 받으러 왔다!"

그 순간 성벽에 기대 서 있던 신라군사가 일제히 고함을 질렀고 야유를 퍼부었다. 길천이 손짓을 하자 군관이 고각을 불었고 조용해 졌다. 우복지가 목청을 돋구어 소리쳤다.

"나 우복지는 부여장의 사비성을 받으러 갈 터이다!"

보군이 강을 건너 도착하기 시작했고 뒤쪽으로 포차도 끌려오는 것이 보였으므로 성안은 긴장했다. 싸움이 시작되는 것이다!

"백제군이 퇴로를 차단하고 있어서 겨우 빠져 나왔습니다."

기마 전령이 가쁜 숨을 뱉으며 말을 이었다.

"서곡성 뒤쪽의 구릉에 백제군의 본영이 세워졌습니다. 지원군을 막으려는 것입니다."

"당연히 그래야지."

깊은 밤이었지만 무종은 아직 갑옷을 벗지 않았다. 진막 안의 나무 걸상에 앉은 그가 전령을 바라보았다.

"의직이 이끈 군세는 얼마나 되느냐?"

"기마군 2천에 보군이 4, 5천쯤 됩니다."

"그렇다면 서곡성을 공격하는 계백의 군세는?"

"기마군 2, 3백에 보군이 1천 정도로 보였습니다."

옆에 앉은 장수들이 제각기 얼굴을 마주 보았다. 공성(攻城)군이 수성(守城)군보다 적은 예는 드문 것이다. 그런데 서곡성 안에 있는 우복지의 군세는 기마군 5백에 보군이 1천5백이다. 무종이 쓴웃음을 지었다.

"우복지의 성격이 급하다고 들었는데 참기 힘들겠다."

"하지만 성을 나온다면 뒤쪽의 의직이 퇴로를 끊겠지요."

태대감 일승이 나섰다. 그가 염소수염을 잡아 쓸면서 말을 이었다.

"곧 우리가 닥칠 것을 알 텐데도 군사를 둘로 나눈 것이 꺼림칙합니다."

그렇게 되면 오히려 이쪽에서 협공할 수 있는 것이다. 더욱이 이쪽은 두 배 가까운 군세다. 전령이 나가자 무종이 정색을 했다.

"내일 아침 일찍 출발하도록 하자. 늦어도 내일 저녁에는 의직과 대치하도록 한다."

일승은 아직도 꺼림칙한 표정이었으나 무종이 일어서자 따라 몸을 일으켰다. 하루종일 강행군한 때문인지 장수들의 얼굴은 지쳐보였다.

깊은 밤이었으나 말들은 거침없이 들판을 달려나갔다. 2천 기의 기마군이 달리고 있었으므로 땅이 울리고 소음이 귀를 가득 채웠다. 의직이 옆에 따르는 덕솔 진록에게 소리쳤다. 진록은 그의 보좌역이다.

"이보게. 덕솔. 오금곡이 틀림없을까?"

진록이 흰 눈창만 보이며 대답했다.

"지난번 싸움에서도 신라 원군은 오금곡에서 쉬었습니다."

"장수가 다르다."

"오금곡은 샘이 많고 지형이 평탄해서 대군이 야영하기 딱 좋은 곳이요!"

그가 말을 바짝 붙여와 달렸다.

"더욱이 제 땅이니 앞뒤 가릴 필요가 없습니다."

이미 출전하면서부터 신라의 원군을 신라땅 깊숙한 곳에서 치기로 계획한 것이다. 이찬 무종이 대당 군사에다 보기당과 삼천당 병력을 지원 받아 출동했다는 정보는 어제 받았다.

의직이 힐끗 옆쪽 산기슭의 불빛에 시선을 주었다. 농가인지 또는 순찰 초소인지 모르지만 이처럼 달리는 기마군보다 빠르게 정보를 전할 수는 없을 것이다.

"선봉이 제대로 가고 있는지 모르겠군."

의직이 혼잣소리를 했지만 말굽소리에 묻혀 잘 들리지 않았다.

"내를 건너 우측 산허리를 돕니다."

백이가 소리치듯 말하고는 손으로 앞쪽을 가리켰다.

"곧장 가면 봉안성이 나옵니다."

이미 신라 영토 깊숙이 들어온 것이다. 계백은 말고삐를 고쳐 쥐었다. 자진해서 선봉을 맡고는 길잡이로 백이를 내세운 것이다. 뒤를 따르는 선봉 기마군 2백여 기가 울리는 말굽소리는 밤의 적막을 산산이 부쉈다. 옅은 내를 물보라를 튀기며 건넌 그들은 한 덩어리가 되어 산허리를 오른쪽으로 끼고 돌았다. 말이 거친 숨을 뱉고 있었는데 이제까지 한 번만 쉬었을 뿐 40여 리를 곧장 달려왔기 때문이다.

"앞으로 10리 정도 남았소!"

백이가 말하자 계백이 짧게 소리치며 말고삐를 채었다. 기마군이 제각기 멈춰 섰으므로 말이 울었고 서로 부딪치며 제자리에서 돌았다. 깃발도 없고 북과 고각소리도 나지 않았지만 무리 지어 모여선 기마군의 주위에는 이미 짙은 살기가 떠 있었다.

의직의 본대가 도착한 것은 그로부터 잠시 후였다. 어둠 속이라 두 눈의 흰 창만 번들거리는 그에게 계백과 백이가 다가가 섰다.

"10리 앞이 오금곡 입구입니다."

계백이 말하자 의직이 머리를 끄덕였다.

"분지에 이르기까지 발각되지 않도록 모두에게 주의해야 할 것이다. 발각되었을 때는 전군이 일시에 돌격한다."

그가 모여선 장수들을 둘러보았다.

"덕솔 진록과 사한은 먼저 출발하도록. 이제부터는 속보로 전진한다."

말굽형 분지의 중앙은 본진이 맡고 좌우측은 덕솔 사한과 진록이 맡기로 이미 계획이 되어 있었다. 계백은 본진의 선봉이다. 장수들이 제각기 말고삐를 채어 흩어지자 의직이 계백을 돌아보았다.

"고덕. 목숨을 아껴라. 선두에 나서는 건 좋으나 고덕이 쓰러지면 선봉군도 따라서 궤멸한다."

"알고 있습니다."

계백이 마상에서 머리를 숙여 군례를 했다.

"헛되이 목숨을 내놓지는 않겠습니다."

박차를 넣은 계백은 선봉 2백여 기를 이끌고 앞장을 섰다. 별빛도 흐린 짙은 어둠 속이다. 속보로 달리는 그의 옆으로 덕조가 다가왔다. 그도 가죽갑옷에 철투구를 썼으니 군관 복색이다.

"주인. 북두칠성의 끝자리 별이 제일 반짝입니다. 주인의 운(運)이지요."

"이놈. 지난번에는 두 번째라고 했다."

"바뀌었소."

시치미를 뗀 그가 말머리를 바짝 붙였다.

"이번 싸움이 끝나면 주인은 혼인을 하셔야 되오."

바짝 뒤를 따르던 백이 벙벙한 얼굴을 했고 계백은 쓴웃음을 지었다. 덕조는 자신의 긴장을 풀어주려는 것이다.

분지의 중앙부분에 이르기까지 기마군은 전혀 신라군의 순찰이나 초소를 만나지 않았다. 서곡성에서 내륙으로 1백50여 리나 떨어진 오금곡은 본래 백제령이었다가 성왕이 관산성에서 패사한 후로 신라의 북한산주에 편입된 곳이다. 기마군은 이제 말굽소리도 죽인채 평보로 행군하고 있었는데 오금곡을 우회하여 뒤쪽으로 돌아갔다. 선봉의 앞에 선 10여 기의 척후는 미끼 역할이다. 척후장 갈동만은 백제령인 진남군 출신으로 군사에서 15품 진무(振武)벼슬에끼지 홀로 올리갔으니 무용이 뛰어났다. 최선두에 서서 나아가던 그가 문득 말고삐를 채어 말을 세운 것은 앞쪽의 인기척 때문이다. 뒤를 따르던 척후대가 이어서 섰을 때 앞쪽에서 말의 투레질 소리가 났다. 기마군이다.

"거기 누구야?"

어둠 속에서 소리쳐 물으면서 말굽소리가 들리더니 서너 필의 기마군이 드러났다.

"어…… 우리는 보기당의 지원군이다."

배에 힘을 넣은 갈동만이 마주 소리쳤다. 다가오는 신라 기마군은 모두 대여섯 기 정도였다.

"보기당 지원군이 또 오는가?"

이제 신라군의 윤곽은 확연히 드러났다.

"그렇다."

이미 창을 꼬나쥐고 있던 갈동만이다. 그가 와락 다가서면서 앞장선 신라군의 가슴을 찌르자 그것을 신호로 척후대는 한꺼번에 내달려 창을 뻗었다. 그것이 오금곡 싸움의 시작이었다. 피칠한 창을 겨누며 갈동만이 분지의 중앙을 향해 내닫자 뒤를 척후대가 따랐으며 선봉 2백여 기가 반 리쯤의 간격을 두고 달렸다. 이어서 제1군 3백여 기가 반 리 간격으로 달려왔는데 중군 5백여 기는 바짝 붙은 데다 후군은 없다. 결사돌격 대형인 것이다. 분지의 정상까지는 물 한 그릇 마실 시각밖에 안 걸렸고 바로 아래쪽이 오금곡이다. 선봉이 이미 분지를 쏟아져 내려가기 시작하자 의직의 중군에서 불화살 세개가 연거푸 하늘로 올라갔다. 좌우군에게 신호를 보내는 것이다.

계백은 앞에서 어른거리는 신라군의 어깨를 칼로 내리쳤다. 한 덩어리가 된 선봉군은 마치 쏟아지는 물처럼 신라군 진영의 중심부에 들어와 있었다. 덕조가 옆으로 부딪쳐 온 신라 기마군의 말을 창으로 찍어 넘어뜨렸다. 이미 오금곡은 함성과 비명, 북과 고각소리로 가득 채워져서 아수라장이었다.

"본진은 저곳이다!"

누군가가 목청껏 소리쳤으므로 계백은 머리를 들었다. 우측 분지에서 내려온 덕솔 진록이 지른 불길로 진막 서너 채가 타오르고 있었는데 높다랗게 세워진 영기가 드러났다. 계백의 앞쪽으로 이백여 보쯤의 거리였다. 선봉군은 일제히 함성을 질렀다. 계백의 전후좌우로는 덕조가 이끈 경호군이 둘러싸고 있었으나 그래도 신라군이 그 틈새로 들어와 칼질을 한다. 계백은 말에 박차를 넣었다. 눈을 부릅뜨고 피에 젖은 칼을 치켜든 무서운 형상이다. 이미 선봉군의 앞에 섰던 갈동만의 척후대는 흔적도 없이 사라졌으므로 계백을 중심으로 한 한 무리의 경호대가 최선봉이고 뒤를 백여 기가 따른다.

"덕솔이 먼저 갑니다!"

덕조가 악을 쓰듯 소리쳤다. 우측의 덕솔 진록이 이끄는 일대의 기마군이 폭풍처럼 영기가 세워진 쪽으로 달려가고 있었던 것이다.

몸을 솟구쳐 말에 오른 무종은 소리나게 이를 갈았다.

"장군 이쪽으로……."

태대감 일승이 다급히 소리쳤으나 다음 말은 함성에 가려 들리지 않았다. 말고삐를 챈 무종이 말에 박차를 넣자 그를 에워싼 일대의 기마군이 함께 달렸다. 오금곡 안은 이미 극도의 혼란상태가 되어 있어서 군령도 전해지지 않았고 전령도 오지 않는다.

"기마군은 모두 따르라!"

복이 터질 듯이 일승이 외친 순간이나. 우측에서 함성이 들리더니 대열이 흐트러졌다. 그러나 5백여 기 가까운 기마군인 데다 무종이 아끼는 근위군이다. 일단의 병력이 쪼개지면서 그쪽으로 돌진했고 무종은 곧장 앞으로 달렸다.

"분하다!"

눈을 치켜 뜬 무종이 이 사이로 말했다. 내륙 깊숙한 오금곡까지 백제군이 기습해 올 줄은 상상도 하지 못했던 것이다. 뒤쪽의 함성이 가까워졌으므로 그는 말에 더욱 박차를 넣었다. 놈들의 목표는 총지휘관인 자신인 것이다. 일승이 기를 쓰며 옆으로 붙어왔다.

"장군. 정면이 비었지만 함정일 수도 있소. 제가 정면으로 갈 테니 장군은 좌측으로……."

좌측에는 삼천당의 기마군 1천 기가 주둔하고 있는 것이다. 머리를 끄덕인 무종이 말머리를 돌렸고, 기마군은 다시 두 대로 나뉘어졌다. 좌측은 다른 곳에 비해 소란이 적었으나 이리저리 뛰는 보군이 말발굽에 채였다. 이쪽을 적병으로 오인하여 창을 겨누다가 칼을 맞는 병사도 여럿이다. 그래서 근위대장 도지는 칼을 휘두르며 목청껏 소리쳤다.

"삼천당 군사는 모여라! 장군이 여기 계시다!"

기마군 10여 기가 옆에서 달려와 합류했으므로 이제는 여럿이서 소리쳤다.

"장군이 여기 계시다!"

오금곡의 좌측 끝으로 빠져나갈 계획이어서 기마대열은 질풍처럼 내달렸다. 이쪽의 고함소리에 다시 우측에서 4, 50기의 기마군이 따라붙었다. 오금곡은 사방이 5리 정도인 말굽형 저지대로 그들은 트인 좌측 부분을 향해 달리고 있다. 무종은 허리를 폈다. 계곡 안은 아직도 혼란상태에 빠져 있었지만 점점 뒤쪽으로 멀어졌다. 그 순간이었다.

"백제군 덕솔 사한이 여기 있다!"

참으로 벽력 같은 고함소리가 지척에서 들리더니 어둠 속에서 칼빛이 번쩍였다. 그리고는 함성이 일어났다.

"아차!"

번쩍 머리를 세운 무종은 와락 닥쳐 온 칼날을 허리를 틀어 비켰으나 곧 뒤에서 내질러진 창에 등을 찍혔다.

"으윽……."

합류해 온 무리들은 삼천당 기마군이 아니었던 것이다. 무종은 말에서 굴러 떨어지기 전에 칼을 한 번 더 맞았다.

이찬 무종의 등에 창을 박은 자는 덕솔 사한의 휘하 군관 지명보였고 두 번째 칼질을 한 자는 사한의 종 삼석이다. 떨어진 무종의 목을 벤 자는 군사 성개율만이었는데 투구까지 같이 들고 왔다. 오금곡의 정면으로 내달렸던 태대감 일승은 본진의 선봉 계백이 기를 쓰고 쫓았으나 목을 붙이고 도망쳤다. 지모(智謀)에 능한 일승은 제 꾀에 빠진 덕분에 주장을 사지에 몰아넣고 자신의 목숨을 건진 셈이 되었다. 오금곡을 삼면에서 물 붓듯이 쓸고 내려온 백제군은 그 길로 대열을 정비하여 돌아가기 시작했다. 다시 산허리를 돌고 내를 건너오던 길로 되돌아간다. 동녘의 능선 위로 희뿌연 기운이 서리긴 했지만 아직 주위는 먹물 속 같이 어두웠다. 이열 횡대의 기마군은 속보로 달렸다. 계백이 본진의 의직에게 다가갔을 때는 덕솔 사한과 진록도 와 있었다.

"장군, 64인이 부족합니다. 선봉에 남은 군사는 1백42인이요."

의직은 잠자코 머리를 끄덕였다. 그가 이끌고 온 2천 기 가까운 기마군 중에서 돌아가는 군사는 1천5백 남짓이다. 한 손을 목에 걸어 맨 덕솔 진록이 불쑥 말했다.

"신라군은 아마2, 3천은 죽었을 게야. 그리고 주장이 죽었으니 당분간 움직이지 못한다."

이만하면 대승인 것이다. 모두들 지쳐 있었지만 사기는 충천했다. 이윽고 의직이 입을 열었다.

"이제 서곡성이 남았다. 그래야 이번 싸움이 마무리가 된다."

다음날 아침, 서곡성의 남문 밖 백 보쯤의 벌판에 긴 장대 끝에 꿰인

이찬 무종의 목이 걸렸다. 투구까지 쓴 무종의 목에서는 아직도 피가 배어 나왔는데 백제군 서넛이 소리 높여 어젯밤의 전과를 성에 대고 외쳤으므로 성안 분위기는 일시에 가라앉았다. 성루에 선 우복지는 장대에 꿰인 목을 노려보았다.

"놈들의 기만술책일지도 모른다."

그가 혼잣소리처럼 말하자 도사 길천이 시선을 들었다.

"새벽에 성 뒤쪽에서 인마의 움직임이 크게 일어났습니다."

"그게 어쨌단 말인가

"오금곡에 다녀왔는지도 모릅니다."

"곧 알게 될 거야."

그러나 그들이 성루를 떠나기도 전에 군관이 온몸이 늘어진 전령을 부축하고 다가왔다.

전령은 그들을 보자 털썩 주저앉았다.

"당주, 어젯밤 백제군의 기습으로 오금곡에서 장군이 돌아가셨소."

전령 군관이 늘어진 눈시울을 겨우 들었다.

"태대감께서 군사를 수습하면서 왕성의 영을 기다리고 계시오."

우복지와 길천은 물론이고 끝쪽에 선 군사들까지 숨소리도 내지 못했으므로 성밖 백제군의 소음만 크게 들렸다.

고개를 돌린 우복지가 장대 끝의 머리를 바라보았다. 이찬 겸 대당 장군인 무종의 목이 거기 꽂혀 있는 것이다.

"대당 장군이 오금곡에서 목이 떨어졌다는구먼"

사내 하나가 수군대듯 말하자 옆쪽 사내가 목소리를 낮췄다.

"장군 목만 떨어진 게 아녀. 1만 군사가 전멸을 해서 오금곡에 시체가 꽉 차 있다는 게여."

북문 근처의 노역장 안이었다. 아직 일이 시작되기 전이어서 사람들은 삼삼오오 몰려 있었는데 이미 아침에 이찬 무종의 목이 장대에 걸린 사건은 성안에 모두 퍼졌다. 그들을 지난 기덕상이 화살촉을 만드는 노역장으로 다가갔을 때 상구의 약혼녀 복선이 자리에서 일어섰다. 이쪽은 여자들만 일하는 곳인데 분위기가 더욱 어수선했다. 모여 앉아 수군대고만 있는데도 감시하는 군사는 코빼기도 보이지 않았다.

"내일 밤 해시경에……."

던지듯 말한 복선이 스치고 지나면서 덧붙였다.

"재물은 꼭 주어야 돼요."

"대당의 대감도 셋이나 죽었다는데……."

소감(少監) 유상이 어두운 얼굴로 말했다.

"삼천당의 기마군은 혼전 중에 보기당의 군사를 백제군으로 잘못알고 공격한 모양이야. 지금 서로 잘잘못을 따지고 있다네."

"한치 앞도 안 보이는 어둠 속이었으니 도리가 있겠습니까?"

그렇게 대답한 화척(火尺)진번의 표정도 가라앉아 있었다. 술시가 지난 시각이어서 주위는 조용했고 가끔 순찰대의 말발굽 소리만 났다. 유상은 삼십대 중반으로 하급군관인 진번과 고향이 같다. 서문의 야간 경비를 맡은 그들이어서 문 안쪽에 나무걸상을 가져다 놓고 밤 시간을 보내는 중이었다.

"백제군이 오금곡에서 이겼다지만 이곳은 쉽지 않을 걸? 지난번처럼 몇 번 달려들다가 돌아갈 거야."

유상이 말하자 진번은 머리만 끄덕였다. 옆쪽에서 타오르는 화톳불 그림자가 그들의 얼굴에 어른거리고 있었다. 3년 전 백제군은 8천 군사로 서곡성을 여섯 번 공격했다가 1천여 명의 사상자를 내고는 보름만에 퇴각했

던 것이다. 성벽이 높은 데다 평지는 서문과 북문 두 곳뿐이어서 일시에
공격하기가 어렵기 때문이다. 동문 쪽에서 불화살 한 대가 밤하늘로 떠올
랐으므로 그들은 잠시 그쪽을 바라보았다.

"성밖에서 쏜 것인가?"

"아니, 성안에서 쏜 것 같습니다."

"동문에서 밖에 있는 첩자에게 신호를 보낸 모양이다."

다시 불화살 한 대가 날아올랐으므로 유상은 길게 숨을 뱉었다.

"아마 내일부터는 백제군이 공격해 오겠지."

"나리, 소인은 재물을 갖고 편히 살겠소."

문득 진번이 말하자 유상이 머리를 들었다.

"무슨 말인가?"

어느새 진번은 자리에서 일어나 있었으므로 유상이 긴장했다.

"재물을 갖다니?"

그 순간 진번은 허리에 찬 칼을 빼내어 유상의 목을 쳤다. 유상이 일어
나지도 못한 채 의자와 함께 뒤로 쓰러졌을 때 어둠 속에서 세 사내가 나
타났다. 모두 신라군관 차림이었지만 상구와 기덕상, 마재부노이다. 그들
은 일사불란하게 움직였는데 아직 영문을 모르고 대문 안쪽에 서 있는 경
비군사 셋을 일순간에 베고는 거대한 나무 빗장에 매달렸다. 진번은 그들
에게 등을 돌리고 서서 경계를 맡았다.

"무슨 일이오?"

성문 안쪽의 소음이 성벽 위에까지 들렸던 모양으로 동료 화척이 아래
로 소리치자 진번이 맞받아 소리쳤다.

"개를 잡소!"

"밤중에 웬 개여?"

"들개가 들어왔어!"

덜컹이며 나무 빗장이 겨우 내려지는 동안 진번를 식은땀을 두어 그릇이나 쏟았다. 빗장이 풀린 거대한 대문이 삐걱이며 열렸을 때 성벽 위에서 고함소리가 났다. 그러나 때는 이미 늦었다. 계백을 선두로 한 백제군이 쏟아지듯 들어오고 있었던 것이다.

서곡성의 당주 사찬 우복지는 난전 중에 전사해서 누가 먼저 베었는지 알 수 없었다. 도사 길천은 개진토성의 노장(老將) 각진이 창을 박아 무용을 뽐내었다. 다음날 아침도 되기 전에 서곡성은 백제군의 수중에 떨어졌다. 신라군의 군관급 이상 장수는 모두 죽었고 살아남은 군사는 포로가 되었는데 그 숫자가 8백이 넘었다. 대승이다. 계백 앞으로 상구의 약혼녀 복선이 나타난 것은 해가 중천에 떠 있을 때였다. 어디서 났는지 깨끗한 무명옷으로 갈아입은 복선의 옆에는 포섭된 신라군관 진번이 서 있었다. 이미 기덕상으로부터 내막을 들은지라 계백이 부드럽게 말했다.

"원대로 재물을 주마. 그런데 네 낭군은 어디에 있느냐?"

"백제군의 칼을 맞고 죽었습니다."

복선이 표정 없는 얼굴로 말을 이었다.

"신라군관 복색을 벗는 것을 잊었기 때문입니다. 미련한 탓이지요."

계백 옆에 섰던 백이가 길게 숨을 뱉었다. 상구는 그의 소꿉동무였던 것이냐.

"네가 불화살을 쏘았느냐?"

"그렇습니다."

"공을 세웠다."

불화살을 신호로 서문 경비병을 죽이고 안에서 문을 열기로 계획이 되어 있었던 것이다. 계백이 복선의 옆에 선 진번을 바라보았다.

"넌 백제군 군관이 되겠느냐?"

그러자 진번이 눈동자가 흔들렸는데 복선이 나섰다.

"아니오. 저하고 같이 백제땅으로 들어가 살겠습니다."

"둘이서?"

"낭군을 잃었으니 이 사람을 의지하겠소."

백제 무왕 34년(633년) 8월이다. 왕이 장병을 파견한 지 딱 13일째 되는 날이었다.

제8장 무장(武將)의 여인

계백이 9품 고덕에서 7품 장덕으로 품계가 올라 서곡성주 사도성의 부장이 된 것은 그해 9월이었다. 이제 서곡성은 백제령의 군성이 되어서 주변의 4개 성을 장악하고 있었는데 신라군의 반격에 신경을 곤두세웠다. 겨울에는 군사의 이동이나 군량수송이 불편하여 대개 싸움을 봄이나 여름으로 잡았지만 서곡성은 이제 백제의 서북방 요지였다. 정탐군은 신라군사의 이동상황을 끊임없이 보고해 왔다. 늦은 오후였다. 일대의 기마군을 이끌고 동쪽으로 정찰을 나갔다 돌아온 계백이 마악 갑옷을 벗었을 때였다. 방안으로 덕조가 들어섰다.

"주인, 백이가 드릴 말씀이 있다고 합니다."

머리를 끄덕인 계백이 겉옷만을 걸치고 청으로 나갔다. 청밖에서 기다리고 서 있던 백이가 허리를 숙였다. 그도 계백을 따라 서곡성으로 옮겨왔는데 관사에서 집사일을 보았다. 다가선 계백이 그를 바라보았다.

"무슨 일이냐?"

"주인, 소인의 동무 상구는 억울하게 죽었습니다."

"그게 무슨 말이냐?"

"상구의 약혼녀 복선이와 신라군관 진번은 오래 전부터 정을 통하고 있었다고 합니다."

백이가 번들거리는 눈으로 계백을 올려다보았다.

"난전 중에 신라군관 복색을 하고 있는 바람에 죽었다고 하지만 상구가 그렇게 미련한 놈이 아니올시다. 싸움이 끝나 갈 무렵까지 살아있었었다는 것을 기덕상이 보았다고 합니다."

계백이 옆쪽에 선 덕조에게로 시선을 돌렸으나 시선이 어긋났다.

"상구가 어디에서 죽었다고 했느냐?"

"양진 촌주 오대기의 친척집이올시다."

"신라군관 복색을 했어?"

"했으나 등에 칼을 맞고 방안에서 죽었습니다. 암습을 당한 것이오."

길게 숨을 뱉은 계백이 덕조를 바라보았다.

"상구의 약혼녀와 진번은 어디에 있느냐?"

"재물을 싸들고 이미 떠났습니다."

덕조의 대답은 시큰둥했다.

"아마 큰성 안에서 땅도 사고 종도 사서 소원을 풀겠지요."

덕조로서는 복선이나 진번도 서곡성 탈취에 일조를 한 사람들로 상구와의 사연에는 끼여들기 싫다는 기색이 역력했다.

"그렇다면 복선이가 제 약혼자를 간부(姦夫)와 함께 죽였단 말인가?"

혼잣소리처럼 계백이 말하자 백이가 손등으로 눈을 씻었다.

"주인, 신의를 버린 그년을 찾아 죽여야 하지 않겠습니까? 상구는 소인의 둘도 없는 동무로서……."

"정말 그랬다면 요물이다."

머리를 끄덕인 계백이 덕조를 보았다.

"기찰군관에게 복선이와 진번을 잡아오라고 일러라. 허나 아직 확실한 죄는 알 수 없으니 심하게 다루지는 말도록 하라."

사비도성 부근의 본가에서 종이 달려온 것은 다음날 오후였다. 종은 급하게 왔는지 온몸이 먼지투성이였고 말은 다리까지 절었다. 그가 마침 마당에 서 있는 계백을 보자 털썩 꿇어 엎드렸다.

"주인, 소인 종두가 문안드리오."

"어. 네가 웬일이냐?"

계백이 긴장했다. 종두는 늙은 도이를 대신하고 있는 본가의 집사인 것이다. 종두가 머리를 들어올리는데 울상이다.

"주인, 마님께서 위독하시오."

몸을 굳힌 계백을 향해 그가 더듬대며 말을 이었다.

"사흘 전부터 시름시름 앓으시다가 소인이 떠나기 하루 전에는 일어나 앉지도 못하셨습니다. 토성에서 이곳까지 사흘이 걸렸으니……."

그는 꿀꺽 마른침을 삼키고 생각난 듯 얼른 덧붙였다.

"도이 영감께서 소인을 보내셨습니다요."

계백이 들어서자 군장 사도성이 부드러운 시선으로 그를 보았다. 사십대 초반의 사도성은 명문 사(沙) 씨 일족으로 내신좌평 시비담의 친척이다. 저녁 무렵이어서 뜰에는 낮게 연기가 깔렸고 밥짓는 냄새도 났다. 청에 놓인 탁자에 앉자 사도성이 먼저 입을 열었다.

"마침 장덕이 잘 왔네. 내일 일찍 대운산성에 보낼 보군을 장덕이 인솔하여 다녀오게. 며칠 간 묵으며 근처 지리도 탐문해 두는 것이 다음 싸움에 도움이 될 것이야."

대운산성은 이번의 서곡성 탈취로 얻게 된 30리쯤 전방의 산성이다. 산성을 지키던 신라군은 서곡성이 함락되자 성을 비우고 철수했으므로 이쪽은 피 한 방울 흘리지 않았다. 계백이 머리를 끄덕였다.

"아침에 출발하겠습니다."

"성주가 포차가 필요하다고 했네. 치중대에 꼭 딸려 보내도록 하게나."

계백이 금방 청에서 나왔으므로 마당에서 기다리고 있던 덕조가 그에게 말고삐를 넘겨주었다.

"군장께서 곧 허락해 주셨군요."

말에 오른 계백의 옆으로 그가 서둘러 다가왔다.

"주인, 이미 준비는 다 했습니다. 갈아탈 말도……."

"내일 아침에 대운산성으로 간다."

불쑥 계백이 말하자 덕조가 입만 벌렸다.

"보군 2백과 치중대를 인솔해야 된다."

"주인, 군장께 말씀은 드리셨소?"

"못 드렸다."

덕조의 두 눈썹이 치켜 올라갔다.

"보군 인솔은 다른 사람이 해도 되지 않습니까? 왜 말씀을 안 하셨소?"

"대운산성에 다녀와서 갈 테니 네가 종두와 먼저 가거라."

"소인이 왜 먼저 갑니까?"

덕조가 버럭 소리쳤으므로 지나던 군사들이 놀라 그들을 바라보았다.

"주인은 스승을 잘못 만났소."

으르렁대듯 말한 덕조가 소매로 눈을 씻었다.

"종두 말을 들으니 마님은 자꾸 주인을 부르신다고 했소."

대운산성은 사방이 1리(500m) 조금 넘는 석성(石城)으로 높은 산마루를 감싸고 있어서 난공의 요새였다. 그러나 우물이 한 곳밖에 없는 데다 좁았고 뚝 떨어진 산마루에 위치한 곳이라 지구전에는 당할 수가 없는 조건이었다. 성주로 부임한 장수가 상주성에서 계백의 부장(副將)으로 옮겨왔던 문독 이좌진이었으므로 계백을 보자 몹시 반겼다.

"마치 망루 같은 성이올시다."

성벽에 나란히 섰을 때 이좌진이 손으로 좌우를 가리켰다.

"서곡성도 보이고 저 산줄기 뒤쪽으로는 신라의 봉안성이 있습니다."

이좌진의 말대로 이곳은 망루의 역할로 적당한 성이었다. 날씨만 맑다면 서곡성으로 향하는 개 한 마리도 놓치지 않을 것이다. 또한 서곡성에서 오는 것도 마찬가지였다.

"봉화불은 잘 보입디다."

계백의 말에 이좌진이 웃음을 띠었다.

"낮에는 연기로, 밤에는 불을 피우기로 했지만 밤에 지나는 군사는 찾기가 힘들 것 같습니다."

한 달 전에 그들은 2천 기마군으로 산밑을 지난 것이다. 대운산성과 오금곡과의 봉화연락이 되어 있지 않기도 했지만 밤에는 어쩔수 없이 경비가 허술해질 수밖에 없다.

"기마병이 옵니다."

눈을 가늘게 뜬 이좌진이 서곡성 쪽의 들판을 바라보았다. 그를 따라 시선을 옮긴 계백은 들판의 마른 땅에 흰 민지를 길게 뿌리면서 딜려오는 1기의 기마병을 보았다. 세워 든 창의 창날이 가끔씩 햇살을 반사시키며 기마병은 점점 가까워졌다. 서곡성으로부터의 전령인 모양이었다. 기마 전령은 산밑에서부터는 말을 끌고 걸어 올라왔으므로 숨을 허덕였다. 그는 계백 앞에 서자 땀으로 범벅이 된 몸을 세웠다.

"부장 나리, 군장께서 즉시 오시라고 합니다."

숨을 가눈 그가 말을 이었다.

"보군을 떼고 기마로 달려오시라고 했습니다."

"무슨 일일까요?"

이맛살을 찌푸린 이좌진이 계백을 보고는 표정이 굳어졌다. 계백의 얼굴색이 하얗게 변해 있는 것이었다.

말등에서 뛰어내린 계백은 군장 사도성이 청의 마루 끝에 서 있는 것을 보았다. 그리고 돌계단 밑에 웅크리고 선 사내도 보았다. 토성의 종이었다. 계백이 다가가자 사도성이 자르듯 말했다.

"장덕, 이대로 곧장 떠나게. 모친께서 돌아가셨다네."

이미 달려오면서 짐작은 하고 있었으나 계백은 소식을 듣는 순간 이를 악물었다.

"어서 서두르게."

뭔가 할 말이 더 있는 듯 사도성이 입을 열었다가 닫고는 몸을 돌렸다. 계백 앞으로 종이 다가와섰다. 농토를 관리하는 종이었다.

"주인, 이틀 전에 돌아가셨습니다."

시선을 내린 그가 말을 이었다.

"도이 영감께선 마님이 그저 주무시는 듯 편안히 돌아가셨다고만 전하라 하셨습니다요."

머리를 끄덕인 계백은 다시 말에 올랐다. 관리 서넛이 다가와 그에게 위로의 말을 했으나 귀에 들리지도 않았고 눈앞의 모든 것이 어른거리기만 해서 계백은 대답도 제대로 하지 못했다. 말고삐를 채어 군장의 청사를 나왔을 때 이쪽으로 달려오는 한 떼의 말을 보았다. 기수는 한 사람으로 말세 필은 빈 말이었다.

"주인, 말을 가져왔습니다."

기수는 백이었다. 말에서 뛰어내린 그가 말고삐를 계백에게 넘겨 주었다.

"빈 말을 끌고 달리시다가 갈아타십시오. 지친 말은 역사에 맡기시면 소인이 걷어 가겠습니다."

문득 계백은 백이도 얼마 전에 어머니를 잃었다는 사실을 기억해냈다. 백이 모친은 자식이 첩자 혐의를 받고 잡혀 가자 목을 매었다. 말고삐를 모아 쥔 계백은 박차를 넣었다. 한 떼의 빈 말과 함께 계백이 성을 빠져나왔을 때는 이미 늦은 오후였다.

계백이 본가의 토성에 들어선 것은 그로부터 만 하루가 지난 오후였다. 안채 마당에는 인근 마을의 촌주(村主)들이 모여 서 있다가 일제히 허리를 숙였지만 입을 여는 사람은 없었다. 청에 서 있던 백부 계백이정이 그를 맞았다.

"관 뚜껑은 열어 놓았으니 인사는 해라."

그가 담담하게 말했으나 시선은 다른 곳에 두었다. 청 안쪽에는 도이도 있었고 먼저 보낸 덕조도 보였지만 다가오지는 않았다. 방으로 들어선 계백은 안쪽의 관에 눕혀진 어머니에게 다가가 섰다. 어머니는 곱게 단장되어 있는데 귀걸이도 했고 옅게 화장한 얼굴이었다. 방안에 있던 종들이 슬금슬금 밖으로 나갔으므로 계백은 곧 혼자가 되었다. 그는 허리를 굽혀 손끝을 어머니의 볼에 대었다. 촉감이 찼지만 아직 어머니가 살아 있는 것처럼 느껴졌다.

"어머니, 소자를 부르셨습니까?"

그가 입술만 달싹여 물었다.

"어머니, 소자도 오고 싶었습니다."

대답을 기다리듯 잠시 어머니의 얼굴을 바라보던 그가 다시 입술을 풀었다.

"제 마음을 어머니께서는 잘 아실 것입니다."

머리를 든 계백이 어머니의 볼에서 손을 떼었다.

"어머니, 아버님을 만나서서 부디 오래오래 해로하십시오."

헛기침 소리가 뒤쪽에서 들리더니 도이가 들어섰다. 그는 백발이었지만 아직도 허리는 곧다.

"주인, 이제 나가서서 손님을 맞으시오."

그가 계백을 똑바로 바라보았다.

"도성에서 여러 어른들이 오셨소."

"어머님께서 남기신 말이 있느냐?"

"없습니다."

"그럼 글이라도⋯⋯."

"그것도 없소."

자르듯 말한 도이가 시선을 조금 내렸다.

"돌아가신 주인과 똑 같으셨소."

"네 어머니는 3년 전부터 피를 토하셨다."

외숙부 협전이 가라앉은 목소리로 말을 이었다.

"불치의 병이었다. 하지만 네가 장덕이 되었다는 소식을 듣고는 오래 살고 싶다고 하더구나."

장례를 마친 밤이어서 토성 안은 무거운 적막에 덮여 있었다. 내실에는 계백과 계백이정, 협전 세 사람이 둘러앉아 있었는데 계백은 상복 차림이다. 한동안 방바닥만 내려다보던 계백이정이 머리를 들었다.

"네 모친은 정이 많은 분이셨다. 그것을 안으로만 삭이다가 가슴에 피가 맺혔을 것이다."

협전이 손등으로 눈물을 닦았다. 그에게는 협 부인이 누이가 된다. 계백이정이 말을 이었다.

"너를 강하게 키우려고 하신 게지. 너는 모친의 기대를 저버리면 안 된다."

깊은 밤이었다. 뒤쪽 숲에서 오랫동안 울던 뻐꾸기 소리는 이제 지척에서 들렸다. 어렸을 적, 가물가물한 기억 속의 어머니는 자주 울었다. 품에 안겨 자다가 눈을 떠 보면 어머니의 얼굴은 눈물에 젖어 있었다. 그러나 점점 자라나면서 어머니의 표정은 엄격하게 바뀌어졌다. 그리고 결코 약한 모습을 보이지 않았던 것이다. 계백이정이 헛기침을 했다.

"태자께서 당분간 너를 이곳에 머물라고 하셨다. 서곡성의 부장은 다른 사람을 보내실 것이야."

놀라 머리를 든 계백을 향해 그가 부드럽게 말했다.

"너에게 다른 소임을 맡기시려는 것 같다."

"무슨 일 말씀입니까?"

"머지않아 너를 부르실 테니 네 모친의 묘를 돌보고 있거라."

협전이 커다랗게 머리를 끄덕였다.

"활시위를 오래 당기고만 있으면 시위가 늘어져 살이 멀리 못간다. 넌 일 년여 동안 너무 많은 일을 겪었다."

백이도 계백을 따라 토성으로 왔으므로 노이가 그에게 맡긴 일은 창고 관리였다. 눈치가 빠르고 셈에 밝은 백이의 자질을 도이는 대번에 알아본 것이다. 백이는 다리를 절었지만 이제 깨끗한 무명옷에 꿩의 꽁지털을 꽂은 모자를 쓰고 허리에는 단검을 찬 의젓한 풍모가 되었다. 따라서 여종들의 시선이 모이는 것이 당연했는데 특히 복이가 적극적이었다. 오늘도 창고 안에서 보리 항아리를 세고 있는 백이에게 복이가 다가왔다.

"이봐요, 신라사람."

"어이그 깜짝이야."

놀란 백이가 눈을 부릅떴다.

"왜 창고에 허락도 없이 들어오는 게여?"

"내가 누구한테 허락을 받는단 말이야?"

복이가 입술을 내밀고는 눈을 흘겼다.

"난 마님 종이야. 이제까지 창고에 허락받고 들어온 적 없어."

창고는 스무 칸도 더 되게 넓었으나 어둑했다. 위쪽에 난 창으로 겨우 환풍만 되도록 만들어졌기 때문이다. 백이가 눈을 가늘게 뜨고는 복이의 아래위를 훑어보았다.

"뭘 가지러 온 게여?"

"말린 쇠고기."

"가져 가. 그럼."

그러나 복이는 그에게로 반 걸음쯤 다가섰다.

"다린 어디를 다쳤수?"

"그건 왜 물어?"

"소문을 들었는데 그곳도 다쳤다고 해서."

"그곳이라니?"

백이가 복이의 시선 끝을 보고는 버럭 소리쳤다.

"이런 망할. 내 양물이 어쨌다고?"

"소문이라니까 그러네."

백이가 한 걸음 다가섰으나 복이는 보리항아리에 기대 선 채 물러나지 않았다.

"내 양물을 보고 싶으냐?"

"있다면 봐."

눈치 빠른 백이가 분위기를 모를 리가 없다. 팔을 뻗쳐 복이의 어깨를 쥐자 복이는 배시시 웃었다.

"여기보다 저기 약초 있는 데가 좋아."

백이는 복이의 팔을 쥐고 약초를 쌓아 둔 곳으로 서둘러 갔는데 이미 정신이 반쯤은 떴다. 약초 위에 복이를 쓰러뜨린 그는 서둘러 바지만 벗었다. 힘차고 굵은 양물이 기세 좋게 튀어나오자 복이는 치마를 걷어올렸다.

"빨리 해. 주인께서 부르실지 몰라."

"이년이 여우로구나."

이미 숨이 턱에 찬 백이가 엎어지자 복이는 그의 양물을 쥐었다.

"에구 돌멩이 같네."

복이의 목소리도 이제는 떠 있다. 그녀는 백이의 양물을 자신의 샘 속에 조심스레 밀어 넣고는 두 팔로 목을 감았다.

전란이 끊이지 않는 세상이어서 군역 갈 걱정이 없는 절름발이 사내는 어쩌면 일등 신랑감이 될지도 모른다. 복이는 저도 모르게 신음소리를 뱉으며 두 다리로 백이의 허리를 감았다. 약초더미가 짓이겨지고 있었으나 정신을 쓸 상황이 아니었다.

사비성을 끼고 흐른 사비수(泗沘水)는 토성 앞의 상류에 이르러서는 폭이 넓어진 대신으로 얕아졌다. 깊은 곳이 한 길 반 정도였으므로 홀수가 깊은 대선(大船)은 올라올 수 없었지만 중선이 위쪽 웅진성과 수시로 왕래를 했다. 초겨울이었으나 햇살이 맑고 바람도 없는 날씨였다. 강위에 배를 띄운 계백은 흐르는 물결에 배를 맡긴 채 무심한 표정으로 앉아 있었다. 뒤쪽에서 노를 잡고 선 사내는 늙은 도이였다. 강물은 맑아서 바닥의 잔돌까지 보였는데 등이 검은 팔뚝만한 고기들이 떼로 모여들었다가 흩어졌다. 도이의 낮은 목소리가 오랜 정적을 깼다.

"주인, 백이가 내실의 복이와 혼인하고 싶다고 합니다."

"……."

"이미 둘이는 정이 붙은 것 같습니다."

"잘되었다. 혼인시키고 땅을 떼어줘라."

"혼인하고 그냥 성에서 살겠답니다."

"좋을 대로 하고 복이 종문서는 태우도록 해라."

"감복할 것이오, 주인."

다시 배안에 정적이 흘렀고 도이는 두어 번 노를 저어 비뚤어진 뱃머리를 바로 잡았다. 친척들도 다 돌아간 토성은 예전의 평온을 찾았으나 공허했다. 주인이 들어와 있었어도 내실 마님의 빈자리가 토성 안 사람들을 위축시키고 있는 것이다.

"주인, 백부님이 주인께서 이번 겨울을 토성에서 나실 것 같다고 하셨소."

도이가 다시 입을 열었다.

"하지만 겨울이 지나 주인께서 나가시면 토성을 지킬 사람이 없습니다."

"네가 곧 죽느냐?"

그러자 도이가 혀를 찼다.

"주인, 말씀을 돌리지 마시오."

"돌리지 않았다."

"내실 마님을 맞으실 때요."

"네가 맞아라."

계백이 옆에 놓인 철궁을 쥐더니 살을 꿰었다. 그러고는 강물을 겨누어 쏘았다. 곧 살이 배에 꽂힌 팔뚝만한 쏘가리가 퍼덕이며 물위로 떠올랐다.

"난 어머니의 고통을 안다."

다시 활에 살을 먹인 그가 강 속으로 살을 쏘았고 이번에는 메기가 떠올랐다.

"전장에 사는 무장이 인연 때문에 상처를 주고받기는 싫다."

"그 상처도 무릅쓰는 것이 진정한 무장이오."

정색한 도이가 계백을 바라보았다.

"주인은 정을 두려워하시는 것이오. 왜 이리 약하시오?"

그러자 계백이 퍼뜩 머리를 들었다. 시선이 마주쳤고 계백은 철궁을 옆자리에 내려놓았다. 그러나 얼굴에는 천천히 웃음기가 번졌다.

"내 부친은 내 이름을 성만 불리는 계백으로 지어주셨다. 그 뜻을 아느냐?"

"그땐 경황이 없었소."

"인연을 만들어 미련을 갖게 되신 것에 스스로 화가 나신 것이야."

"당치도 않소!"

도이가 버럭 고함을 질렀는데 흰 눈썹이 푸들푸들 떨렸다.

"그 말씀은 부모님을 모독하는 것이오!"

강가를 따라 종 하나가 달려왔으므로 그들의 대화가 끊겼다. 아직 성이 풀리지 않은 도이가 거칠게 뱃머리를 돌리자 계백이 빙긋 웃으며 말했다.

"도이, 넌 나이를 먹을수록 거칠어지는구나."

그러나 도이는 대답하지 않았다.

종이 달려온 것은 토성에 손님이 찾아왔기 때문이었다. 그 손님이 의젓한 백제귀족 차림의 헤이찌였으므로 계백은 얼굴을 펴고 반겼다. 내실에 자리잡고 앉자 헤이찌가 백제 풍습대로 두 손을 방바닥에 짚고 머리를 숙여 절을 했다.

"주인, 모친께서 돌아가셨다는 소식을 뒤늦게 들었습니다."

"여기까지 와줘서 고맙다."

"삼가 애도를 표하오."

헤이찌는 오지도 데려왔는데 덕조와는 터놓고 지내는 사이였으나 도이 영감과는 감히 그럴 수가 없다. 서로 인사를 나누고 나자 종들이 곧 술상을 내왔다. 이번에도 헤이찌는 갖가지 귀물(貴物)을 말 다섯 필에 싣고 왔으므로 창고지기 백이는 눈이 휘둥그래졌다. 그로서는 처음 보는 재물이었던 것이다.

"보름 전에 당나라 무역선 한 척을 쳤지요. 신라로 가는 배였는데 재물이 꽤 있었습니다."

술잔을 쥔 헤이찌가 자랑스럽게 말했다.

"당항포 앞바다에서 기다리고 있다가 잡았으니 닷새 일정밖에 안되었습니다."

"신라 전선(戰船)이 나오지는 않았느냐?"

"바다는 넓습니다. 그리고 설령 만난다고 해도 내 배는 잡지 못합니다."

"너는 그 많은 재물을 모아서 무엇에 쓰느냐?"

계백이 묻자 헤이찌는 이를 드러내고 웃었다.

"소인의 섬에는 식솔이 5천 명이 있습니다. 땅을 경작하는 중이라 아직 양곡도 들여와야 하고 배도 여러 척 만들어야 하지오."

"허어, 그 섬이 어디에 있소?"

정색한 도이가 묻자 헤이찌는 탁자 위에 손가락으로 대륙의 동쪽 선을 그렸다.

"이곳이요."

그가 손끝으로 짚은 곳은 남단이다.

"북서풍이 부는 겨울에는 20일이 걸리지만 보통 가는 데만 40일이요. 남쪽이라 항상 벗고 삽니다."

"운남성 근방이군."

"그곳보다 배로 닷새쯤 더 내려갑니다."

"해적국(海賊國)이요."

덕조가 말하자 헤이찌는 눈을 흘겼다.

"해상천국이다. 내 섬에는 세금도 전쟁도 없다."

"그럼 네가 왕이냐?"

하고 덕조가 물었으므로 계백이 나무랐다.

"난민을 모아 구제하고 있다니 백성을 착취하는 군주보다 낫다."

그는 헤이찌를 바라보았다.

"네 섬에 한번 가보고 싶다."

태자궁의 위사장 교진이 토성에 온 것은 헤이찌가 닷새를 묵고 간 지 사흘 뒤였다. 교진은 9품 고덕으로 품계가 올라 있었으나 곰가죽 옷에 머리에도 곰털모자를 쓴 사냥꾼 차림이었다. 내실에 마주앉아 뜨거운 인삼차를 두어 모금 마신 교진이 품안에서 두툼한 보자기를 꺼냈다.

"장덕, 태자께서 내린 밀지를 가져 왔소."

정색한 그가 계백에게 보자기를 내밀었다.

"안에 두 통의 밀서가 있습니다. 한 통은 왜국의 섭정 소가노에미시에게 보내는 태자 전하의 밀서이고 다른 한 통은 장덕이 읽으실 것이요."

긴장한 계백이 보자기를 풀고 자신에게 보낸 태자의 서신을 읽는 동안 방안에는 무거운 정적이 흘렀다. 이윽고 계백이 머리를 들었다.

"전하의 영을 따르겠소."

"전내부나 사군부에서도 모르고 있는 일입니다. 장덕께서는 당분간 쉬시는 것으로 되어 있습니다."

머리를 끄덕인 계백이 얼굴에 웃음을 띠었다.

"마침 며칠 전에 왜인 헤이찌가 다녀갔소. 지금쯤 대웅성에 닿았을 테니 뒤쫓아가야겠소."

"장덕과 헤이찌의 인연이 이럴 때 요긴하게 쓰이는군요."

나무토막 같던 교진의 얼굴도 풀어졌다.

"저도 전하를 모시는 입장이 아니라면 따라가고 싶습니다."

눈치 빠른 도이가 서둘러 종을 시켜 술상을 들여보냈으므로 그들은 술잔을 들었다. 안둔산을 나온 지 이 년밖에 되지 않았지만 내해 건너 백제령의 난 진압에 일조를 한 데가 서곡성 공취에도 공을 세운 계백이다. 이제 관록도 붙었지만 세파를 겪은 풍모도 빼어났다. 한모금 곡주를 삼킨 계백이 턱을 들고는 어깨를 폈다. 태자 전하는 자신에게 새로운 임무를 준 것이다. 교진은 다음날 새벽에 떠났는데 계백의 전송도 받지 않았다. 물론 아침도 먹지 않고 수행 위사 두 사람과 함께 소리 없이 토성을 나가 버린 것이다. 그날 아침 계백은 도이와 덕조를 내실로 불렀다.

"난 왜국으로 간다."

계백이 던지듯 말하자 도이는 눈만 치켜올렸지만 덕조가 못마땅한 표정으로 물었다.

"뭐하러 가십니까?"

"소가노에미시께 태자 전하의 밀지를 전해야 한다."

"밀지라고 해도 사신이 두 달에 한 번 꼴로 왜국에 갑니다. 그편에 전해도……."

"난 밀행이다. 사신이 아니야."

"왜 그렇습니까?"

"신라인들 눈에 띄면 안 되기 때문이야."

덕조가 도움을 청하듯이 도이에게로 시선을 돌렸다. 그러나 도이는 가늘게 뜬 눈으로 방바닥만 바라볼 뿐이다.

"도이, 집안 일을 부탁한다."

계백이 말하자 도이가 머리를 들었다.

"주인, 왜국은 백제령하고 다릅니다. 영주간의 피비린내 나는 싸움이 매일 벌어지는 데다 신라 첩자들이 우글대는 곳이요."

정색한 그가 똑바로 계백을 바라보았다.

"태자께서 지시하신 일이 무엇입니까? 소인은 그것을 알아야겠소."

"신라가 왜국의 호족들을 포섭하고 있다. 그것을 막는 일이야."

"……."

"또한 근래 들어 신라는 백제측 호족 여러 명을 암살했다. 소가노에미시도 그것을 걱정하고 있어."

그러자 도이가 입술 끝을 비틀고 웃었다.

"주인은 이름도 남기지 못하고 가시게 될지도 모릅니다."

"이름이 뭐가 중요하느냐? 그리고 난 이름이 없다."

계백이 도이의 눈을 쏘아보았다.

"영감, 잔소리는 그만해라. 선친께서 옆에 계셨어도 크게 기뻐하셨을 것이다."

"선친께서는 주인을 낳으셨소."

도이가 주름진 얼굴을 계백에게 바짝 들이대었다.

"태자께선 백제국의 부흥을 원하시지만 소인의 원은 계백가문의 대가 끊기지 않는 것뿐이올시다."

또 시작이군 하는 표정으로 계백이 머리를 돌리자 도이가 말을 이었다.

"7품 장덕이면 사신으로 가야 마땅한 위치거늘 밀행으로 가서 야적처럼 칼을 휘두르라니 태자께서 계백가문을 너무 가볍게 취급하시오."

사비수의 지류를 따라 위쪽으로 오르다가 서쪽으로 방향을 틀면 백제국의 중부(中部) 곡창지대가 나타난다. 한겨울이어서 이틀 걸러 눈이 내렸으므로 넓은 평야는 흰 눈에 덮여 있었다. 서쪽으로 갈수록 산의 능선은 완

만해졌고 골짜기는 얕았는데 대부분의 마을이 산을 등진 골짜기에 자리잡
았다. 그리고 마을 위쪽의 산에는 대부분 산성을 쌓아 전쟁에 대비하고 있
는 것이다. 토성을 출발한 계백과 덕조는 사흘 뒤에야 개암성에서 남쪽으
로 60리쯤 떨어진 마을에 닿았다. 평시에는 기마로 하루 반나절이면 닿을
거리를 눈 때문에 곱절이 걸린 것이다. 저녁 무렵이어서 마을에는 옅은 연
기가 깔렸고 곡식 익는 냄새도 났다. 5, 60호쯤 되는 중촌(中村)으로 골짜기
위쪽의 산성에는 붉은 기도 걸려 있었다. 그들이 마을 복판에 자리잡은 촌
주(村主)의 기와집 앞에 서자 종이 나왔다.

"묵고 가시려고?"

대뜸 그렇게 묻는 것이 거칠기는 했으나 악의는 보이지 않았다.

말에서 내린 덕조가 계백의 말고삐를 쥐었다.

"그러네. 우린 도성에 사는 장사꾼인데 하룻밤 신세를 지려고 하네."

"우선 사랑채로 들어가 계시구려. 말은 마구간이 저쪽이니 끌어다 매고."

"여물 값을 낼 테니 말먹이를 든든히 주게나."

"주인께서 여물 값을 받을까?"

주고받는 그들의 뒤를 따라 계백은 사랑채로 다가갔다. 신발을 털고 안
으로 들어서자 선객이 대여섯 명 있었는데 들어서는 계백을 일제히 바라보
았다. 계백이 허리를 굽혀 절을 했다.

"도성에 사는 대모숙이올시다. 같이 신세를 지겠소."

방안은 마루바닥이었으나 벽 한쪽에 만들어진 화덕에서 장작이 타오르
고 있었으므로 훈훈했다. 계백이 구석자리에 앉자 마주보는 자리의 사내가
불쑥 물었다.

"도성 어디에 사시우?"

"하부 상항이요."

"항장이 누구요?"

"계덕 손보 나리올시다."

사내들이 서로 얼굴을 보았고 물은 사내의 얼굴이 풀어졌다.

"우린 점구부(點口部) 용원이요. 도사 나리를 모시고 호구조사를 나왔다가 눈 때문에 길이 막혀 이곳에 있소."

마구간에 말을 두고 들어서던 덕조가 그들을 훑어보았다. 그러나 계백의 눈짓을 받은 그는 잠자코 옆에 앉았다. 이미 도성에 사는 장사꾼 대모숙으로 이름까지 맞춰 놓았으나 상대는 점구부 관리였다. 도성 안을 자신의 손금처럼 알고 있는 것이다.

"개암성에도 유민(流民)이 늘었어. 모두 2백 호가 넘어."

사내들이 다시 저희끼리 이야기를 시작했다.

"아마 대응성은 그 몇 배가 될 거야."

"그런가? 아진성은 유민이 세 호구밖에 안 되었는데."

"그쪽은 신라와 지척 아닌가? 유민들은 될 수 있는 한 신라와 멀리 떨어진 곳으로 가기 때문일세."

무왕 대에 이르러 백제는 계속해서 신라를 침공했다. 근래에 이르기까지 십여 년 간에 걸쳐 신라는 주로 침공만 받아왔으니 견디다 못한 백성들이 식솔들을 데리고 백제로 넘어오는 것이다.

종들이 저녁상을 들고 왔으므로 사내들은 이야기를 그쳤다. 보리와 조, 옥수수가 섞인 밥에 나물 반찬뿐이었으나 푸짐했다. 평야지대였고 올해는 비가 알맞게 내려 풍년이었다.

개암성을 거쳐 대응성에 닿은 것은 그로부터 이틀 뒤였다. 그들은 곧장 성안에 있는 헤이찌의 저택으로 들어섰는데 오지가 펄쩍 뛰듯이 반겼다.

"나리, 갑자기 웬일이십니까?"

그들이 토성에 묵고 간 지 열흘밖에 되지 않았던 것이다.

"일이 있어서."

"두령은 성안에 있습니다. 소인이 모셔오겠습니다."

"서둘 것 없다."

하지만 오지는 그들을 내실로 안내하고는 서둘러 나갔다. 방안을 둘러본 덕조가 눈을 둥그렇게 떴다.

"과연 해적 두령의 집 답습니다. 온갖 귀물이 다 있는데요."

벽에는 서역인이 쓰는 휘어진 칼과 방패가 걸려 있었는데 보석으로 장식되어 있었다. 당나라 무역선에서 뺏은 것이 분명한 불상은 순금으로 만든 것이었다.

문이 열리더니 비단옷을 휘감은 여종 두 명이 더운 김이 오르는 인삼차 잔을 들고 들어섰다. 미인이어서 덕조는 소리나게 침을 삼켰다. 그저 찻잔만 내려놓고 나가는 그들은 백제인 같지가 않았다.

헤이찌가 노획해 온 여자들인 모양이었다.

"두령, 계백 나리께서 오셨소이다."

얼굴이 벌겋게 상기된 오지가 말하자 헤이찌는 벌떡 일어섰다.

"어, 언제?"

"조금 전이요. 덕조만 데리고 오셨소."

"허, 이런."

헤이찌가 허둥대며 삼차복을 바라보았다.

"삼형, 난 이만 가보겠소."

"어서, 가보시우."

일이 있어서 붉은 기 집에 온 것이 아닌 것이다. 물건값을 알아본다면서 헤이찌는 거의 매일 들렀는데 그 속셈을 삼차복이 모를 리가 없다. 어쩌다가 부여진이 안채에서 나오기라도 하는 때면 헤이찌는 눈빛부터 달라졌던 것이다. 자리에서 일어선 삼차복은 안채로 들어섰다. 부여진은 여종에게 창고의 양곡항아리를 밖에 내어 햇빛을 쏘이도록 시키는 중이었다. 수수한 무명옷에 머리를 틀어 올린 서민의 아낙 모습이었다.

"말씀드릴 것이 있습니다."

다가선 삼차복이 말하자 힐끗 시선을 주었던 부여진이 창고의 벽쪽으로 앞장 서 갔다. 삼차복의 얼굴이 굳어 있었던 것이다. 벽을 등지고 선 부여진이 잠자코 그를 바라보았다.

"공주, 계백이 이곳에 왔습니다."

"······."

"시종 하나만을 데리고 왔다니 절호의 기회올시다."

삼차복이 목소리를 더욱 낮췄다.

"공주, 돌아가신 왕자님과 태수님의 원혼이 아직도 구천에서 떠돌고 있습니다. 소인이 한을 풀어 드리도록 허락해 주시오."

부여진이 머리를 저었다.

"안 된다."

"주군의 원수를 갚는 것이 신하의 도리이고 자식 또한 같지 않습니까?"

"난 잊었다."

삼차복이 눈을 치켜 떴다가 내렸다.

"공주께선 성밖의 거간상 주인으로 만족하십니까?"

"잊고 살 것이다."

"그건 거짓 말씀이오."

다시 눈을 치켜 뜬 삼차복이 이번에는 내리지 않았다.

"계백에게 정을 느끼신 때문이 아닙니까?"

삼차복의 시선을 받은 부여진이 이윽고 천천히 머리를 끄덕였다.

"내 업보다."

곧 그녀의 크게 뜬 눈에 가득 물기가 고였으나 시선은 옮겨지지 않았다.

"그래서 두 배의 고통이 온다."

"이미 연무군(郡) 부여 씨의 대는 끊겼습니다. 소인은 죽을 기회만 찾을 뿐이오."

"난 살겠어."

손등으로 눈을 씻은 부여진이 크게 숨을 마셨다가 내뿜었다.

"내가 대를 이을 거야. 두 배의 고통을 받으면서라도 성씨가 다른 자식을 낳아서라도."

밖이 떠들썩해지더니 헤이찌가 들어섰는데 계백을 보자 활짝 웃었다.

"주인, 잘 오셨습니다."

"신세를 끼치려고 왔어."

계백도 얼굴을 펴고 따라 웃었다.

"네 배를 타야겠다."

"해적국을 구경하시렵니까?"

지난번 헤이찌의 섬을 보고 싶다고 했던 것이다.

"날 왜국에 데려다 줘야겠다."

"왜국 말씀입니까?"

긴장한 헤이찌가 앞쪽 의자에 앉아 계백을 바라보았다.

"왜국에는 웬일로 가십니까?"

"태자 전하의 명을 받았다. 소가노에미시를 만나야 돼."

"그렇다면 밀행으로……."

눈치 빠른 헤이찌의 말에 계백이 머리를 끄덕였다.

"내 임무는 태자 전하만 알고 계신다. 그러니 네 배를 타야겠다."

"돛을 수리하고 있으니 사흘 뒤면 떠날 수 있습니다. 소인이 모셔다 드리지요."

"난 대모숙이라는 이름의 상인으로 간다."

"명심하겠습니다."

머리를 든 헤이찌가 얼굴에 웃음을 띠었다.

"지난번에는 내해 건너 백제령에 가시더니 이번에는 왜국으로 가시는 군요."

그리고 이번에는 밀행인 것이다. 계백은 잠자코 있었으나 덕조는 입맛을 다셨다. 못마땅한 기색이었다.

다음날 아침 계백은 포구에 나가 돛을 수선하고 있는 헤이찌의 배를 둘러보았다. 길이가 80여 자에 높이는 20자 가깝게 되는 쌍돛선이었는데 배의 앞머리가 활처럼 휘어졌다.

"서역배를 본떠 만들었지요 뱃바닥이 날카로워서 물에 깊게 잠겨 뒤집힐 걱정이 없는 데가 빠릅니다."

헤이찌가 자랑스레 말했다. 배에 오른 그들은 선실로 들어섰다.

부하 4, 50명을 태우고 서너 달씩 바다에 떠 있는 때가 많은지라 배안은 마치 만물상 같았다. 분주히 짐을 나르는 부하들을 보던 계백이 입을 열었다.

"이런 배 열 척만 삿는다면 바다의 왕이 되겠구나."

"소인은 세 척이 있습니다."

헤이찌가 이를 드러내고 웃었다.

"한 척은 섬으로 들어갔고 다른 한 척은 지금 바다에 떠 있지요."

"다음에 네 섬을 꼭 가볼 테다."

헤이찌의 부장(副將) 오지가 선실로 들어섰다.

"두령, 가네와 신따로가 칼부림을 하고 싸웠습니다. 그래서 창고에 가둬

두었소."

헤이찌가 일어났으므로 계백도 따라 일어섰다.

"난, 포구 구경을 하고 들어가겠다."

"소인도 곧 들어가겠습니다."

부하들에게 공평하지만 기강이 엄한 헤이찌였다.

배를 나온 계백은 포구를 따라 걸었다. 말굽형 구릉에 쌓인 포구는 넓은 데다 수심이 깊어 대선(大船) 백여 척이 한꺼번에 정박할 수 있었다. 닻을 내린 무역선들은 제각기 모양이 다르고 깃발도 가지각색이었는데 서역배에 고구려, 당선(唐船)도 보였다. 내해 건너 백제령인 연무군의 깃발을 단 무역선에서는 양곡을 내리느라 선원들이 분주했다. 관리들이 서 있는 걸 보면 조세를 싣고 온 모양이었다. 포구 끝에는 창고가 즐비하게 세워져 있었으나 인적은 드물었다. 겨울철이라 배가 뜸한 데다 며칠 간 폭풍우가 몰아쳤기 때문이다. 어느덧 해는 중천에 떠 있었지만 바람은 세었다. 몸을 돌린 계백은 바람을 등지고 발을 떼었다. 그때였다.

"쉬잇!"

바람을 가르는 소리와 함께 검은 화살촉이 가슴을 향해 날아왔고 몸을 비튼 계백의 겨드랑이 사이로 빠져나갔다.

"쉬잇!"

다시 날아온 살은 계백이 빼어 후려친 칼날에 눈앞에서 두 동강이 났다. 다음 순간 계백은 몸을 날렸다. 칼을 든 무서운 기세였고 뛰는 모습은 범과도 같다. 살이 날아온 방향은 창고 옆의 목재가 어지럽게 쌓인 곳이다. 단숨에 나무더미를 뛰어넘은 계백의 발이 마악 땅에 닿았을 때였다.

"에익!"

기합소리와 함께 옆쪽의 나무더미에서 한 사내가 뛰쳐나왔고 번득이는 칼빛이 옆으로 날았다. 무서운 검세(劍勢)였다. 계백은 칼을 세워 사내의 칼을 막았다.

"쨍!"

날카로운 쇳소리가 울린 순간 둘이는 동시에 칼에 힘을 주면서 뒤로 물러섰다. 계백이 칼을 고쳐 쥐었다.

"네놈은 낯이 익다."

계백이 사내를 노려보았다.

"이놈, 암습해 오다니. 비겁한 놈."

"네놈도 우리 고(高) 왕자를 숨어서 쏘지 않았느냐?"

이를 갈며 말하는 사내는 삼차복이다. 그가 다시 칼을 날렸고 계백은 연거푸 날아오는 세 번의 칼끝을 막았다. 계백은 이제 삼차복을 알아보았다.

"네놈은 부여진의 시종 아니냐!"

"그렇다!"

다시 삼차복이 칼을 크게 후려친 순간이다. 칼을 들어 막을 것 같았으나 계백이 몸을 틀었으므로 삼차복의 칼끝이 나무등치에 박혔다. 그러자 삼차복은 왼쪽 몸 전체에 허점이 드러난 것을 느끼면서 어금니를 물었다. 계백의 칼날이 날아왔고 목에 얼음 같은 감촉이 닿는 순간 삼차복은 눈을 감으면서 칼 쥔 손을 풀었다.

"돌아서라."

계백의 말소리가 들렸으므로 삼차복은 눈을 떴다. 그러고는 무의식 중에 계백을 향해 돌아서서는 한쪽 손으로 목을 만졌다. 계백이 칼을 내렸다.

"칼등으로 대었을 뿐이다. 목은 붙어 있다."

"날 왜 베지 않느냐?"

삼차복은 자신의 말끝이 떨리는 것을 듣고는 이를 갈았다. 그가 나무에 박힌 칼을 다시 쥔 순간 계백의 칼이 날았고 칼은 나무더미 위쪽으로 날아가 보이지 않았다.

"주인의 복수를 하려는 것이라면 충성심이 가상하다."

칼집에 칼을 넣는 계백이 그를 바라보았다.

"네 주인은 역적이었다. 주인과 같이 죽지 못하고 살아남았다면 앞뒤를 깨닫고 숨어 살아야 마땅한 놈이."

그러자 삼차복은 털썩 땅바닥에 주저앉았다. 이미 두 눈의 초점은 흐려졌고 입은 반쯤 벌려져 있다.

"공주 때문에 죽지 못한 것이다."

"너를 두 번째 놓아주겠다."

계백이 그를 쏘아보았다.

"지난번 배에서 놓아준 것은 더 이상의 살생을 피하려는 뜻이었고 지금은 네 충절을 높게 보았기 때문이다."

몸을 돌린 계백이 뱉듯이 말을 이었다.

"그러나 세 번째는 너뿐만이 아니라 네 공주도 같이 죽는다. 명심하라."

그날 저녁 계백이 마악 저녁상을 물렸을 적에 오지가 방으로 들어섰다.

"나리, 손님이 오셨습니다."

"손님이라니 누구냐?"

먼저 물은 것은 계백과 같이 있던 헤이찌였다. 그러자 오지가 힐끗 그를 보았다.

"붉은 기 집의 여주인이 나리를 찾습니다."

"붉은 기 집 여주인이?"

엉거주춤 일어섰던 헤이찌가 다시 앉았다.

"그 여자가 왜 주인을 찾아?"

"그건 나도 모릅니다. 지금 문앞에서 기다리고 있습니다."

계백이 방을 나서자 헤이찌가 서둘러 뒤를 따랐다.

"주인, 그 여자를 아십니까?"

계백은 대답하지 않았으나 그녀가 왜 왔는지 짐작은 갔다. 대문 밖에는 치마 위로 덧옷을 걸친 부여진이 여종 하나와 서 있었다.

계백을 본 그녀가 머리를 숙였다.

"집사로부터 이야기를 들었습니다."

시선을 내린 그녀가 말을 이었다.

"살려주셔서 고맙습니다."

"무슨 일인데 그러시오?"

헤이찌가 계백과 부여진을 번갈아 바라보면서 물었다.

"이보게 두령."

뒤쪽에서 나타난 덕조가 헤이찌의 팔을 잡았다.

"두령이 상관할 일이 아냐. 이리 오게."

헤이찌가 미진한 표정으로 끌려가자 계백이 입을 열었다.

"오는 길에 점구부 관리들을 만났는데 곧 이곳의 호구조사를 할 거요. 잠시 몸을 피하는 것이 좋을 것 같소."

"저도 소문을 들었습니다."

시선이 마주치자 그녀는 엷게 웃었다.

"이미 이곳에서 기반을 굳힌 데다 성의 관리들과도 안면을 닦아 놓았으니 별일은 없겠지요."

배에서 보았던 부여진과는 많이 달라진 모습이었다. 표정도 그랬지만 치장도 변했는데 지금은 머리를 틀어 올린 데다 귀에는 옥귀고리를 달았고 혈색도 좋았다. 부여진이 반짝이는 눈으로 그를 보았다.

"내일 저녁 제 집으로 나리를 모시고 싶습니다. 와 주시겠습니까?"

"뒤에서 칼을 날리지만 않는다면……."

계백의 얼굴에 웃음이 떠올랐다.

"못 갈 것도 없소."

태자 의자는 1백 발의 연사(延射)를 끝내고 나서야 활을 내려놓았다. 온몸에서 땀이 비오듯 흘렀고 팔이 시큰거렸으나 1백 발에서 82중을 했으니 흡족한 표정이었다. 위사장 교진이 그에게 무명수건을 건네주었다.

"전하, 어젯밤 좌평 목강의 집에 목대와 목신을 포함한 목 씨 일족 십여 명이 함께 있었습니다."

"목강의 생일이 아니냐?"

"허나 내실에서 문을 걸어 잠그고는 오랫동안 종의 출입도 금지시켰다고 합니다."

땀을 닦은 의자가 쓴웃음을 지었다.

"역모라도 했단 말이냐?"

"불평불만이 쌓이면 그럴 수도 있습지요."

목강은 병관좌평직을 내놓고 그냥 좌평에 머물렀다. 그리고 목대는 남방 방령직을 빼앗긴 데다 목신 또한 동방의 군장직을 내놓고는 도성에 올라와 있었다. 목 씨 일족이 불안해 하는 것은 당연한 일이다. 이른 아침이어서 태양은 아직 동쪽 산마루에 걸려 있었다. 웅진성이 있는 쪽이다.

"반란의 뿌리는 이미 뽑혔다. 모여서 불평을 한다고 해도 제각기 의견이 분분할 터이고 핵심이 없을 것이다."

겉옷을 걸친 의자가 옆에 매어놓은 말고삐를 풀었다.

"목 씨 일족 가운데는 충직한 신하들도 많아. 모두 의심할 수는 없다."

교진은 잠자코 그를 따라 말에 올랐다. 백제령 연무군의 반란을 진압함으로써 불만 세력은 기둥을 잃은 셈이 되었다. 또한 의자가 태자로 책봉되었으니 왕자간의 세력 다툼도 사라졌다. 그러나 교진의 생각으로는 그들과 연루되었던 귀족들이 아직 소탕되지 않은 것이다. 말에 박차를 넣은 의자가 교진을 바라보았다.

"일에는 선후와 경중이 있는 법이다. 그리고 서두르면 실수가 생기게 된다."

"신라의 첩자가 정학뿐만이 아닐 것이옵니다."

"그럴까?"

흰 눈에 덮인 길로 말을 몰면서 의자가 앞쪽 하늘로 시선을 돌렸다. 동쪽 하늘이다.

"서곡성을 빼앗긴 데다 이찬 무종이 죽었으니 여왕이 노심초사할 것이다. 김춘추와 김유신은 아마 이 기회에 세력을 확장시킬 것이고."

그가 박차를 넣자 말이 속보로 뛰었고 교진이 바짝 붙었다.

"마치 30년 전 좌평 해수가 4만 군사를 거느리고 나가 패한 경우와 비슷하나 실권은 여왕에게 가지 않을 것이야."

30여 년 전인 무왕 3년에 신라군이 침입하자 왕은 실권자인 좌평 해수에게 4만 군사를 주어 막게 했다. 그러나 해수는 신라 장군 건품과 무은에게 패하여 단기로 돌아왔으니 그 이후로 실권자인 해 씨 일족은 쇠락했고 왕권이 강화되었다. 의자가 갓난아기였을 때의 일이다.

"풍장(豊璋) 왕자가 다녀갔사옵니다."

태자비 은고가 의자에게 말했다. 태자궁의 내실 안이다. 관복으로 갈아입은 의자가 자리에 앉자 은고가 조심스럽게 앞쪽에 앉았다.

"아침 인사를 드리려고 왔었습니다."

풍장은 의자의 제1부인 소지의 아들이다. 제2부인 은고는 륭(隆)과 태(泰) 두 아들이 있었으나 풍장이 연상이었다.

"그럼 동생들은 만나고 갔나?"

의자가 묻자 은고가 얼굴에 웃음을 띠었다.

"왕자들간의 우의는 좋습니다. 염려하지 않으셔도 됩니다."

"내 다음 대에는 절대로 왕자들간의 다툼이 없도록 할 것이야."

"부모 하기 나름이지요."

시선을 든 의자가 은고를 바라보았다.

"왕위를 풍장에게 넘긴다고 해도 말인가?"

"따르겠습니다."

"실제로 닥치면 다를 텐데."

"저는 전하가 왕위에 오르는 것으로 만족합니다."

정색한 은고가 말을 이었다.

"풍장 왕자는 연상인 데다 성품이 너그럽고 영민합니다. 저를 친어머니처럼 공경하고요."

풍장의 어머니 소지는 병을 얻어 3년째 자리에서 일어나지도 못하고 있는 것이다. 한동안 은고를 바라보던 의자가 마침내 얼굴을 펴고 웃었다.

"알 수가 없는 사람이야. 당신은."

"얼마 전까지는 몰락한 토호의 딸이었다가 왕자비가 되었고 이제는 태자비가 된 데다가 곧 왕비가 될 신분입니다. 신분에 맞추어 처신을 해야 된다고 배웠습니다."

의자가 다시 웃었다.

"당신의 변신이 나보다 빠른 것 같군."

"전 이제 공주도 태수의 딸도 아닌 거간상 붉은 기 집 주인입니다."

계백이 자리에 앉았을 때 부여진이 말했다. 술병을 든 그녀는 계백의 잔에 술을 채웠다.

"지난 일이 모두 며칠 밤의 꿈만 같이 느껴져서 이젠 미련도 회한도 없습니다."

부여진의 내실 안이었다.

탁자 위에는 정성 들여 만든 요리가 가득 놓여졌고 술에서는 향기가 났다. 내해를 건너 온 대륙의 술이다. 시선을 든 부여진이 그를 바라보았다. 꽃무늬가 있는 분홍색 저고리에 치마를 입은 그녀의 자태는 그림처럼 선이 고왔다.

"대웅성에는 무슨 일로 오셨습니까?"

"태자 전하의 영을 받았소."

"이곳에 오래 계실 건가요?"

"내일 떠납니다."

한 모금 술을 삼킨 계백이 잔을 내려놓았다. 덕조는 지금쯤 마당 건너 사랑채에 앉아 있을 것이고 헤이찌는 부여진의 초대를 받았다고 하자 엉덩이를 한 군데 오래 붙여두지 못했다.

"사비도성 위쪽으로 사비수를 따라 올라가면 내 토성이 있소. 무슨 일이 생기거든 그곳에 가서 도이 영감을 찾으시오."

계백이 술잔을 들었다가 다시 놓았다.

"영감도 낭자에 대해서 알고 있으니 걱정할 것 없소."

앞에 놓인 술잔을 든 부여진이 한 모금을 삼켰다. 귀고리가 흔들리면서 불빛을 받아 반짝였다.

"그 영감님은 저에 대해서 어떻게 일고 계신지요?"

"사실 그대로 알고 있소."

"저를 왜 구해주었냐고 물으셨을 텐데요."

"그건 묻지 않았소."

잠시 방안에는 정적이 흘렀다. 벽쪽에 세워 둔 촛대에서 대황초 두 개가 타오르고 있어서 방안은 밝았지만 한쪽으로 그림자가 만들어졌다. 계백은 자신의 숨소리를 들었고 곧 마당에서 조심스럽게 걷는 종들의 발소리도 들었다. 이윽고 머리를 든 부여진이 계백을 바라보았다.

"사비수 위쪽에 있다는 토성은 얼마나 큰가요?"

"사방이 1리도 안 되오 벽도 낮은 데다 이제는 종들밖에 없소."

"떠나시면 언제 오시지요?"

술잔을 든 계백이 한 모금 술을 삼켰다. 그러나 사래가 들려서 커다랗게 기침을 했다. 얼굴을 붉힌 계백이 손등으로 입을 닦았다.

"그건 알 수 없소."

계백의 시선 끝이 술잔을 만지작거리는 부여진의 손가락에 닿았다. 희고 가는 손가락은 한때 내해(內海) 건너 백제군을 다스렸던 왕족의 것이다. 그의 시선을 의식한 부여진의 손가락이 잠깐 굳어진 듯 움직이지 않다가 다시 펴졌다. 그 순간 계백이 자리에서 일어섰다.

"늦었소. 내일 일찍 출발해야 할 테니 가야겠소."

"기다리겠어요."

따라 일어서며 부여진이 말했지만 시선은 주지 않았다.

"기다리고 살겠습니다."

퍼뜩 시선을 들었던 계백은 대답하지 않았다. 방문을 열었을 때 이쪽으로 귀를 돌려놓고 있었는지 마당 건너편의 방문도 열리면서 서둘러 덕조가 나오고 있었다. 이미 늦은 밤이다.

다음날 아침 헤이찌의 쾌전선은 대웅성을 떠났다. 북서풍이 강하게 불고 있었으므로 돛을 비스듬히 부풀린 배는 왼쪽에 강산을 끼고 남하하기 시작했다. 선미의 갑판에 서 있는 계백에게 헤이찌가 다가왔다.

"주인, 저는 아스카 가까운 곳에 배를 대지 못합니다."

그가 어색하게 웃었다.

"소가노에미시 집안의 배를 강탈했거든요. 그래서 저를 잡으려고 합니다."

소가노에미시는 섭정으로 왜국을 통치하는 실력자다. 현재 조오메이를 옹립한 사람도 그였으니 가히 왕을 압도하는 세력을 가지고 있는 것이다. 그러나 그는 백제에 대해서는 우호적이었다. 백제에서는 꾸준히 오경박사(五經博士), 역박사(易博士), 력박사(曆博士), 채약사(採藥士), 악인(樂人) 등을 왜국에 사신으로 보냈는데 모두 22부사에 소속된 관리들로 왜국에 백제문화를 심는데 크게 기여했다. 소가노에미시가 백제에 우호적인 것도 이러한 연유가 있기 때문이다. 계백이 머리를 끄덕였다.

"어차피 밀행이다. 섭정만 은밀하게 만날 것이니 나도 눈에 띄면 좋지 않아."

"왜국에 얼마나 오래 계실 것입니까?"

"전하께서 부르실 때까지."

"왜국은 백제령과도 다릅니다. 아스카만 벗어나면 사방이 호족들인데 그자들은 소가노에미시의 말은 방귀소리로 듣습니다."

"알고 있다."

"기고마을의 겐지를 꼭 찾으십시오. 도움이 될 것입니다."

바람이 세어지면서 배는 속력이 늘었으나 물보라가 휘몰려왔다. 헤이찌가 계백에게 바짝 다가섰다.

"주인, 붉은 기 집 아씨는 어쩌시렵니까?"

계백이 그를 바라보았다. 부여진에 대한 호칭이 어느새 달라진 것이다.

"그게 무슨 말이냐?"

"덕조로부터 모두 들었습니다. 기이한 인연이올시다."

"맺을 생각이 없다."

그러나 헤이찌가 얼굴의 물기를 손바닥으로 씻으며 웃었다.

"뜻대로 되는 일이 아니올시다."

그가 정색을 했다.

"떠나 계신 동안 소인이 아씨를 보호해 드리겠습니다."

배를 따라오던 갈매기 두 마리는 언제부터인가 보이지 않았다. 바닷물
도 암회색으로 변해 있었다.

제9장 음모(陰謀)의 아스카

대마도를 거쳐 배가 나니와(難波津, 현 大阪) 근처 해안에 도착한 것은 그로부터 한 달 후인 2월 초순이었다. 한 달 간의 항해를 한 것이다. 저녁 무렵이어서 바다는 검은 빛이었고 앞쪽 해안의 어촌에는 드문드문 불이 반짝였다. 헤이찌가 갑판에 서 있는 계백에게 다가왔다.

"주인, 신호를 보냈으니 곧 쪽배가 올 것이오."

그가 눈을 가늘게 뜨고 해안을 바라보았다.

"사신들이 자주 난파진에 배를 대는 바람에 순시선이 많습니다."

"네 덕분에 여기까지 잘 왔다."

"이쯤 뱃길은 아무 것도 아니올시다."

헤이찌가 그에게로 머리를 돌렸다.

"소가에미시가 대신으로 섭정이긴 하나 소가 가문에도 신라측 사람이 있습니다. 주인께선 조심하셔야 될 것이오."

"알고 있다."

헤이찌는 자꾸 걱정이 되는 모양으로 한 이야기를 되풀이했다.

"기고 마을은 아스카 북쪽으로 10리 정도만 가면 됩니다. 겐지 형님 되는 사람이 대장장이니까 그 사람한테 물어보시면 겐지를 찾으실 수 있습니다."

삐걱이는 소리가 들리더니 이미 어둠이 덮어진 바다 위로 쪽배 한 척이 나타났다. 노를 젓는 사람은 두 명이다. 덕조가 다가왔다.

"주인, 배가 왔습니다."

"제가 해안까지 모셔다 드리지요."

헤이찌가 계백의 짐을 들었고 부하들이 갈퀴를 내려 쪽배를 당겼다. 해안까지는 1리 정도 거리가 있었으나 모두 목소리를 죽였다.

쪽배가 해안에 닿자 헤이찌가 사공 한 사람에게 말했다.

"이봐 소노, 네가 안내해 드려라."

"염려하지 마십시오, 나리."

사공은 헤어진 옷에 맨 다리가 드러났지만 허리에는 칼을 차고 있었다. 이십대 중반쯤의 억세어 보이는 인상으로 체격도 단단했다. 배에서 내린 계백에게 헤이찌가 다가와 허리를 굽혔다.

"주인, 부디 몸을 보중하시오."

"풍랑이 세어졌다. 잘 돌아가거라."

이미 주위는 어두워져서 눈의 흰 창만 겨우 보였고 바람도 세어졌다. 헤이찌와 헤어진 계백은 곧 바닷가를 벗어났다. 소노는 다섯 걸음쯤 앞장을 섰는데 가끔 뒤쪽을 힐끔거리며 간격을 맞출 뿐 입을 열지 않았다.

"밤을 세워 걸어서 오카다의 영지로 들어가자."

계백이 말하자 덕조가 바짝 붙었다.

"오카다 씨는 주인께서 오시는 걸 알고 있습니까?"

"아마 모르고 있을 것이다."

오카다는 셋쓰 지방의 호족으로 소가에미시의 측근이다. 그의 영지는 야마토의 도성(都城) 아스카의 위쪽에 위치하고 있었는데 나니와에서 70리가 된다고 했다. 소노는 굴곡이 심한 산길로 그들을 안내했는데 불빛 한 점 보이지 않는 어두운 밤이었다. 계백은 앞장선 소노를 따라 말없이 걸었다. 재작년 10월, 조오메이 4년에 당은 사신 고표인(高表人)을 파견하여 조오메이의 융숭한 환대를 받았다. 신라는 당의 사신들과 함께 관리들을 보냈는데 고표인은 작년 정월에 귀국했으나 신라인들은 아직 남아 있었다. 뒤에서 걷던 덕조가 입을 열었다.

"주인, 소가 대신(大臣)은 여자를 밝힌다고 합니다. 지난번에 헤이찌는 소가 대신의 배에서 여자 열 명을 강탈해 갔다고 했습니다."

낮은 목소리였으나 주위가 너무 조용해서 숨소리도 다 들렸다.

"모두 고구려 무역상한테 팔아 넘겼다고 합니다."

앞쪽에 희미한 불빛이 보였는데 산기슭에 붙은 집이다. 걸음을 멈춘 소노가 계백을 바라보았다.

"저 집에 오카다 영주님의 신하가 살고 있습니다. 소인은 이곳에서 돌아갈까 합니다."

"고맙네, 소노."

머리만 숙여 보인 사내는 계백을 스치고 지나더니 금방 어둠에 묻혀 보이지 않았다. 덕조가 불빛을 바라보며 말했다.

"도무지 이 땅은 징이 붙을 것 같지가 않습니다요, 주인."

이십대 중반쯤으로 보이는 사부로는 단정한 무사복 차림이었는데 계백을 정중히 맞았다. 거실 안에는 계백과 사부로 두 사람뿐이다. 계백의 이야기를 듣고 난 사부로가 공손하게 말했다.

"주군께서는 지금 아스카에 계십니다. 소인이 내일 아침에 안내해 드리지요."

"수고를 끼쳐 드립니다."

계백의 왜말을 들은 사부로가 빙긋 웃었다.

"우리말이 능숙하니 차림만 바꾸신다면 눈에 띄지 않겠습니다."

셋쓰로 올라갈 필요가 없어진 계백도 마음이 가벼워졌다. 문이 열리더니 여인 둘이서 술상을 들고 들어섰다. 사부로는 오카다의 가신(家臣)으로 직접 관리하는 영지가 있고 사병(私兵)이 있다. 유사시에는 모두 오카다의 전력(戰力)이 되었으니 그 또한 소영주라 볼 수 있었다. 계백에게 술잔을 권한 사부로가 입을 열었다.

"백제국의 소식은 자주 듣습니다. 서곡성 함락에 공을 세운 계백공을 이곳에서 뵙다니 영광입니다."

"소문은 과장되는 법이지요."

"우리도 북쪽의 사이토 가문과 분쟁이 잦습니다. 물론 백제와 신라 같은 큰 싸움은 아니지요."

그가 길게 숨을 내쉬었다.

"쇼토쿠 태자께서 돌아가신 후로 세상이 더욱 어지러워졌습니다."

쇼토쿠 태자가 죽은 것은 12년 전의 일이었다. 스이코 왕의 조카로 섭정이던 쇼토쿠 태자는 17조 헌법을 제정하여 국기(國基)를 다졌고 불교를 융성시켰다. 그가 세운 절만 해도 시텐오사(四天王寺), 호오류사(法隆寺) 등 41개나 된다. 아스카는 쇼토쿠 치세 이후로 급격히 개화되어 밖으로부터 문화를 받아들였다. 그러나 쇼토쿠가 죽은 이후로 유일한 섭정이 된 소가 씨의 세력은 왕과 어깨를 겨룰 만큼 막강해졌고 그것이 지금까지 이어져 온다.

계백은 쓴맛이 나는 술을 한 모금 삼키고는 잔을 내려놓았다. 조오메이 6년 2월이니 백제 무왕 35년이요, 신라 선덕여왕 3년, 고구려 영류왕 17년이다.

달솔 연부(燕夫)가 아스카 동쪽 거리에 있는 백제방(方)으로 돌아왔을 때였다. 말에서 내린 그에게로 종 기한이 다가왔다.

"주인, 내일 호오류사에서 이루카(人鹿) 대감이 공놀이를 한다고 합니다."

말고삐를 받아 쥔 기한이 목소리를 낮췄다.

"김소준도 호오류사에 간다고 합니다."

"그놈이 안 갈 리가 없지."

코웃음을 친 연부는 청에 올랐다. 소가에미시가 마련해 준 백제방은 청은 낮았으나 스무 칸이 넘는 대저택이다. 마구간도 있는 데다 종들의 거처도 열 칸이 넘는 터라 저택은 언제나 빈 집 같다. 날씨가 추웠으므로 거실로 들어온 연부는 겉옷을 벗어 던지고는 보료에 앉았다.

이루카는 소가에미시의 장남으로 아비 다음 가는 실권자였다. 신라의 사신 김소준은 그에게 적극적으로 접근하고 있었는데 놀기 좋아하는 이루카가 가는 곳은 어디든 따라나섰다. 방문이 열리더니 장덕(將德) 고서문이 들어섰다.

"나리, 에미시를 만나셨습니까?"

"못 만났어. 하지만 안부는 전하고 왔네."

"병을 칭하고 아마 안에서 여자를 끼고 있을 것입니다."

앞자리에 앉은 고서문이 쓴웃음을 지었다.

"나리를 내하기가 거북한 모양입니다."

두 달 전에 연부를 수행해 온 사신 일행 중 한 사람인 대덕(大德) 정동보가 칼을 맞고 죽은 것이다. 그의 시체는 아스카에서 10리쯤 북쪽의 노상에서 발견되었는데 절에 다녀오는 길이었다. 소가에미시는 범인을 꼭 색출하겠다고 약속을 했지만 사건은 미궁에 빠졌다. 이제는 연부가 찾아가면 핑계를 대고 만나려 들지도 않는 것이다. 신라의 자객이나 신라측 영주의 소행이 틀림없는 일이었다. 연부가 입을 열었다.

"기한의 말을 들으니 김소준이 내일 호오류사에 간다는군. 이루카와 공차기를 하려는 모양이야."

알고 있었는지 고서문이 머리만 끄덕였다.

근래에 들어서 신라는 왜에 적극적으로 접근했다. 그들로서는 백제와 왜가 밀착해 있는 것이 앞뒤에 적을 두고 있는 것과 같았기 때문이다. 재작년에 당의 사신 일행과 함께 입국한 신라 관리들은 왜왕과 에미시에게 친선을 강조했고 한편으로는 영주들을 포섭하는 중이었다. 연부가 문득 머리를 들었다.

"아직도 밀사는 소식이 없나?"

"예, 아직."

"도대체 태자께선 누구를 보내셨을꼬?"

혼잣소리처럼 말한 연부가 입맛을 다셨다. 그도 왜국에 온 지 일년이 되어가고 있었다. 작년말에 무역선 편으로 건너온 태자의 서신에는 곧 밀사를 보낸다고 했던 것이다. 고서문이 분위기를 바꾸려는 듯 헛기침을 했다.

"근래에 들어 백제국의 기세는 왕성합니다. 신라측이 제아무리 기를 써도 가라앉은 기세를 만회하기는 힘들 것이오."

오카다는 사십대 중반으로 셋쓰의 영주이며 야마토 조정의 소덕(小德)에 봉해진 중신이었다. 쇼토쿠 태자는 소가우마코와 함께 섭정정치를 하면서 12계급의 관위(官位)를 제정하였는데 지방 호족들을 무마하고 흡수하려는 의도도 있었으나 가문이나 문벌에 관계없이 능력 있는 자를 등용하려는 것이었다. 오카다가 12계급의 관위 중 대덕(允橋) 다음의 제2위 직을 받은 것은 능력도 있었지만 세력을 인정받았기 때문이다. 그는 강병(强兵) 5천을 거느린 영주인 것이다.

아스카 북쪽에 세워진 오카다의 저택은 두 길이 넘는 돌담에 담밖으로는 한 길 깊이의 해자에 물이 채워져 있다. 마치 평지에 세워진 작은 성 같았는데 아스카에 저택을 세운 대부분의 영주들도 이와 비슷한 무장저택에서 살았다.

넓은 마루방의 상좌에 앉은 오카다는 턱을 들고 가슴을 폈다. 그의 앞에는 허름한 무명 바지저고리에 허리를 무명끈으로 묶은 왜국 무사 차림의 계백이 앉아 있었다.

"먼 길 오시느라 수고하셨소."

그가 굵은 목소리로 말을 이었다.

"장덕의 명성은 듣고 있었습니다."

"초행이라 폐를 끼치게 되었습니다."

계백이 똑바로 오카다를 바라보며 말했다.

"태자 전하께서 안부를 전하라고 하셨습니다."

"고마우신 말씀이오."

오카다가 눈꼬리를 늘어뜨리며 웃었다.

"저도 태자 전하를 뵙는 것이 소원입니다."

"소가 대신에게 드리는 태자 전하의 밀서를 가져왔습니다."

긴장한 오카다가 머리를 끄덕였다.

"대신께 말씀 드리겠소."

"제가 직접 전해 올리라는 태자 전하의 영이 계셨습니다."

"알겠소이다."

사방이 트여진 마루방이어서 옆쪽 정원의 인공 석산(石山)과 작은 연못이 보였다. 깨끗한 옷차림의 하인들이 반대쪽 뜰을 오갔지만 말소리는 들리지 않았다. 오카다가 다시 입을 열었다.

"밀행이시니 당분간 이곳에 머무는 것이 나을 것 같습니다. 달솔 연부께서 백제방에 묵고 계시지만 그곳에 가셨다가는 곧 노출이 될 것이오."

정색한 그가 계백을 바라보았다.

"두 달 전에 달솔의 수행원 하나가 길에서 칼을 맞고 죽었습니다. 대신께서는 범인을 색출하고 계시오."

계백은 처음 듣는 일이다. 그러나 처음부터 오카다의 신세를 지기로 생각하고 왔으므로 머리를 숙였다.

"호의에 감사드립니다."

"백제의 무장을 여럿 만났지만 기백이 가장 뛰어났다."

내실에 앉은 오카다가 가신 기무라에게 말을 했다. 기무라는 오카다 가(家)의 아스카 집무역(執務役)이자 저택의 관리역인 중신(重臣)이다.

"헛소문이 아니었어. 눈빛이 강하고 앉은 자세에도 빈틈이 없었다. 의자는 계백을 보내어 강수(强手)를 쓰려고 한다."

"주군, 그렇다면……."

긴장한 기무라가 눈살을 좁히자 오카다는 빙긋 웃었다.

"우리로서는 손해날 것이 없다. 잘만 이용하면 우리 등에 붙은 벌레들을 백제국의 힘을 빌어 털어낼 수도 있을 것 같다."

깊은 밤이었다. 아스카 교외의 길에는 이미 인적이 끊겼고 길가에 밀집된 가옥에서도 불빛이 새어나오지 않았다. 2월 중순이어서 봄기운이 덮여올 때도 되었지만 싸늘한 날씨였다. 가옥을 스치며 지나는 바람끝이 매서웠으므로 겐지는 돌담모퉁이에 바짝 등을 붙였다.

"이놈이 오늘은 늦는구면."

옆에 붙어 선 아오이가 혼잣말을 했다. 그는 온몸을 떨고 있어서 이가 부딪치는 소리를 냈다.

"비 빌어먹을, 무지하게 춥구나."

"아오이, 그 무사놈이 이쪽으로 오는 것이 틀림없지?"

눈을 치켜 뜬 겐지가 묻자 아오이가 커다랗게 머리를 끄덕였다.

"틀림없어, 어제도 이 앞으로 지나갔어."

"허탕을 친다면 네 눈을 뽑아버릴 테다."

아오이는 이만 부딪치고 있을 뿐 대답하지 않았다. 겐지의 성미를 알고 있기 때문이다.

성밖 거리에는 순라군도 다니지 않았으므로 밤이면 무법천지가 되었는데 신기하게도 도둑은 드물었다. 같은 거리에 사는 주민들은 서로를 보호했기 때문에 외지에서 침입한 도둑이 잡힐 경우에는 그 자리에서 죽여 내다버리는 것이다.

이제 겐지도 잇몸이 떨렸으므로 어금니를 물었다. 별도 없는 밤이어서 시각을 알 수도 없다. 그때였다. 겐지는 옆에 선 아오이의 팔을 쥐었고 아오이도 번쩍 머리를 들었다. 바람소리에 섞여 발소리가 들린 것이다.

"온다!"

아오이가 갈라진 목소리로 말했다.

"세 놈인 모양이다."

그러자 겐지는 몸의 떨림이 멈춰진 것을 깨달았다. 상대는 조정의 내대신(內大臣) 우마치로의 시종 무사인 것이다. 그는 상체를 조금 숙이고는 칼자루를 쥐었다. 옆쪽의 아오이는 이미 벽의 일부분이 된 것처럼 일자로 달라붙어 있었다. 발소리는 이제 십여 걸음 거리로 가까워졌다. 겐지는 숨을 천천히 들이마셨다. 머리 한쪽만 담장 밖으로 내놓고 있었으므로 어둠 속에 희끗한 사람의 윤곽이 눈에 들어왔다. 하나가 앞장을 섰고 뒤쪽에 둘이 따른다. 겐지는 숨을 멈췄다.

앞장 선 사내와의 거리가 두 걸음이 되었을 때였다. 겐지는 무릎을 굽혔다가 펴면서 퉁겨지듯 떠올랐고 그 순간 칼을 빼어 후려쳤다.

"아악!"

떠오른 겐지의 모습을 본 상대가 허리를 젖히면서 칼자루를 쥐었지만 이미 늦었다. 겐지는 칼끝에 베어지는 촉감을 느끼면서 땅바닥에 두 발을 짚었다. 비스듬히 가슴이 갈라진 무사가 허물어지듯 넘어졌을 때 뒤를 따르던 사내 둘이서 칼을 빼 들었지만 상대가 되지 않았다. 겐지가 내려친 칼에 사내 하나의 어깨가 베어졌고 뒤늦게 달려든 아오이는 남은 사내의 옆구리를 찍었다.

"자, 서둘러."

겐지가 피에 젖은 칼을 무사의 등판에 닦으면서 말했다. 그는 무사가 미처 뽑지도 못한 칼을 허리에서 칼집째 빼내었고 허리춤을 더듬어 묵직한 주머니를 찾아냈다.

"과연……."

어둠 속이라 그는 이만 드러내고 웃었다.

우마치로의 시종 무사는 거리 끝의 열여섯 살 난 애첩의 살림집으로 가는 길이었다.

바쁘게 살아온 인생이 끝난 것이다.

오두막의 문은 언제나처럼 열려 있었으므로 겐지는 거침없이 마당으로 들어섰다. 서너 걸음밖에 되지 않는 마당이었고 방 두 칸짜리 집에 세간이라고는 그릇 몇 개와 이불 한 채뿐인 살림이었다. 그가 마악 마루에 발을 딛었을 때였다. 뒤쪽에서 인기척이 났으므로 그는 재빨리 손을 돌려 허리에 찬 칼을 뽑았다. 그가 자랑하는 발도(拔刀)술로 조금 전에 우마치로의 시종 무사도 한칼에 쓰러뜨린 것이다.

그러나 칼은 헛바람을 일으켰고 그 순간 그는 손목에 충격을 느끼면서 칼을 떨어뜨렸다.

"이 빌어먹을."

눈을 치켜 뜬 겐지가 눈앞에 나타난 사내를 쏘아보았다. 우마치로의 무사들이 이렇게 빨리 추적해올 리는 없는 것이다.

"네놈은 누구냐?"

어둠 속이었으나 사내가 장신에 낯선 모습인 것이 보였다. 사내가 한 걸음 다가섰으므로 윤곽이 더 잘 보였다. 처음 보는 놈이다.

"네가 겐지인가?"

"그렇다면, 어쩔 셈이냐?"

그렇게 되묻는 순간 겐지가 사내의 가슴으로 뛰어들었다. 한 걸음이 겨우 넘는 간격이었다. 그는 허리춤에서 빼어 든 소도(小刀)로 사내의 가슴을 힘껏 찔렀다. 그러나 다음 순간 겐지는 다시 팔이 허공을 쑤신 무력감에 전율했고 이번에는 뒤통수에 일격을 받고는 등부터 땅바닥에 떨어졌다.

"어이그."

머리와 등의 고통으로 그는 자신도 모르게 신음소리를 냈다. 이런 상대는 처음이다. 겐지의 온몸에 소름이 돋아났다. 다시 사내가 바짝 다가와 섰으나 겐지는 주저앉은 채 머리만 들었다.

"넌 누구냐?"

"난 헤이찌가 보낸 사람이다."

사내가 그를 내려다보며 부드럽게 말했다.

"백제에서 왔다. 계백이라고 한다."

문쪽에서 다시 인기척이 나더니 사내 하나가 들어섰다.

"주인, 춥습니다. 안으로 드시지요."

백제말이었으므로 겐지는 비틀대며 자리에서 일어섰다.

"헤이찌한테서 이야기는 들었수다."

그는 계백을 찬찬히 쳐다보았다.

"이 밤중에, 그리고 내 집은 어떻게 찾으셨소?"

"네 형이 기고 마을에서 대장간을 하고 있지 않느냐? 네 형이 알려줘서 찾아왔다. 기다리고 있었다."

덕조가 다가와 겐지의 아래위를 훑어보았다.

"이놈아, 무작정 발도하다니. 그리고는 강아지처럼 뛰어들다니, 다른 곳 이었다면 네놈은 두 번 죽었다."

좁은 방에 기름등이 켜졌고 세 사내가 마주 앉았는데 겐지는 뒤통수를 만지작거렸다. 그리고 어색하고 불안한 표정이다.

"강도짓을 하며 산다고 들었다."

계백이 말하자 그는 퍼뜩 눈만 들었다가 말았다. 우마치로의 시종 무사 한테서 빼앗아 온 두 자루의 검과 은이 들어 있는 주머니가 방구석에 놓여 져 있었다. 마당에서 경황 중에 떨어뜨린 것을 덕조가 집어온 것인데 숨길 것도 없는 일이었다. 계백이 말을 이었다.

"내가 왜국은 초행이고 해서 믿을 만한 부하가 필요하다. 네가 돼주지 않겠느냐?"

"솜씨는 알겠습니다만,"

겐지가 목을 뻣뻣이 세우고는 계백을 바라보았다.

"소인은 어느 분이건 모실 생각이 없습니다요. 무사가 되려고 했다면, 이곳 야마토만 벗어나면 쓰겠다는 영주는 얼마든지 있습니다."

"혼자서 강도질하는 것이 낫단 말이냐?"

"소인이 두령이오. 부하가 여럿입니다."

"그렇다면 할 수 없지."

선선히 머리를 끄덕인 계백이 뒤쪽에 앉은 덕조를 바라보았다.

"승낙하지 않았더라도 이자한테 주려고 가져온 물건을 주어라."

힐긋 계백의 눈치를 살핀 덕조가 보자기에 싼 뭉치를 방바닥에 내려놓았다. 목침만한 부피였는데 꽤 무거운지 방바닥에 내려놓자 소리가 둔탁하게 났다. 계백이 자리에서 일어서며 물었다.

"너한테서 피냄새가 난다. 오늘밤 사람을 죽였느냐?"

"예, 무사 한 명을 베었지요."

"네가 백제 사신을 베지는 않았겠지?"

"벤 놈은 고센이오. 소인이 아닙니다."

정색한 계백이 그를 바라보았다.

"고센이 누구냐?"

"아스카 남쪽 거리에서 도검(刀劍)상을 하지만 실은 내대신 우마치로의 하수인이지요."

어깨를 편 겐지가 말을 이었다.

"소인이 조금 전에 벤 놈이 우마치로의 시종 무사였습니다."

계백의 시선을 받은 겐지가 덧붙였다.

"예, 별 원한은 없고 그놈의 칼이 좋다는 소문을 들어서요."

오카다가 계백에게 마련해 준 숙소는 저택 안쪽 깊숙이 위치한 별채였다. 다음날 아침, 아침식사를 마친 계백이 넓은 마루로 나왔을 때 기다리고 있던 덕조가 말했다.

"주인, 소덕께서 조정에 나간다고 전해드리랍니다."

그가 백제어로 말을 이었다.

"어제 밤에 주인께서 나가신 것을 들은 모양입니다. 외출시에는 꼭 경호 무사를 대동하라고 전해왔습니다."

덕조의 시선이 가리키는 곳을 보니, 벌써 별채의 대문 밖에 모여선 서너 명의 무사가 보였다. 머리를 끄덕인 계백이 마루 끝에 섰다.

"네가 달솔에게 가서 내가 도착했다는 것을 알려드려라."

"장덕 나리를 벤 것이 누구라는 것도 말씀 올릴까요?"

"그건 됐다."

계백이 자르듯 말하자 덕조가 얼굴에 웃음을 띠었다.

"알겠습니다, 주인."

"달솔께만 말씀드려야 한다."

"소인은 어린애가 아니올시다."

덕조를 내보낸 계백은 마당으로 내려가 별채를 둘러보았다. 별채라고 해도 본채와 사랑채에다 창고와 마구간까지 따로 있는 집이었다. 시중드는 남녀가 십여 인이었고 경호무사까지 배치되어 있어서 오카다의 섬세한 배려가 느껴졌다.

별채를 나온 계백은 주위를 둘러보았다. 오카다의 대저택은 마치 성처럼 축조되었는데 곳곳에 담이었고 무장한 무사 수백 명이 주둔하고 있었다. 아스카에 주거하는 다른 영주의 거성(居城)도 마찬가지였다. 오카다와 적대관계인 단바의 사이토 가문은 아스카 동쪽의 저택에 무사 5백여 명을 주둔시키고 있는 것이다. 왜왕과 섭정인 소가 대신이 정권을 잡고 있다고 해도 실제 지배영역은 야마토의 6개 현을 벗어나지 못한 상황이다. 영주들은 조정의 관직을 받아 아스카에 저택을 짓고 영지와 아스카를 오가고 있었으나 영주간의 전란은 그치지 않았고 왕과 섭정의 통제력이 미치지 않는 곳이 많았다. 계백이 저택의 중심부에 있는 연못가에 섰을 때였다. 뒤쪽에서 발소리가 들리더니 사부로가 다가왔다.

"나리, 편히 쉬셨습니까?"

그가 백제식으로 허리를 굽혀 인사를 했다.

"주군께서는 나리를 안내할 소임을 저한테 맡기셨습니다."

"저택만 둘러보아도 며칠이 걸리겠소"

"호오류사에서 축국(蹴鞠)대회가 열리고 있습니다. 소가 대신의 아드님이신 이루카 공께서 여셨지요."

옆에 선 그가 이를 드러내며 웃었다.

"아스카가 들썩이고 있습니다. 멋진 솜씨를 가진 사내는 여인들의 선망의 대상이 되지요."

계백이 잠자코 머리를 끄덕였다. 비록 야마토 조정이 왜국 전 영토의 십분지 일도 되지 않았으나 왜왕이 있는 곳이다. 조정에 대항하는 영주가 없기 때문인지 아스카의 겉모습은 그저 평화로운 것처럼 느껴졌다.

"오카다가 소가 대신과 밀담을 했다."

저녁 무렵, 저택으로 돌아온 사이토가 뱉듯이 말하고는 자리에 앉았다. 내실에는 그와 신지 두 사람뿐이다.

"아마 저택에 숨겨두고 있는 백제 밀사에 대한 이야기를 했을 것이야."

"밀사의 신분은 아직 밝혀지지 않았습니다."

신지가 조심스럽게 말했다. 그는 사이토의 중신(重臣)으로 뛰어난 무장이다. 지난 해 서쪽의 이나바 영지로 쳐들어가 성 두 개와 마을 다섯 개를 복속시킨 공으로 성 두 개를 식읍(食邑)으로 받았다.

"밀사는 젊은 데다 기골이 장대하다니 무장인 것 같습니다."

"날술 언부한테도 가지 않는 것을 보면 음모를 꾸미려는 모양이야."

팔받침에 상반신을 기댄 사이토가 이맛살을 찌푸렸다. 혈색이 좋은 둥근 얼굴에 살이 쪄서 두겹턱을 가진 사이토는 조정에서 대인(大仁) 벼슬을 받았다. 대신 반열을 제외한 제3등급 관위였으나 오카다보다 한 등급이 아래인 것이다. 사이토의 단바 영지는 오카다의 셋쓰 영지보다 두 배 이상 컸지만 등급이 아래인 이유는 한 가지뿐이었다. 오카다가 소가에미시의 가신이기 때문이다. 사이토가 날카로운 시선으로 신지를 바라보았다.

"신지, 사람을 신라쪽에 보내어 백제 태자의 밀사가 오카다의 저택에 숨어 있다고 말해줘라."

"알겠습니다, 주군."

"난 우마치로 공에게 귀띔을 해줄 테니까 말이야."

우마치로는 내대신으로 가와지의 영주다. 야마토 서쪽에 인접한 가와지는 대국(大國)이어서 우마치로는 소가 대신 다음으로 영향력이 있는 인물이었다. 사이토가 문득 쓴웃음을 지었다. 소가 대신과 그 측근세력들은 백제와 우호적인 관계를 지속해왔다. 그러자 신라는 소외세력을 회유하고 자극하여 친(親) 신라 세력으로 뭉치게 한 것인데 자신의 경우는 달랐다. 자신이 친 신라 세력이 된 것은 한가지 이유밖에 없었다. 오카다가 친 백제 세력이었기 때문이었다.

계백이 소가에미시를 만난 것은 다음날 밤이었다. 오카다와 함께 휘황하게 등을 밝힌 청을 지나 긴 복도를 걸은 다음 끝쪽의 방문을 열자 소가 대신이 안쪽 벽을 등지고 앉아 있었다. 계백은 오카다의 안내로 다섯 걸음쯤 떨어진 보료에 앉았다. 오카다는 뒤쪽에 앉았고 좌우로는 소가 가(家)의 신하들이 양쪽으로 벌려 앉아 있었는데 분위기는 엄숙했다.

"백제국 태자 전하의 밀지를 가져왔습니다."

계백이 가슴에서 붉은 색 비단으로 싼 밀서를 꺼내어 앞쪽에 내려 놓았다.

"태자 전하께서 소가 대신께 안부를 전하라 하셨습니다."

"고마우신 말씀이오."

소가가 얼굴을 펴고 웃었다. 비단옷에 금빛 관을 쓰고 어깨를 펴고 앉은 그의 위세는 왕의 그것을 능가했다. 현 조오메이 왕도 쇼토쿠 태자의 아우인 야마시로를 누르고 그가 옹립한 것이나 다름없었다. 소가가 가신이 올린 밀서를 읽는 동안 방안에는 숨소리도 들리지 않았다. 소가의 영지는 야마토뿐만 아니라 전국에 펼쳐져 있는 데다 왕을 대리하여 정사를 행하는 섭정인 것이다. 계백은 자신이 왜국의 심장부에 앉아 있다는 것을 실감했다.

이윽고 밀서를 접은 소가가 계백에게 시선을 옮겼다.

"태자 전하의 밀서를 잘 보았습니다. 회신은 내 신하 편으로 즉시 보내도록 하겠소."

그가 웃음 띤 얼굴로 계백을 바라보았다.

"장덕께선 뛰어난 무장이라고 들었소."

"과장된 소문입니다."

"아스카의 신라인들이 알면 크게 긴장할 테니 나가토의 내 영지 수호역으로 행세하는 것이 낫지 않겠소?"

"고마우신 배려십니다."

"나가토는 먼 지방인 데다 장덕의 우리말이 유창하니 의심하는 사람은 없을 것이오."

소가가 다시 이를 드러내고 웃었다.

"내 조상도 백제인이오. 장덕은 알고 계시는지?"

"자세히는 모릅니다."

"1백여 년 전 백제국에서 선녀온 목협만치(木劦滿致) 님이 내 조상이오. 조상님은 뛰어난 무장으로 인정을 받아 이름을 소가만치(蘇賀滿智)로 바꾸셨으니 이것이 곧 소가 가문의 시작이 되었소."

그후 소가 가문은 왜 왕가와의 혼인으로 왜왕의 외조부가 되었다가, 장인이 되는 등 끊임없이 권력의 중심부에 위치해 왔다. 지금의 조오메이 왕에게도 소가는 그의 누이를 보내 비의 자리에 앉혔다.

"비록 백제에서 곤지왕 전하와 함께 쫓기듯 이곳에 왔으나 나는 지금도 백제인의 피가 흐르고 있다는 것을 자랑스럽게 생각하오."

"새겨 듣겠소이다."

"장덕을 보니 든든하오."

시선이 마주치자 소가가 머리를 끄덕였다. 오십대 중반의 소가는 보통 체격이었으나 왜국을 통치하는 섭정으로서 그 위엄을 풍겼다. 사치와 향락을 좋아하며 저택에는 불교에서 전해오는 수미산(須彌山)까지 만들어 둔 사람이지만 기지와 결단력이 뛰어난 인물이었다. 머리를 숙여 보인 계백은 자리에서 일어섰다.

호오류사는 쇼토쿠 태자가 건립한 사찰로 태자가 죽은 지 10여 년이 지났으나 더욱 융성해졌다. 태자는 불교 융성을 위하여 모든 힘을 기울였는데 당시의 섭정이며 소가에미시의 부친이던 소가우마코도 적극 협력했다. 태자가 제정한 17조의 헌법에도 삼보(三寶)를 받들라고 적혀져 있다. 그 삼보란 부처와 부처의 가르침, 불법승을 말하는 것이다.

화창한 날씨였다. 오늘도 호오류사의 공터에는 사흘째 계속되는 축국놀이로 수천의 인파가 모여 있었다. 오색의 차양 아래에는 소가대신의 아들 이루카와 조정의 관리들이 앉아 앞에서 열리는 축국을 구경했다. 축국도 기예여서 높게 차고 돌려서 차며 퉁겨 찼다가 뒤로 차는 갖가지 묘기가 나왔는데 허공에 뜬 공을 빼앗아 찰 때는 환성이 터졌다. 군중들 사이에 끼어 서 있는 계백의 옆으로 덕조가 바짝 붙었다.

"주인, 김소준이 오늘은 공을 차지 않는다고 합니다."

그가 낮게 백제어로 말했다. 머리를 끄덕인 계백이 이루카의 옆자리에 앉은 김소준을 바라보았다. 오십 보쯤 떨어진 거리였으나 김소준의 짙은 턱수염과 둥근 얼굴이 선명하게 보였다. 그리고 이루카 왼쪽에 앉은 사내는 내대신 우마치로다. 우마치로는 무뚝뚝한 표정으로 거의 입을 열지 않

있는데 이루카가 갈채를 할 때나 마지못해 얼굴을 펴고 있었다. 이윽고 계백이 덕조에게 말했다.

"이만 가자. 볼 건 다 보았다."

이곳에는 이루카와 김소준 등의 얼굴을 익히려고 온 것이었다. 사람들을 헤치고 그들이 절문을 막 나설 때였다. 머리에 장옷을 가려 쓴 젊은 여자 하나가 옆쪽으로 다가오더니 계백에게 말을 건넸다.

"무사님은 어디까지 가시지요?"

"그건 왜 묻소?"

"아스카까지 경호해 줄 무사를 찾고 있습니다. 사례는 하겠어요."

"한낮인데 경호무사가 필요합니까? 그리고 올 때는 어떻게 오셨기에……."

여자가 당황한 듯 아랫입술을 물었다가 풀었다. 둥글고 순박한 얼굴이었다.

"올 때는 대감의 수행원 틈에 끼어 왔지만 지금은 둘이서 먼저 가려고 그럽니다."

"둘이라니요?"

그러자 여자가 눈으로 옆쪽을 가리켰다.

"제가 모시는 아씨가 저기 계십니다."

계백과 덕조가 여자의 시선을 따라 머리를 놀렸다. 사람들 틈에 끼어 있었으나 옆모습만 보이는 여자가 금방 눈에 띄었다. 덕조가 여자에게 물었다.

"이보슈, 무사들이 절안에 널렸는데 왜 우리한테 청을 넣소?"

"아씨가 부탁하라고 하셨습니다."

여자가 계백에게로 머리를 돌렸다.

"무사님한테요."

계백이 다가섰을 때 여자는 둘러쓴 장옷으로 입을 가렸으므로 두 눈밖에 보이지 않았다. 맑고 또렷한 눈이었다.

"아스카 어디까지 가시오?"

계백이 묻자 여자가 옷자락 사이로 대답했다.

"동문 안에까지만 같이 가주셨으면 합니다."

"대감의 행차에 따라오셨다면 그 일행에게 부탁하시는 게 낫지 않습니까?"

"몰래 따라왔습니다."

여자의 목소리는 맑았다. 계백이 머리를 끄덕이자 주종관계의 두 여자가 그들 뒤에 붙어 섰으므로 그들은 금방 일행이 되었다. 아스카까지는 30리 길이었으니 여인네 걸음에 맞추면 도중에 해가 지게 될 것이었다.

"왜 하필이면 우리한테 청을 넣었는지 아직 대답을 듣지 못했소."

힐끗 뒤를 돌아본 덕조가 끈질기게 물었으나 그들은 대답하지 않았다. 절에서 1리쯤 걸어 산모퉁이를 지나고 나서부터는 인파가 줄어들었다. 아스카에서 구경온 사람도 있어서 삼삼오오 떼를 지어 갔지만 대부분이 상민(常民)들이었다.

"무사님은 아스카 어느 지역에 사십니까?"

문득 뒤에서 물었으므로 계백은 머리를 돌렸다.

"남쪽에 삽니다."

"어느 분을 모시고 계시나요?"

"그건 왜 묻습니까?"

"말투가 조금 이상하게 들려서요."

"난 나가토에서 왔소."

"그렇다면 소가 대신의 영지에서 오셨군요."

이야기가 길어지는 것이 불안한 듯 덕조가 헛기침을 했다. 계백이 물었다.

"낭자는 누구시오?"

"전 오미라고 합니다. 소가히데키의 딸로 궁중의 시녀로 있습니다."

긴장한 계백의 걸음이 느려졌다. 소가히데키는 소가 씨의 일족으로 야마토 남쪽 기이의 영주였다. 영주들이 딸을 궁중에 보내는 것은 흔히 있는 일이다. 계백의 시선을 받은 여인이 눈웃음을 쳤다.

"축국 구경을 하시는 무사님을 보고 있었습니다. 가시는 걸 보고 따라온 것이지요."

계백이 쓴웃음을 지었다.

"궁중의 여인들은 다 그렇소?"

"궁중에선 늠름한 무사를 만나기가 힘들지요."

오미가 계백의 옆으로 바짝 다가섰다.

"성함이 어떻게 되십니까?"

"대모숙이오."

"기억해 두겠습니다."

그리고는 가리고 있던 장옷을 살짝 젖혔다. 계백은 숨을 멈췄다. 흰 이를 보이며 웃는 오미의 얼굴이 그림처럼 고왔기 때문이다. 곧 그녀는 다시 얼굴을 가렸으나 이목구비는 계백의 머릿속에 깊게 심어졌다. 뒤에서 덕조가 세게 헛기침을 했다.

"서둘지 않으면 아스카에 어두울 때 들어가겠습니다."

"백제 밀사는 오카다의 저택을 나와 종적을 감췄습니다."

사찬(沙湌) 도성이 말하자 김소준은 머리만 끄덕였다. 사십대 초반의 김소준은 대아찬(大阿湌)으로 진흥왕계 왕손이다.

"달솔 연부한테도 가지 않은걸 보면 밀사는 독자적으로 행동할 모양입니다."

아스카 궁성에서 멀지 않은 곳에 위치한 신라방 안이다. 소가 대신은 장기 체류하는 신라 사신 일행에게도 저택을 마련해 주었다. 술시가 되어가고 있어서 저택 안은 조용하다. 호오류사의 축국놀이에서 돌아온 지 얼마 되지 않은 김소준이 햇볕에 그을린 얼굴을 들었다.

"밀사가 온 것은 정동보의 피살 때문일까?"

"그렇다면 백제의 반응이 너무 빠르지 않습니까?"

정동보가 피살된 것은 두 달 전이었으나 아스카에서 백제의 도성까지 오가는 것만으로도 두 달이 걸리는 것이다.

"밀사가 누굴 만나러 온 것일까?"

"그건 알 수 없습니다. 대감."

김소준은 다시 입을 다물었다. 밀사가 왜왕을 만났을지도 모르는 일이다. 조오메이는 4년 전에 부여보(夫餘寶)를 왕비로 맞이했으니 곧 백제 태자 의자의 누님이 된다. 곧 왜왕은 백제 무왕의 사위가 되는 것이다.

"사이토 공이 밀사를 찾고 있으니 곧 밝혀지겠지요."

도성이 스스로 위로하듯 말했다.

"우마치로 내대신도 손을 쓸 겁니다."

"정동보는 누가 베었을까?"

문득 김소준이 묻자 도성이 얼굴을 찌푸렸다.

"신라측에 누명을 덮어씌우려는 세력이 한 짓이 분명합니다."

더 이상은 알 수가 없는 것이다. 소가 대신은 감찰사를 보내어 신라 사신 일행을 조사했지만 헛수고를 하고 돌아갔다. 백제측은 연일 소가 대신을 압박하고 있었으나 사건은 미궁에 빠져버렸다.

계백이 성안 북쪽거리에 있는 숙소에 돌아왔을 때는 유시 무렵이었다.

소가 대신은 본체와 사랑채, 창고까지 딸린 십여 칸짜리 저택을 내주었는데 명색이 나가토 수호역의 아스카 저택이다. 무사 셋과 남녀 종이 열 명 보내졌고 창고에는 양곡과 고기도 쌓여 있었다. 늦은 저녁을 마친 그가 거실에 앉아 있을 때였다. 덕조가 서두르며 들어섰다.

"주인, 겐지가 왔습니다. 만나시겠습니까?"

계백이 머리를 끄덕이자 곧 그는 겐지를 데리고 들어섰다. 겐지는 깨끗한 무명 바지저고리에 허리에는 긴 칼을 찬 무사 차림이었다. 그가 무릎을 꿇고 절을 했다.

"나리, 겐지가 문안드리오."

"네가 이곳을 어떻게 알고 왔느냐?"

"호오류사에서 나리를 뵙고 뒤를 따라왔습지요."

그가 눈꼬리를 내리며 웃었다.

"궁중의 여인네 둘을 호위하고 가시더군요."

"네놈이 혹시 그 여자들을 노리고 있었던 것이 아니냐?"

"바로 맞추셨습니다. 나리께서 옆에 계시지 않았다면 업어갔을 것입니다."

겐지의 뒤에 선 덕조가 싱글대며 웃다가 계백의 시선을 받고는 금방 표정을 고쳤다.

"내가 니 같은 깅도놈하고 농담할 여유가 없다. 찾아온 이유를 대라."

계백의 말에 겐지도 정색을 했다.

"소인은 나리께서 주신 금덩이 값을 치른 것으로 아오."

장덕 정동보를 죽인 범인이 고센이라는 것을 말해주었다는 뜻이다. 겐지가 그를 올려다보았다.

"나리, 소인의 부하 한 놈이 사흘 전에 이루카 대신의 궁에 잡혀갔습니다. 곧 목이 떨어질 터인즉 구해주십시오."

"……."

"나리께서 소가 대신께 한 말씀만 드리면 풀려나올 수가 있소이다. 이루카 대신은 소가 대신의 아들이니만치……."

"못한다."

자르듯 말한 계백이 머리까지 저었다.

"설령 네놈이 어떤 조건을 내건다고 해도 말이다."

"나리께 오미 아씨를 만나게 해드리겠소."

"이놈이,"

눈을 부릅뜬 계백이 겐지를 노려보았다.

"이 강도놈, 한번만 더 방자하게 입을 놀린다면 목을 치겠다."

"살려주십시오."

갑자기 겐지가 바닥에 납작 엎드렸는데 크게 뜬 눈에서 눈물이 흘러내렸다.

"그놈은 애가 셋이올시다. 성밖 대신 댁 창고에서 양곡 한 자루를 훔쳐 내다 잡혔는데 그놈이 죽으면 처자식 네 목숨도 함께 죽습니다."

"네놈은 교활하다. 헤이찌하고는 다른 놈이야."

"땅에서 사는 놈은 갖은 세파에 부딪치기 때문이요, 배에서 물과 고기만 보며 사는 놈하고 어찌 같습니까?"

더 말하기 싫다는 듯 계백이 머리를 돌렸으므로 덕조가 겐지의 어깨를 건드렸다.

"이봐, 일어나라. 일어나."

"형님이 말씀 좀 잘해주시오."

밖으로 나온 겐지가 이번에는 덕조에게 매달렸다.

"내 부하만 구해내 주신다면 나리의 수족이 되겠소이다."

"하긴 나리도 두 가지 방법밖엔 없으실 것이다."

그들은 본채 옆의 벽에 마주 섰다. 주위는 짙은 어둠에 덮여 있었고 집 안 사람들은 보이지 않았다.

"두 가지 방법이라니요?"

"네 부탁을 들어주시는 것하고 네 목을 베는 두 가지 방법이야."

"그게 무슨 말씀이오?"

눈을 둥그렇게 뜬 겐지를 향해 덕조가 소리 없이 웃었다.

"잘 알면서 왜 그러느냐? 이곳 숙소까지 알아낸 너를 어떻게 믿고 놔둔 단 말이냐?"

"소인은 헤이찌의 동무올시다. 동무가 모시는 분을 배반하지는 않습 니다."

"나도 겪어보았지만 헤이찌는 흉폭하나 신의가 있다. 너는 주인 말씀대 로 교활하여 신의가 보이지 않는다."

"기회를 주시오."

겐지가 바짝 다가서서 눈을 치켜 떴다.

"자꾸 헤이찌 같은 놈하고 날 비교만 하지 말고 말이오."

빈 쟁반을 든 오미는 방으로 들어서서는 저도 모르게 가늘고 긴 숨을 뱉었다. 한낮이었다.

왕비는 오늘도 시름에 잠긴 듯 찻잔을 내려놓은 오미를 본 체도 하지 않았다. 이젠 만성이 되어서 크게 걱정은 되지 않는다. 백제에서 건너온 왕비는 결혼한 지 4년이 되었지만 아직도 고국을 그리워 하고 있는 것이 다. 방문이 열리더니 사도에가 들어섰다. 그녀는 오미의 본가에서 데려온 종이다.

"아씨, 소가 대신 댁에서 오랫동안 일해 오다 비궁의 종으로 들어온 사람한테 물었는데 나가토 영지의 대모숙이란 무사는 듣지 못했다고 합니다."

바짝 다가앉은 사도에가 숨가쁘게 말했다.

"하지만 궁에 들어온 지 2년이 되었으니 그 사이에 대신의 가신이 되었을 수도 있겠지요."

"그 사람은 아스카에 묵고 있다고 했어."

오미가 사도에를 똑바로 쳐다보았다.

"궁안에서 묻고 다닐 필요 없다. 네가 오늘 궁을 나가 본가에 다녀오너라."

"본가에 말씀입니까?"

"집사 호리할아범한테 물어보거라. 아스카 사정은 손금 보듯이 훤할 테니."

"아씨, 왜 묻느냐고 하면 어쩌지요?"

"멍청이 같으니, 그것도 둘러대지 못한단 말이냐!"

"소인의 먼 친척이 된다고 할까요?"

"그렇다면 네가 종으로 남아 있겠느냐?"

"전에 소인의 아비가 모시던 가문이라고 하지요."

오랜만에 본가 나들이를 하게 된 사도에가 신이 나서 방을 나갔다. 오미는 다시 길게 숨을 뱉었다. 그리고는 문득 뜰 건너편의 내실에 앉아 있는 왕비의 얼굴을 떠올리고는 쓴웃음을 지었다. 거울을 보지 않아도 자신의 표정과 흡사할 것이었다.

고센은 탁자 위에 놓인 장검을 바라보며 석상처럼 앉아 있었다. 안채의 마루방 안이었다. 바깥채의 상점도 조용했는데 문을 닫아 걸었기 때문이다. 장검은 날의 길이가 두 자 다섯 치에 폭이 한 치였고 아직 손잡이를 붙이지 않았다. 이윽고 그는 길게 숨을 뱉으며 장검의 손잡이 부분을 쥐고 세워 들었다. 철의 단련술이 나날이 새로워지는 시대였다. 대륙의 발달된 제철기술이 들어온 지 꽤 오래되었지만 아직도 외국에서 가져온 검의 강도가 높은 것이다. 그는 세워둔 날을 바라보았다. 수만 번 갈고 닦은 날이어서 머리 한 올보다도 가늘게 드러났다.

그가 14번 철을 급냉시켜 제작한 새로운 검이다. 이제까지는 7번이 가장 많았으나 백제에서 제작된 칼과의 강도시험에서 여지없이 두동강이가 났던 것이다.

무사에게는 칼이 생명이나 마찬가지다. 싸움에서 칼이 부러진다는 것은 죽음은 둘째이고 수치인 것이다. 이제 고센은 손잡이의 쇠를 두 손으로 움켜쥐고 자리에서 일어섰다.

흰 얼굴에 눈썹이 길고 입술은 물감을 먹은 듯이 붉어서 여자보다도 더 고운 얼굴이었으나 번들거리는 두 눈이 섬뜩했다. 언제나 흰창에 붉은 핏발이 드리워져 있어 그의 별명은 붉은 눈이다. 한 걸음 오른쪽 발을 내딛은 그는 칼을 치켜들었다. 안정된 자세여서 내리치는 힘이 최대한이 될 것이었다.

"야앗!"

기합소리와 함께 그는 장검을 내리쳤다. 그가 겨눈 것은 탁자 위에 놓여신 한 치 두께의 연철이다. 날가로운 쇳소리가 났고 탁자가 두쪽으로 갈라졌다. 어깨를 늘어뜨린 그는 방바닥을 내려다보았다. 연철덩어리는 탁자와 함께 두 조각으로 베어져 있었다.

"베어졌나?"

뒤쪽에서 들리는 목소리에 고센은 천천히 몸을 돌렸다. 한 사내가 마당을 가로질러 다가오고 있었다. 다부진 체격에 얼굴이 검어서 고센과는 대조적인 용모의 사내였다. 거침없이 마루방에 올라선 그는 바닥에 떨어진 철덩어리를 보고는 눈을 크게 떴다.

"베었군, 과연 천하의 고센이다."

"갑자기 웬일이십니까?"

고센이 묻는 말에는 대답도 하지 않고 사내는 손바닥만한 연철조각을 집어들었다. 칼로 베인 자국을 바라보던 그의 시선이 아직도 고센이 쥐고 있는 칼로 옮겨졌다.

"고센, 그 칼을 누구에게 바칠 셈이냐?"

"이건 소인이 가질 생각이오."

머리를 끄덕인 사내가 자리에 앉았다. 그는 내대신 우마치로의 가신 니시무라였다.

"그럼 두 번째 만든 칼을 부탁하네."

"만들어 드리지요."

부서진 탁자를 밀어놓은 고센이 앞쪽에 앉았다.

"백제 밀사 때문에 오셨습니까?"

"알고 있으면서 왜 자꾸 묻나?"

정색한 니시무라가 고센을 바라보았다.

"오카다 공의 저택을 나와 자취를 감췄어."

"아직 아스카에 있을 것입니다."

"주군께서는 그놈이 소가 대신을 만났다고 믿으시네."

"당연히 만났겠지요."

"나는 그 밀서의 내용과 그놈의 행방까지 알아야 돼."

"곧 찾게 될 것입니다. 그러면 밀서의 내용도 알게 되겠지요."

니시무라의 시선을 받은 고센이 빙긋 웃었다. 니시무라는 당대 제일 가는 검객이었다. 우마치로의 영지인 가와지에서는 그의 칼에 베어진 목숨만도 수백이어서 별명이 흡혈귀였다. 그 명성을 매달고 아스카에 올라와서는 밤이면 떠돌이 무사들을 베는 것을 낙으로 삼는다는 소문이었다. 고센이 부드럽게 말했다.

"기다리면 곧 베시게 될 기회가 올 것입니다."

그 시각에 내대신 우마치로는 단바의 영주이자 대인 관직의 사이토와 마주 앉아 있었다. 아스카 동문 근처에 있는 사이토의 저택안이다. 사이토가 입을 열었다.

"대감, 밀사는 백제 사신에게도 가지 않았습니다. 놈은 은밀하게 행동할 모양이오."

"아마 소가 대신과는 연락이 닿겠지. 오카다하고도."

우마치로가 입술 끝을 달싹이며 말을 이었다.

"신라 사신들도 긴장하고 있어."

"밀서 내용이 무엇일까요?"

"백제와의 동맹을 강조하는 내용이겠지. 신라가 당을 업고 자주 야마토에 오는 것이 신경 쓰였을 테니까."

그러나 사이토는 개운치 않은 듯 이맛살을 찌푸렸다.

"옷안에 벌레가 기어든 것 같습니다. 대감."

"오히려 잘된 일이야."

우마치로가 흐린 눈으로 사이토를 바라보았다. 눈알이 마치 죽은 생선의 눈 같아서 시선을 받는 자는 대부분 전율한다.

"병법에도 적의 약점을 이용하라고 했어. 우리는 놈이 숨은 것을 이용한다."

"어떻게 말씀이오?"

"신라 사신 몇 명을 베기로 하지."

퍼뜩 눈을 치켜 뜬 사이토를 향해 그가 빙그레 웃었다.

"그렇게 된다면 그것은 정동보의 피살에 대한 백제측의 보복이 될 것이야. 숨은 밀사가 한 짓이지."

"……."

"신라가 당하고 있지만은 않을 거야. 조정에 항의하고 한편으로는 백제 사신들을 치겠지."

그러자 사이토가 천천히 머리를 끄덕였다.

"신라에서 다시 사신을 보내겠군요. 아마 다시 당태종을 업고 들어올지도 모릅니다."

"소가 일족과 왕은 이 일을 수습하느라 정신을 빼앗기겠지."

"그럼 소직은 영지로 이만 돌아가겠습니다."

"너무 서둘지 말게."

다시 정색한 우마치로가 말을 이었다.

"정동보가 죽고 나서 백제측과 소가 일족의 반응은 우리의 예상 밖이었어. 이번에는 신중해야 돼."

"알고 있습니다."

정동보가 피살되면 당연히 소가 대신과 백제측은 강력히 신라측을 추궁할 것으로 믿었던 것이다. 그러나 소가 대신은 조사만 시켰을뿐 신라측에 어떤 처벌도 내리지 않았다.

사이토가 생각에 잠긴 얼굴로 앞쪽 벽을 바라보았다. 그는 물론이고 우마치로가 바라는 것은 정국의 불안과 함께 소가 일족의 힘이 약화되는 것이었다. 그들에게 신라와 백제는 그저 같은 타국일 뿐이었고 소가 일족이 백제와 우호적이었기 때문에 그 반대세력인 신라를 이용하는 것이다.

"하룻밤만 더 있었다면 목이 떨어질 뻔했소."

다쓰가 누런 이를 드러내고 웃었다.

"두령 덕분에 목이 붙어 나왔소."

"이놈아, 그만 입닥쳐라."

앞장 서 걷던 겐지가 그를 돌아보며 눈을 부라렸다.

늦은 저녁 무렵이어서 주위는 어두웠으나 행인은 꽤 많았다. 아스카 북쪽 거리는 빈민들의 밀집된 흙집이 많았는데 밤이 깊어지면 강도가 횡행했다.

겐지가 다쓰를 데리고 들어선 곳은 북쪽에서도 변두리에 있는 허름한 객주집이다.

"이봐, 사카이 있나?"

겐지가 소리쳐 부르자 곧 안쪽에서 어깨가 벌어진 험상궂은 사내와 여자가 함께 나왔다. 객주 안에는 손님이 한 사람도 없어 텅 비어있었다.

"어이구, 다쓰가 나왔구려."

사내가 반색을 했고 다쓰는 비죽거리며 웃었으며 겐지는 거드름을 피웠다.

"사카이, 술을 가져와라. 다쓰 목구멍을 씻어줘야겠다."

"내가 술을 사리다."

사내가 서둘러 돌아갔고 여인이 젖은 헝겊으로 탁자를 닦았다.

"이봐, 밤마다 저 색귀한테 시달려 몰골이 말이 아니구나."

겐지가 넌지시 여자의 손을 덮었으나 여인의 빠른 움직임에 손이 빗나갔다.

"저놈은 무작정 찌르기만 할 테니 네가 음양의 오묘한 맛을 어찌 알겠느냐?"

혀를 찬 겐지가 이번에는 여자의 엉덩이를 쓸었는데 갑자기 물에 젖은 헝겊이 철썩 얼굴을 때렸다. 여자가 후려친 것이다.

"이 망할 년이."

오만상을 찡그린 겐지가 눈을 부릅떴을 때 사카이가 술동이를 들고 나왔다. 주방이 지척이어서 노닥거리는 소리를 다 들었을 텐데도 그는 시치미를 떼고 술동이를 내려놓았다.

"두령, 천하의 이루카 대감 감옥에서 다쓰를 빼내다니, 수단이 놀랍소."

"그것도 못한다면 내가 어찌 너희들의 두령 노릇을 하겠느냐?"

겐지를 후려치고 갔던 여인이 소금에 절인 야채와 생선조림을 들고 왔다. 겐지가 사카이를 노려보았다.

"사카이 이놈아, 언제 나한테 이년의 맛을 보여 줄 테냐?"

"그것은 두령의 수단에 달렸소."

사카이가 고르지 못한 이를 드러내고 웃었다.

"두령의 여자 후리는 수단은 어찌 그리 낮소?"

겐지가 자신의 잔에 술을 채우는 여자를 흘겨보았다.

"나는 겁탈은 안 한다. 이년이 다리를 벌릴 때까지 기다릴 테여."

여자는 신라인으로 해적에게 잡혀 왜국땅에 발을 딛게 되었다고 했다. 갸름한 얼굴에 허리가 가늘었고 엉덩이가 두둑해서 가만 서있어도 색기가 절로 흘렀는데 사카이의 처도 아니고 그렇다고 종도 아니다.

단숨에 술잔을 비운 겐지가 다쓰에게 빈 잔을 내밀었다.

"다쓰, 들어라. 나는 네놈 덕분에 백제인 주인을 모시게 되었다."

겐지가 주막을 나왔을 때는 거리에 인적이 끊겨 있었고 하늘에 별만 또렷하게 빛났다. 다쓰와 어깨를 부딪치며 걷던 겐지가 트림을 하고는 길가로 비척이며 걸어갔다. 이쪽은 길 양쪽이 황무지여서 반 리 정도를 더 가야 민가가 나온다. 길가에 서자 그는 연장을 꺼내쥐고는 시원하게 소변을 갈겼다.

"다쓰, 집에 가거든 당분간은 푹 박혀 있거라."

진저리를 치면서 겐지가 말했다.

"네놈이 풀려 나온 줄 알면 여러 놈이 이상하게 생각할 테니까."

말을 마친 순간 겐지는 그 자세 그대로 뛰어올랐으나 등에 선뜻한 느낌을 받았다. 절로 머리끝이 곤두선 겐지가 허공에서 허리춤에 찼던 칼을 뽑았고 몸을 들어 후려쳤다.

"쨍!"

날카로운 쇳소리가 울렸고 땅을 딛고 선 겐지는 눈앞에 나타난 사내를 보았다.

"네, 네놈은 고센."

"겐지, 솜씨가 줄지 않았구나."

어둠 속에서 고센이 흰 이를 보이며 웃었다.

"이 개 같은 놈, 뒤에서 치다니."

부서질 듯 이를 간 겐지가 고센의 뒤쪽으로 눈알을 굴렸다. 다쓰를 찾는 것이다. 고센의 칼끝이 한 뼘쯤 앞으로 뻗쳐졌다.

"겐지, 내가 이 명검을 갈아 만들면서 맨 처음 떠올린 것이 네놈 목이었다."

고센이 한 걸음 나섰고 겐지는 그만큼 물러섰다. 등에서 뜨끈한 피가 흘러내리고 있었다.

"네놈이 아스카의 밤거리에서 일어난 일은 모두 알고 있디지?"

그 순간 뛰어오른 겐지가 무서운 기세로 칼을 내리쳤다.

"쨍!"

다시 쇳소리가 울린 순간 겐지는 펄쩍 뛰어 물러섰다. 자신의 칼이 반토막으로 부러져 있는 것이다.

"이얏!"

이번에는 고센이 뛰어올랐고 그 순간 겐지는 납작 엎드리면서 이미 땅바닥을 짚었던 손으로 움켜쥐었던 흙을 앞쪽을 향해 휘저었다.

"아앗!"

고센이 칼을 후려치며 소리쳤다.

"이 이놈, 겐지!"

눈을 끔벅여 눈속에 들어간 흙을 닦아내던 고센은 황무지 저쪽으로 달려가는 겐지의 등을 보았다. 빠르다.

"아씨, 알아냈습니다."

문지방을 넘기도 전에 사도에가 경망스럽게 말했지만 오미는 숨을 죽였다. 금방 얼굴이 달아올랐고 가슴이 뛰었다. 사도에가 찬바람을 일으키며 앞자리에 앉았다.

"동문 근처에 사십니다. 아스카에 오신 지는 한 달이 겨우 넘었다고 합니다."

오미의 시선을 받은 그녀가 눈꼬리를 내리며 웃었다.

"아직 내실은 비어 있습니다. 아씨."

"나가토에는?"

"그건 할아범도 모르더군요. 하지만 나가토에 정실부인이 있다고 해도 무슨 상관입니까?"

오미가 눈을 깜박이며 사도에를 바라보았다. 열여섯이 될 때까지 사내로부터 이런 감정을 느낀 것은 처음이었던 것이다. 궁성에 온지 일 년밖에 되지 않았으니 그동안 영지에서 수많은 무사들을 부리며 살아온 몸이다. 그러나 대모숙은 그들과는 전혀 다른 분위기를 가진 사내였던 것이다.

제10장 연쇄 살인

신라 사신인 사찬 도성의 시체가 발견되었을 때는 늦은 아침이었다. 도성을 깨우러 침소에 들어갔던 종이 목 없는 도성의 시체가 침상에 누워 있는 것을 발견했던 것이다. 아스카 성안의 수호직이며 야마시로의 영주 혼마가 직접 군사들을 이끌고 와서 조사를 했지만 범인은 발자국도 남기지 않았으므로 저택 안의 사람들만 시달렸다. 점심 무렵에는 소가 대신이 접대역 소인(小仁) 하마다를 보내어 위로를 했고 오후에는 왕이 시종을 보냈다. 모두 정중하게 애도를 했는데 김소준은 그들의 마음을 읽을 수가 있었다.

왜국땅에서의 신라와 백제의 싸움으로 여기는 것이다. 그들은 지난 번 백제 사신 정동보의 피살에 대한 보복으로 믿는 눈치였다. 손님들을 배웅한 김소준이 안채의 마루방에 들어서자 심성부(心成夫)가 일어섰다. 그는 보기당의 제감(弟監)으로 검술교관이었는데 사신의 수행관으로 따라왔다.

"나리, 이미 백제측에서 공공연히 보복해 왔으니 우리도 나서야 하지 않겠습니까?"

김소준이 지친 듯이 보료에 무겁게 앉았다.

"백제 사신들을 베잔 말인가?"

"내버려둔다면 국위(國威)가 떨어집니다."

"우리가 보복 당할 이유가 없지 않는가?"

"설령 우리가 정동보를 베지 않았다고 해도 이젠 벗어날 수가 없습니다."

심성부가 똑바로 김소준을 바라보았다. 그는 백제와의 싸움에서 뼈를 굳힌 무장이다. 김소준은 머리를 저었다.

"안돼, 그런 식으로는."

"국위뿐만 아니라 왜국에 남아 있는 신라인과 신라에 호의를 보이는 영주들의 사기에도 관계가 있습니다."

"내일 전하께 밀사를 보내야겠다. 내 독단으로 처리할 수 없는 일이야."

"나리, 오가는 일정까지 포함하면 석 달은 족히 걸릴 것이오."

그러나 김소준이 더 이상 입을 열지 않았으므로 심성부는 자리에서 일어섰다. 감정을 감추지 못한 그의 얼굴이 잔뜩 찌푸려 있다.

엎드려만 있던 겐지가 일어나 앉은 것은 그로부터 닷새 후였는데 그때부터 덕조를 조르기 시작했다. 오늘은 마당에 나와선 덕조에게 붙어 떨어지지 않는다.

"형님, 나리께서 나서지 않으신다면 형님이라도 거들어주시오. 제가 뒤에서 도울 테니."

"시끄럽다, 이놈아."

덕조가 눈을 부라렸다.

"그리고 날더러 앞에 서라고? 이놈아, 넌 뒤에 있다가 세가 불리하면 도망질을 할 참이냐?"

"그렇다면 제가 앞에 서겠소."

"안 된다."

"백제 사신을 죽인 놈이올시다. 그놈을 내버려둔단 말이오?"

"이놈이 떼를 쓰는구나."

겐지를 겨우 떼어놓고 입맛을 다신 덕조가 안채로 들어섰다. 등이 두 뼘이나 베어진 겐지는 겨우 이곳으로 도망쳐왔으나 다쓰는 고센의 칼을 맞고 죽었다. 아끼던 부하였고 감옥에 갇힌 놈을 겨우 빼냈던 참이어서 겐지의 복수심은 갈수록 증폭되고 있었던 것이다. 마루방에 앉아 무언가를 쓰고 있던 계백이 다가선 덕조를 바라보았다.

"네가 내일 나니와에 가서 이 밀서를 헤이찌의 부하에게 넘기고 와야겠다."

"다녀옵지요. 그런데 겐지가 자꾸 보채고 있습니다."

"고센은 사부로가 감시하고 있으니 섣불리 나서면 안 된다."

계백이 강한 시선으로 덕조를 바라보며 말했다.

"이 일은 사사로운 원수갚음이 아니다. 배후를 알아내야 한다."

오카다의 신하 사부로는 며칠 전부터 고센의 주위를 감시하고 있었다. 사방이 트여진 마루방이어서 뒤쪽 정원에 돋아나기 시작한 풀잎의 새순이 보였다. 이제 3월이다. 나니와에 내렸을 때는 엄동이었는데 벌써 봄이 되었다.

사비도성에도 어김없이 봄이 찾아왔다. 무왕 35년이니 신라 선덕여왕 3년이요, 고구려 영류왕 17년이다.

무왕은 2월에 왕흥사를 창건했고 3월에는 대궐 남쪽에 연못을 파고 사방 언덕에 버드나무를 심어서 방장선산(方丈仙山)처럼 꾸며놓았다. 강화된 왕권을 내외에 시위하려는 의도였던 것이다.

태자 의자가 도성의 서문을 나선 때는 오시가 조금 넘은 시각이었다. 위사장 교진이 십여 기의 위사와 함께 태자를 수행했고 달솔 의직이 그 옆을 따랐다. 하늘은 푸르렀고 풀잎이 돋아나는 땅에서는 짙은 흙냄새가 맡아졌다.

"전하, 신라가 왜국에 바라는 것은 중립일 것입니다. 그렇게만 되어도 그들에게는 성공한 것이 아니겠사옵니까?"

의직이 묻자 의자는 머리를 저었다.

"왜국이 이미 3국에 대해 표면적으로 중립을 선언했어. 신라가 근래에 왜국과 가까워지려는 이유는 다른 목적이 있을 것이야."

"그것이 무엇이옵니까?"

"왜국의 내란이지."

놀란 듯 눈만 치켜 뜬 의직을 향해 의자가 희미하게 웃어 보였다.

"내가 신라인이었다면 그렇게 했을 것이야."

"어떻게 내란을 일으킨단 말씀이시옵니까?"

"소가 대신의 적대 세력을 충동질하는 것이다."

의자가 박차를 넣어 말을 속보로 뛰게 했다. 기운을 이기지 못해 가끔씩 목을 흔들던 말갈마가 머리를 꼿꼿이 세우고 뛰었다. 의직이 곧 따라 붙었다.

"전하, 소가 대신은 알고 있을까요?"

"소가 씨는 대를 이어 집권해 온 가문이다. 영주들의 알력을 이용할 줄 아는 데다 왜왕의 권위도 적절하게 이용해 왔어."

의자가 고삐를 당겨 속력을 더 내려는 말을 진정시켰다.

"오히려 신라측의 기도를 이용하여 적대세력을 돌출시킬지도 모르지. 잡풀은 가끔씩 베어내야 하는 법이니까."

"과연……."

"계백은 무장이야. 아직 젊으나 내란 평정과 공성(攻城)의 경험도 있으니 소가 대신에게 요긴하게 쓰일 것이다."

"전하의 흉중은 가히 측량키 어렵습니다."

의직이 감탄한 듯 말하자 의자는 쓴웃음을 지었다.

"신라의 김춘추, 김유신은 지모가 출중한 자들이야, 결코 가벼운 상대가 아니다."

횡대로 늘어선 기마대는 가벼운 훈풍을 거스르며 황야를 달렸다. 태자의 사냥 행차였으나 아직 아무도 활과 창을 세워들지 않았다.

"아니, 삼차복 위사 아니시오?"

옆에서 들리는 목소리에 삼차복은 퍼뜩 눈을 치켜 떴다가 그쪽을 보았다. 안면에 웃음을 띤 사내 하나가 사람들을 헤치며 달려왔다.

"이곳에서 만나다니, 참으로 세상이 좁습니다."

"뉘시오?"

정색한 삼차복이 묻자 사내가 다시 웃었다.

"연무군의 궁성 앞 포구에서 옥(玉) 가게를 하던 지소길이올시다. 위사께선 공주를 모시고 자주 찾아오셨지 않소?"

"잘못 보았소? 난 채죽이란 사람이오."

"허어, 그럴 리가."

사내가 이제는 눈살을 좁혀 뜨고 삼차복의 얼굴을 바라보았다.

"이렇게 닮을 수가, 목소리까지."

"난 내해 건너 연무땅에는 가본 적도 없소."

몸을 돌린 삼차복은 좁은 골목길을 빠져 나왔다. 대웅성 밖의 포구는 오늘도 각국의 상인들로 떠들썩했는데 특히 왜상들이 많았다. 백제 인삼은 이제 주요 교역품이 되어 있어서 인삼짐을 메고 가는 상인들을 헤치고 삼차복은 포구 끝쪽에 있는 객주로 들어섰다.

"한낮부터 여긴 웬일이여?"

안쪽 구석진 자리에서 아는 체를 하는 사내는 헤이찌의 부장 오지였다. 저는 부하들과 어울려 낮술을 마시면서 다가오는 삼차복을 이상한 듯 바라보았다.

"술 마시러 왔어?"

삼차복이 그의 어깨를 잡아끌고 벽쪽으로 갔다.

"무슨 일 있나?"

이제 긴장한 오지가 묻자 삼차복이 눈으로 밖을 가리켰다.

"내 전력을 아는 자를 만났어. 포구 안에서 만나 시치미를 떼었는데 이 곳까지 날 미행해 왔네."

"관리인가?"

"연무군의 포구에서 옥 가게를 하던 놈이었어. 내가 아씨와 자주 들러서 얼굴을 기억하고 있네."

"그놈이 어디에 있나?"

"아마 밖에서 기다리고 있을 게야. 흰 색 겉옷에 머리에는 검정색 두건을 썼고 얼굴이 길어. 그리고 동행이 한 명 있는 것 같았네."

"나한테 맡겨두게."

술기운이 달아난 듯 멀쩡한 얼굴로 변한 오지가 부하들과 수군거리더니 썰물 빠지듯이 객주를 나갔다. 삼차복은 그제야 걸상에 앉아 긴 숨을 뱉었다. 혼자 몸이라면 까짓 놈을 한낮의 거리에서 베어버릴 수도 있었다. 그러나 지금은 자신의 목숨보다 더 중요한 것이 아씨의 안위인 것이다. 가볍게 행동할 수가 없었다.

한 식경쯤이 지났을 때에야 오지가 들어섰는데 혼자였다. 시선이 마주치자 그는 빙긋 웃었다. 객주 안에는 그들 두 사람뿐이다.

"두 놈을 양곡자루에 넣어서 바다로 나갔네. 곧 바다 속에 처넣고 돌아올 게야."

"다른 사람들이 눈치 채지 않았을까?"

"골목으로 밀고 가서 곧장 죽였어. 본 사람도 없고 찍 소리도 나지않았으니 염려놓게."

앞에 앉은 그가 술을 따르더니 갈증난 사람처럼 마셔댔다.

"그놈들 짐에 옥이 가득 들어 있었구먼. 자네 덕분에 횡재를 했어."

"고맙네."

옥 이야기를 듣고 나서는 사례할 마음이 반쯤 가셔진 삼차복이 자리에서 일어섰다.

"신세를 졌어."

다급한 김에 평소에 안면이 있던 오지를 찾았던 것이다. 그러자 오지가 빙긋 웃었다.

"신세진 것 없어. 아씨한테 무슨 일이 생기면 우리 두령이 경을 치게 돼."

"그게 무슨 말인가?"

"계백 나리께서 왜국으로 가시기 전에 우리 두령께 아씨를 부탁했거든."

발을 떼려던 삼차복이 눈을 끔벅이며 그를 바라보았다.

"그게 징밀인가?"

"내가 왜 빈말을 하겠나."

오지가 눈을 찡그렸으므로 삼차복은 몸을 돌렸다. 헤이찌는 자진해서 부여진을 보호하겠다고 계백에게 말했으나 부하들에게는 부탁을 받았다고 했던 것이다. 거기에다 한술 더 떠서 부여진에게 무슨 일이 생기면 자신이 경을 치게 된다고 엄포를 놓는데 부하들의 경각심을 높이기 위해서였다. 그것을 오지는 물론이고 삼차복이 알리가 없다.

"왜국에 계시다고?"

부여진의 시선이 삼차복의 머리 위에서 맴돌다가 내려졌다. 붉은 기 집의 내실 안이다. 삼차복은 연무군의 옥 가게 주인을 만났다는 말은 하지 않았다. 다만 오지한테서 들은 계백 이야기를 하는 중이다.

"예, 그리고 헤이찌한테 아씨를 보호하라고 부탁하셨답니다."

"……."

"아씨한테 무슨 일이 생기면 헤이찌가 경을 치게 된다고 했습니다."

삼차복은 시선을 내린 채로 자리에서 일어섰다. 부여진의 마음을 읽고 있는 것이다. 겨울이 가고 봄이 오는 지금까지 그녀가 덜컹이는 문소리에도 까닭 없이 놀라며 시도 때도 없이 한숨을 짓는 이유를 아는 것이다. 따라서 옥 가게 주인을 죽여 바다에 던졌다는 이야기보다도 계백의 이야기가 부여진에게 더 중요하다는 것도 안다.

헤이찌가 흑치상지한테 거드름을 피우는 이유가 있었다. 그리고 흑치상지도 헤이찌가 그러는 이유를 안다. 2년 전, 헤이찌가 해적선으로 무역선을 들이받고 쳐들어갔을 때 흑치상지는 상인들과 함께 무릎을 꿇었었다. 무역선에서 칼을 쥐고 대항한 자는 계백과 그의 종인 덕조 두 사람뿐이었던 것이다. 옛적 한신이 바지가랑이 사이로 기었다는 말도 물론 들었지만 흑치상지는 한신이 아니다.

"나니와까지는 아무리 빨리 배를 몰아도 스무 날은 걸립니다. 더구나 요즘은 해상기찰이 심해서."

헤이찌가 목을 젖히고 트림을 했다. 흑치상지는 내실 상좌에 앉아 있었지만 불편한 기색이다. 대웅성 안의 헤이찌 저택은 크고 호화로웠다. 벽이건 천장에건 가리지 않고 갖가지 진귀한 물건을 붙이거나 매달아 놓았는데 모두 약탈품이다. 흑치상지가 입을 열었다.

"내가 대웅성의 도사(道使)가 되었으니 앞으로 계백 공하고의 연락은 내 소관이 되었네."

"나리께서 도사로 부임하셨다고요?"

놀란 헤이찌가 묻자 그는 빙긋 웃었다.

"잘되었지 않나? 어려운 일이 있으면 언제라도 말을 하게나."

대웅성은 군성(郡域)이어서 군장(郡將)으로 덕솔 3인이 있었으니 그들은 대웅성을 포함한 인근 7성을 통치했다. 각 성의 성주는 도사로 장덕 벼슬의 관리가 파견되었는데 흑치상지는 군의 주성(主城) 도사가 된 것이다. 헤이찌가 머리를 끄덕였다.

"나리께서 중임을 맡으셨소이다."

"내해를 바라보는 요지이니 책임이 막중하지."

다시 한번 트림을 한 헤이찌가 시선을 돌렸다. 방문 바깥에서 종이 가벼운 기침소리를 냈다. 분부를 기다리고 있다는 신호였으나 헤이찌는 대답하지 않는다. 아직 어떻게 대접해야 할지 알려주지도 않는 것이다. 흑치상지가 말을 이었다.

"태자 전하의 명일세. 계백 공이 하루라도 빨리 이 서신을 받아보아야 한다는 말씀이 계셨네."

"배는 바람과 조류로 움직입니다. 말처럼 두드린다고 해서 빨리 가는 것이 아니오."

"어쨌든 서둘러주시게."

눈치 빠른 흑치상지인지라 용무를 마치자 옷자락을 펄럭이며 일어섰다. 계백에게 보낼 의자의 밀서를 품고 이틀 밤낮을 달려 이곳에 왔던 것이다. 따라 일어난 헤이찌가 물었다.

"계백 공께선 언제 돌아오시게 됩니까?"

"나는 알 수 없네. 태자 전하께서 정하실 것이야."

"나리께선 본국에 눌러 계시니 참으로 다행입니다."

"그런가?"

쓴웃음을 지은 흑치상지가 내실을 나서자 헤이찌가 따랐다.

"왜국은 이곳처럼 큰 싸움은 없지만 영주간의 작은 다툼이 흔하지요. 계백 공께선 전장(戰場)만 찾아다니시는 것 같습니다."

"그래서 여러 번 큰 공을 세워 장덕에 오르시지 않았나?"

마당에 내려선 흑치상지가 시종이 건네준 말고삐를 잡고 헤이찌를 바라보았다.

"계백 공께 내 안부를 전해주게. 몸을 보중하시라고 말이네."

"전해 드리지요."

대문 밖까지 흑치상지를 배웅하고 돌아온 헤이찌가 오지를 보더니 눈을 치켜 떴다.

"흑치가 대웅성의 도사가 되어 왔다. 주인은 왜국에서 칼날 위에 서 있는데 저놈의 관직은 자꾸 오르는구나."

깊은 밤이었다. 태성사(太聖寺) 주위는 이미 인적이 끊어졌고 절문도 굳게 닫쳐 있었으므로 사방에는 무거운 정적만이 쌓여 가는 중이다. 한적한 이곳은 아스카 서쪽 끝 지역으로 태성사는 왕실과 궁중의 고관들이 자주 출입하는 절이다. 한낮에도 평민의 발길이 뜸한 곳이어서 자시 무렵이 되자 길에는 개도 다니지 않았다.

"꽤 늦는데요."

덕조가 혼잣말을 했다.

"고센이 명검을 만들었다는 소문이 있습니다. 주인께선 조심하셔야 합니다."

"칼은 주인에 따라 명검도 되고 잡검도 된다."

담에 기대 선 계백은 문득 안둔산에 두고 온 사비를 떠올렸다. 열흘이면 죽는다던 사비는 주인의 지성으로 명마가 되었다. 그것이 스승의 가르침이다.

별이 드문드문 보였지만 구름이 떠 있는지 자주 자취를 감추었다. 이번에는 계백의 왼쪽에 붙어선 겐지가 입을 떼었다.

"주인, 고센의 마루방 밑에는 항아리에 금이 가득 담겨 있다고 들었습니다. 제가 그것을 가져도 되겠습니까?"

"네놈은 도적놈 근성을 아직도 버리지 못했구나."

대답한 것은 덕조였다.

"이놈아, 주인님을 네 도적단의 수괴로 삼을 작정이냐?"

"조용히 해라."

계백이 낮게 말하자 그들은 몸을 굳혔다. 태성사의 동쪽 담에 기대선 그들은 고센을 기다리고 있었다. 두 식경쯤 전에 고센은 태성사의 쪽문을 밀고 안으로 들어갔는데 나올 길은 이곳뿐이었다. 절 안에서 만난 사람이 있다면 역시 뒷문은 닫혔으니 이쪽으로 나올 것이다.

다시 귓속만 울리는 정적이 이어졌는데 갑자기 계백이 담에서 등을 떼며 말했다.

"온다. 셋이다."

덕조가 눈을 크게 뜨고 계백을 바라보았다. 아직 그에게는 어떤 기척도 들리지 않았던 것이다. 그리고 고센은 종 한 명만 데리고 절에 들어갔다. 세 사람이라면 한 사람이 늘어난 셈이다. 곧 쪽문이 열리는 소리가 정적을 깨뜨렸고 그들은 일제히 긴장했다. 쪽문과의 거리는 삼십 보쯤 되었으니 숨 몇 번 쉬고 나면 부딪칠 거리였다. 칼자루를 쥔 덕조가 옆에 선 계백을 곁눈질로 보았다. 계백의 솜씨를 여러 번 보았으므로 이제는 그저 따르는 입장이 되어버렸다. 발소리가 대여섯 걸음 앞으로 다가왔을 때에야 사내들의 윤곽이 드러났다. 셋이 벌려 선 모양으로 온다. 계백은 담에서 몸을 떼었다. 그가 앞을 가로막고 서자 세 사내는 동시에 발을 멈췄는데 가운데 선 사내의 목소리가 어둠 속을 울렸다.

"누구냐?"

"네가 고센이렷다."

계백의 말이 채 끝나기도 전에 옆쪽에 선 겐지가 으르렁거리듯 말했다.

"맞습니다."

"넌, 겐지."

겐지를 알아본 고센의 목소리에 웃음기가 섞였다.

"지난번의 복수를 하려고 칼잡이를 데려왔구나."

"넌 오늘 죽는다."

겐지가 먼저 허리에 찬 칼을 힘차게 빼들었으나 앞쪽의 세 사내는 아직 칼을 빼지 않았다. 거리가 서너 걸음 떨어진 때문이기도 했지만 여유가 있다. 계백이 그들에게로 한 걸음 다가섰고 덕조는 옆으로 그만큼 벌려 섰다.

"고센, 네가 우마치로 내대신 저택에 자주 들리는 걸 알았으니 이제 감시는 끝내겠다."

계백이 말하자 고센이 퍼뜩 눈을 치켜 떴다.

"네놈은 누구냐?"

"백제 사신 정동보를 벤 범인을 찾는 사람이다."

"그렇다면 네놈은,"

외락 긴장한 고센이 칼자루를 쥔 채 상반신을 조금 비틀었다. 발도(拔刀)의 기세였다.

"네놈은 백제의 밀사."

"그렇다. 고센 네놈이 우마치로의 지시를 받고 정동보를 베었다는 확신이 섰다."

그리고는 계백이 거침없이 한 걸음 더 다가섰으므로 겐지는 침을 삼켰다. 고센이 발도하면 충분히 칼날이 닿을 거리인 것이다. 계백이 고센의 왼쪽에 있는 사내를 바라보았다. 칼자루를 쥐고 선 사내는 키가 컸다. 그러자 반 걸음 앞으로 나선 겐지가 목을 뽑아 사내를 보았다.

"저자는 신라인이오, 신라 사신의 숙소에서 장수 차림으로 있는 것을 보았소."

그러자 사내가 쓴웃음을 지었다.

"난 신라 사신 수행관으로 심성부다. 이제 네 이름을 대라."

"이름을 대고 나설 자리가 아니다."

계백이 뱉듯이 말한 순간이었다. 고센이 번개처럼 빠르게 칼을 빼면서 계백의 목을 겨누어 후려쳤다.

"아앗!"

기합소리는 덕조가 냈다. 껑충 뛰어오른 덕조는 앞에 선 심성부를 향해 칼을 빼 들었다. 그것은 계백의 측면을 몸으로 막아 심성부로부터 보호하려는 본능적인 행동이었다.

"에익!"

이번의 기합소리는 고센의 입에서 터져나왔다. 처음 발도에 전기력을 쏟았으나 헛칼질이 되었고 그것을 안 순간 당황하여 허점이 드러난 몸통 좌측을 보호하느라 훌떡 몸을 뒤집었는데 계백은 기이하게도 옆으로 비껴갔던 것이다. 혼자서 춤춘 꼴이 되었으므로 이를 악문 그가 칼을 치켜들면서 낸 기합이다. 그동안에 덕조와 심성부는 한 번 칼을 부딪쳤다가 떼고는 한 걸음씩 물러나 있었고 겐지와 고센의 종은 칼을 맞댄 채 씨근대는 중이었다. 계백은 천천히 칼을 중단으로 겨누었다. 백제 검법의 가장 기본적인 초식으로 다리를 벌려 딛고 마치 농부가 우물물을 긷는 것도 같고 옆에서 보면 연줄을 당기는 것 같이도 보였다. 이번에는 고센이 소리 없이 퉁겨

오르더니 계백의 머리를 두 쪽으로 가를 듯이 칼을 내리쳤다. 허점투성이의 자세였던 것이다.

"으아악!"

비명소리가 태성사의 뜰 안까지 울려 퍼졌다. 계백이 치켜올린 칼끝에 배를 뚫린 고센이 뒤쪽으로 엎어지면서 내지른 소리였다. 그 다음 순간 대경실색하여 허점을 드러낸 고센의 종이 겐지의 칼을 맞고 넘어졌다. 고센에게서 몸을 돌린 계백이 덕조를 바라보았다. 덕조는 벌써 다섯 합을 겨누고 있었는데 밀리는 중이었다. 앞으로 한두 번 사이에 베어질 것이었다. 계백이 한 걸음 다가서자 심성부가 이 사이로 말했다. 그는 덕조와 칼을 맞대고 있다가 마악 떨어지려는 참이었다.

"비겁하다!"

그 순간 계백은 칼을 내려쳤고 심성부의 칼이 땅바닥으로 떨어졌다. 계백이 칼등으로 손목을 내리쳤던 것이다.

"네 숙사로 돌아가라."

칼을 내린 계백이 심성부를 노려보았다.

"백제 사신 살해에 네가 저 놈과 연루되었는지는 알 수 없지만 신라 사신이 죽은 것에는 우리와 관계가 없다."

"날 베어라."

어깨를 편 심성부도 계백을 쏘아보았다.

"난 신라 장수다. 수치를 주지 말라."

"전장에서 만날 때가 있을 것이다."

칼집에 칼을 넣고 계백이 한 걸음 물러섰다.

"그리고 장수로서 음모에 휘말려 죽는다면 그것은 더 수치가 될 것이다. 내 말을 네 상전에게 전하는 것이 장수로서 할 일이다."

"베는 것이 나을 뻔했습니다."

잠자코 뒤를 따르던 덕조가 숙사에 들어왔을 때 불쑥 말했다. 겐지는 태성사 앞에서 바람처럼 사라졌는데 고센의 집으로 달려간 모양이었다. 그들은 어두운 마루방에 들어와 마주보고 앉았다. 집안은 조용했고 불빛도 보이지 않았다.

"고센과 한통속인걸 보면 장덕 나리를 벨 때 그자가 거들었을지도 모릅니다."

"우리가 사찬 도성을 베지 않았다는 것을 알려준 기회가 되었다."

"주인, 그렇다고 저들이 믿겠습니까?"

"믿지 않아도 할 수 없다. 하나 신라 사신 수행관이 또 살해된다면 놈들의 음모를 돕는 셈이 될 것이야."

"어떤 음모일까요?"

"백제와 신라의 충돌이 확대되는 것이지. 병법서에도 그렇게 적혀 있다."

계백이 어둠 속에서 이를 보이며 웃었다.

"나는 스승의 병법서에 적힌 갖가지 음모와 계략을 왜국에서 겪고 있구나."

다음날 아침, 오카다의 저택에 들어선 계백을 중신 기무라가 맞았다. 본채의 접객용 마루방에 앉자 기무라가 말했다.

"영주께서는 어제 오후에 셋쓰의 영지로 가셨습니다. 단바의 이케다가 북쪽 국경의 성 하나를 빼앗았기 때문입니다."

전쟁이다. 시선이 마주치자 기무라가 쓰게 웃었다.

"5년 전에 우리가 이케다로부터 빼앗은 성이지요. 그 3년 전에는 우리의 영지였습니다."

"어제 밤에 고센을 베었소."

불쑥 계백이 말하자 기무라가 얼굴을 굳혔다.

"우마치로 내대신측이 눈치 채지 않았을 까요?"

"신라측과 통하고 있을 테니 내가 했다는 것을 알게 되겠지요."

계백이 말을 이었다.

"고센은 신라 사신의 수행관 심성부와 같이 있었소."

"심성부는 무장(武將)으로 보기당의 대감 벼슬을 하던 자요 그 자도 베었습니까?"

"놓아주었으니 우마치로 내대신측이 알게 되었을 것이란 말입니다."

"놓아주시다니?"

"우리가 사찬 도성을 베지 않았다는 것을 말해주었습니다."

기무라가 생각에 잠긴 듯 한동안 입을 열지 않았다. 고센이 백제사신 정동보를 베었다는 겐지의 말을 듣고 나서 오카다는 고센을 감시하는 한편으로 소가 대신에게 보고도 올렸던 것이다. 고센을 감시한 지 얼마 되지 않아 우마치로의 신하들과 접촉하는 것을 알게 되었으니 배후도 드러난 상황이다. 이윽고 기무라가 입을 열었다.

"우마치로와 단바 영주 사이토가 신라에 호의적인 이유는 국경을 맞대고 있는 기이 영주 소가히데키 공과 셋쓰 영주인 우리 주군이 백제와 우호적이기 때문입니다."

기무라는 사십대 중반으로 오카다와 동년배였으나 체격이 작았고 얼굴에 주름이 많았다. 그래서 모시는 주인보다 10년은 더 나이 들어 보인다. 그가 말을 이었다.

"소가 대신은 백제에 우호적이긴 하나 전국을 통치하는 대신이오. 소가 가문이 오랫동안 집권할 수 있었던 것은 각 영주간의 세력균형을 유지시켰기 때문입니다."

계백이 머리를 끄덕였다.

"우마치로가 바라는 것은 백제와 신라의 싸움이 커지는 것입니다. 그렇지 않습니까?"

"그렇습니다. 서로 찌르고 베어서 본국에서 중원군에다 항의 사신까지 몰려오는 것이지요."

"그렇게 되면 집권 소가 대신은 지방의 영주들에게 신경을 쓸 겨를이 없게 되겠군요."

"벌써 사이토는 성 하나를 빼앗아 갔습니다. 가와지의 우마치로도 기이나 셋쓰 어느 쪽으로 움직일지 모르지요."

시선을 든 기무라가 계백을 향해 웃었다.

"어제 밤 고센을 벤 것이 우마치로에게 경종이 되었을지도 모릅니다. 계백 공께서는 골짜기의 복병 같은 구실을 했습니다."

일찍이 계백의 스승 진화인성은 적의 맥을 끊는 것이 중요하다고 병법서에 써 놓았다. 적의 대열과 양식, 계획의 맥을 수시로 끊으라는 것이었다. 자리에서 일어선 계백의 뒤를 기무라가 따라 나왔다.

"곧 소가 대신께 말씀을 올리겠습니다. 그리고 소인은 이곳 일을 사부로에게 맡기고 주군이 계신 영지로 떠날까 합니다."

시선이 마주치자 그가 정색을 했다.

"2, 3년에 한 번씩은 전쟁을 치르지요."

"백제 밀사는 사찬 나리를 벤 것 같지 않습니다. 만일 베었다면 소직을 살려 보냈을 리가 없습니다."

시선을 내린 심성부가 어금니를 물었다.

"검술이 뛰어난 데다 사리가 분명한 젊은 무장이었습니다. 소직은 졌습니다."

"그렇다면 우리가 백제 사신 정동보를 살해하지 않았다는 것도 그자가 알고 있겠군."

김소준이 낮은 목소리로 말했다. 저택의 마루방에 마주 앉은 두사내의 분위기는 가라앉아 있었다.

"그렇습니다. 그자는 고센이 우마치로 공의 지시를 받고 정동보를 베었다고 했습니다."

"우마치로 공이……."

"그자는 음모에 휘말리지 말라고도 했습니다."

시선을 든 김소준이 빙긋 웃었다.

"제감은 그자의 말을 믿는 모양이군."

"앞뒤가 맞습니다. 나리."

"그런데 제감은 무슨 일로 고센을 만났소?"

그러자 심성부가 머리를 숙였다.

"백제 사신을 칠 모의를 했습지요."

"……."

"소직은 영을 어기고 가벼운 행동을 했습니다. 벌을 내려주십시오."

"그래도 그대는 무장답다. 패배를 시인하는 용기도 있는 데다 정직하다."

"……."

"그대가 말하지 않았다면 신라와 백제는 음모에 휘말릴 뻔했소."

"나리, 우마치로 공의 가신 니시무라가 바깥채에서 소직을 기다리고 있습니다. 그자에게는 어떻게 말하는 것이 좋을는지요?"

"그자는 제감이 고센과 만난 것을 알고 있소?"

"알고 있을 것입니다."

"그렇다면 헤어졌다고 하시오. 그대는 백제 밀사를 만나지도 않았고 더구나 고센이 죽은 것은 모르는 일로 하시오."

자르듯 말한 김소준이 머리를 돌렸으므로 심성부는 자리에서 일어섰다.

그의 얼굴이 조금 밝아져 있었다.

덕조가 눈을 치켜 떴다.

"여긴 어떻게 찾은 게야?"

숙사의 대문 앞이었다. 저녁 무렵이어서 안팎의 시선이 여럿 있었으므로 그는 문에서 조금 떨어져 섰다.

"아, 이름까지 말씀해주셨는데 집을 못 찾겠소."

장옷 차림의 사도에가 눈을 흘겼다.

"왜 이렇게 죄지은 사람처럼 허둥대는지 모르겠네."

"아니, 이것이."

문밖에서 여자가 찾는다는 말을 듣고 나왔던 덕조는 처음에는 사도에를 알아보지 못했다. 까맣게 잊고 있었던 것이다. 사도에가 그를 똑바로 바라보았다.

"정신 차리고 잘 들어요. 내일 밤 유시에 보은사에서 종을 칠 테니까 그 시각에 소가히데키 공의 저택 후문에 와 있어야 돼요."

"도대체 무슨 소리여?"

"우리 아씨가 대모숙님을 만나려고 하시는 게지 무슨 소리겠소."

"우리 나리께서 주인이 부르는 개처럼 꼬리치며 가실 것 같으냐?"

"소가 댁 아씨가 부르는데 안 올 사내가 어니 있어? 더구나 우리 아씨 같은 미색이."

"너나 하초를 씻고 기다려라. 내 양물이 오랫동안 집을 못 찾았다."

"어쨌든 난 분명히 전했어."

반쯤 몸을 돌린 사도에가 곁눈으로 덕조의 하초를 보았다.

"머, 따끈한 집이 그립다면 지금 떼어주시든지, 늘어져 있는 것이 불쌍하구려."

"이 망할,"

사도에가 몸을 돌렸으므로 덕조는 저도 모르게 머리를 숙여 자신의 아랫도리를 내려다보았다.

"겐지는 다쓰가 죽은 뒤부터 이곳에 들리지 않았습니다."

사카이가 조심스럽게 말했다. 아스카 북쪽 변두리의 객주집은 오늘도 한산했는데 니시무라가 유일한 손님이다. 술잔을 든 니시무라가 부드러운 표정으로 물었다.

"그럼 겐지가 가 있을 만한 곳을 말해주지 않겠나?"

"소인이 알 리가 있습니까? 겐지는 제 행방을 발설하는 놈이 아니올시다."

"네가 겐지의 일당이라고 들었는데."

"당치 않습니다요. 말 몇 마디 나누고 얼굴 익혔다고 다 일당이라면 무사님도 소인의 일당이십니다요."

"허, 그런가?"

니시무라가 얼굴을 펴고 웃었다. 겐지를 치려다가 다쓰만 죽이고 겐지를 놓쳤다는 이야기를 고센한테서 들었던 것이다. 어제 밤 고센이 태성사 앞길에서 처참하게 죽은 후에 신라 사신 수행관 심성부를 찾아갔으나 만나고 곧 헤어졌다는 말만 듣고 나왔다. 그러나 점심 무렵에 고센의 집에 들렸던 니시무라는 윤곽을 대략 잡을 수 있었다.

고센의 집은 철저히 도둑맞아 있었던 것이다. 그러나 전혀 흐트러져 있지도, 발자국도 찍혀 있지 않았다. 겐지의 짓이다. 고센을 죽인 겐지가 여유 있게 쓸어간 것이다.

"난 너를 이 자리에서 죽일 수도 있고 수호역의 감옥으로 끌고가 네 눈알이 빠져 나오도록 고문을 할 수도 있다."

니시무라의 말소리는 여전히 낮고 부드러웠다. 시선이 마주치자 그는 다시 얼굴에 웃음을 띠었다.

"넌 이미 내 손아귀에 있다. 살 길을 찾든지 죽든지 둘 중 하나를 택하는 수밖에 없다."

"나리."

사카이가 다시 입을 연 순간이었다. 번뜩이는 칼빛이 보이더니 탁자 위에 두 손을 짚고 있던 사카이가 가늘게 신음소리를 뱉으며 한 손을 움켜쥐었다. 어느 사이에 빼어 친 니시무라의 칼이 그의 손가락 두 개를 잘라놓았던 것이다. 니시무라가 칼을 탁자 위에 내려 놓았다.

"겐지가 있는 곳을 대라. 다음에는 네 한쪽 팔목을 자른다."

"나리."

갑자기 옆쪽에서 여자가 다가섰으므로 니시무라는 머리를 돌렸다. 객주의 종이자 사카이의 동거녀인 신라 여인이었다. 그녀가 치켜든 눈으로 니시무라를 바라보았다.

"아마 백제인의 집에 숨어 있을 것이오."

"백제인이라니?"

"지난번에 죽은 다쓰를 감옥에서 빼내 왔을 때 들었소. 백제에서 온 밀사인데 소가 대신과 은밀한 관계여서 청은 무엇이든 들어준다고 했습니다."

"그래서?"

"다쓰를 이루카 대감의 감옥에서 빼낸 것도 그자요. 겐지는 그 대가로 그자를 모시게 되었다고 했습니다."

"이름을 아느냐?"

"모릅니다. 다만 젊은 무장으로 솜씨가 귀신 같다고 했습니다."

니시무라가 천천히 머리를 들어 앞에 엉거주춤 선 사카이를 쳐다 보았다. 사카이의 얼굴은 이미 희게 굳어져 있었다.

"사카이, 그 손으로는 네 여자를 제대로 쓸어줄 수가 없을 것 같구나."

말을 마친 순간 그는 칼을 쥐고 옆으로 후려쳤다. 목이 떨어진 사카이가 객주바닥에 뒹굴었으나 여자는 눈도 깜박이지 않았다. 니시무라가 여자를 바라보며 웃었다.

"이젠 네가 이곳의 주인이다. 가끔 내가 들려 뒤를 봐주마."

"오셨군요."

사도에가 마치 제 낭군을 본 것처럼 활짝 웃었다. 그리고는 힐끗 계백의 뒤쪽을 보았다가 비켜섰다.

"어서 들어오시지요."

소가히데키의 대저택은 아스카의 남문 밖에 있었는데 다른 영주들의 저택이 성안에 있는 것과는 달리 대조적이었다. 소가히데키는 소가 대신의 사촌으로 같은 가문인 것이다. 샛문 안으로 들어서자 곧 무사 차림의 사내 세 명이 담장 안쪽에 서 있었지만 이쪽으로 시선을 보내지는 않았다. 계백은 사도에를 따라 걸었다. 밤이어서 저택의 곳곳에는 기름등을 걸어놓았는데 건물만 수십 동이 넘었다. 무사와 종들이 그들 옆을 스치고 지나갔지만 눈여겨보는 사람이 없었으므로 계백의 긴장감도 조금 풀어졌다. 건물을 여러 채 지나고 나서야 사도에는 멈춰 섰다. 동산 옆의 작은 별채 앞이었다.

"아씨가 기다리고 계십니다."

사도에가 손끝으로 방안의 불빛을 가리켰다. 계백을 향해 웃어보인 그녀가 앞장 서 가더니 방문 앞에서 말했다.

"아씨, 모시고 왔습니다."

종이를 바른 창문에 그림자가 어른거리더니 곧 문이 열렸다. 꽃무늬가 박혀진 흰 색 비단옷 차림의 오미가 계백을 바라보며 웃었다. 눈이 부시도록 맑은 웃음이다.

"어서 오십시오."

방안에는 이미 작은 상에 술병과 잔이 놓여져 있었다.

"궁에 계시다고 들었소만 어찌 사가에 나와 계시오?"

자리에 앉은 계백이 묻자 오미가 웃음 띤 얼굴로 술병을 들었다.

"왕비께 사흘 말미를 얻었습니다."

"부친께 허락도 받지 않고 들어온 것은 예의가 아닙니다. 날 보자고 하신 이유를 말해주시겠소?"

그러나 오미는 잠자코 계백의 잔에 술을 채우며 대답하지 않았다.

소가히데키는 1품 대덕(大德)의 관등이니 소가에미시 대신(大臣) 다음 가는 지위의 고관이다. 사십대 후반의 그는 정실소생에서 아들 하나에 딸 하나를 낳았는데 오미의 오빠인 사다모리는 지금 영주 대행(代行)으로 영지에 가 있다. 이곳에 오기 전에 소가히데키 가문에 대해서 알아본 것이다. 이윽고 오미가 입을 열었다.

"이미 궁의 시녀로 들어간 몸이니 제 주인은 왕비이십니다."

"부친께 누를 끼칠 수도 있습니다."

"아버님은 지금 나니와에 계십니다."

계백의 잔에 술을 채운 오미가 이를 보이며 웃었다.

"대모숙 님을 뵙고 싶었습니다. 전 지금 소가 가문의 딸도, 궁의 시녀도 아닌 한 사람의 여자올시다."

술은 향이 진했으나 독했다. 한 모금을 삼키고 나자 향이 콧숨과 함께 뱉어지면서 독특한 냄새가 맡아졌다. 계백은 그녀에게도 잔을 내밀었다. 가슴이 뛰고 금방 입안이 말라 왔으므로 그는 침을 삼켰다. 계백의 술을 받은 오미의 두 손이 떨리는 바람에 잔에 담긴 술이 조금 엎질러졌다. 한 모금 술을 삼킨 오미가 잔을 내려놓았다. 술기운 때문인지 두 볼이 익은

복숭아처럼 상기되어 있었다.

"저를 안아주세요. 매일 밤 잠자리에서 당신의 모습을 떠올렸습니다."

오미가 허리띠를 풀었으므로 계백은 숨을 멈췄다. 그의 얼굴도 붉게 달아올라 있었다. 허리띠를 풀어 옷자락을 벌린 오미는 시선을 들어 계백을 바라보았다. 이미 속옷 사이로 속살이 드러났고 두 눈의 초점은 흐려져 있었다. 자리에서 일어선 계백이 다가가 서자 그녀는 매달리듯 안겨왔다. 그녀의 목덜미에서 향긋한 살 냄새가 맡아졌다. 계백은 터질 듯한 욕정으로 그녀를 눕혔다.

"차라리 무장의 아내가 되겠어요."

헛소리처럼 말한 오미가 다리를 벌리면서 서두르듯 계백의 바지를 끌어내렸다. 계백은 곧 오미의 몸안으로 들어갔다. 가늘게 신음소리를 뱉은 오미가 한껏 허리를 들어 그의 몸을 깊게 받았다.

"나가토도 좋아요. 데려가 주세요."

오미가 헐떡이며 말했다. 계백은 거칠게 그녀의 몸을 파고들었다. 그의 몸짓이 거칠수록 오미는 더욱 자지러지며 그에게 매달렸으므로 방안은 열기에 휩싸였다.

오카다 저택의 집사역을 맡고 있는 사부로가 찾아온 것은 다음날 아침이다. 머리에는 대나무껍질로 만든 갓을 쓰고 시종 하나만 대동한 그는 남의 눈을 꺼리는 듯 본채의 마루방에 마주 앉을 때까지 입을 열지 않았다. 갓을 벗은 그의 안색이 창백했으므로 계백이 먼저 물었다.

"기무라 공, 무슨 일이 있습니까?"

"사이토가 성 한 곳을 또 탈취했습니다."

뱉듯이 말한 그가 눈을 치켜 떴다.

"이미 오래 전부터 준비를 해왔던 것이오. 놈은 군세를 3면으로 나누어 곧 셋쓰의 북쪽을 평정할 것 같습니다."

"궁성에서도 알고 있겠지요?"

"어제 궁성의 내관 둘이서 셋쓰로 떠났지만 그들이 사이토를 막을 수는 없습니다."

"소가 대신은?"

"오늘 소인(小仁) 히데마사를 사이토에게 보냈습니다. 그러나 사이토를 정벌한다면 다른 영주들의 반발이 클 것이오."

계백은 머리를 끄덕였다.

소가 대신이 무력한 것은 아니다. 그가 군사를 모으면 직할령에서만 당장 3만 군사를 모을 수가 있는 것이다. 그러나 사이토와 오카다의 영토분쟁은 수십 년을 이어온 데다 셋쓰의 북쪽은 본래 사이토의 영지였다. 일방적으로 오카다 편만을 들어줄 수가 없는 입장인 것이다. 사부로가 계백을 바라보았다.

"오늘 주군한테서 전령이 왔습니다. 병력이 부족하니 아스카 저택에 남은 무사들도 모두 보내라는 말씀이셨습니다."

"……."

"그리고 소가 대신께는 서둘러 진압군을 보내달라는 청을 넣으셨다고 합니다."

전세가 불리한 깃이다. 사부로가 갓을 집어들고 일어섰다.

"제가 오늘 무사들을 모으러 영지로 갑니다. 당분간 뵙지 못할 것 같아 인사차 들른 것입니다."

"소가에미시는 셋쓰로 진압군을 보낼 수 없어."

우마치로가 단언하듯 말했다.

"사이토가 명분이 더 있는 데다 조정의 공론도 출병에 반대하는 분위기야."

마상에 앉은 우마치로는 투구에 갑옷을 입고 그 위에 금박을 입힌 붉은
색 비단옷을 입고 있었다. 호오류사 참배를 마치고 돌아가는 길이어서 기
마행렬은 길었다. 옆을 따르던 중신 야마나가 그를 바라보았다.

"주군, 어쨌든 사이토 공은 영주간의 영토 문제로 군사를 동원하면 안
된다는 소가 대신의 영을 어겼습니다. 아무래도 후환이 있을 것 같습니
다만."

"지금 시국은 아무도 예측하지 못한다."

말고삐를 당겨 속도를 늦춘 우마치로가 앞쪽을 쏘아보았다.

"대륙의 3국이 아스카에서 힘을 겨루는 데다 당까지 꿈틀거린다. 소가에
미시는 군사를 모아 영주들을 징벌할 여력이 없어."

"신라와 백제간의 암살전은 이쯤해서 그만 두시는 게 나을 것 같습니
다만."

"이제 시작이야. 우리한테는 손해볼 것이 하나도 없는 일이다."

시선이 마주치자 우마치로가 희미하게 웃었다.

"소가 가문이 백제와 신라 때문에 망하도록 만들겠다."

"니시무라는 고센이 백제의 밀사에게 당한 것 같다고 했습니다. 혹시
……."

"고센이 배후를 불고 죽을 놈이 아니다."

"신라의 수행관 심성부의 태도가 갑자기 변한 것도 꺼림칙합니다."

"신라 사신 김소준은 신중한 인물이야. 김소준에게 질책을 받았겠지."

그들은 말머리를 나란히 하고 대로를 지나갔다. 신라 사신 도성을 침소
에서 벤 것은 니시무라였다. 그것으로 신라측의 분기(憤起)를 기다렸으나
이번에도 빗나갔다. 그러나 아스카의 분위기가 흉흉해진 데다 곧 신라와
백제의 항의 사절들이 올 테니 목적은 거의 이루었다.

"사카이는 어디 갔어?"

오랜만에 객주에 나타난 겐지가 소리쳐 묻자 여자는 머리부터 저었다.

"모르겠소. 나간 지 며칠 되었수."

"서방이 어딜 갔는지도 모른단 말인가?"

"그자가 왜 내 서방이오?"

"그럼 네 아들이냐?"

객주에는 오늘도 손님이 없는 데다 평소에 눈독을 들이고 있던 여자였으니 사카이가 없다는 말을 들은 겐지는 머리에 열이 올랐다. 객주의 가장 아늑한 구석자리에 퍼질러 앉은 그가 눈웃음을 쳤다.

"이봐, 술을 가져와. 손님도 없는데 나하고 말동무나 하면서 술이나 마시자고."

"그럽시다."

선선히 대답한 여자도 마주 보며 웃었다.

"안주를 준비해야 하니 조금 기다리셔야겠수."

"아, 안주는 무슨."

조급한 마음에 그냥 주방으로 따라들어 가서 자빠뜨릴 생각이 분연히 치솟았으나 겐지는 기를 쓰고 참았다. 맛있는 떡은 아껴 먹어야 제맛을 볼 수가 있는 것이다. 그는 오늘밤을 이곳에서 묵고 가기로 마음먹었다. 사카이가 갑자기 들이닥친다 하더라도 조금 무안할 뿐이지 큰 탈은 없을 터였다.

"이봐, 혹시 사카이가 나니와에 간다고 하지 않았나?"

문 건너편의 주방에 대고 소리쳐 물었으나 여자는 대답하지 않았다. 사카이는 그의 장물을 나니와의 타국 상인에게 파는 일을 하고 있었던 것이다.

"그 망할 놈이 혹시 나니와에 다른 계집을 봐둔 것이 아닐까?"

혼잣소리로 중얼거린 겐지는 자리에서 일어섰다. 음심을 억제할 수 없었던 것이다. 기회를 놓치지 말아야 한다는 생각이 떠올라 이글거리는 욕정을 두 눈에 잔뜩 담고 주방문을 열어 제쳤다.

"아니, 이것이."

주방은 텅 비어 있었다. 그는 이맛살을 찌푸렸다. 반대쪽 문으로 나가면 안채가 있었으므로 그는 잠시 문고리를 잡고 망설였다. 여자가 안채 마당에 있다면 안고 방으로 들어갈 수도 있을 것이다.

"아니, 뭘 하세요?"

뒤에서 들리는 여자의 목소리에 겐지는 소스라쳐 놀라 허리를 폈다. 여자가 객주의 앞문으로 들어온 것이다.

"도대체 어딜 다녀온 게여?"

놀라고 무안한 김에 눈을 치켜 뜬 그를 향해 여자는 손에 쥔 생선을 들어 보였다.

"지붕에 널어놓은 생선을 가져온 게요."

"젠장, 술만 있으면 됐어."

거칠게 다가간 겐지가 여자의 허리를 휘어 감고 바짝 당겨 안았다.

"에이그, 객주 안에서."

눈을 흘긴 여자가 허리를 트는 시늉만 했으므로 겐지의 양물이 불끈 솟아올랐다. 거기에다 여자가 다리 사이에 그것을 끼우고는 다시 허리를 틀자 겐지의 눈이 뒤집혔다.

"안채로 가자."

"술은 안 드시고?"

"우선 급한 것부터."

여자의 팔을 낀 그가 주방 문턱에 걸려 비틀대며 안채로 들어섰을 때였다. 겐지는 마당 한복판에 서 있는 사내를 보았다. 안채의 등빛에 윤곽만 보이는 사내는 무사 차림으로 허리에 장검을 찼다.

"네가 겐지냐?"

무사가 낮은 목소리로 물었을 때 겐지는 뒤쪽의 인기척에 머리만 돌렸다. 주방 뒷문으로 두 사내가 나오고 있었다. 그리고 안채의 문에도 두 명이 더 서 있었다. 눈을 치켜 뜬 겐지는 그제서야 여자가 자신의 곁에서 멀찍이 떨어져 나갔다는 것을 알았다.

"이, 빌어먹을."

"겐지, 순순히 무릎을 꿇어라."

사내가 낮은 목소리로 말했다.

"그런다면 여자 맛을 실컷 보게 해줄 테니까."

그 순간 겐지는 어둠 속을 뛰어오르면서 칼을 뽑아 들었는데 다음 순간 두 눈에서 흰 별이 여러 개 번쩍였다. 머리꼭지에 격렬한 충격을 받은 그가 땅에 얼굴을 박고 쓰러지자 사내가 입맛을 다셨다.

"방으로 데려가라. 결국은 이놈이 실토하게 될 것이다."

그는 칼집에 칼을 꽂았다. 칼등으로 친 것이다. 그가 한 걸음 비켜섰을 때 등빛에 비친 얼굴이 보였다. 그는 우마치로의 가신 니시무라였다.

대황초가 여러 개 켜져 있어서 청안은 밝았으나 분위기는 가라앉아 있었다. 상석에 앉은 대신 소가에미시는 술기운으로 눈가가 붉었다. 그의 좌우로 도열해 앉은 가신들은 모두 턱을 쳐들고 눈만 끔벅였다. 이윽고 소가가 입을 열었다.

"백제와 신라의 갈등을 부추기는 세력이 분명히 있고 나도 어느 정도는 짐작하고 있소."

어깨를 편 그가 쓴웃음을 지었다.

"혼란을 틈타 세력을 확장시키려는 것이지. 내가 그자들의 입장이 되었어도 그랬을 테니까."

계백이 잠자코 앞에 앉은 소가를 바라보았다. 이번이 두 번째 만남으로 갑자기 늦은 밤에 은밀하게 불려왔다. 소가가 다시 입을 열었다.

"남쪽 거리의 도검상 고센을 베었다고 들었소. 신라의 무장 심성부는 놓아주고, 참으로 잘한 일이오."

"……."

"그런데 고센의 배후에는 누가 있을 것 같소?"

"모르겠습니다."

"백제 사신은 고센이 베었고 신라 사신을 벤 것도 백제측이 아니니 이것은 곧 백제와 신라를 이간질시키려는 세력이 한 짓이라고 볼 수밖에."

정색한 소가가 목소리를 낮췄다.

"고센의 배후세력이 신라 사신 도성을 벤 것이오."

계백의 시선을 받은 소가가 입술을 비틀고 웃었다.

"그자들은 아마 내가 셋쓰의 영지 분쟁에 군사를 보낼 수 없을 것이라고 믿고 있겠지."

"……."

"난 내일 나가토 수호역에게 기병 1천을 주어 셋쓰의 영지분쟁을 평정시킬 것이오. 내 군세는 영지분쟁을 일으킨 단바 영주 사이토의 군세를 칠 것이오."

숨을 멈춘 계백이 소가를 바라보았다. 나가토의 수호역은 자신인 것이다.

"대감, 제가."

"나가토 수호역 대모숙은 왕명을 받고 가오. 또한 소가 가문의 가신이니 섭정의 권위도 대신 세워야 될 것이오."

다시 시선이 마주치자 소가가 이번에는 이를 보이고 웃었다.

"거기에다 대모숙의 본색은 백제국의 장덕 계백이오. 그자들이 그것을 알았을 때의 얼굴을 한번 상상해 보시오. 으하하하."

소리내어 웃은 소가가 팔걸이에 비스듬히 몸을 걸쳤다.

"태자 전하께서도 밀서에 양국의 우호를 위하여 장덕을 무장으로 써 달라고 하셨소. 장덕에게 기회가 온 것이오."

계백이 머리를 끄덕였다.

"그렇다면 분부를 따르겠습니다."

"가차없이 베시오. 기병 1천은 정예군이오."

계백은 눈을 부릅떠 앞쪽을 바라보았다. 태자의 영이라면 왜국땅에서 죽어 묻혀도 여한이 없는 것이다.

제11장 기습군

날씨가 흐린 아침이다. 아직 해가 뜨기 전 묘시경이어서 어둑한 길을 기마인 두 명이 북문을 나와 북쪽으로 달려갔다. 앞장 선 기수는 소가 대신 이 준 은장식이 붙은 투구에 대나무 잎이 수놓아진 가죽갑옷 차림의 계백이었고 뒤를 따르는 무사는 덕조였다. 덕조가 박차를 넣어 옆으로 붙었다.

"주인, 어제 밤에 겐지가 나가서 돌아오지 않습니다."

잠자코 달리는 계백에게 그가 말을 이었다.

"사카이라는 일당에게 다녀온다고 했답니다."

계백을 주인으로 모시고는 있었지만 겐지는 도적질하는 습성을 버리지 못해서 밤이면 자주 들락거렸다. 5리쯤 말을 달렸을 때 기마군의 진영이 보였다. 작은 언덕 주위로 수십 개의 막사가 세워졌고 바람결에 말 울음소리가 들렸다. 그들이 개울을 건너자 십여 기의 기마군이 달려왔다. 앞장 선 장수는 소뿔이 박힌 투구를 썼다. 양쪽은 금방 풀숲 위에서 마주쳤는데 소뿔이 박힌 투구를 쓴 장수가 서둘러 말에서 내렸다.

"나가토 히데이의 오쿠보올시다."

굵은 목청으로 인사를 올린 장수가 말에서 내리는 계백의 말고삐를 잡았다.

"주장(主將)으로 모시게 되어 영광입니다."

"객장(客將)이지만 한몸이 되어야 하오."

계백이 부드러운 시선으로 오쿠보를 바라보았다.

"나는 소가 가문뿐만 아니라 백제국의 명예를 등에 짊어졌어."

"어제 밤에 들어서 명성은 잘 알고 있습니다."

오쿠보야말로 나가토 영지의 토박이 무사인 것이다. 그는 나가토 북부에 기반을 둔 소가에미시의 가신으로 이십대 중반쯤의 나이에 기골이 컸고 턱수염이 짙었다. 그가 부리부리한 눈으로 계백을 바라보았다.

"장군, 기병 1천은 모을 수가 있으나 아직 치중대(致重隊)가 도착하지 않았습니다."

다시 말에 오른 그들은 나란히 진영으로 다가갔다. 오쿠보는 그의 부장(副將)인 셈이다.

"셋쓰 북쪽까지 기마로 사흘길입니다. 치중대가 도착할 저녁 때까지 기다려야 할 것 같습니다."

"도중에 성이 있는가?"

"대여섯 개 있습니다."

"전령을 먼저 보내어 군사들을 먹일 준비를 시키도록, 치중대가 올 때까지 기다릴 수 없다."

"끼니때까지는 성에 들어간단 말씀이군요."

"성주에게는 나중에 도착하는 치중대의 양곡으로 갚는다고 하고."

"알겠습니다."

진영에 도착하자 오쿠보는 소리쳐 전령들을 모았고 북을 울려 출발 준비를 시켰다. 언덕 주위의 기마군 진영에는 갑작스런 활기가 솟아났다. 소가에미시의 직할 기병단이어서 장비도 좋았고 사기 또한 높은 편이었다. 진막에 앉아 있는 계백에게 덕조가 다가왔다.

"주인, 백제 기병과는 장비가 조금 다를 뿐, 잘 훈련된 기마군입니다."

"내 몸에 백제국의 위상이 실려 있다."

정색한 계백이 혼잣소리처럼 말을 이었다.

"태자 전하는 나에게 기대를 걸고 계신다."

"이곳은 본토도 백제령도 아닙니다. 주인께서는 그것을 아셔야 합니다."

"그것이 무슨 말이냐?"

"오직 소가 씨에 의해서 공이 인정됩니다. 주인께서는 이웃집에서 빌려 온 나무 찍는 도끼 모양이오."

그러자 계백이 쓴웃음을 지었다.

"네놈이 또 시작을 하는구나."

"왜놈들의 영토 싸움에까지 끼여들게 될지는 몰랐습니다."

"네놈도 백제 무장이다. 말을 삼가라."

"그전에 백제 가문의 종이올시다. 소인은 주인이 우선이오."

오쿠보가 들어섰으므로 주종은 말을 그쳤다. 출진 준비가 된 모양이었다.

니시무라가 흐트러진 옷깃을 여미고는 겐지를 내려다보았다. 겐지는 온몸이 피투성이가 된 채로 방바닥에 반듯이 누워 있었는데 숨을 쉬고 있는 것 같지도 않았다.

"지독한 놈이다. 시중의 일개 도적놈이 이토록 독할지는 몰랐다."

이미 미닫이문 밖은 부옇게 밝아지고 있었으니 밤을 꼬박 새워 겐지를 고문했던 것이다. 니시무라가 옆에 선 부하에게 말했다.

"주군께 다녀올 테니 이놈을 지켜라. 그리고 윗방의 계집도 문밖 출입을 시키면 안 된다."

객주를 나온 니시무라가 우마치로의 저택에 닿은 것은 진시 무렵이었다. 중신 야마나는 이미 집무실에 나와 있었는데 그를 보더니 눈살을 찌푸렸다.

"밤새도록 술을 마신 몰골이군 그래."

"백제 밀사의 부하가 된 도적놈을 잡았습니다."

마루방의 앞자리에 털썩 앉은 니시무라가 충혈된 눈을 들었다.

"허나 밤새도록 추궁했지만 백제인의 본색을 실토하지 않습니다."

"죽였나?"

"아직은, 그러나 오늘 중으로 자백을 받든 죽이든 할 것입니다."

"오늘 아침 일찍 소가 대신은 셋쓰로 기마군을 출병시켰어. 주군께선 지금 이루카 대신의 저택에 계시네."

밤 사이의 급변한 상황에 니시무라도 긴장했다. 소가이루카는 소가에미시의 아들이자 후계자로 그도 대신으로 불렸다. 우마치로는 이루카와의 관계에 정성을 기울였는데 자주 그의 저택에 초대받는 편이었다. 그러나 오늘 아침에는 상황을 알아보려고 간 것이다.

"대군을 보냈습니까?"

"아니야, 기마군 1천으로 대장은 나가토 수호역인 이름도 없는 무장이야."

"왕실과 섭정의 체면을 세우려는 것이지요."

오카다와 사이토 가문의 영지 분쟁은 오래 계속된 일인 데다 제각기 명분이 있는 것이다. 야마나가 말을 이었다.

"어제 조정 회의에서는 대군의 출병이 보류되었어. 그런데 갑자기 밤 사이에 소가 대신이 기마군 1천을 보냈다."

"오카다에 대한 소가의 인사치레 같습니다."

왕명을 어겼을 경우에도 소가에게 잘만 보이면 되는 세상이다. 작년에 엣추와 시나노 간의 분쟁이 그 예였다. 몇 번이나 왕명을 무시한 채 엣추의 영토를 병합한 시나노의 마사타는 소가 대신에게 영지 일부분을 떼어 바치고 관등까지 오른 것이다.

　"그럴까? 오카다는 소가의 심복이야. 시나노의 경우와는 다르다."

　"그러면 왜 기마군 1천 명만 보냅니까?"

　"주군께서 그것을 알아보려고 가셨다."

　정색한 야마나가 그를 바라보았다.

　"일을 서둘라고 하셨어. 무슨 말인지 알겠나?"

　"알겠습니다."

　니시무라가 어깨를 폈다. 중책을 맡고 있는 자부심을 느낀 것이다.

　"밥에 술도 주더구면."

　방으로 들어선 사내의 얼굴은 붉었다.

　"가서 먹고 와. 계집이 꼬리 친다고 건드리지는 말고."

　기다리던 사내가 방을 나갔고 아침을 걸게 먹은 사내는 벽에 등을 기대어 앉았다.

　"이 자식은 아직도 깨어나질 않는군."

　혼잣소리로 말한 사내가 트림을 했다. 그의 발 앞에 누운 겐지는 아직도 눈을 감고 있었지만 숨은 쉬었다. 그러나 한 쪽 팔이 꺾인데다 다리는 두 쪽이 모두 몽둥이에 맞아 부러졌고 온몸이 칼에 베이고 찔려 살아 있다는 것이 이상하게 느껴질 정도였다.

　"독한 놈, 입만 몇 번 놀리면 곱게 죽을 것을."

　두 다리를 뻗고 앉은 사내가 이 사이에 낀 고깃점을 손끝으로 빼냈다.

　"백제놈이 네 아비라도 된단 말이냐?"

미닫이가 스르르 열렸으므로 사내는 눈길만 돌렸다. 그 순간 그는 퍼뜩 눈을 치켜 뜨면서 몸을 일으켰으나 뛰쳐 들어온 사내가 내지른 칼에 가슴을 찔리고는 입을 딱 벌렸다. 낮고 가는 신음을 뱉으며 사내가 주저앉자 침입자는 칼을 뽑더니 겐지를 내려다보았다.

"겐지, 살았느냐?"

겐지가 눈을 떴다. 그리고는 서너 번 눈을 끔벅이더니 피투성이가 된 입을 벌리고 웃었다.

"아오이, 내가 올 줄 알았다."

"새벽부터 기회를 엿보고 있었어."

문밖에서 인기척이 들리더니 겐지의 부하 두 명이 여자를 양쪽에서 떠메고 들어왔다. 아오이의 부축을 받고 겨우 상체를 세운 겐지가 여자를 바라보았다. 여자는 얼굴을 얻어맞았는지 두 눈이 풀린 데다가 입에서 피를 흘리고 있었다.

"서둘러라, 이년도 데리고 어서 이곳을 빠져 나가자."

"넌 집이 이 근처에 있으니 좋겠다."

문득 왕비가 말했으므로 오미는 머리를 숙였다. 며칠 전에 집에 다녀온 것을 왕비가 나무란다고 생각한 것이다. 왕비는 들고 있던 자수틀을 내려 놓았다. 흰 비단에 절벽이 있는 산을 수놓았는데 아래쪽은 푸른 강이었다. 왕비가 살았던 백제의 부소산과 사비수였다.

"지난번 네가 호오류사의 축국 구경을 다녀온 이야기나 해 보아라."

왕비가 부드럽게 말하자 오미는 머리를 들었다. 왕비는 오미를 축국 구경을 보내고는 벌써 세 번째 다녀온 이야기를 묻는다.

"마마, 구경꾼 중에는 떠돌이 무사도 많았지만 여자들도 많았습니다."

"서민들이더냐?"

"예, 하오나 대가집 여자들도 장옷을 눌러 쓰고 몰래 구경하고 있었습니다."

"백제에서도 그랬다. 큰 불사(佛事)가 있을 적엔 몰래 구경들을 하지."

왕비가 초점 없는 시선으로 앞쪽을 보았다. 삼십대 후반의 나이였으나 아직도 피부는 소녀처럼 곱고 이목구비가 뚜렷한 미인이다.

"대왕께선 날 여러 번 데려가셨다."

"다시 뵈올 날이 있을 것입니다."

왕비의 시선이 오미에게로 옮겨졌다.

"너도 소가 가문이니 백제인의 피를 받았을 것이다."

"그러하옵니다. 마마."

"그러나 세월이 흘러 몇 대를 내려오면 피만 섞였지 조상의 풍속과 산천은 모두 잊는다. 너처럼."

오미의 시선을 받은 왕비가 입술 끝을 올리면서 웃는다.

"난 너를 봄으로써 내 처지가 더욱 서럽다."

왕비는 아직 한쪽이 덜 끝난 자수틀을 오미에게 건네주었다.

"너에게 주는 선물이야. 백제 도성에 있는 산과 강이다."

오미가 자리에 앉기도 전에 사도에가 말했다.

"셋쓰로 소가 대신의 기마군이 출진했습니다. 아씨."

시선만 든 오미가 답답했는지 사도에는 바짝 다가앉았다.

"아씨, 기마군의 대장이 나가토 수호역인 대모숙 님이십니다."

놀란 오미가 눈을 크게 떴다.

"그게 정말이냐?"

"기마군 1천을 이끌고 떠났는데 치중대도 버리고 갔답니다."

왕비의 시녀인 오미에 비해 사도에는 행동이 자유로운 편이었다. 오미의 시중을 드는 일보다 궁 안팎을 쏘다니며 갖가지 이야기를 듣는다.

"아씨, 소가 대신이 대모숙 님을 사이토 님께 미끼로 던졌다는 소문도 있습니다."

오미의 날카로운 시선을 받은 사도에의 목소리가 움츠러들었다.

"사이토 님이 대모숙 님을 치시면 소가 대신이 죄를 물으려고 대군을 보낼 것이라고 합니다."

"누가 그러더냐?"

"비 마마의 시녀한테서 들었습니다."

오미는 아랫입술을 물었다. 비는 소가 대신의 누이인 것이다. 그 말이 사실인지도 모른다고 생각하자 오미는 자리에서 일어섰다.

"아씨, 어디 가시려고 합니까?"

"네가 대모숙 님의 집을 알지? 나하고 같이 가자."

"아씨, 뭘 하시게요?"

기세에 눌린 사도에가 울상을 지었다.

"그댁에는 아무도 없을 텐데요."

"집을 지키는 무사나 종이라도 있을 것 아니냐? 대모숙 님께 이 사실을 알려야겠다."

"아씨……."

"앞장 서라."

어깨를 늘어뜨린 사도에가 앞장을 섰고 오미는 뒤를 따랐다. 한낮이었고 맑은 날씨였다.

셋쓰는 북쪽으로 단바, 동쪽으로는 야마시로라는 강국(強國)과 접경하고 있어서 불안한 위치였으나 남쪽이 아스카가 있는 야마토였다. 야마토 조정으로서는 셋쓰가 북쪽 방파제 역할을 하는 만큼 믿을 만한 영주가 필요했을 것이다. 그래서 선택된 것이 소가에미시의 중신 오카다였으니 그가 영주가 된 지 10년이 조금 넘었다. 셋쓰 중심부에 있는 고오 산성에서 오카다는 마악 전령을 맞이하고 있었는데 피로한 기색이었다. 단바의 사이토는 이제까지 성 세 곳에 영지의 북쪽 대부분을 점거했다. 전령은 조정에서 보낸 소신(小信) 관등의 무장이었다.

"섭정의 영을 말씀드리겠소."

한쪽 무릎을 꿇고 앉은 무장이 오카다를 바라보았다.

"섭정은 친위 기마군 1천을 출진 시키셨소. 대장은 나가토 수호역 대모숙이며 사흘 후에 여기 셋쓰에 당도할 것이오."

"대모숙이라."

놀란 오카다가 주위의 가신들을 둘러보았다. 그러나 대모숙이 계백이란 사실을 아는 자는 기무라와 사부로 등 몇 사람뿐이다.

"대모숙을 보냈다고?"

"예, 나가토의 오쿠보가 부장입니다."

"사이토는 이미 시바 성 앞에 포진하고 있어. 이곳과의 거리는 60리 정도니 그놈은 내일 나하고 시바 성 앞에서 결전을 하자는 것이다."

낮은 목소리로 말한 오카다가 기무라에게로 시선을 돌렸다.

"기무라, 전령이 다시 섭정께 돌아갈 터이니 사이토의 전력(戰力)을 말해 주게."

"사이토는 시바 성 앞에 기마군 3천에 보군 4천을 집결시켜 두었소. 아마 내일 중으로 시바 성을 함락시킨 다음 우리와 결전을 하려고 들 것이오."

기무라가 말을 이었다.

"시바 성에는 장졸이 5백 명도 채 되지 않아서 사이토의 공격을 오래 견디지 못할 것이오. 그래서 우리는 내일 아침에 시바 성으로 출진합니다."

"이쪽 군세는 얼마나 됩니까?"

"기병 1천에 보군 2천 남짓이오."

머리를 든 오카다가 전령을 바라보았다.

"대모숙의 기마군을 기다릴 여유가 없어. 그 사이에 시바 성을 빼앗기면 만사가 수포로 돌아가네. 나는 내일 사이토와의 결전으로 승부를 낼 작정이야."

"내일 중으로 시바 성만 함락시키면 셋쓰 북부는 내 수중에 들어온다."

사이토는 갑옷 차림에 머리에는 흰 띠를 매었다. 시바 성이 바라보이는 벌판의 진막 안이었다. 그가 앞쪽에 앉은 무장을 향해 빙그레 웃었다.

"내 고토(故土)를 회복하는 것이니 소가 대신도 어쩌지는 못할 것이야."

"조정에서 며칠 전에 열린 회의에서도 대군의 출병은 마땅치 않다는 의견이었다고 합니다."

젊은 무장은 조금 전에 아스카에서 온 우마치로 내대신의 가신이었다. 그가 말을 이었다.

"그래서 소가 대신이 직할 친위군에서 기마 1천을 떼어낸 것이지요."

"대장이 나가토의 수호역이라고?"

"대모숙이라고 들었는데 아스카에 온 지 얼마 되지 않았다고 합니다."

"처음 듣는 이름이군."

"소가 대신이 오카다 공에 대한 체면치레로 기마군을 보냈다는 말도 있고 대군 출병을 위한 미끼로 보냈다는 말도 있습니다."

"그럴듯하군, 하나 사흘 후에 도착했을 때는 이미 모든 일이 끝나 있을 거야. 그자는 빈 벌판에 깃발을 꽂고 며칠간 말똥 속을 뒹굴다가 돌아갈 것이다."

진막 안에는 그들 둘뿐이었지만 사이토가 목소리를 낮췄다.

"아스카 일은 잘 되어가나?"

"예, 아스카 일은 걱정하지 말라고 하셨습니다."

그러자 사이토가 만족한 듯 머리를 끄덕였다.

"좋아, 내일 시바 성을 함락한 다음 오카다를 치면 셋쓰 분쟁은 끝난다. 난 셋쓰의 옛 영지를 찾게 되는 거야."

기마군은 벌판을 속보로 달리고 있었는데 이미 초저녁이다. 서쪽 지평선에 붉은 노을이 점점 잿빛 속으로 묻혀 가고 있었다.

"장군, 20리만 더 가면 도호 성입니다."

옆으로 다가온 오쿠보가 말했다.

"오늘 밤은 그곳에서 쉬는 것이 낫겠습니다."

계백이 머리를 끄덕였다. 아침에 아스카를 출발하여 150여 리를 달려온 것이다. 놀랄 만한 진군 속도였으니 말도 사람도 다 지쳐있었다.

"오카다 공에게 전령을 보내겠습니다."

"사이토에게도 첩자가 달려가겠군."

"아마 그럴 것입니다."

1천 기의 기마군이 달리고 있었으므로 땅이 울렸다. 주위에는 사람 그림자도 보이지 않았으나 이미 전장인 것이다. 사이토는 이쪽 동정에 신경을 곤두세우고 있을 것이었다. 도호 성은 토성으로 사방이 1리도 되지 않았다. 오카다의 가신 조베가 그들을 맞는데 흰머리에 주름살투성이의 노인이었다. 말에서 내린 계백 앞에 그가 무릎을 꿇었다.

"장군, 더운 밥에 말먹이도 준비해 놓았습니다."

"치중대가 오면 먹은 양식만큼 떼어 가시오."

"그런 일은 처음이나 성에 양곡이 모자라니 감히 떼겠습니다."

미리 전령을 보낸 터라 곧 수십 개의 나무통에 가득 담긴 잡곡밥이 군사들에게 나누어졌다. 성이 좁아 성밖의 벌판에 주둔한 군사들의 진중이 떠들썩해졌다. 계백과 오쿠보는 성안의 청에서 조베와 마주 앉았다.

"여기서 시바 성까지 몇 리나 되오?"

계백이 묻자 조베가 늘어진 눈시울을 들어올렸다.

"70리 길이니 내일 오후에야 도착하실 수가 있을 것이오."

"길이 험하오?"

"산길인 데다 강을 두 곳이나 건너야 합니다."

청으로 저녁상이 날라져 왔는데 잡곡밥에 찬으로는 생선 구운 것과 소금에 절인 야채가 전부였다. 계백과 오쿠보가 식사를 마쳤을 때 하인이 술상을 들고 들어왔다.

"술은 몇 동이가 있으니 실컷 드실 수가 있습니다."

이가 빠진 입속을 드러내며 조베가 웃었다.

"드시고 주무시면 강행군의 피로가 풀리실 것이오. 군사들한테도 나눠 줄까요?"

"안 되오."

정색한 계백이 조베를 쏘아보았다.

"우린 사냥을 나온 것이 아니오. 만일 술을 입에 대는 군사가 있다면 가차없이 목을 벨 것이오."

계백이 오쿠보에게로 머리를 놀렸다.

"부장이 군사들에게 말해 두도록 하라."

오쿠보가 청을 나왔을 때 뒤따라 온 조베가 낮게 물었다.

"내가 30년이 넘게 각지를 다녔으나 나가토의 대모숙이란 무장은 처음 듣소. 부장은 나가토 출신이니 저분의 내력을 아시겠구려?"

"근래에 중용되신 분이어서 나도 내력은 모르오."

"기골이 크고 말투가 조금 어색한 걸 보면 백제계이신 것 같소."

"노인이 귀도 밝으시구려."

이미 밖은 어둠에 덮여져서 성안 곳곳에 화톳불이 밝혀졌다. 오쿠보가 조베를 돌아보았다. 정색한 얼굴이다.

"성밖으로 아무도 나갈 수 없습니다. 전령도 보낼 수가 없소. 이것은 장군의 영이오."

덕조가 계백을 깨운 것은 해시 무렵이었다. 갑옷만 벗은 채로 침상에 누웠던 계백이 일어나자 덕조는 가죽갑옷을 내밀었다.

"주인, 모두 지쳐 떨어져 있습니다. 잠이 모자라면 기운을 못 씁니다."

"장수들을 모아라."

힐끗 계백에게 시선을 주었던 덕조가 방을 나갔다. 깊은 밤이다. 군사들은 저녁을 먹인 후에 바로 재웠지만 두어 식경밖에 자지 못했다. 곧 성 안팎이 수선스러워지면서 장수들이 청으로 모여들었다. 대부분이 잠이 덜 깬 얼굴이었다. 계백이 그들을 둘러보았다.

"지금 시바 성으로 출발한다. 이곳에서 70리 길이니 내일 해뜨기 전에 도착할 수 있을 것이다."

그러자 오쿠보가 한 걸음 나섰다.

"장군, 군사들은 물론 말도 지쳐 있습니다. 70리 길을 다시 강행군한다면 싸울 힘도 남아 있지 않을 것이오."

계백이 쓴웃음을 지었다.

"우리 1천 기마군으로는 사이토의 기마군 3천과 보군 4천 군세를 정면 돌파할 수가 없다. 밤새워 달려 사이토의 본진을 기습하는 수밖에 없다."

"오카다 공의 군세와 연합하실 계획이 아니었습니까?"

"그래도 승산이 없다."

자르듯 말한 계백이 자리에서 일어섰다.

"기습은 한순간에 끝나는 것이다. 칼을 쥘 힘만 있다면 기습은 가능하다."

오금곡의 신라군을 기습할 때도 마찬가지였다. 반 식경도 안 되어 승부가 났던 것이다.

"사이토의 본진을 친다. 다른 놈의 목은 벨 필요가 없고 오직 사이토의 목만을 겨냥하고 돌격한다."

계백의 시선을 받은 오쿠보가 머리를 숙였다.

"알겠소이다. 장군."

조베도 갑옷을 안장에 매단 채 합류했는데 성안에 남아 있는 기마 무사 십여 명을 모두 데려왔다. 그가 말을 몰아 계백의 옆으로 다가왔다.

"장군, 제가 길을 잘 압니다. 저에게 안내역을 맡겨줍시오."

"노인이 괜찮겠소?"

"아직도 한 끼에 고기 세 근에 술 한 말을 먹습니다."

왜소한 체구여서 믿어지지 않았지만 부릅뜬 눈매가 사나웠다. 계백이 머리를 끄덕였다.

"지름길이 있소?"

"마차는 다닐 수 없는 샛길이 여러 가닥 있지요. 그 길로 가면 20리는 족히 줄일 수가 있습니다."

"그럼 앞장 서 주시오."

조베가 부하들을 이끌고 달려가자 오쿠보가 옆으로 붙었다. 기마군은 2열 횡대로 늘어서 가는 중이었는데 말굽소리만 났다.

"장군, 시바 성에 전령을 보내는 것이 낫지 않겠습니까?"

계백이 머리를 저었다.

"기습이야. 아군에게 알려서도 안 된다."

아직 사이토와 전선에서 대치하고 있는 오카다에게도 연락하지 않은 것이다.

기한은 눈을 떴다. 저택 안은 조용해서 자신의 숨소리도 들렸는데 무엇인가 떨어지는 소리에 잠을 깬 것이다. 깊은 밤이다. 신라 사신 사찬 도성이 침소에서 암살 당한 후부터 이쪽도 밤에는 경비병을 늘인 상황이다. 도성을 죽인 것이 이쪽이 아니었지만 신라측이 보복해 올 가능성이 있었던 것이다. 침상에 누운 채로 한동안 온 신경을 곤두세우고 있던 기한은 소리 없이 자리에서 일어섰다. 머리맡에 세워 둔 칼을 쥐고 조심스럽게 미닫이를 연 그는 주위를 훑어보았다.

달솔 연부의 침소는 마당 건너 바로 앞쪽이었고 부사(副使) 고서문의 침소는 건물의 오른쪽 끝방이었다. 이윽고 그의 시선은 오른쪽 담장 근처에 머물렀다. 경비병이 서 있어야 할 위치였다. 숨을 들이마신 그는 방을 나와 가볍게 마당으로 뛰어내렸다. 맨발인 채였고 이제는 칼자루를 움켜쥐어서 언제라도 빼어 칠 자세였다.

경비병이 보이지 않았다. 한 걸음에 담장으로 달려간 그가 어둠 속에서 풍겨오는 피 냄새부터 맡았다. 그리고는 담장 밑의 풀숲에 눕혀져 있는 경비병 두 명을 보았다.

"자객이다!"

칼을 뽑아 든 그가 소리 높여 외친 순간이었다. 등 뒤에서 선뜻한 검기(劍氣)가 느껴졌고 본능적으로 그가 앞으로 몸을 굴렸으나 조금 늦었다.

"으윽!"

등을 베인 기한은 두어 번 뒹굴었다가 땅을 차고 일어났다. 그리고는 마악 위쪽으로 흐르는 물체를 향해 칼을 뿌렸다.

"에에이!"

그의 입에서 분노의 탄성이 터진 순간 물체는 훌쩍 담 밖으로 떨어져 내렸는데 칼끝에 감촉이 느껴졌다. 습격자의 다리 한쪽을 스친 것이다. 경비병들이 몰려왔으므로 주위는 금방 소란스러워졌다. 눈을 부릅뜬 기한은 그들을 헤치고 본채로 달려갔다.

"나리! 깨셨습니까?"

그가 소리쳐 묻자 본채 안쪽의 문이 열리면서 연부가 나왔다. 그도 손에 칼을 쥐고 있었다.

"소란 떨지 마라. 어찌 되었느냐?"

"경비병 둘이 당했습니다. 소인이 보았으나 잡지 못했소이다."

기한의 시선이 본채를 어지럽게 훑었다.

"부사 나리는 어디 계십니까?"

주위가 순식간에 조용해졌고 기한은 본채의 마루 위로 뛰어올랐다. 고서문의 침소는 바로 오른쪽 방이다. 문을 열어제친 기한은 방에서 풍겨 나오는 피비린내를 맡고는 이를 악물었다.

경비병 하나가 손에 횃불을 들고는 마루 위로 올라왔으므로 방안이 환하게 드러났다. 고서문은 침상에 반듯이 누워 있었으나 목이 베어진 시체였다. 곤히 잠든 채로 칼을 맞은 모양이어서 반쯤 뜨진 두 눈이 잠이 덜 깬 표정이었다. 기한을 제치고 방으로 들어선 연부가 눈을 부릅떴다.

"이놈들, 내가 이 원수를 갚을 것이다."

치를 떨면서 말한 그가 기한에게로 머리를 돌렸다.

"당장 소가 대신께 알려라. 그리고 대왕께도 밀사를 보내야겠다. 이젠 이곳에서도 전쟁이다."

"강 건너편에는 단바 군의 초병이 있을 것이오."

조베가 손으로 강 건너편을 가리켰다.

"시바 성이 10리 앞쪽이니 단바 군은 근처에 포진하고 있을 것입니다."

아직 짙은 어둠 속이어서 시바 성은 물론이고 눈앞의 강도 보이지 않았지만 계백은 주위를 둘러보았다. 산을 넘고 골짜기를 건너 이제 시바 성의 10리 앞으로 다가간 것이다. 어둠 속에서 오쿠보가 다가왔다.

"세 방향으로 정찰대를 보냈습니다."

지친 듯 오쿠보의 목소리는 늘어져 있었다.

"발견하는 즉시 돌아올 것입니다."

"그동안 말과 병사들을 쉬도록 하게."

걸상도 준비해 오지 않았으므로 계백은 덕조가 풀숲 위에 깔아놓은 겉옷 위에 앉았다. 풀숲은 이슬을 맞아 흠뻑 젖어 있었다. 오쿠보가 한쪽 무릎을 꿇고 옆에 앉았다.

"장군, 하루에 200리를 전진했습니다. 이제까지 들어보지도 못한 일입니다."

그가 얼굴에 웃음을 띠었다.

"사이토는 우리가 이틀 후에야 도착하는 것으로 알고 있겠지요."

"기습은 기세가 승부의 반을 차지한다. 특히 야습은 그 이상이야."

"겪어 보셨습니까?"

"작년에 신라 서곡성을 탈취할 때 신라군 대당 당주 무종이 기습당해 죽었어."

"들었습니다."

"기마군 2천으로 신라군 1만의 진중에 있는 대장의 목을 벤 것이야."

"장군도 참가하셨습니까?"

"장군 의직이 이끈 부대의 선봉을 맡았지만 공을 세우지는 못했다."

아직도 옆쪽에 서 있던 조베가 입을 열었다.

"소장도 눈치는 채고 있었습니다만 부장께서도 속이시는 바람에 백제계

무장인 줄만 알았습니다. 백제국의 장군이셨구려."

"장덕 계백이오."

계백이 웃음 띤 얼굴로 조베를 보았다.

"노인께서 눈치 채고 계신 줄은 알았소."

동녘 하늘이 조금 부옇게 되기는 했지만 아직 사방은 먹물 속같이 어두웠다. 군사들은 대부분 풀숲 위에 누워서 선잠을 잤고 지친 말들도 선 채로 이슬에 젖어 갔다. 장수들도 제각기 앉은 채로 피로를 풀었는데 조베는 코를 골았다. 덕조가 무릎걸음으로 계백에게 다가왔다.

"주인, 강병(强兵)입니다. 낙오한 병사가 한 사람도 없습니다."

그가 감탄한 듯 낮게 말했다.

"과연 소가 가문의 직할군답습니다."

사이토는 자제력이 강한 성격이었다. 또한 그는 부하들에게도 엄격해서 그의 부대는 기율이 강한 편이었다. 순찰대장 혼다가 진 앞의 벌판을 지나는 농민 두 명을 잡은 것은 인시가 되어갈 무렵이었는데 즉시 사이토의 진막으로 끌리어 왔다. 결전 전야(前夜)여서 장졸이 모두 긴장을 풀지 않고 있었던 것이다. 겉옷 위에 가슴 갑옷만 걸친 사이토는 마악 잠에서 깨어난 듯 두 눈이 충혈되어 있었다. 그가 앞쪽에 꿇고 앉은 두 사내를 차가운 눈으로 바라보았다.

"근처에 사는 농민이라고?"

"예, 영주님. 성으로 연장을 사러 가는 중이었습니다요."

머리를 든 사내 하나가 말했다.

"진이 있는 줄도 모르고 지났으니 용서하여 주십시오."

"무엇으로 연장을 사려고 했느냐?"

"보리 한 자루를 메고 오다 잡히는 바람에 떨어뜨렸습니다요."

그러자 사이토의 시선을 받은 혼다가 머리를 한쪽으로 기울였다.

"어두워서 떨어뜨렸다는 보리자루는 찾지 못했습니다."

"농민치고는 행색이 깨끗하다."

사이토가 옆쪽의 사내를 바라보았다. 이십대 후반쯤의 사내는 이제까지 입을 열지 않았다.

"이놈들의 옷을 벗겨라."

군사들이 달려들어 두 사내의 옷을 찢어 벗기자 알몸의 상반신이 드러났다. 사이토가 얼굴을 펴고 웃었다.

"내 그럴 줄 알았다."

입을 다물고 있는 사내의 어깨에 긴 상처자국이 드러난 것이다. 칼자국이다.

"네놈들은 시바 성에서 나온 첩자들이다. 그렇지 않느냐?"

그러자 어깨에 상처가 난 사내가 번쩍 머리를 들었다.

"그렇소. 진을 염탐하러 나온 성의 십장(十將) 효오베올시다."

"옳지."

"발각되었으니 어서 베시오."

"그럴 수가 있나?"

사이토가 혼다에게 말했다.

"내일 시바 성 공략에 요긴하게 쓰일 놈들이다. 우선 가두어라."

사내들이 끌려 일어서자 사이토가 쓴웃음을 지었다.

"백 번 염탐을 해도 헛일이다. 내일이면 성이 떨어질 것을."

첩자들을 끌고 부하들이 물러가자 사이토가 중신 신지를 바라보았다. 신지도 자다가 일어나 나온 바람에 허리갑옷만 둘렀다.

"신지, 내일 아침 해가 뜨면 공격이다. 늦어도 점심은 성안에서 먹도록 하자.”

“오카다는 빨라야 내일 오후에나 도착할 것입니다.”

말을 마친 신지가 퍼뜩 머리를 들었다. 사이토 역시 한쪽으로 머리를 눕히고 몸을 굳혔다. 땅이 울리고 있었던 것이다. 걸상에 앉은 사이토는 몸이 흔들리는 것을 느끼고는 이맛살을 찌푸렸다.

“지진인가?”

신지가 하얗게 굳어진 얼굴로 그를 바라보았다.

“주군, 기마군이오!”

선봉을 맡은 장수는 늙은 조베였는데 이미 사이토군의 보군 진지를 돌파했다. 백발을 휘날리며 칼을 휘두르는 그의 모습은 기세가 사나워 뒤를 따르는 젊은 군사들의 피를 끓게 했다.

그 뒤를 오쿠보가 이끄는 3백 기마군이 따랐고 계백은 중군 5백 기와 함께 해일처럼 몰려갔다.

목표는 사이토군 진지 한복판에 위치한 사이토의 막사다. 목을 베어 담는 군사도 없고 이름을 외쳐 무용을 뽐내려는 장수도 없다. 또한 함성도 지르지 않았으니 들리는 건 말굽소리와 베어 넘어지고 짓밟힌 사이토 군의 어지러운 고함소리뿐이었다. 사이토의 보군 진지가 허무하게 뚫리면서 근위대의 부사늘이 봄으로 담을 쌓아 막았으나 이미 기세를 잃은 후였다. 백발이 피로 물든 조베는 근위대를 뚫고 진입했다. 이제 사이토의 진막은 앞쪽으로 1리쯤의 거리였다. 동녘 하늘이 부옇게 밝아오는 참이어서 진막 옆에 꽂혀진 영기(令旗)가 보였다.

“사이토의 목을!”

칼을 휘둘러 근위군이 내지른 창날을 쳐내면서 그가 악을 쓰듯 소리쳤다. 처음으로 뱉은 고함이다.

"와앗!"

선봉에서 살아 따라온 이십여 기가 소리친 순간이다. 조베는 배에 격심한 충격을 받고는 뒤로 벌떡 넘어졌다. 그리고는 배에 창이 꽂힌 채로 말에 매달려 갔다. 말도 미친 상태인 것이다.

"사이토를 쳐라!"

말발굽 밑에서 조베가 그렇게 외치다가 곧 소리도 몸도 묻혔다.

오쿠보는 조베와 백 보쯤의 거리를 두고 있었는데 조베가 죽은 것을 보지 못했다. 한 덩이가 된 기마군 3백 기는 거의 상처를 받지 않았는데 조베의 선봉 2백여 기가 방패 구실을 했기 때문이다.

"선봉이 들어갔다!"

오쿠보가 외치자 군사들이 그제야 떠나갈 듯한 함성을 질렀다. 수십 기밖에 남지 않은 선봉군의 모습이 희미하게 보이는 것이다. 그들은 이미 사이토의 본진으로 쑤시고 들어갔다. 오쿠보는 말에 박차를 넣었다. 이제는 이긴 것이다.

말에 오른 사이토는 주위를 둘러보았다.

기마군 3천 중에서 2천이 모였으나 아직 대오가 어수선하다.

"호소카와! 네가 1진이다!"

사이토가 소리치자 그의 사촌인 호소카와가 칼을 빼들더니 자신의 기마대로 달려갔다.

"시미즈! 너는 2진이다!"

대를 이어온 가신 시미즈가 짧게 대답하고는 왼쪽의 기마대로 사라졌다. 함성과 함께 기마군의 발굽소리는 이제 지척에서 들렸다. 북이 울리더니 호소카와의 제1진 5백 명의 기마대가 전속력으로 달려갔다. 저쪽의 의도를 아는지라 횡대로 벌려 선 대형이었다.

"주군, 너무 가깝습니다. 물러서시는 것이."

신지가 다가와 낮게 말했으나 사이토는 대답하지 않았다. 시미즈의 2진이 뒤를 이어 나갔을 때 사이토는 상체를 펴고는 앞쪽을 바라보았다. 이미 호소카와의 기마대와 습격군은 격렬하게 충돌하고 있었다.

"오카다의 기마군은 아닌 것 같습니다."

신지가 말했을 때였다. 날이 밝아지고 있었으므로 사이토는 조금 전에 자신의 앞을 떠났던 시미즈의 기마군이 뒤쪽으로 갈라지는 것을 보았다.

"주군! 뒤쪽으로!"

근위대장 오하라가 체면도 잊은 채 소리치며 달려왔다. 그가 자신의 말고삐를 잡았을 때 사이토는 한 덩어리가 되어서 이쪽으로 돌진해 오는 기마군을 보았다.

"좌군이 막아라!"

오하라가 소리쳤고 5백 기 가까운 근위 기마군이 달려갔으나 화살촉 같은 적의 선봉과는 부딪치지 않았다. 그 순간 이를 악문 사이토는 말고삐를 채어 돌아섰다. 놀란 오하라를 향해 쓴웃음을 지어 보인 사이토는 허리에 찬 칼을 뽑았다. 이제 달려오는 적과의 거리는 백 보도 되지 않았다. 그때였다.

"오하라! 주군을 부탁하오!"

옆에 서 있던 신시가 악을 쓰듯 외치더니 앞으로 내달았다. 그의 뒤를 가신 20여 기가 따랐고 근위군 1백여 명이 이어졌다.

"주군!"

눈을 치켜 뜬 오하라가 다시 말고삐를 잡았을 때 사이토는 박차를 넣었다.

"따르라!"

칼을 치켜든 사이토의 검정색 말이 튀어나가자 근위군 5백여 기가 한

덩이가 되어서 뒤를 따랐다. 사이토는 앞장 서 달려오는 적의 장수를 향해 내달았다.

오쿠보는 자신을 향해 달려오는 무장을 보았다. 금박을 입힌 투구에 초승달 모양의 금장식을 붙인 장수였다. 사이토인 것이다. 단바의 영주 사이토 다카모리가 직접 칼을 쥐고 나섰다. 오쿠보는 앞을 가로막는 기마군 하나를 칼을 휘둘러 넘어뜨렸다. 이미 피로도 잊었고 전신에서 화산의 용암이 품어 오르듯이 힘이 솟았다.

"사이토가 저기 있다!"

목이 터질 듯이 소리친 순간 눈앞으로 번쩍이는 칼빛이 지나갔다. 투구에 맞은 칼이 튀어올랐고 귀가 울렸다. 그러나 상대방은 이미 스치고 지나갔다. 눈을 치켜 뜬 오쿠보와 사이토의 거리는 급속히 가까워졌다. 사이토의 부릅뜬 눈도 보인다. 그도 자신을 상대로 하여 달려오는 것이다. 오쿠보는 칼을 치켜들었다. 사이토의 칼을 맞으면서 같이 치겠다는 자세로 온몸의 허점이 다 드러났다. 그 순간이었다. 옆에서 내지른 칼이 오쿠보의 가슴을 찔렀고 오쿠보의 몸은 금방 말발굽 아래로 깔려 사라졌다. 사이토의 근위대장 오하라가 먼저 달려온 것이다.

"아얏!"

오쿠보의 부하들과 사이토의 근위대가 정면으로 부딪쳤고 곧 난전(亂戰)이 벌어졌다. 계백의 기습군은 이곳에서 처음으로 멈추게 되었다.

"부장이 당했습니다!"

이미 날이 밝아지고 있어서 백 보쯤 앞에서 오쿠보의 뿔투구가 사라지는 것을 계백도 보았다. 오쿠보는 사이토의 기마군의 진을 두 개나 뚫었으나 본진에서 죽고 말았다. 계백은 말고삐를 입에 물고는 안장에 끼워진 철궁과 함께 살을 빼서 손에 쥐었다. 그리고는 살을 시위에 걸자마자 힘껏 당긴 후에 말이 네 굽을 땅 위에서 떼는 순간 쏘았다.

"맞았다!"

옆에서 달리던 덕조가 고함을 치자 주위의 군사들이 함성을 질렀다. 은빛 투구에 삼지창 장식을 붙인 장수가 이마에 살을 맞고 떨어진 것이다. 활을 버린 계백은 다시 칼을 뽑아 들었다. 양쪽에서 사이토의 기마군이 끈질기게 따라붙고 있었으므로 밀집대형의 좌우가 자꾸 깎여져 간다. 순간 그는 앞에서 금빛 투구를 번쩍이며 달려오는 무장을 보았다. 초승달 장식을 붙인 사이토 다카오리다. 계백은 이를 악물었다. 사이토가 정면으로 부딪쳐 오는 것은 예상 밖이었으므로 가슴이 뛰었다.

"주인! 사이토가 옵니다!"

이미 계백이 사이토를 알아본 줄 알면서도 덕조가 고함을 친 것은 조심하라는 뜻이다. 계백은 말에 박차를 힘껏 질렀다. 기진맥진한 말은 쓰러져 죽을 듯이 달렸는데 미친 말 같았다. 근위대장 오하라가 살을 맞고 죽고 나서 두 명의 부장이 옆쪽에 붙었으나 사이토의 말머리가 목 길이만큼 더 나왔다. 계백은 칼을 중단으로 겨누었다. 사이토는 계백을 향해 상단으로 겨누었는데 거리는 십여 보도 되지 않았다. 그 순간 창이 날아왔다. 계백은 몸을 틀어 한 개를 피했으나 다른 한 개가 어깨받침을 쳤다.

"에에익!"

사이토는 스쳐 지나는 순간 계백의 어깨를 내리쳤다. 무서운 기세였다. 계백이 칼을 들어 막았으나 칼날이 부러졌다. 다음 순간 계백은 팔을 뻗어 이미 등을 보이는 사이토의 갑옷 목부분을 쥐었다.

"어엇!"

말의 달리는 힘으로 사이토의 상체가 뒤로 젖혀졌고 다음 순간 땅바닥으로 굴러 떨어졌다. 말고삐를 채어 계백이 말을 세웠을 때였다. 구르듯이 말에서 내린 덕조가 칼을 휘둘러 마악 일어서려는 사이토의 목을 쳤다.

"사이토의 목을 베었다!"

덕조가 악을 쓰듯 소리치자 군사들이 벌판이 떠나갈 듯한 함성을 질렀다.

"장군 대모숙이 사이토를 죽였다!"

덕조가 다시 악을 썼고 계백은 말에 박차를 세게 넣었다.

"시바 성으로 간다!"

군사들의 함성이 다시 벌판을 울렸다.

진시경이어서 햇살이 환하게 비치는 성안이다. 문을 활짝 열어놓은 성주 오카자키의 저택에는 살아남은 장수들이 모여 서 있었는데 반수 이상의 모습이 보이지 않았다. 마루끝에 앉아 있는 계백의 앞으로 머리에 피가 배인 헝겊을 동여 맨 장수가 다가와 한쪽 무릎을 꿇었다.

"장군, 살아남은 군사는 4백 기가 조금 못 됩니다."

이십대 초반의 그는 죽은 오쿠보의 동생 마시타였다.

"허나 그 중에서도 칼을 쥐고 싸울 수 있는 군사는 1백 명도 되지 않습니다."

"잘 싸웠다."

계백도 온몸에 피를 묻히고 있었는데 아직 씻지도 못했다.

"우선 푹 재우도록 하라."

"장군, 승전을 축하드리오."

눈을 치켜 뜬 마시타가 말하자 계백이 정색을 했다.

"공은 죽은 자와 나눠 갖는다. 죽은 장졸들을 기록하여 꼭 보상이 있도록 할 것이다."

손등으로 마시타가 눈을 닦으며 돌아가자 성주 오카자키가 다가와 섰다.

"장군, 단바 군이 철수하고 있습니다."

눈물이 글썽한 그의 목소리가 떨렸다.

"대오를 정비하더니 조금 전부터 철수하고 있습니다."

계백은 눈꺼풀이 무거워지는 것을 느끼면서 머리를 끄덕였다. 그들은 주장을 잃은 군사들인 것이다.

"장군, 영주께 전령을 보냈습니다."

오카자키의 목소리가 먼 곳에서 말하는 것처럼 들려왔다.

오카다가 군사를 이끌고 시바 성에 도착한 것은 그날 오후였다. 이미 전령을 통해 상황을 알고 있었으나 계백의 진막으로 다가오는 그의 얼굴은 상기되어 있었다.

"장군, 소장이 큰 은혜를 입었소."

그가 허리를 굽히면서 예를 보였으므로 계백이 당황하여 손을 저었다.

"대감께서 너무 겸손하십니다."

오카다는 소덕(小德) 관등이니 대신을 제외한 제2 관등인 데다 가신들이 즐비한 자리였다. 계백은 진막 안의 나무걸상에 그와 마주 앉았다. 오카다가 아직도 상기된 얼굴로 계백을 바라보았다.

"단바 군은 이제 영주를 잃었으니 지리멸렬이오. 중신 신지가 이미 소장에게 사자를 보내왔습니다."

그가 입술 끝을 올리며 웃었다.

"셋쓰 북쪽의 탈취한 영지는 모두 돌려줄 것이니 화의하자고 했지만 어림없는 수작이오. 이 기회에 단바를 치겠습니다."

사이토의 아들이 영지를 지키고 있었지만 영주를 잃은 군사는 산산이 흩어졌다. 무주공산(無主空山)이 된 것이다. 기무라를 비롯한 오카다의 가신들이 계백에게 인사를 마치고 나자 곧 성안에는 떠들썩한 전승(戰勝)의 축연이 벌어졌다. 군사들 모두에게 술을 주었으므로 노랫소리와 웃음소리가 성안을 메웠다. 계백이 오카다와의 술자리를 끝내고 숙소로 돌아왔을 때는 이미 해시가 조금 넘어 있었다. 숙소의 마루방에 오른 그에게 덕조가 다가왔다.

"주인, 아스카에서 심부름꾼이 왔습니다."

"누가 보냈단 말이냐?"

"겐지가 보냈다는데 주인께만 말씀을 드린다고 합니다."

계백이 머리를 끄덕이자 덕조는 곧 온 몸이 땀과 먼지에 범벅이 된 사내 하나를 데리고 들어왔다. 계백을 본 사내가 마루 위에 무릎을 꿇고 엎드렸다.

"소인은 겐지의 동무되는 아오이라는 놈이올시다. 겐지의 전갈을 가져왔습지요."

"겐지 그놈이 직접 올 일이지 동무는 왜 보내?"

"그놈은 팔다리가 부러지고 찢어져서 그저 입만 겨우 떼었다 붙였다 합니다요."

"또 도적질을 하다가 그랬느냐?"

"아닙니다요."

아오이가 목을 늘이고는 목소리를 낮췄다.

"우마치로 내대신의 가신 니시무라는 놈에게 잡혀 있었소이다. 소인이 구해내지 않았다면 벌써 죽은 목숨이지요."

계백의 얼굴이 굳어졌다.

"그 니시무라는 자가 겐지를 잡은 이유는 무엇이냐?"

"겐지의 배후를 캐기 위해서였으나 겐지는 끝까지 입을 열지 않았다고 합니다요."

이쪽은 이미 아스카에서 발생한 사건들의 배후에 우마치로가 있다는 것을 짐작하고 있었으나 지금은 우마치로도 이쪽에 접근해 온 것이다.

"알았다. 살아왔다니 다행이다."

"그리고 전갈이 하나 더 있습니다요."

이마의 땀을 손등으로 씻은 아오이가 그를 바라보았다.

"왕궁의 시녀 되시는 분이 찾아오셨습니다요. 장군께 이 서신을 전해드리라고 소인한테 신신당부를 하셨습지요."

아오이가 품에서 땀에 젖은 서신을 꺼내 두 손으로 내밀었다.

"중요하다고 하셨습니다요."

서신을 내려놓은 계백이 머리를 들어 덕조를 바라보았다. 아오이는 물러갔으므로 마루방에는 그들 둘뿐이다.

"궁안의 소문을 적었다. 소가 대신이 나를 미끼로 썼다는 것이야. 내가 사이토에게 당하면 그것을 이유로 대신은 군사를 일으킨다는 것이다."

"군사를 일으키지 않아도 되겠군요."

멀찍이 무릎을 꿇고 앉은 덕조의 표정이 시큰둥했다.

"하지만 그 아씨의 정성은 지극합니다. 그리고 또 무엇이라고 쓰셨습니까?"

"몸을 보중하라고 했다."

"그 아씨는 기이의 영주 소가히데키의 따님입니다. 소가 대신의 조카뻘이 되는 분으로 왕비의 시녀라고 들었습니다."

"그것이 어쨌단 말이냐?"

"왕비께서는 태자 전하의 누님이 되시지요. 소가 가문의 시녀가 왕비 측근에 있는 것은 감시역이 아니겠습니까?"

"네놈은 의심이 많아서 언제나 사물을 뒤집어 본다."

"소가 대신이나 왜왕도 모두 백제국의 피를 이었으나 어쨌든 이곳은 타국이올시다. 주인께서는 경계하셔야 되오."

입맛을 다신 계백이 서신을 집어 대황초 불꽃에 대었다. 곧 종이는 불길에 쌓이더니 재가 되어 떨어졌다. 주종 둘은 한동안 재가 된 서신에 눈길을 준 채 입을 열지 않았다.

제12장 역적의 딸

삼차복이 들어서자 헤이찌가 눈살을 좁히고는 묻는다.

"이봐, 안색이 좋지 않구나. 무슨 일이 있는가?"

"성에서 관리들이 나왔소. 우리 아씨가 백제령 동성군 태생이라고 했는데 점구부에서 동성군에 확인을 해 본 모양이오."

"허어, 그래서 어찌 되었는가?"

엉거주춤 일어선 헤이찌가 다그치듯 물었다.

"아씨는 어찌 되었어?"

"포구 근처의 객주집에 피신하고 계시오."

삼차복은 방이 꺼질 듯이 숨을 뱉었다.

"지난 번 섬구부에서 호구조사를 할 적에 잘 넘어간 줄 알았는데 동성군에까지 확인할 줄은 몰랐소."

"차라리 나처럼 왜인으로 할 것을 그랬다. 왜국에 확인은 못할 것이니."

"이 일을 어찌 하면 좋소?"

삼차복은 아직 앉지도 않았다. 칼을 쥐면 무서울 것 없는 삼차복이었으나 지금은 당황하여 눈알만 이리저리 굴렸다.

"우선, 아씨를 이곳으로 모시도록 하자."

결심한 듯 헤이찌가 일어나 고래고래 고함을 쳐 부하들을 불렀다. 놀란 오지가 제일 먼저 뛰어왔고 마당에는 금방 십여 명의 해적들이 모여 섰다.

"오지, 네가 객주에 가서 아씨를 모셔 오너라. 그렇지. 수레를 끌고 가거라."

"무슨 일이오?"

오지가 물었다가 버럭 화를 낸 헤이찌로부터 설명을 들었는데 홧김이라 말이 중구난방이어서 시간이 더 걸렸다. 그래도 헤이찌는 할 것은 다 했다. 삼차복으로부터 창고의 열쇠를 받아 포구 끝에 있는 부여진의 창고를 열어 귀중품을 자신의 창고로 옮기게 했는데 만일의 경우에 대비하려는 것이었다. 부하들이 썰물처럼 빠져 나가자 헤이찌가 삼차복을 바라보았다. 삼차복이 그때는 걸상에 앉아 있었으나 이제는 축 늘어졌다.

"이봐, 기운을 내. 내가 내일 아침 일찍 성안에 들어가서 해결할 테니."

삼차복의 시선을 받은 그가 빙긋 웃었다.

"이번에는 점구부 관리들을 죽여 없앨 수는 없으니 다른 수를 써야 겠어."

"성안에 들어가 어떻게 하실 작정이오?"

"그건 나한테 맡기고 걱정 말게."

그러자 삼차복이 다시 긴 숨을 뱉었다.

"당으로 들어갔다면 이런 꼴을 보시지 않았을 텐데. 아씨는 고집을 피우 시더니."

다음날 아침, 흰 색 비단 겉옷에 꽃무늬가 찍힌 바지저고리를 입고 허리 에는 은장식이 붙은 띠에다 서역배에서 빼앗은 휘어진 칼을 찬 헤이찌가 성안으로 들어갔다. 머리에는 금장식을 단 모자도 여러 개 있었으나 수꿩의 꽁지털을 붙인 비단모자를 썼다. 성안 관리 대부분이 낯이 익은지라 그가 흑치상지가 있는 내당까지 들어가는 데 발을 멈춘 시간은 얼마 되지 않았다. 흑치상지는 관복차림으로 나와 그를 맞았다. 두 눈이 놀란 듯 둥그렇게 되어 있었다.

"아니, 여긴 웬일인가?"

"나리를 뵈러 왔소이다."

"잘 오셨네."

머리를 끄덕인 흑치상지가 그에게 앞쪽의 걸상을 가리켰다. 비복(緋服)을 입고 허리에는 자대(紫帶)를 맨 그는 7품 장덕으로 대웅성의 행정을 총괄하는 도사인 것이다.

"계백 공한테서 연락이라도 왔는가?"

"그 일 때문이 아니오."

정색한 헤이찌가 그를 똑바로 바라보았다.

"나리께 부탁을 드릴 것이 있어서 왔소이다."

"허어, 무슨 일인데 그러시나?"

"포구 안에 붉은 기 집에 사는 거간상이 있습니다. 주인이 내해 건너 백제령 동성군 태생의 여자인데 점구부의 호구조사에서 동성군 기록이 없다는 것이오."

"……"

"그래서 어제 성안 관리들이 군사 몇 명을 데리고 그 집에 갔던 모양이오. 지금도 군사들이 집안에 들어가 있소."

"그 일은 나도 알고 있네."

흑치상지는 정색을 했다.

"그런데 선장은 그 여자를 어떻게 아는가?"

"실은 제가 보살펴주는 여자올시다."

"어떻게 알게 되었느냐고 물었네."

"동성군에서 만났소이다."

그러자 흑치상지가 눈을 가늘게 뜨고 웃었다.

"선장이 거짓말을 하던가, 그 여자가 선장을 속였던가. 둘 중 하나겠군. 그 여자는 동성군 태생이 아닐세."

"……."

"연무군 태생으로 역적 부여광의 딸 부여진이라는 밀고가 들어와 있어. 그 여자를 잡으면 대질시킬 사람도 있네."

"허어, 어찌 이럴 수가."

눈을 부릅뜬 헤이찌가 이를 악물었다.

"나리께선 소인도 믿지 못하시겠다는 말씀이오? 소인은 그 여자를 동성군 포구에서 만나 정분도 쌓았소이다. 그것이 연무군에서 반란이 일어나기도 전이오."

"그 여자는 지금 어디 있나?"

"모릅니다."

어깨를 편 헤이찌가 흑치상지를 노려보았다.

"소인은 소문만 듣고 나리를 찾아온 것이오."

그들의 시선이 한동안 마주쳤다가 거의 동시에 비켜났다. 흑치상지가 가늘게 숨을 뱉었다.

"선장, 이 일에서 손을 떼시게. 연루되면 선장에게도 큰 일이 돼."

헤이찌는 어금니를 문 채 대답하지 않았다. 이미 부여진의 정체가 드러난 상황인 것이다. 아니라고 주장할수록 흑치상지의 의심은 더욱 짙어질 것이었다. 흑치상지가 다시 말을 이었다.

"잡으면 확인이 될 것이니 선장은 비켜서 있는 것이 좋아. 큰 일을 맡고 있는 선장이니 내가 특별히 말해 드리는 것일세."

　내실에 앉아 있던 부여진은 머리를 들었다. 삼차복과 헤이찌가 들어서
고 있었다. 부여진의 앞에 앉은 그들의 얼굴은 어두웠다.
　"아씨, 성의 도사가 아씨의 본색을 알고 있는 것 같습니다. 대길시킬 사
람도 있다고 했답니다."
　삼차복이 뜬 목소리로 말하자 헤이찌가 헛기침을 했다.
　"그 도사 혹치상지는 소인이 아씨를 숨겨두고 있는 것도 눈치채고 있는
것 같습니다. 하나 이곳까지 수색하지는 못할 것이오."
　"그렇다면 이곳을 떠나지요."
　부여진이 창백한 얼굴로 말했다.
　"헤이찌 님께 누를 끼치지 않겠습니다."
　"무슨 말씀이시오?"
　눈을 크게 뜬 헤이찌가 머리를 저었다.
　"오늘 성안 분위기를 떠봤을 뿐이오. 소인이 곧 도사를 다시 만날 것
이오."
　"내 본색을 안다면 도사라도 어찌할 수 없을 것입니다."
　삼차복이 머리를 끄덕였으나 헤이찌는 다시 머리를 저었다.
　"대길시킬 놈들이 누군가를 알아본 다음에 결정하셔도 늦지 않습니다.
도사가 엄포를 놓았는지도 모릅니다."
　"헤이찌 님의 섬으로 데려다 주실 수 있겠습니까?"
　부여진이 묻자 헤이찌는 침부터 삼켰다.
　"그야 어렵지 않습니다만 뱃길로 한 달이 넘게 걸리는 데다 산 설고 물
다른 곳입니다. 가 계실 곳이 못 됩니다."
　"당으로 가느니 차라리 그곳으로 가겠어요."

"배가 닷새 후에야 들어옵니다. 그동안만이라도 이곳에 계시면서 결정하는 것이 나을 것 같습니다."

부여진이 입을 다물었으므로 헤이찌와 삼차복은 방을 나왔다. 복도를 걷던 삼차복이 헤이찌에게 어깨를 잡혀 멈춰 섰다.

"이보게, 집사."

바짝 다가선 헤이찌가 목소리를 낮췄다.

"내가 도사놈한테 아씨와 내가 동성군에서 정분을 맺은 사이라고 했는데도 그놈은 믿질 않았어. 그리고는 날더러 연루되지 않으려면 물러나 있으라고 하더구먼."

"……."

"내가 입 빠르게 주인 이야기를 꺼냈다면 큰일이 날 뻔했어."

"도사하고 계백 공하고는 막역한 사이라고 들었소만."

"아니야."

헤이찌가 머리를 흔들었다.

"내가 온갖 잡놈으로부터 백제국 태자 전하까지 만나 본 사람이야. 흑치상지는 주인과의 교분이 있다고 해서 역적의 딸을 놓아줄 사람이 아니야."

"그러면 아씨를 섬으로 모시는 것이."

"아니, 며칠만 기다리게."

결심한 듯 헤이찌가 발을 떼었다.

"주인께서 내게 말씀하신 것도 있고 하니까."

"가게는 문을 닫았으나 종들은 모두 집안에 있습니다. 헤이찌의 부하들이 오가면서 단속을 하고 있어서요."

배온은 문독(文督)으로 성안 수비군 군관이다. 그가 말을 이었다.

"창고와 가게의 물품 대부분은 헤이찌의 창고로 옮겼는데 열쇠를 갖고 있는 것 같습니다."

"아니, 도대체 그 왜놈이 어떤 놈이기에."

점구부의 도사인 장덕 유서경이 흑치상지를 바라보았다.

"장덕, 왜 그놈을 그대로 두고만 보십니까?"

"함부로 건드릴 사람이 아니오."

"아니, 왜."

"도시부 장리의 허가증을 가지고 있는 데다가."

그가 힐끗 시선을 들었다가 내렸다.

"태자 전하의 신임을 받고 있는 자요."

그러자 유서경이 침을 삼키고는 눈만 끔벅였다. 태자 전하가 튀어나올 것이라고는 상상도 못했기 때문이다. 흑치상지가 배온에게로 머리를 돌렸다.

"헤이찌의 감시는 철저히 하고 있겠지?"

"저택 주위로 수비군 이십여 명이 지키고 있소이다."

"틀림없이 그 계집은 헤이찌의 집안에 있다. 도성에서 전갈이 올 때까지 빠져 나가게 해서는 안 된다."

"개 한 마리도 빠져 나가지 못하게 하겠소."

이미 흑치상지는 도성의 태자에게 사건을 보고한 것이다. 말 잘 타는 군관을 보냈으니 사흘이면 태사의 시시가 내려올 것이나.

"그 왜인과 역적의 딸과는 무슨 관계일꼬?"

유서경의 헤이찌에 대한 호칭이 조금 올라갔다. 혼잣소리처럼 그가 말하자 흑치상지는 머리를 흔들었다.

"동성군에서 만나 정분을 쌓은 사이라고 했으나 아무래도 미심쩍소. 우리가 찾아가자 도주한 것만 봐도 그렇소."

그리고 부여진의 얼굴을 안다는 연무군의 장사꾼 셋도 이미 성안에 잡아두고 있는 것이다. 태자 전하 때문에 조금 위축되었으나 유서경의 공명심은 아직 죽지 않았다. 역적의 딸을 찾아낸 것은 대공(大功)인 것이다. 동성군에 부여진의 원적(原籍)이 없다는 것을 알았을 때만 해도 흔히 있는 일이어서 크게 신경 쓰지 않았다. 그러나 대웅성의 포구에서 부여광의 딸 부여진을 보았다는 밀고가 들어왔을 때 문득 짚이는 것이 있어서 점구부 관리들을 보냈던 것이다. 잘 짚은 일이었다.

마루에 걸터앉은 도이는 한동안 앞쪽의 갈대숲을 바라보았다. 토성 옆쪽의 집사청에서는 갈대숲에 가려 강이 보이지 않았다. 이윽고 시선을 든 그가 오지에게 말했다. 그와 오지는 구면이다.

"네 두령의 생각이 깊다. 우리 주인의 이름을 대지 않은 것은 잘한 일이야."

"제 두령이 경망하게 보이지만 모략도 꽤 꾸밉니다. 영감님."

"이 토성에도 흑치상지를 잘 아는 사람이 있지. 한때 그 사람의 종이었던 사내다."

도이는 백이를 두고 하는 말이었다. 앞에 앉은 오지가 엉덩이를 들썩였다. 밤을 낮 삼아 달려 이틀 만에 토성에 닿은 것이다. 두령이 닷새 안에 돌아오라고 했으니 오늘 밤에라도 떠나야 한다.

"영감님, 어떻게 하면 좋습니까? 장덕 나리께서는 아씨더러 무슨 일이 생기면 이곳 토성으로 피신하라고 하셨소이다."

"두 번 말하지 마라."

"아씨께서는 우리 두령의 섬으로 가시겠다고 하오. 배는 사흘 후에 대웅성에 닿소이다."

"아씨가 섬으로 가겠다는 이유는 무엇이냐?"

"영감님은 너무 늙어서 머리에 곰팡이가 차 있는 것 같소이다. 아, 장덕 나리께 누가 되지 않으려고 그러신 것 아니오?"

"이 해적놈이."

"소인이 비록 두령을 모시고 있으나 두령의 격이 너무 떨어집니다."

"그게 무슨 말이냐?"

"섬으로 가시게 되면 아씨는 두령의 마님이 될 수밖에 없단 말입니다."

"그것도 네 두령이 말하라고 했구나."

"영감님의 머리에 곰팡이가 꽉 차지는 않았습니다, 그려."

"어허, 이 일을 어찌할꼬."

길게 숨을 뱉은 도이가 다시 갈대숲을 보다가 머리를 안채 쪽으로 돌렸다.

"마님께선 아씨를 받아들이시겠습니까?"

오지가 돌아온 것은 그로부터 이틀 후였으니 나흘 간 왕복 500여 리를 달린 셈이었다. 오지의 보고를 들은 헤이찌가 이번에도 삼차복과 함께 내실로 들어갔다.

"아씨, 떠나실 차비를 하셔야겠습니다."

앞에 앉은 헤이찌가 대뜸 말하고는 삼차복을 바라보았다. 다음 말을 이으라는 표시였다.

"장덕 나리의 토성으로 가시는 것이 나을 것 같습니다."

삼차복이 조심스럽게 말을 이었다.

"토성의 집사 영감님도 아씨를 기다리고 있습니다."

"그분께 갈 수는 없어."

부여진이 입술만 달싹이며 말하자 헤이찌가 헛기침을 했다.

"주인께서는 무슨 일이 생기면 아씨를 토성으로 모시라고 하셨소이다. 고집 피우시면 안 됩니다."

눈을 크게 치켜 뜬 헤이찌의 목소리가 단호해졌다.

"아씨, 마음에도 없는 고집을 피우실 때가 아니오. 남방의 섬에서 어찌 벗고 지내시겠단 말씀이오? 그리고 성안의 소문을 들으니 흑치상지는 곧 내 집을 수색할 것 같소이다."

절박한 상황이었으므로 부여진은 시선을 내리고 아무 말이 없었다. 어쨌든 이 집을 나가야만 하는 것이다.

그날 밤, 대웅성 안 남문 근처에 있는 헤이찌의 저택으로 10여대의 수레가 들어왔다. 수레마다 가득히 물품들이 쌓여 있는 데다 한 채에 서너 명씩 부하들이 붙어 있었으므로 저택의 마당은 떠들썩했다. 신시 무렵이어서 마당에는 횃불을 십여 개 꽂았고 저택은 방마다 등을 밝혔다.

"자, 어서 짐을 풀고 창고에 있는 짐을 옮겨 실어라!"

오지가 아직 피로가 덜 가신 얼굴로 지휘를 했다. 오후에 도착한 헤이찌의 무역선이 남방의 물품을 싣고 온 것이다.

"서둘러! 이놈들아! 오래 땅만 밟고 지내더니 하초가 부실해졌느냐!"

고함소리가 밖에까지 흘러나왔으므로 문득 배온은 옆에 선 군사를 바라보았다.

"몹시 서두는군, 저놈들이."

"짐을 옮겨 싣는 모양입니다, 나리."

"안으로 들이는 짐은 놔두더라도 밖으로 나가는 짐은 조그만 항아리 속이라도 다 뒤져라."

이미 닷새째 헤이찌의 집앞에서 번을 서고 있었으니 짜증도 났지만 체면도 말이 아니었다. 관복 차림에 칼을 쥐고 서 있으면 왜인들은 방자하게 지껄이며 코앞에서 들락거렸는데 마치 비웃는 것 같았던 것이다. 그러나 왜인의 우두머리 헤이찌가 태자 전하의 신임을 받고 있는 놈이라니 도리가 없다. 도사 흑치상지도 함부로 하지 못하는 놈이다. 그때 대문이 삐걱이며 열리더니 서너 명의 왜인들이 나왔고 그 뒤를 소가 끄는 수레가 따랐다. 수레에는 물품이 가득 쌓여 있었는데 꼬리를 이어 나오고 있다.

"나리, 어떻게 할까요?"

십장 하나가 초조한 얼굴로 배온을 바라보았다. 주위의 군사들도 숨을 죽이고 있다. 배온이 그들을 둘러보았다.

"수레가 다 나올 때까지 기다려라."

그가 턱으로 앞쪽을 가리켰다.

"그때 수레를 둘러싸고 수색한다."

"아니, 왜 이러는 거요."

오지가 사납게 외치자 칼자루를 쥔 배온이 군사들을 헤치고 다가섰다.

"수레를 수색하겠다."

"무역선에 실을 물품이오. 우린 도시부 장리의 허가증도 있소."

"대왕께서는 성의 도사에게 무역선의 물품을 조사할 수 있도록 권한을 주셨다."

"우린 태자 전하의 증표도 있어. 문독 따위 하급관리가 우리 주인을 건드렸다가는 그 황대도 벗게 될 거야."

"이놈 어디 그렇게 되나 보자."

분기가 치솟은 배온이 군사들에게 소리쳤다.

"이놈들을 한 놈도 빠져 나가게 하면 안 된다. 그리고 수레를 샅샅이 뒤져라!"

수레는 모두 8채나 되었고 아직 꼬리가 저택의 담을 떠나지도 않았다. 군사들이 달려들었고 왜인들이 호락호락 물러서지 않았으므로 몸싸움이 벌어졌다. 그러나 군사들은 미리 주의를 받은 터라 칼은 뽑지 않았다. 그 순간 배온이 고함을 쳤다.

"순순히 물러나지 않으면 베겠다!"

말을 마친 그가 허리에 찬 칼을 뽑아 쥐었다. 무서운 형상이다.

"이놈들! 역적과 공모하는 죄가 무엇인지 알렸다!"

"관리라고 애꿎은 무역상에게 누명을 뒤집어 씌울 셈이냐!"

오지가 맞받아 악을 썼으므로 분위기는 더욱 살벌해졌다.

"어디, 날 베어 보아라! 네놈은 물론이고 네 상전의 목도 온전하지 못할 것이다!"

"가십시다. 모두 앞쪽으로 몰려갔소."

헤이찌가 말하고는 앞장을 섰으므로 부여진은 잠자코 뒤를 따랐다. 바지에 저고리를 입고 겉옷을 걸쳤으니 남장을 한 것이다. 머리에는 낮은 두건을 써 영락없는 상인 차림이다. 부여진의 뒤를 삼차복이 따랐고 그 뒤쪽을 헤이찌의 부하 둘이 맡았다. 오지가 소동을 부리자 뒷담을 지키던 군사들도 그쪽으로 몰려갔으므로 그들은 수월하게 담을 넘어 좁은 길에 내려섰다.

"이쪽으로."

헤이찌의 빠른 걸음을 맞추려고 부여진은 반쯤 뛰었다. 골목을 우측으로 돌아나가니 제법 번화한 거리가 나왔고 행인들이 많았다. 이쪽은 헤이찌의 저택 뒤쪽 거리였다. 삼차복이 부여진의 옆으로 바짝 붙어 섰다.

"아씨, 이제 되었습니다."

횃불을 든 군사 서너 명이 앞쪽에서 다가오더니 그들을 스치고 지나갔다.

"조금만 더 걸으면 되오."

"집안 종들은 모두 어찌 되었느냐?"

문득 부여진이 묻자 삼차복이 이를 조금 보이며 웃었다.

"선장이 모두 집으로 데려왔습니다. 선장이 거칠지만 인정이 많아서 종들도 좋아하고 있습니다."

"떠나고 싶은 자는 금을 조금 주어 보내라."

"선장한테 말해 두겠습니다."

그들은 이제 조금 한산한 거리로 접어들었고 앞장 섰던 헤이찌도 걸음을 늦췄다. 빠져 나온 것이다.

다음날 아침, 포구에 정박한 쌍돛선 위에서 헤이찌는 물품을 검사하고 있었다. 쌍돛선은 그의 자랑으로 선수(船首)가 활처럼 휘어진데다 바닥은 깊고 날이 섰다. 같은 바람을 타더라도 바닥이 낮은 다른 배보다 두 배 가깝게 더 빠른 배였다.

"이봐, 오지. 향료는 어디에 두었느냐?"

헤이찌가 소리쳐 묻자 선창에서 오지가 나왔다.

"갑판 위의 창고에 실었소."

"인삼도 같이 두었겠지?"

오지가 대답하지 않았으므로 그는 머리를 들었다. 오지는 선창쪽을 바라보고 있었는데 그의 시선 끝을 본 헤이찌가 입맛을 다셨다. 기마 군사 수십 기가 이쪽으로 달려오고 있는 것이다. 신두에 선 군사가 붉은 색 깃발을 들고 있는 것을 보면 장령(將令)급 무장이다.

"흑치상지요, 두령."

뱉듯이 말한 오지가 헤이찌를 바라보았다. 어젯밤 문독 배온과 몸싸움을 벌인 끝에 8채의 수레는 몽땅 뒤집혔다. 그러나 짐 속에서 부여진을 찾지 못한 배온은 낭패한 표정으로 물러갔던 것이다. 기마군은 순식간에 다가왔고 곧 흑치상지를 선두로 십여 명의 군관과 군사들이 배 위로 올라왔다.

"나리께서 웬일이시오?"

짐짓 놀란 얼굴로 헤이찌가 물었으나 흑치상지는 군관들에게 말했다.

"배 안을 샅샅이 뒤져라!"

군사들이 배 위로 흩어졌는데 기세가 사나웠으므로 헤이찌의 부하들은 주춤 물러섰다. 몸을 돌린 흑치상지가 헤이찌를 바라보았다.

의외로 평온한 표정이다.

"헤이찌, 그대의 집도 지금 군사들이 수색하고 있네."

"그렇습니까? 그러하면 태자 전하의 허락을 받으셨습니다, 그려."

"만일 부여진을 찾으면 그대를 도성으로 압송해 가야만 하네."

"그런데 이곳에는 왜 오셨습니까? 집뒤짐을 하는걸 지켜보셔야지."

그러자 흑치상지가 한 걸음 다가섰다.

"이 배가 오늘 떠난다면서?"

"그렇소."

"어젯밤에는 수레가 나갈 적에 경비가 소홀했어. 군사들이 모두 앞쪽 수레가 있는 곳으로 몰려들 갔거든."

"무슨 말씀이신지."

"내가 그대 같으면 그 틈에 숨겨둔 사람을 빼내어 오늘 떠날 배에 실었을 걸세. 그래서 내가 이곳으로 왔어."

이번에는 헤이찌도 정색을 했다.

"과연 지장(智將)이시오, 소인은 지난 번 무역선에서 처음 뵈었을 때부터 알아보았소이다."

그는 엉덩이를 난간에 걸치고는 팔짱을 꼈다.

"꼭 찾으시오. 만일 찾지 못한다면 백제국을 위하여 일하는 이 왜인 헤이찌가, 나리께 이렇게 핍박을 받아야만 하는가를 상소하겠소."

헤이찌는 머리를 돌려 바다를 보았고 오지는 턱을 들고 포구만 보았다.

이윽고 사방으로 흩어졌던 군관과 군사들이 하나씩 갑판으로 모여들었다.

"나리, 선창 판자까지 뜯어보았지만 없소이다."

선임군관의 목소리에는 힘이 풀려 있었다. 그러자 흑치상지의 눈이 부릅떠졌으나 입을 열지는 않았다.

늦은 봄이어서 골짜기에는 갖가지 꽃이 만발했다. 맑은 개울 바닥에는 팔뚝만한 고기떼가 유유히 노닐고 있었는데 인기척에도 도망치지 않았다. 대웅성에서 남쪽으로 100여 리 떨어진 산속이었다. 이곳은 군성(郡城)이 개암성이라 대웅성의 영역은 벗어난 곳이다. 개울가의 바위 위에 앉은 부여진에게 삼차복이 다가왔다.

"아씨, 요기를 좀 하셔야지요."

그가 무명수건에 싼 마른 소고기를 내밀었다.

"오늘 아침부터 아무 것도 드시지 않았습니다."

"토성에는 누가 있지?"

부여진 앞에 수건을 내려놓은 삼차복이 한쪽 무릎을 꿇고 앉았다.

"집사 도이 영감이 50여 명의 식솔을 관리하고 있답니다. 그 중 반은 종이고 반은 종 문서를 태운 식솔이라고 들었습니다."

"내가 가면 반길까?"

그러자 갑자기 목이 메인 삼차복이 시선을 내렸다.

"아씨, 어디로 간들 사는 건 마찬가지올시다. 아씨께서 정 내키지 않으면 가시지 않아도 됩니다."

"가겠어."

부여진이 앞에 놓인 고기조각을 집어 입에 넣었다.

"내가 바라던 일이야."

말발굽에 돌이 채이는 소리가 들리더니 골짜기 아래쪽에서 두 명의 기마인이 나타났다. 안내역을 맡은 헤이찌의 부하들이다. 그들은 부여진의 앞으로 다가오더니 말에서 내렸다. 앞길을 살피고 오는 길이었다.

"대로에는 기찰이 특별하지 않고 초소에서 군사도 나와 있지 않습니다. 오늘밤에는 개암성의 객사에서 묵을 수 있을 것 같습니다."

사내 하나가 공손하게 말했다.

"개암성의 청빈관에 묵고 있으면 토성에서 온 안내인을 만날 수 있을 것입니다."

이미 늦은 오후여서 골짜기는 그림자로 덮여 있었다. 부여진은 고기조각을 모아들고 자리에서 일어섰다.

"내륙으로 달아난 것이 아닐까요?"

점구부의 도사가 물었으나 흑치상지는 대답하지 않았다. 성안의 집무소에 마주 앉은 그들의 표정이 어두웠다. 태자로부터 헤이찌의 집을 수색해도 좋다는 허락까지 받은 터여서 흑치상지는 보고를 해야만 했다. 또한 점구부 도사는 이번 사건을 일으킨 당사자이다. 본의 아니게 태자에게까지 이 일이 알려진 마당에 허탕을 쳤으니 일이 없었던 것보다 못하게 되었다. 이윽고 흑치상지가 입을 열었다.

"백제땅에 있다면 언제건 잡게 되겠지요. 서두를 것 없소."

"허나 헤이찌를 가만 놔두는 것이 아무래도 꺼림칙하오."

"그놈은 아직 건드리면 안 되오."

흑치상지가 답답한 듯 자리에서 일어섰다.

"그놈이 여자를 빼돌린 것은 어젯밤이오. 수레 소동이 일어났을 때 도망을 시킨 것인데 이미 우리를 꿰뚫어보고는 다른 길로 도망을 시킨 것이오."

"어디로 간 것 같습니까?"

"내륙으로, 지금쯤 우리 군령(郡領) 밖으로 벗어났을 것이오."

부여진은 문밖 인기척에 눈을 떴다. 개암성 청빈관의 객방 안이다.

"아씨, 깨셨습니까?"

삼차복의 목소리다. 이미 창밖이 환했으므로 그녀는 서둘러 침상에서 일어났다.

"무슨 일이냐?"

"토성에서 집사가 오셨습니다."

덜컥 가슴이 내려앉은 부여진이 잠시 후에 방으로 손님을 맞았다. 삼차복과 함께 들어선 도이는 우선 허리를 굽혀 절부터 했다.

"집사 도이가 문안드립니다."

"어서 오세요."

두 볼이 붉어진 부여진이 마주 허리를 굽혔다.

"폐를 끼치고 있습니다."

"당연히 소인이 해야 할 일이지요."

부여진 앞에 허리를 곧게 편 채 걸상에 앉은 도이는 백발이 성성한 노인이었다. 그러나 얼굴은 붉고 눈이 맑았다. 무명 겉옷에 허리에는 칼을 찼고 흰 색 두건을 머리에 썼다. 그가 부여진을 똑바로 바라보았다.

"우리 주인께서 여자를 보는 눈이 높으시군요."

나이가 들수록 뻔뻔해지고 놀라는 일이 드물어진다지만 도이는 천성이 그랬다. 그가 말을 이었다.

"주인께서 아씨를 놓아주신 이야기도 모두 들었습니다. 그래서 처음에는 주인의 어린 감성을 탓할까도 생각했는데 세월에 맡기기로 했지요."

옆에 서 있는 삼차복이 숨을 죽였고 부여진이 시선을 내렸다. 도이의 말이 이어졌다.

"허나 오늘 아씨를 보고 나니 소인도 가슴에 더운 것을 느낍니다. 돌아가신 선대 주인이나 마님께서도 틀림없이 반겨 맞으셨을 것이오."

부여진이 머리를 들었다.

"저는 역적의 딸입니다."

"부여 씨니 가문이 아주 좋습니다."

"……."

"무장은 전장에서의 공으로 인정을 받습지요. 아씨가 싸우는 것이 아니올시다."

"저는 아직."

"소인이 주인을 업어 키웠소이다. 입술을 비틀면 꼭 똥을 싸셨고 눈을 올려 뜨면 나쁜 짓을 했다는 걸 알았소이다. 모든 일은 이 영감에게 맡겨 주시오."

그가 아직도 멍한 표정으로 서 있는 삼차복에게로 머리를 돌렸다.

"왜 얼이 빠져 있느냐? 어서 나가 아씨의 말안장을 채워라. 오늘 중으로 토성에 들어가도록 하자."

삼차복이 오래된 종처럼 머리를 숙여 보이고는 방을 나가자 도이가 부드러운 시선으로 부여진을 바라보았다.

"아씨, 잘 오셨소이다."

조오메이 왜왕이 백제국 관리를 만나는 것은 몇 년 만에 처음 있는 일이다. 4년 전, 무왕의 딸이자 태자 의자의 누님인 부여보를 왕비로 맞아들였을 때 수행했던 좌평 사비담을 만난 후로 처음이다.

왕궁의 내전 안이어서 주위는 숨소리도 들리지 않을 정도로 조용했다. 아름드리 기둥이 좌우로 벌려 세워진 내전 안쪽의 계단 위에 붉은 색 비단 장막이 반쯤 걷혀져 있었는데 주위는 조금 어두웠다. 왜왕은 장막 안쪽에 앉아 있다. 왜왕이 단 아래쪽에 서 있는 궁내대신 오무라에게 말했다.

"저자를 가까이."

"가까이 들라 하시오."

오무라의 말에 계백은 몸을 일으켜 단 아래에 멈춰 섰다. 옆쪽에서 내관이 방석을 가져다 놓았으므로 그는 방석에 앉았다. 왜왕이 다시 오무라에게 말했다.

"내가 직접 묻겠다."

오무라가 한 걸음 옆으로 비켜서자 왜왕의 모습이 완연히 드러났다. 얼굴이 희고 입가에는 옅은 웃음이 베어 있었다.

"그대가 백제국 장덕 벼슬의 계백인가?"

낮은 음성으로 그가 묻자 계백이 머리를 숙였다.

"그렇습니다, 전하."

"단칼에 단바 영주 사이토를 베었어?"

"운이 따랐기 때문입니다."

"200여 리를 하루 만에 달려가 적을 치다니, 그대는 용장이다."

내전에는 오무라와 내관 두 명밖에 없기 때문인지 왜왕은 거침없이 말했다.

"왕비의 얼굴에 화색이 도는 것을 오늘 아침에 처음 보았어. 그대의 무용담을 들었던 게야."

"황공하옵니다."

"사이토는 왕령을 가볍게 어기고 싸움을 계속했으니 마땅한 벌을 받을 것이야."

왜왕이 얼굴에 웃음을 띠었다.

"내가 그대를 부른 것은 그대를 보고싶기도 했지만 왕비에게 위안을 주기 위해서야. 왕비에게 가서 고국 백제의 소식을 전해주게나."

"예, 전하."

"백제대왕께서는 든든한 신하를 두셨어."

머리를 숙여 보인 계백이 허리를 세웠을 때는 이미 왜왕 조오메이 앞으로 붉은 색 비단 장막이 내려진 후였다. 궁내대신 오무라가 계백 옆으로 다가왔다. 높은 모자를 쓴 마른 체격의 사내였는데 시선을 마주치려 들지 않는다.

"장덕, 왕비마마께서 기다리고 계십니다."

별궁에 들어섰을 때 복도 입구에서 계백을 맞은 시녀는 오미였다. 오무라가 돌아가자 오미가 머리를 들어 계백을 바라보았다. 무표정한 얼굴이었으나 눈빛이 강했다.

"이쪽으로."

앞장을 선 그녀에게서 옅은 향내가 맡아졌다. 계백에게 이미 익숙해진 향내였다. 별궁의 복도는 텅 비어 있는 데다 좌우의 방에서도 인기척이 나지 않았으므로 마치 둘만 있는 느낌이었다. 복도의 모퉁이를 꺾어 돌면서 오미가 낮은 목소리로 말했다.

"왕비마마는 백제대왕의 따님이십니다."

"알고 있소. 그리고 서신 고마웠소."

오미는 대답하지 않은 대신 걸음을 늦추었으므로 계백과 어깨가 닿았다. 향내가 짙다. 다시 모퉁이를 돌았을 때 복도 끝쪽에 시녀 한 명이 서 있는 것이 보였다. 왕비의 내전이다.

왕비는 얼굴색이 창백했지만 또렷한 검은 눈에 입술이 단정한 미인이었다. 방에 들어선 계백이 엎드려 절을 하자 잠깐 입술을 펴고 웃었는데 부드러워진 눈매가 태자 의자와 흡사했다.

"장덕 계백이 왕비마마를 뵙습니다."

"잘 오셨어요."

낮고 맑은 목소리였다. 왕비가 그에게 물었다.

"장덕은 고국을 떠난 지 얼마나 되었소?"

"이제 넉 달이 되었습니다."

"난 4년째인데, 고국에는 누가 남아 있지요?"

"친척 몇이 남아 있지만 부모는 모두 죽었습니다."

계백은 옆쪽에 앉은 오미에게 힐끗 시선을 주었다. 그녀에게 자신은 나가토의 수호역 대모숙이라고 말해주었던 것이다. 그러나 지금은 모두 알고 있을 터였다.

"태자는 언제 만났소?"

"소인이 성주로 부임할 때 뵈었습니다."

"대왕마마는?"

"뵙지 못했습니다."

"고향이 어디지요?"

"도성 북쪽으로 사비수를 따라 올라가면 천마산 건너편에 소인의 집안 토성이 있습니다."

왕비의 얼굴이 다시 밝아졌다.

"천마산 이야기는 들었어요. 산이 높다지요?"

오미가 일어나 차를 들여왔고 한참 후에는 꿀을 묻힌 떡을 내이왔다. 계백이 왕비의 내전을 떠난 것은 저녁 무렵이었다. 두 식경이 넘게 앉아 있었던 것이다. 나갈 적에도 오미가 그를 배웅했는데 복도의 모퉁이를 돌자 걸음을 멈췄다.

"이제 나가토의 수호역 대모숙이 아닌 백제국 장덕 계백으로 밝혀졌군요."

바짝 다가선 오미가 그를 올려다보았다.

"왜국에서의 일을 마치면 대모숙이란 이름만 남기고 떠나실 작정이었지요?"

"그럴 생각은 없었소."

"당신이 백제인이라는 것을 알았을 때 저는 속았다고 생각했습니다."

"나는 밀사여서 가명을 썼던 것이지 속일 생각은 없었소."

발을 뗀 계백이 말을 이었다.

"언젠가는 말해 줄 생각이었소."

계백이 들어서자 소가 대신은 얼굴을 활짝 펴고 웃었다.

"어서 오시오, 장덕."

소가 대신의 저택 안이다. 궁에서 물러나온 계백은 곧장 이곳으로 온 것인데 청안에는 십여 명의 가신이 좌우로 벌려 앉아 있었다.

"왕비마마까지 뵙고 오시느라 수고하셨소."

"마마께선 고국 이야기를 물으셨습니다."

"아직도 고국을 잊지 못하고 계시오."

소가의 얼굴이 어두워졌다. 왕실의 일은 제 손바닥처럼 알고 있는 소가였다. 그의 딸도 비로 들여보냈고 오늘 왕을 만난 것도 그가 주선해 준 것이었다. 그가 부드러운 시선으로 계백을 보았다.

"장덕, 오카다는 지금쯤 단바 영내로 진군해 가고 있을 것이오. 아마 내일쯤 사이토의 거성이었던 오오모리 성을 함락시키겠지."

"……."

"그래서 가와지의 영지로 내려가 있던 우마치로 내대신이 전전긍긍하고 있을 것이오. 사이토의 셋쓰 침공이 성공하면 그자는 곧장 기이를 칠 계획이었으니까."

그가 쓴웃음을 지었다.

"장덕의 일격으로 음모가들의 계획은 산산이 부서졌소."

"저는 앞으로는 백제국 장덕 계백으로 지낼까 합니다."

계백이 말하자 그가 크게 머리를 끄덕였다.

"이제 명성을 얻었으니 백제방의 달솔 연부께 가시면 기뻐할 것이오. 장덕 고서문이 살해당한 후로 백제방이 위축되어 있습니다."

"장덕을 죽인 범인을 꼭 찾아낼 것입니다."

"그것은 나도 바라는 바요."

소가의 얼굴이 딱딱하게 굳어졌다.

"그 일도 우마치로가 일으킨 일이오. 하지만 아직 확실한 물증이 없으니 섣불리 나섰다가는 꼬리를 감출 수도 있습니다."

소가는 신중한 사람이다. 우마치로는 단바의 사이토뿐만 아니라 남해도에도 세력을 형성하고 있는 것이다. 물론 소가는 군사를 일으켜 우마치로를 정벌할 능력이 있었으나 그렇게 되면 큰 전쟁이 일어날 수도 있다. 계백은 더 이상 입을 열지 않았다.

"니시무라는 아직 아스카에 남아 있습니다. 어제 저녁에도 우마치로의 성안 저택으로 들어가는 것을 보았답니다."

겐지가 누운 채로 말했다.

"그놈은 아스카 제일 가는 검객입니다. 검술로는 당할 자가 없다고 소문이 났지요."

온몸을 헝겊으로 동여 맨 겐지는 흉한 몰골이었지만 기는 죽지 않았다. 그가 계백을 올려다보았다.

"주인, 이제는 성안에 소문이 좌악 퍼져 있어서 니시무라는 제 주인이 누구인지를 알게 되었을 것입니다."

"걱정할 것 없다. 네 몸조라나 잘 해라."

겐지의 방을 나온 계백에게 덕조가 다가왔다.

"주인, 시중에 내대신 우마치로가 군사를 일으킨다는 소문이 있습니다."

마당에 멈춰 선 계백에게 그가 말을 이었다.

"왕이나 집권 소가 대신이 모두 백제계여서 우마치로는 남해도와 동해도의 세력과 연합하여 왜국이 백제의 담로국이 되는 것을 막는다고 합니다."

"우마치로가 꾸며낸 말이다."

"하지만 시중 인심이 우마치로의 선동에 호의적인 것 같습니다."

머리를 끄덕인 계백이 하늘을 올려다보았다. 아직 초저녁이다.

"달솔께 다녀오겠다."

계백이 마구간으로 발길을 돌리자 덕조가 따라왔다.

"제가 모시지요."

달솔 연부는 계백이 백제방의 정식 관리로 입방한 후로 눈에 띄게 표정이 밝아졌다. 더욱이 계백은 사이토 기습으로 백제국 장수의 용명을 전 왜국에 떨친 것이다. 대덕 정동보와 장덕 고서문의 피살로 침체되어 있던 백제방의 사기는 일시에 올라갔다. 늦은 저녁에 계백이 청으로 찾아왔으나 그는 우선 반겼다.

"장덕, 조금 전에 소가 대신의 가신한테서 들었는데 오카다 공이 사이토의 단바 영지 남쪽을 합방했다고 하오. 단바의 북쪽 영지만 사이토의 가신 신지에게 떼어준 것이야."

이로서 사이토 가문은 깃발을 내린 것이다. 사이토의 거성인 오오모리 성은 닷새 전에 변변한 대항도 하지 못하고 함락되었는데 사이토의 두 아들은 자결했다. 계백이 입을 열었다.

"나리, 시중에 돌고 있는 소문에 우마치로가 남해도와 동해도의 영주들을 선동하고 있다고 합니다. 왜왕과 소가 대신이 왜국을 백제의 담로국으로 만들려 한다는 것이오."

"그 소문은 내가 왔을 때도 있었소."

쓴웃음을 지은 연부가 말을 이었다.

"그때는 미노의 영주 다다노리가 동산도와 북륙도의 영주들을 선동했지. 그리고는 가신이었던 소스케한테 죽임을 당했소."

시중들이 술상을 받쳐들고 들어왔으므로 연부는 술병을 쥐었다.

"그 이후로 동산도와 북륙도의 불만 세력이 차례로 소탕되었지. 소가 대신의 통치술을 그것으로 알 수 있었지."

"어떻게 말입니까?"

"종기가 생길 때는 그것이 벌레에 물린 것인지 곪힌 것인지 확실하지 않지. 그러니 종기가 곪도록 마냥 내버려두는 거야. 그리고는 곪은 다음에 정확한 처방을 내리는 것이지. 그것이 바로 소가 대신의 방법일세."

"그렇다면 지금은 내버려두고 있는 중이군요."

"불만 세력이 완전히 드러나기를 기다리면서."

계백이 머리를 끄덕였다.

이곳은 왕이 통치하는 백제와는 다른 체제인 것이다. 왜왕은 신성시되어 있었으나 권력은 곧 무력(武力)에서 나온다. 왜왕의 직할령은 야마토의 일부분뿐이었고 전국은 수십 명의 군소 영주가 통치하는 영지로 나누어져 있는 것이다. 섭정인 소가 대신도 영주 중의 한 사람이다.

계백은 한 모금 술을 삼켰다. 백제에서 신라를 상대로 성을 지키던 때는 단순했었다. 그는 연부의 잔에 술을 채웠다.

"소가 대신이 우마치로를 곧 치지 않는 이유를 이제야 알았습니다."

"우마치로도 보통사람이 아닐세. 아마 소가 대신의 의중을 알고 있을 것이야."

한 모금 술을 삼킨 연부가 정색을 했다.

"소가 대신이 장덕을 시켜 사이토를 치게 한 것처럼 의표를 찌르는 행동을 할 가능성도 있소. 방심할 수 없는 상황이야."

기이의 하마쓰 성은 바닷가에 세워져 있어서 뒤쪽은 1백여 길이나 되는 절벽이었고 밑은 바다였다. 하마쓰 성을 세운 소가히데키의 부친 소가다이진은 이름난 병법가였는데 결사(決死)의 요새로 성을 세웠다고 전해져 왔다. 소가히데키는 성안 누각에 서서 바다를 바라보았다. 검푸른 바다 위로 배 한 척이 떠가고 있었다. 쌍돛짜리 무역선으로 나니와로 가는 모양이었다. 이윽고 배에서 시선을 뗀 히데키가 옆에 서 있는 사내에게 말했다.

"난 이곳에서 바다를 바라보면 부친의 모습이 떠오른다네."

"무슨 말씀이신지."

공손하게 묻는 사내는 우마치로의 중신(重臣) 야마나다. 그는 어젯밤에 하마쓰에 도착했는데 낡은 무명옷에 머리에는 떠돌이 무사처럼 헤어진 두건을 썼다.

"부친은 이 성을 지으셨으나 거의 이곳에서 묵지 않으셨어. 난 그 이유를 요즘에야 알았어."

"하마쓰 성은 난공불락의 성입니다."

"그렇지, 아마 10만 군사가 1년을 공격해도 떨어지지 않을 걸세."

"선친께서 하마쓰성에 묵지 않으신 이유가 무엇입니까?"

"이 성은 수비의 성이야. 뒤는 절벽이고 앞은 내리막길이어서 공격군에게는 치명적이지."

"이만큼 안전한 요새는 없습지요."

"죽음을 기다리는 성일세."

퍼뜩 시선을 든 야마나를 향해 그가 빙긋 웃었다.

"이 성에 앉아 있으면 방어는 잘되겠지만 앞으로 나아갈 수는 없지. 모든 것을 잃고나서야 들어가는 성이야."

"다이진 공께서는 인자하신 분이셨습니다."

"소가 가문간의 분쟁을 원치 않으셨지."

정색한 야마나가 그에게로 한 걸음 다가섰다.

"제 주군께서는 지금 대덕께서 총수를 맡아주시기를 간청하고 계십니다."

"사이토의 거병은 경솔했어. 그것으로 기세는 반이 넘게 꺾였네."

"비록 백제인 계백의 기습으로 뜻밖의 결과가 되었으나 성과가 없는 것이 아닙니다."

히데키의 시선을 받은 야마나가 말을 이었다.

"소가 대신이 지난번처럼 때가 무르익기를 기다린다는 것을 알게 된 것입니다. 백제 장수 계백을 보낸 것은 시위용이었는데 그로서도 예상치 못한 결과가 나왔지요."

"계백."

히데키가 입술만 달싹여 계백의 이름을 부르고는 바다 쪽으로 시선을 돌렸다.

"그대는 알고 있는가? 내 망나니 딸년이 그 자와 눈이 맞았다네."

"……."

"잠자코 있는 것을 보니 알고 있는 모양이군. 하긴 궁중에 심은 내대신의 첩자가 어디 한둘이겠나?"

"소인은 대덕께서 허락하신 일로 알고 있었습니다."

그러자 히데키가 풀석 웃었다.

"내가 소가에미시처럼 제 딸을 왕비로 들여놓는 인물로 보았나?"

"아니올시다. 그것은……."

"호오류사의 축국놀이 때 눈이 맞은 모양이야. 내가 없는 사이에 집안에까지 끌어들인 모양이더군."

"……."

"그땐 소가의 나가토 영지 수호역으로 행세를 했는데 이번에 정체가 드러났어."

몸을 돌린 히데키가 야마나를 똑바로 바라보았다.

"내가 왕실을 맡을 테니 우마치로 공에게 계획대로 추진하라고 하게. 이제 어설프게 물러났다가는 자멸할 뿐이야."

"알겠습니다. 대덕 나리."

야마나가 허리를 깊게 꺾었다.

"내대신께서 크게 기뻐하실 것이오."

야마나가 소리 없이 물러가자 히데키는 다시 바다를 향해 섰다. 기이의 영주로 군림한 지 10년 가깝게 되었으나 한번도 야마토 진출의 야망을 버린 적이 없다. 이것은 그의 선친 소가다이진으로부터 내려온 숙원이다. 같은 조부로부터 분파된 소가에미시가 아버지 우마코에 이어 섭정으로 왜국을 통치하는 동안 이쪽은 대를 이어 가신 노릇으로 만족해야만 했던 것이다. 그는 어깨를 펴고 바다냄새가 가득한 공기를 들이마셨다. 아버지가 이 하마쓰 성을 세운 것은 이날을 위해서인 것이다. 그는 병으로 죽었지만 자신은 이곳에서 싸우다 죽을 것이었다.

오전에 내린 비는 그쳐 있었지만 아직도 나뭇잎에서는 물방울이 떨어졌다. 무릎까지 닿는 풀숲을 헤치며 걷느라 니시무라의 바지는 이미 흠뻑 물에 젖었다. 태성사의 뒷산은 한낮에도 사람의 출입이 없는 곳이다. 일 년쯤 전에 왕이 태성사에 행차했을 적에 마침 나무꾼들이 뒷산에 올랐다가 목이 베어진 후로 순찰을 세우지 않아도 산에 오르는 사람은 없다. 나뭇가지를 잡아 젖히며 비탈을 오르자 곧 판판한 평지가 드러났으므로 니시무라는 멈춰 서서 바지에 붙은 풀잎을 털었다. 나무에 가려 아래쪽의 태성사는 보이지 않았으나 옅은 향내는 맡아졌다. 새들도 아직 둥지에 박혀 있는지 주위는 새소리도 들리지 않았다. 그때였다. 평지 건너편의 커다란 나무둥치 뒤쪽에서 사내 하나가 나왔다.

"여어, 이제 오십니까?"

대나무 줄기로 만든 갓을 썼지만 온몸이 흠뻑 젖은 사내가 니시무라를 향해 허리를 굽혔다.

"하늘은 개었는데 난데없는 비가 내리는군요."

"가타이 공, 그동안 많이 달라지셨군요. 이젠 눈에 살기가 지워졌소."

"낚시를 하고 지냈지요."

사내는 사십대 중반쯤의 얼굴이었으나 니시무라에게 시선을 주지 않았다. 특징 없는 얼굴에 보통 체격이었다.

"갑자기 부르신 것을 보면 급한 일인 것 같군요."

사내가 입술만 달싹여 말하자 니시무라가 쓴웃음을 지었다.

"짐작하고 계실 텐데요. 가타이 공의 칼에 피기름을 먹여야 할 때가 되었습니다."

"사이토 공이 애석하게 되셨습니다."

가타이라고 불린 사내가 흐린 눈동자로 니시무라의 가슴께를 보았다.

"저도 때가 되었다고 생각했습니다."

그는 북쪽 에치고의 무사로 한때 에치고 영주 요리모토의 중신이었다. 그러나 요리모토가 미노의 다다노리와 결탁하여 난을 일으켰다가 소가 대신에게 처형당한 후로 떠돌이 신세가 되었다. 니시무라가 그에게로 바짝 다가섰다.

"요리모토 공의 한을 풀 때가 왔습니다."

"나에게 영지를 준다든가 관직을 주겠다는 말씀을 아니 하시니 기꺼이 하리다."

가타이가 흐린 시선을 조금 들었다가 내렸다.

"지금까지 내 낚시에는 바늘을 꿰지 않았었소."

제13장 반역자들

나니와에서 아스카까지는 대로(大路)가 닦여져 있다. 쇼토쿠 태자 시절에 닦여진 대로에는 검문소가 역마다 있었는데 야마토 조정에서 파견된 수비군이 지켰다. 오시 무렵, 나니와에서 30리쯤 떨어진 셋쓰 영내의 고도 검문소 앞이었다. 검문역(役) 우에노는 조정의 소의(小義) 관직을 받은 무사로 셋쓰 출신이었다. 그는 막 말을 세운 기마 무사에게 다가섰다.

"어디로 가시는 거요?"

"아스카의 백제방까지."

뱉듯이 말한 사내가 우에노를 내려다보았다. 체격이 컸고 거친 인상이었다.

"나니와에 도착한 백제선(船)의 전령이오."

"그렇다면 무사께선 백제인이시구려."

"그렇소."

"늦기 전에 어서 가시오."

옆으로 비켜선 우에노가 얼굴에 웃음을 띠었다.

"계백 공을 만나시면 셋쓰 출신의 고도 검문역 우에노의 인사를 전해주시오."

말에 박차를 넣은 헤이찌는 검문소를 떠났다. 말을 달리면서 검문역이 계백과 아는 사이인 모양이라고 생각했다. 그가 아스카의 계백 숙사에 도착한 것은 깊은 밤이었다. 계백은 깨어 있었는데 그를 보자 반색을 했다.

"네가 왔구나."

"주인, 그동안 평안하셨습니까?"

마루방에 넙죽 엎드린 헤이찌가 이마를 바닥에 붙였다가 떼었다.

5달 만이었으나 1년도 더 지난 느낌이었다.

"난 평안하다."

덕조가 들어와 헤이찌의 옆쪽에 꿇어앉았으므로 마루방에 셋이 모였다.

"주인, 태자 전하의 서신을 가져왔습니다."

헤이찌가 품에서 곱게 싼 비단보자기를 꺼내 두 손으로 올렸다.

"그리고 이것은 도이 영감이 주인께 올리는 서신이오."

그가 다시 기름종이로 두른 것을 내밀었다. 자리에서 일어선 계백은 태자가 계신 동쪽을 향해 세 번 절을 올렸다. 그리고는 무릎을 꿇고 앉아 보자기를 풀었다. 계백이 태자의 서신을 읽는 동안 마루방 안에는 숨소리도 나지 않았다. 이윽고 머리를 든 계백이 태자의 서신을 다시 보자기에 싸 넣었다.

"주인, 백제방의 달솔께는 내일쯤 장덕 한 분이 가실 것이오. 소인이 사신 핑계를 대고 먼저 왔습니다."

"잘 왔다. 그래, 너는 별고 없느냐?"

"소인은 별고가 없었으나 주변에서 별고가 있었습지요."

계백의 시선을 받은 그가 헛기침을 했다.

"붉은 기 집 아씨가 점구부 관리의 호구조사에서 발각이 되었습니다. 하지만 다행히 삼차복이 수단을 부려 소인의 집으로 모셨지요."

그가 힐끗 계백을 보았고 덕조는 눈을 치켜 뜬 채 숨을 죽였다.

"그런데 주인께서 떠나신 지 얼마 되지 않아 흑치상지 나리가 대웅성의 도사로 왔습니다. 그래서 그분께 아씨는 저하고 아는 사이라고 부탁을 넣었지만 오히려 제 집만 수색을 당해 난장판이 되었습니다요."

"그래서 어떻게 되었어?"

다급하게 물은 것은 덕조였다. 그러나 헤이찌는 헛기침을 하고는 조금 뜸을 들였다.

"그래서 도이 영감께 사람을 보냈더니 영감님이 개암성까지 아씨를 모시러 왔더군요. 지금 아씨는 주인님의 토성에 계십니다."

계백이 머리를 끄덕였다.

"잘했다."

"아씨는 주인께 누가 된다면서 토성에 가지 않겠다고 하셨소."

"내가 국법을 어겼으니 언젠가는 태자께 이 일을 밝히고 죄를 받을 것이다."

그러자 덕조가 입을 열었다.

"해구가 난을 일으켰을 때 해구의 딸 둘을 살려준 예가 있습니다. 주인께선 심려하지 마십시오."

"일이 난감하게 되었다."

계백 앞에서 물러난 덕조가 헤이찌와 함께 마당으로 나오면서 말했다.

"그 흑치상지가 눈치 채지는 않았을까?"

"나도 그놈을 안다. 그 놈한테 주인 이야기는 하지 않았어."

"하지만 토성으로 들어갔을 줄이야 누가 알겠나."

그들은 덕조의 방으로 들어가 앉았다. 시종이 술과 밥을 들여왔는데 헤이찌는 술잔부터 들었다.

"아씨는 내 섬으로 데려다 달라고 하셨지만 어찌 그럴 수가 있단 말이냐?"

벌컥이며 술을 삼킨 헤이찌가 덕조를 노려보았다.

"도이 영감이 받아주지 않았다면 아씨는 지금쯤 내 섬에서 아랫도리만 가리고 있을 것이다."

그러나 헤이찌의 잔에 술을 채우는 덕조의 표정은 굳어져 있었다.

"주인께는 해구의 딸 이야기를 했지만 그것은 대왕이 살려준 경우다. 만일 이 일이 탄로 나면 가문이 끊길 것야."

"도이 영감의 생각이 너보다 짧을까?"

"이놈아, 영감님은 마님을 들일 생각뿐이야."

덕조가 버럭 역정을 내었다.

"얼른 대만 이으려는 것이야. 그 영감은."

"주인께선 아씨께 무슨 일이 생기면 토성으로 가 있으라고 하셨어."

"글쎄, 그것이야 지나는 인사로 그런 것이지, 어디."

말을 그친 덕조가 길게 숨을 뱉었다. 이곳은 수천 리 떨어진 왜국인 것이다. 술잔을 든 그는 한 입에 술을 털어 넣었다.

계백이 도이의 서신을 펼쳐 읽었다.

"주인 보십시오. 이곳 토성은 무고하옵고 헤이찌한테서 들으셨겠으나 아씨를 모셔왔소이다. 늙은 종이 처음에는 아씨에 대한 주인의 인정 어린 처사에 앞뒤 가리지 않고 감탄하였다가 막상 헤이찌로부터 연락을 받고는 참으로 난감하였소이다. 가문의 흥망이 달린 일이 목전에 닥쳤으니 돌아가신 선대 주인과 마님 얼굴이 차례로 떠올랐소이다. 허나 사경(死境)에 처한 사람을 모른 척 할 수도 없는 터에 더욱이 주인께서 직접 약조를 하신 일이라 국법보다도 먼저 가문의 명예를 생각하여 아씨를 모시기로 결정했소이다. 아씨는 처음 뵈오나 기품과 교양이 있으시고 겸손하고 후덕하여 며칠밖에 안 되었지만 토성의 든든한 기둥이 되어 계시오. 늙은 종이 감히 말씀 올리오니 작은 것에 매이지 마시고 대국(大局)을 보시옵소서. 토성과 아씨 일은 이 늙은 종에게 맡기시고 안심하셔도 되옵니다. 돌아오시는 날까지 이 종은 꼭 살아 있을 것이옵니다. 종 도이 올립니다."

머리를 든 계백은 부여진의 모습을 떠올렸다. 그러자 가슴 한쪽을 칼로 찔린 듯한 아픔이 왔고 곧 긴 한숨이 뱉어졌다.

셋쓰의 동쪽인 오하리 지방에서 반란이 일어난 것은 초여름이었다. 대개 전쟁은 아직 곡식의 싹이 자라기 전인 초봄이나 막 추수가 시작될 무렵의 가을에 일어났는데 오하리의 반란은 시기를 무시했고 난데없었다. 전국에 펼쳐놓은 소가 대신의 첩자망에도 잡히지 않은 갑작스런 봉기였다. 반란군은 에치젠과 미노 등의 구(舊) 가신들로 규합된 세력으로 총대장이 가타이였던 것이다. 가타이는 일거에 거병하여 오하리의 세 곳에 진을 쳐서 야마토 동쪽의 통로를 막았다. 오하리의 영주 요시나가는 아스카에 와 있는 바람에 영지로 돌아갈 수도 없어 발만 구르고 있는 형편이었다.

소가 대신의 십무정 안이다. 늦은 저녁이었으나 아스카에 와 있는 영주 대부분과 가신들이 모여 있었는데 살벌한 분위기였다. 안쪽에서 팔걸이에 비스듬히 기대앉은 소가 대신의 얼굴도 굳어 있었다. 문지방 너머에 엎드린 무장이 다시 입을 열었다.

"가타이의 군세는 5천 가량 되었는데 계속 증가하고 있습니다. 소장이 오기 전만 해도 2천 정도가 더 늘었다는 소문입니다."

"소문을 들어?"

그의 말을 자른 소가가 입술을 비틀고 웃었다.

"에치젠과 미노의 거지 무사는 3천도 되지 않는다. 엉덩이를 보이고 쫓겨온 주제에 놈들의 숫자만 늘리는구나."

얼굴이 벌겋게 된 무장이 땀을 흘렸다. 그는 가타이에게 수비관문을 빼앗긴 조정의 수비역이다. 소가의 시선이 좌우에 둘러앉은 영주들을 훑다가 소가히데키의 얼굴에서 멈췄다.

"대덕, 가타이는 병법에 능한 자야. 그자가 노리는 것이 무엇일까?"

"구토(舊土) 회복은 아닌 것 같습니다. 요리모토의 영지를 찾겠다면 에치젠에서 봉기했을 것입니다."

소가히데키가 서슴없이 말하자 소가 대신이 머리를 끄덕였다.

"옳다. 그럼 그 5천인지 7천인지의 군세로 야마토로 나올 수 있을까?"

"아닙니다. 진을 지키면서 동쪽 구(舊) 영주들의 무사들을 모을 것입니다."

"그렇다면?"

"빨리 치는 것이 낫습니다."

긍정도 부정도 하지 않은 소가가 머리를 돌려 옆쪽 자리의 우마치로 내대신을 바라보았다.

"내대신의 생각은?"

"대덕과 같은 생각입니다."

"가타이의 배후가 있다는 생각은 해보지 않았나?"

"해보지 않았습니다."

그러자 소가가 천천히 머리를 끄덕였다.

"왕께 상주하여 조서를 받겠다. 곧 토벌군을 모으기로 하지."

조오메이는 보료에 앉자마자 긴 한숨부터 뱉었다. 지친 표정이다.

"오하리에서 난이 일어났소. 그래서 소가 대신이 군사를 보낼 모양이오."

"들었습니다."

왕비 부여보가 시선을 내린 채 말을 이었다.

"조금 전 연자복이 다녀갔습니다."

연자복은 백제 6품 나솔(奈率)로 왜국 왕실 내에서 부여보를 보좌하는 역할로 파견된 사람이다. 왕실 내의 관직은 궁내 보좌역이다.

"셋쓰에 이어서 오하리에서도 난이 일어나다니, 요즘은 평온한 날이 없구려."

"소가 대신이 곧 진압을 하겠지요."

그러나 왕은 대답하지 않았다. 실권이 없는 그로서는 소가의 출병 요청을 허락하는 것 외에는 달리 할 일이 없는 것이다. 머리를 든 부여보가 부드러운 시선으로 왕을 바라보았다.

"전하, 백제 태자한테서 저에게 전갈이 왔습니다. 제 셋째 동생 경 왕자를 곧 백제방의 장관(長官)으로 보내겠다고 합니다."

"이번에 온 사신에게서 받은 전갈이오?"

왕은 그녀에게 이끌린 듯 표정이 밝아졌다.

"그대는 동생을 보게 되어 기쁘겠소."

"하지만 사신들이 번갈아 피살되는 터라 불안하기도 합니다."

"감히 백제국 왕자를 누가 해치겠소?"

그렇게 말은 했지만 왕은 그녀에게서 얼른 시선을 떼었다. 자신의 처지를 다시 깨달은 것이다.

왕이 묵고 간 다음날은 왕비의 표정이 대개 밝았으므로 오미는 가벼운 마음으로 침전에 들어섰다. 왕비는 예상했던 대로 부드러운 표정이었다.

"곧 내 동생 경 왕자가 온다."

왕비가 말하자 오미는 눈을 크게 떴다.

"기쁘시겠습니다. 마마. 언제 오십니까?"

"두 달 후에 올 것이다."

오미가 왕비의 앞에 다과를 내려놓았다. 왕비의 총애를 받고 있는 지라 행동이 자연스러웠다.

"소가 대신은 알고 계시겠지요?"

"그게 무슨 상관이냐?"

정색한 왕비가 오미를 바라보았다.

"백제방의 장관이 오는데 소가 씨의 허락이 필요하단 말이냐?"

"아닙니다. 마마."

몸을 웅크린 오미가 머리를 숙였다.

"소녀가 입을 잘못 놀렸습니다. 용서해주옵소서."

"하긴 그럴 만도 하지."

갑자기 왕비의 목소리가 가라앉았으므로 오미가 가만히 머리를 들었다. 옆모습을 보인 왕비가 혼잣소리처럼 말했다.

"국사를 왕의 뜻대로 한 적이 한 번도 없었으니. 왕과 왕비는 껍데기뿐이다."

궁성 서쪽의 담장 가에는 궁성의 물품을 쌓아두는 창고가 있었다. 오미와 사도에가 두 번째 창고의 모퉁이를 돌았을 때 관복 차림의 사내 하나가 서 있다가 서둘러 다가왔다. 이곳은 왕실에 소용되는 피륙과 의복, 신발 등을 쌓아두는 곳이다. 사내가 오미를 향해 눈인사를 했다.

"아씨, 영주께서 이것을 보내셨습니다."

사내가 저고리 품에서 비단으로 싼 꾸러미를 꺼내 내밀었는데 꽤 무거워 보였다.

"금부처올시다. 왕비께 드리라고 하셨습니다."

오미가 받아 사도에게 건네주었다.

"두 달쯤 후에 백제의 경 왕자가 백제방의 장관으로 온답니다. 오늘 왕비께 들었어요."

"알겠습니다. 아씨."

"왕비께선 국사를 소가 대신이 전횡한다면서 왕과 왕비는 껍데기에 불과하다고 하셨어요."

"예, 아씨."

사내는 왕궁의 관리지만 소가히데키의 첩자이기도 한 것이다. 오미는 몸을 돌렸다. 왕과 왕비의 기색을 부친에게 알려주는 것은 당연한 일이다. 소가 대신은 딸을 비(妃)로 넣어 왕의 일거수 일투족을 감시하고 있는 것이다.

자욱한 먼지를 내뿜으며 기마 무사 셋이 달려가고 있었다. 야마토를 벗어나 가와지로 뻗은 산길에는 한낮이었지만 사람의 통행이 드물었다. 옛적에는 산 구비마다 산적이 모여 있다가 행인을 습격했으므로 군사들의 호위를 받고서야 지나던 곳이다. 앞장 선 무사는 검정색 말을 탔는데 갈대잎으로 만든 삿갓을 목 뒤로 매달고 있었다. 우마치로의 가신 니시무라였다. 그의 뒤를 따르는 두 명의 무사는 그의 시종들이다. 산 구비를 돌아 앞쪽으로 넓은 황야가 펼쳐진 곳에 이르자 니시부라는 고삐를 딩겨 말을 세웠다. 말과 사람 모두 땀으로 흠뻑 젖어 있었다.

"잠시 쉬어 가기로 하자."

아스카에서 40리 가까운 거리를 쉬지 않고 달려온 것이다. 사람보다 더 지친 말이 근육을 떨며 비틀대었으므로 그들은 말에서 내렸다. 가와지의 도성(都城)인 와카야마 성까지 가는 길이었으니 앞으로 80리는 더 달려야 했다.

"기마 2기가 옵니다."

손으로 눈위를 가리며 부하 하나가 그들이 달려온 쪽을 바라보았다. 니시무라의 눈에도 막 산모퉁이를 돌아오는 두 필의 말과 기수가 보였다.

"잘 달리는데요. 무사 같습니다."

그들과의 거리는 1리 정도였는데 거리는 금방 가까워졌다. 잠시 머리를 돌렸던 니시무라가 그들을 바라보았을 때는 이미 이백 보 정도로 가까워져 있었다. 이제 이쪽의 세 사내는 나란히 서서 그들을 바라보았다. 말은 속력을 줄이지 않는다. 그 순간 니시무라는 퍼뜩 눈을 치켜 떴다.

"화살이다!"

다급하게 외친 그가 허리에 찬 칼을 쥐며 몸을 웅크렸을 때였다.

"쉬익!"

살이 날으는 소리와 함께 부하 한 명이 목을 움켜쥐고 뒤로 넘어졌다. 살이 목을 꿰뚫고 나간 것이다.

"이런!"

칼을 빼 든 니시무라가 이를 악물었을 때 다시 화살이 날카롭게 허공을 갈랐다

"아앗!"

어깨에 살이 박힌 부하가 옆쪽으로 비틀대었는데 다음 순간 또 날아온 살이 가슴에 박혔다. 니시무라는 두 손으로 칼을 움켜쥐었다. 이미 기마인들은 오십여 보 앞으로 다가왔고 앞장 선 사내도 선명하게 보였다. 사내는 이제 활을 안장에 매단 활통에 넣고 있는 중이다. 니시무라는 이마에서 흘러내린 땀을 손등으로 털어냈다. 이런 궁술은 난생 처음 겪어보는 것이다. 이십여 보 앞에까지 달려온 사내가 고삐를 당겼으므로 말은 앞다리를 치켜 들며 멈춰 섰다. 그 순간 니시무라는 칼을 치켜든 채 맹렬하게 앞으로 돌

진했다. 사내가 말에서 내리는 동안의 빈틈을 노린 것이다. 그러나 세 발짝에 칠팔 보 거리를 뛰었던 그는 마치 달리던 말처럼 먼지를 일으키며 멈춰 섰다. 사내는 말이 네 다리를 땅에 붙이기도 전에 이미 내려서 있던 것이다. 사내는 칼자루를 쥐고 있었으나 손잡이에 손을 대지도 않았다. 그가 두 걸음 앞으로 나섰을 때에 뒤쪽 기마인이 말에서 뛰어내렸다. 니시무라는 칼날 사이로 사내의 눈을 보면서 한 걸음 다가섰다.

"네놈은 누구냐?"

"백제국 장덕 계백이다."

낭랑한 목소리가 황야 위로 울렸다.

"니시무라, 널 뒤쫓아왔다."

"백제국의 계백."

니시무라가 이 사이로 되뇌더니 굳어졌던 입술을 비틀고 웃었다.

"잘 왔다!"

"백제방의 장덕 고서문을 벤 것도 신라 사신 도성을 베어 죽인 것도 네놈 짓이렷다!"

"내 입에서 어떤 소리가 나올 것 같으냐!"

말을 맺기도 전에 니시무라가 뛰어올랐고 치켜들었던 칼을 번개처럼 내려쳤는데 엄청난 기세였다. 계백은 몸을 틀면서 칼을 뽑아 후려쳤다.

이미 여러 번 난전(亂戰)을 겪은 그의 김법은 무기었고 필살의 기운이 배어 있었다. 그러나 니시무라는 첫 칼질이 허공을 벤 것을 깨달은 순간 허공에서 몸을 틀어 계백의 칼날이 스쳐가게 만들었다. 다시 두 발을 딛고 선 니시무라의 얼굴이 하얗게 굳어졌다.

"자, 간다!"

니시무라가 다시 칼을 치켜올리면서 뛰어오른 순간이다. 이미 그에게로 와락 다가선 계백의 칼날이 목과 허리와 가슴을 세 차례나 찌르고 베었는데 빛살 같은 검광을 피하려던 니시무라는 네 걸음이나 뒷걸음질을 쳤고 칼로 두 번을 막았으나 소맷자락이 잘려나갔다.

"으으, 이 이놈."

니시무라는 마치 악귀와 같은 형상이 되어 이제는 칼을 중단으로 들었다. 저도 모르게 방어의 자세가 된 것이다. 그때였다. 이제까지 옆쪽에 잠자코 서 있던 사내의 목소리가 울렸다.

"주인께서 이겼으니 뒤처리는 소인에게 맡기시오."

백제어여서 니시무라는 귀만 세웠을 뿐 계백에게 반 걸음 다가섰다. 그리고 다음 순간 옆머리에 깨지는 듯한 충격을 받고는 머리가 홀떡 젖혀졌고 눈앞에는 무수한 흰 별이 떠돌았다. 그는 어느덧 자신의 몸이 땅바닥에 반듯이 누워 있는 것을 알았으나 손 하나 까딱할 수 없었다.

"주인, 소인이 목을 떼지요."

덕조가 마치 떨어진 감을 주우려는 듯한 몸짓으로 다가오자 계백은 혀를 찼다. 덕조는 주먹만한 돌멩이를 던져서 니시무라를 맞춘 것이다.

"내버려둬라."

꾸짖듯 말한 계백이 니시무라를 내려다보았다.

"머리가 깨졌으니 생사는 이놈 운에 맡기고 어서 품속이나 뒤져보아라."

입맛을 다신 덕조가 몸을 굽혀 니시무라의 가슴을 뒤지더니 곧 한 통의 서신을 꺼내들었다.

"여기 있습니다. 주인."

가타이 토벌군의 대장으로 임명된 관리는 대덕 소가히데키였다. 기이의 영주이기도 한 히데키는 2만 군사를 모았는데 주로 야마토 근처와 서쪽 영주들로부터 군사를 지원받았다. 여러 영지에서 모인 잡군(雜軍)이었으나 기마군 5천에 보군 1만5천의 당당한 군세였다. 아스카를 출발한 지 닷새 후에 토벌군은 오하리의 분지가 바라다보이는 평원에 진을 쳤다. 저녁 무렵이었다. 말머리를 나란히 하고 두 명의 장수가 분지 쪽으로 향했는데 뒤쪽에는 20여 기의 기마군이 따르고 있었다.

"가타이는 미카와의 산적들에게도 격문을 보낸 모양이오."

우마치로가 말하자 히데키는 쓴웃음을 지었다.

"곧 신사(神社)의 신관들한테도 응원을 요청하겠소."

소가에미시의 부친 소가우마코도 적극적인 불교옹호자였다. 그는 불교를 거부했던 유력한 경쟁자 모노노베(物部) 가문을 멸망시키고 정권을 잡았던 것이다. 그들은 말을 세우고는 분지를 바라보았다. 우마치로는 감군(監軍)이니 대장과 둘이서 전략을 논의하는 것처럼 보였다. 우마치로가 입을 열었다.

"가와지의 내 군세 1만이 사흘 후에 아스카로 진격할 것이오. 야마나한테 날짜를 꼭 지키라고 사람을 보냈소이다."

"그럼 우리는 이틀 후에 군사를 돌리면 되겠소이다."

히데키가 힐끗 앞쪽의 분지를 바라보았다.

"가타이는 동쪽 세력들을 모아 우리의 후군 역할을 한다지만 에미시를 제거하고 난 즉시 세력을 해체시켜야 합니다."

"주모자 몇 명만 베면 머리 잘린 닭처럼 될 것이오."

시선이 마주치자 서로에게 머리를 끄덕여 보인 그들은 고삐를 당겨 진으로 돌아섰다. 저녁 해는 아직 서산 밑으로 지지 않았다.

진으로 돌아온 히데키에게 사다모리가 서둘러 다가왔다. 그는 히데키의 장남으로 스물둘이었으나 열여섯부터 전장을 누비고 다닌 무장이다.

"아버님, 대신한테서 사자(使者)가 왔습니다."

던지듯이 말한 그는 히데키의 뒤를 따라 진막 안으로 들어섰다.

"연거푸 사자를 보내는걸 보면 대신도 초조한 모양입니다."

잠자코 서서 시종에게 갑옷을 벗기도록 내맡긴 채 히데키는 대답하지 않았다. 소가 대신은 지난 이틀 동안 계속해서 사신을 보내 진군을 독촉했던 것이다.

"아버님, 불러들일까요.?"

사다모리가 묻자 그는 머리만 끄덕였다. 진막을 나갔던 사다모리는 곧 경장 차림의 무장 두 사람을 달고 들어섰다. 두 사람 중 하나는 소가 대신의 가신 오토모였으므로 히데키는 눈인사만 했다.

"오토모, 그대까지 사신으로 왔나?"

"이젠 늙어서 말을 타기가 힘듭니다."

오토모가 대머리를 손바닥으로 쓰다듬는 시늉을 하자 히데키는 빙긋 웃었다.

"늙은이가 색을 밝히더구만, 그렇지 않나?"

"동녀(童女)는 그저 품고 자기만 하는 것입니다. 영주께선 오해없으시기 바라오."

오토모는 에미시의 선대 우마코 때부터 가신으로 지내온 터라 녹녹하지가 않다. 히데키의 시선이 잠자코 오토모의 옆쪽 걸상에 앉아있는 젊은 무장에게 옮겨졌다.

"누군가?"

"예, 백제의 장덕 계백이오."

오토모가 소개하자 히데키와 사다모리의 표정이 굳어졌다. 그들로서는 계백을 처음 보는 것이다. 계백이 머리만을 숙여 보이자 정색한 히데키가 오토모에게 물었다.

"그래, 대신의 전갈은 무엇인가?"

"내대신 우마치로의 반역을 말씀드리려고 왔소이다."

거침없이 오토모가 말하자 히데키는 저도 모르게 진막 안을 둘러보았다. 그는 물론이고 사다모리의 얼굴도 나무토막처럼 굳어졌다. 허리를 편 오토모가 똑바로 히데키를 바라보았다.

"영주께서 군세를 이끌고 오하리로 나가신 사이에 가와지의 군사로 아스카를 칠 계획이었지요. 그 계획이 사전에 발각되었습니다."

"그럴 리가, 우마치로 공은 이곳에 있지 않나?"

"중신 야마나가 군사를 끌고 올 계획이었는데 그자에게 보내는 밀서를 도중에 빼앗았습니다."

"……."

"여기 계신 계백 공이 내대신의 가신 니시무라를 치고 밀서를 빼앗은 것이지요. 야마나에게 세세한 일까지 지시한 내용이었소이다."

히데키의 시선이 다시 계백을 스치고 지나갔다. 옆에 선 사다모리가 조심스럽게 침을 삼키다가 오히려 더 큰 소리가 났다. 이제 정색한 오토모가 목소리를 낮췄다.

"그래서 셋쓰와 단바, 하리마의 군사 3만이 곧 야마토 북부에 모일 것이고 대신께서도 직할군 2만을 동원하셨소이다. 아마 내일이면 정비가 끝날 것이오."

히데키는 자신의 옆얼굴에 닿는 시선을 느끼고는 머리를 들었다. 계백의 시선이었다. 그러지 길게 숨을 품은 그는 어금니를 물었다.

그날 밤 내대신 우마치로는 히데키의 초대를 받고 본진의 중앙에 세워진 대장의 막사로 들어섰다. 가신들에 둘러싸여 있던 히데키가 그를 보자 자리에서 일어섰다. 그의 표정이 굳어져 있었으므로 우마치로가 이맛살을 올린 순간이었다. 옆에 서 있던 히데키의 가신 하나가 빼어 친 칼이 우마치로의 허리를 베었다. 이어서 앞에서 달려든 가신 하나는 우마치로의 숙여진 목을 베어 떨어뜨렸다. 거의 같은 시간에 우마치로와 동행했던 가신 다섯 명이 진막 안에서 베여 죽었고 후군에 있던 가와지 군사 200여 명도 히데키의 군사에 포위되어 한 사람도 빠짐없이 몰사당했다.

다음날 아침 오토모와 계백은 말머리를 나란히 하고 야마토를 향해 달려가고 있었다. 수행하는 기마군은 100여 기뿐인 데다가 치중대도 없고 모두 경장 차림이었다. 기마대는 질풍처럼 들을 지났다가 강을 건너뛰었다. 늙은이 행세를 하던 오토모는 땀 한 방울 흘리지 않았는데 강을 건너자 말의 속도를 늦췄다.

"히데키 공의 수단이 철저하오, 그렇지 않습니까?"

문득 그가 물었으므로 계백이 머리를 끄덕였다.

"예, 군사들까지 몰사시킬 줄은 몰랐습니다."

"장덕, 200군사로 히데키 공의 1만5천 군세를 당할 수가 있다고 보십니까?"

퍼뜩 머리를 들었던 계백이 말에 박차만을 넣었다. 우마치로의 가와지 1만 군이 아스카로 진군하면 그것을 알게 된 히데키는 당연히 진중에 있는 우마치로를 잡아야 하는 것이다. 오토모는 그때의 경우를 물었다. 오토모가 혼잣소리처럼 다시 말했다.

"가와지 군이 움직이면 몰래 빠져 나오려고 했을까?"

계백은 소가 대신도 똑같은 생각을 하고 있을 것이라고 믿었다. 오토모는 소가 대신의 측근인 것이다.

"모두 장덕의 공입니다."

분위기를 바꾸려는 듯 오토모가 다시 치하를 했다.

"어쨌든 히데키 공은 더욱 분발하겠지요. 더욱이 뒤쪽에 아군의 대군이 있으니 말입니다."

내대신 우마치로의 목은 지금 기마군사가 매단 소금 바구니에 담겨져 아스카로 간다. 우마치로로서는 상상하지도 못했던 귀환일 것이다.

태자가 청으로 들어섰을 때 의직과 계백이정이 허리를 굽혔다. 의직은 3월에 동방 방령이 되어 득안성에 가 있었고 계백이정은 6품 나솔(奈率)로 승급한 뒤에 전내부의 장리(長吏)로 있다.

"전하, 동방에서 오면서 보았습니다만 민가에서는 끼니때마다 밥짓는 연기가 났고 성안 가게에는 곡식과 채소가 풍부했습니다. 모두 대왕과 태자 전하의 은혜올시다."

의직이 말하자 태자는 쓴웃음을 지었다.

"그대도 방령이 되어 뭇 관리들의 아첨을 꽤 들은 모양이야. 말이 매끄러워."

"본 것을 그대로 말씀드렸습니다."

의직은 볼을 붉혔다. 본 것은 사실이지만 말을 외우고 있었던 것이다. 태자의 표정이 굳어 있었으므로 의직은 긴장했다. 태자는 전령도 아닌 태자궁의 위사를 보내어 급히 오라고 했던 것이다. 청에 오르기 전에 만난 계백이정에게 영문을 물었으나 여우 같은 영감은 도무지 입을 열지 않았다. 태자가 넓은 청안을 둘러보는 시늉을 했다.

청안에는 그들 세 사람뿐이었고 위사장 교진이 멀찍이 서 있는 것을 깨닫자 의직은 더욱 긴장했다. 엿듣는 자를 경계하는 것이다.

이윽고 태자가 입을 열었다.

"반역 음모가 일어나고 있어."

숨을 죽인 의직에게 그가 낮고 굵은 목소리로 말을 이었다.

"그자들이 요즘 은밀하게 모여 모의를 하고 있어."

"소신도 짐작하고 있었습니다."

의직이 부리부리한 눈을 치켜 떴다.

"병관 좌평 직을 놓은 목강이 중심이 되었을 것입니다."

"아니야."

머리를 저은 태자가 목소리를 낮췄다.

"목강은 전면에 나서는 성품이 아닌 데다가 겁이 많아. 목강이 아니야."

"그럼 남방 방령 직을 놓은 목대입니까?"

"사상(沙常)일세."

태자의 말에 의직은 몸을 굳혔다. 전혀 뜻밖의 인물이었던 것이다.

"사상이라면, 객부(客部)의 도사로 있는……."

"그렇지. 내신좌평(內臣 佐平) 사비담의 아들이지."

의직이 저도 모르게 숨을 뱉었다. 사비담은 여섯 좌평 가운데 좌장이며 사 씨 가문의 수장(首長)이기도 하다. 그리고 사 씨는 대성 8족의 으뜸으로 씨족의 기반이 사비도성 근처인 것이다. 태자의 시선을 받은 계백이정이 입을 열었다.

"사상은 3년 전에 사신으로 당에 갔을 때 신라 사신 사찬 조규를 연무군 에서 만났습니다. 물론 부여광이 주선을 했지요."

"허어. 그것을 어떻게 알게 되었소?"

"열흘 전에 신라에서 넘어온 조규의 종을 잡았습니다. 사상으로부터 받 아 갈 연판장을 품고 있었습니다."

눈만 치켜 뜬 의직에게 계백이정은 말을 이었다.

"연판장에는 양국의 화친을 도모한다는 해괴한 내용이 적혀져 있었는데 백제국의 중신(重臣)이 50여 인이나 됩니다."

"……."

"독한 놈이어서 상부(上部) 중항(中巷)의 수비군에게 잡혔는데 잡힌 순간 품고 있던 연판장을 입에 넣은 것을 겨우 빼내었습니다."

"허어. 이럴 수가. 그럼 그 50여 인이란 도대체 누구요."

"각 방(方), 각 부(部)의 부장과 관원들이오. 사상에게 보낸 조규의 서신도 있었는데 그자들은 이미 신라왕 선덕에게도 제각기 서신을 보낸 것으로 적혀 있었습니다."

"그럼 사상이 반역 음모의 주동이오?"

그러자 태자가 길게 숨을 뱉었다. 침울한 표정이다.

"내신좌평 사비담도 포함되어 있어."

"빠짐없이 베어야지요."

자리를 고쳐 앉은 의직이 눈을 부릅떴다.

"고하를 막론하고 살려둘 수 없소이다."

"그리고 그들이 모시려고 하는 자가 충승이야."

태자의 말에 의직이 가늘게 신음소리를 냈다.

"전하, 충승 왕자는 지난번 부여광의 난에도 연루가 되어 있었소이다. 부여광과 충승 왕자가 자주 교류했다는 것을 모르는 사람이 없습니다."

"나는 아직 대왕께 이 일은 말씀드리지 않았어."

태자가 다시 숨을 뱉었다.

"충승까지 연루된 일이어서 말이야."

"차라리 소자를 왜국에 보내주십시오."

충승 왕자가 말했으나 무왕은 머리를 저었다.

"너는 기질이 세어서 안 된다."

"왜국에서 소자의 기질과 상관되는 일이 있습니까?"

태자 의자는 감히 이런 식으로 부왕에게 물은 적이 없다. 그러자 무왕이 흰 수염을 쓸며 웃었다.

"언제는 내해 건너 백제군의 태수로 나가겠다고 하더니 지금은 왜국이냐? 어쨌든 왜국은 안 된다."

"누님이 보고 싶습니다."

"만날 때가 있을 것이다."

무왕의 침전 안이다. 마악 아침상을 물린 무왕은 산삼물을 마시는 중이었다.

"아스카에서 신라와 백제 관리가 칼을 맞고 죽었다. 대덕 정동보와 장덕 고서문이 무참하게 살해되었어."

"소자는 그쯤은 두렵지 않습니다."

"네가 백제방의 장관으로 간다면 소가에미시가 긴장할 것이야. 왕실의 비중이 부쩍 높아질 테니 견제할 것이고. 이제까지의 균형이 깨질 수가 있다."

정색한 무왕의 말에 충승은 시선을 내렸으나 말은 했다.

"그럼 경이 장관으로 가면 균형이 깨지지 않습니까?"

"경이는 아직 어린 데다가 너처럼 기질이 세지 않아. 소가에미시가 경계하지 않을 것이야."

이미 부왕의 마음을 돌릴 수 없다는 것을 깨달은 충승이 머리를 숙였다. 큰딸 부여고를 왜왕의 왕비로 보냈으니 왜왕 조오메이는 무왕의 사위가 된다. 게다가 왜국의 실질적인 통치자인 섭정 소가에미시는 백제장군 목협만치(木劦滿致)의 후손으로 친 백제계인 것이다. 따라서 내해 건너 하북, 하남, 산동 지역 등의 백제군과 아울러 왜국도 백제권의 영향 아래에 있었던 것이다.

충승 왕자는 문득 걸음을 멈췄다. 왕궁 안의 청향전 앞이었다. 청향전은 대왕의 후궁이 거처하는 곳으로 사비수가 내려다보이는 위치에 세워져 있다. 충승은 담장 가에 서 있는 시녀에게로 다가갔다.

"너는 어디에 있느냐?"

이미 충승의 시선을 받았을 때부터 온몸을 굳히고 있던 시녀가 겨우 머리를 들었다.

"예, 소녀는 서궁(西宮)마마의 시녀이옵니다."

"서궁이라."

충승이 시선을 떼지 않은 채 머리를 끄덕였다. 서궁의 시녀라면 태자 의자의 비인 은고의 시녀다. 충승의 뒤에 서 있던 위사 조치산은 이제까지 억눌렀던 숨을 가만히 내뿜었다. 절색이다. 왕궁 안에서 지내는 터라 꽃 같고 나비 같은 여자를 수백 명 보았지만 이런 절색은 그도 처음이었던 것이다. 두려운 듯 가늘게 떨리는 눈썹과 오뚝한 콧날, 윤기 있는 입술은 앵두처럼 팽팽했고 비록 저고리와 긴 치마는 입었으나 부드러운 어깨선이며 잘록한 허리 등이 한 군데 흠 잡을 곳 없다.

"네 이름은 무엇이냐?"

다시 묻는 충승의 목소리가 메마르게 들렸다.

"예, 교기라고 하옵니다."

"교기라."

시녀의 이름을 되뇌던 충승이 아쉬운 듯 몸을 돌렸다. 한낮이었다. 궁성 안은 대왕전 앞의 넓은 정원을 제외하고는 곳곳에 아름드리 나무가 심어져 있어서 그늘이 많았다. 전나무 그늘 밑을 시나던 충승이 머리를 돌려 조치산을 보았다.

"은고가 본가에서 데려온 애일까?"

"……."

"참으로 절색이다. 그렇지 않느냐?"

"소인은 모르겠소이다."

"태자의 눈에 띄었다면 가만두지 않았을 터이야."

시선이 마주치자 충승은 입가에 미소를 지었다.

"형제간의 불화의 원인이 될 수도 있으니 네가 그것도 알아보아라."

한여름이어서 매미는 시원하게 울었으나 왕궁 안을 걷는 데도 땀이 흘렀다.

남방 방령 윤충도 도부(刀部)에서 병장기를 교체한다는 구실로 도성에 들어왔는데 기마군 500기를 성밖에 주둔시켰다. 의직도 기마군 600기를 이끌고 왔으니 동문 밖 벌판에는 말떼로 가득 찼다. 윤충도 의직과 비슷한 성격의 무장이었으나 태자에게 할 소리는 하는 것이 달랐다. 동문 밖의 벌판에 말머리를 붙이고 서서 태자의 이야기를 들은 그가 대뜸 말했다.

"전하, 소신이 충승을 베지요. 그리고 대왕께 소신의 목을 바쳐 사죄 하겠소이다."

옆에 섰던 의직이 얼굴을 부풀렸고 계백이정은 입맛을 다셨다.

"아직 놈들이 모르고 있다지만 시각을 다투는 일입니다. 일거에 역적들을 토멸하여 후환을 없애야 하오."

"이미 모두에게 첩자를 붙여 놓았으니 크게 걱정할 것은 없어."

태자가 부드럽게 말했다.

"특히 동방과 남방에 소속된 군장이나 성주들에게는 태자궁의 위사들을 내려보냈어. 사군부 소속의 감군(監軍)으로 그자들의 옆에 붙어 있게 했네."

"간교한 놈들. 등을 치겠다는 것이군."

의직이 이를 악물었다. 동방과 남방은 신라와 국경을 마주 대고 있는 변방이며 의직과 윤충이 방령이다. 신라와 사상은 그쪽 무장들을 집중적으로 포섭했던 것이다. 태자가 그들을 둘러보았다.

"신라는 백제 내부를 허물겠다는 거야."

"그대는 도무지 나이를 먹은 것 같지가 않아."

은고의 벗은 몸을 바라보며 의자가 말했다. 삼십대 중반이었으나 은고의 몸은 마치 십대 소녀처럼 팽팽해서 두 아이의 어머니라고는 믿어지지 않았다. 사기잔에 꿀물을 따르며 은고가 활짝 웃었다.

"기쁩니다. 전하."

"그대와 방사(房事)를 나누면 지치지가 않아."

"제 음기가 약해서겠지요."

사기잔을 받쳐든 은고가 벌거벗은 몸으로 다가왔다. 시선도 내리지 않았으나 두 볼에는 붉은 기가 조금 떠 있었고 그것이 의자를 다시 흥분시켰다.

"꿀물은 나중에……."

손을 뻗치며 말했으나 은고는 머리를 저었다.

"전하, 색이 과하시면 해롭습니다."

"참기만 하는 것도 해롭다고 했어."

은고의 팔을 잡아끌자 잔에 담긴 꿀물이 쏟아졌다.

"전하, 그러시면 제가……."

은고는 소곤대듯 말하며 의자의 가슴을 밀었다.

"이번에는 제가 위에서……."

의자는 그녀에게 떠밀려 침상 위에 누웠다. 배 위에 올라앉은 은고가 부드럽게 그의 가슴을 쓸면서 웃었다.

"전하께서 왕이 되셔도 이런 체위를 용납하시겠어요?"

그리고는 의자의 몸을 넣고는 턱을 치켜들었다. 그녀의 입에서 가는 신음소리가 뱉어졌다. 은고의 샘은 적당하게 조여졌다. 그리고 뜨거운 데다 샘물이 많지도 적지도 않게 알맞았다. 허리를 꿈틀대던 은고가 이를 악물더니 상반신을 굽혀 의자의 입을 맞췄다.

"전하, 어서."

의자는 기다렸다는 듯이 힘껏 분출했다. 은고가 미친 듯이 꿈틀대며 신음소리를 내뱉더니 의자의 분출이 끝나는 순간 온 몸을 늘어뜨렸다. 의자는 긴 숨을 뱉었다. 언제나 느끼지만 은고만큼 자신을 통제하여 이쪽의 사정에 맞추는 여자는 없다. 철저한 자기 희생이며 또한 계산인 것이다. 의자가 은고의 땀에 밴 등을 천천히 쓸었다.

"그대는 나에게 방사의 뜻을 가르쳐준 여인이다."

"뜻이 무엇입니까?"

"성욕의 배설이 아니라 음양의 조화라는 것이야."

몸을 뗀 은고가 준비된 젖은 수건으로 의자의 몸을 닦았다.

"저는 전하께 길들여진 몸에 불과합니다. 그리고 그것으로 만족합니다."

문득 손길을 멈춘 은고가 의자를 내려다보았다.

"제 시녀 하나가 어제 아침에 대비전의 시녀에게 불려간 뒤에 돌아오지 않았습니다."

"……."

"그런데 알아보니 충승 왕자의 북궁으로 보내졌더군요. 이미 어젯밤 의식을 치른 모양입니다."

"……."

"제가 본가에서 데려온 아이였는데 미모가 뛰어나지요. 밖에 나갔다가 왕자의 눈에 띈 것 같습니다."

의자가 일어나 앉았으므로 은고는 주춤하여 물러섰다.

"충승 이놈이."

"전하, 저는 아무렇지 않습니다. 오히려 그 애를 위해서 잘된 일인지도……."

"그 애 때문이 아니야."

겉옷을 걸친 의자가 은고를 내려다보았다.

"이젠 그놈을 내버려둘 수가 없어. 가만 두면 그대 차례가 될지도 몰라."

"전하, 과장이 심하십니다."

바지를 입으면서 의자는 대답하지 않았다. 충승의 처리를 아직 결정하지 못했던 의자였다. 이제 결심을 한 것이다.

계백이정은 부여진을 바라보며 한동안 입을 열지 않았다. 토성의 내실 안이었다. 이미 늦은 밤이어서 주위는 조용했고 가끔 옆쪽 숲에서 여우가 울었다. 부여진의 뒤쪽에 무릎을 꿇고 앉은 도이는 턱을 든 채 앞만 보았다. 방안의 분위기는 무거워서 숨결도 내려앉는 느낌이었다. 이윽고 계백이정이 입을 열었다.

"가문의 존망이 걸린 일이나 낭자를 보고 난 지금은 오히려 계백 가문이 더욱 충실해질지 모른다는 욕심도 생기는군. 아마 저기 앉은 영감쟁이도 똑같은 생각을 하였을 것이야."

그가 턱으로 도이를 가리켰으나 부여진은 시선을 들지 않았다.

"낭자가 계백 가문의 성에 왔다는 것은 전후사정이야 어떻든 계백과 인연을 맺고 싶다는 뜻으로 알고 있어. 그렇지 않은가?"

계백이정이 묻자 부여진은 머리를 들었다.

"그렇습니다. 하지만……."

계백이정의 시선을 받은 부여진의 두 불이 금방 달아올랐다.

"하지만 그분의 뜻은 아직 모릅니다."

"사내가 자신의 성으로 아녀자를 끌어들였다면 곧 인연을 맺자는 것이야. 계백이 경솔한 성품은 아니다."

뒤에 앉은 도이가 머리만 끄덕였고 계백이정이 말을 이었다.

"연무군의 난은 진압되었으나 낭자 부친과 내통하고 있던 사상이란 자가 신라 측과 결탁하여 음모를 꾸미고 있어."

"……."

"이런 상황에서 계백 가문이 낭자를 거두고 있다는 것이 알려지면 반역 도당으로 몰리게 될 것이야."

계백이정의 시선이 뒤쪽의 도이에게 옮겨졌다.

"도이, 알겠느냐? 곧 도성은 물론이고 전방(全方)에서 사상 일당의 소탕이 시작된다. 이곳까지는 수색해 오지 않을 것이나 낭자를 특히 잘 보호하도록 하라."

"염려하지 마십시오."

도이가 늙은이답지 않게 힘찬 목소리로 대답했을 때 부여진이 머리를 들었다.

"나리, 사상이라고 하셨는데 혹시 3년 전에 당에 사신으로 갔던 분이 아닙니까?"

"그래, 그때 연무군에 들러 낭자 선친한테서 신라 사신 사찬 조규를 소개받았다는 거야."

"예, 소녀도 신라 사찬 조규는 압니다. 하오나……."

머뭇대던 부여진이 계백이정의 시선을 받고는 말을 이었다.

"사상이란 분은 제 아비의 제의를 거절하셨습니다. 그래서 제 아비는 그분을 몰래 베려고까지 하셨습니다."

도이가 침을 삼키는 소리가 났다. 부여진이 다시 말했다.

"제가 아비의 말을 엿들었지요. 아비는 베려고 했으나 내대신 우백이 만류해서 그냥 보낸 것입니다."

"왜?"

그렇게 묻는 계백이정의 목소리는 갈라졌다. 두 눈을 치켜 뜬 무서운 얼굴이었다. 부여진이 시선을 내렸다.

"우백은 사상을 그냥 보내도 결코 발설하지 않을 것이라고 하였습니다. 발설해도 의심받을 것이니 입을 다물고 있을 것이라고 했습니다."

"사찬 조규와는 만나지 않았단 말인가?"

"만나지 않았습니다. 조규는 기다렸으나 사상이 화를 내고 제 아비의 제의를 거절하는 바람에."

계백이정이 벌떡 일어섰으므로 도이까지 놀라 그를 보았다.

"도이, 말을 끌어내라. 도성에 가야겠다."

"나리, 밤이 깊었습니다."

그러자 계백이정이 버럭 소리쳤다.

"어서! 그게 무슨 상관이냐!"

다음날 아침 객부의 도사 사상은 태자궁의 청으로 들어섰다. 청안에는 이미 태자 의자가 앉아 있었으므로 허리를 굽히고 다가간 그는 엎드려 절을 했다.

"전하, 부르셨습니까?"

사상은 삼십대 초반으로 깨끗한 용모에 학문이 뛰어났다. 그래서 아비인 사비담뿐만 아니라 무왕으로부터도 아낌을 받아 이제까지 당에 두 번이나 사신으로 보내졌던 것이다. 머리를 끄덕인 의자가 청안을 둘러보았다. 넓은 청안에는 윤충과 계백이징이 한쪽에 시립하고 있을 뿐이다.

"도사, 신라 사찬 조규를 아는가?"

불쑥 태자가 묻자 사상의 얼굴이 하얗게 굳어졌다. 그러고는 곧 청 바닥에 두 손을 짚고 태자를 올려다보았다.

"예, 전하. 아옵니다."

"그럼 그 자에 대해서 말해보게."

"3년 전 당에 사신으로 다녀올 적에 소신은 연무군에 들러 부여광을 만

났소이다."

"말하라."

"그때 부여광은 소신에게 조규를 만나게 해주겠다고 했소이다. 성에 와 있으니 서로 학문을 논하며 교분을 쌓으라고 했으나 소신은 거절하고 돌아 왔소이다."

"돌아와 왜 부여광을 고발하지 않았는가?"

"죄를 지었습니다. 고발해도 의심받을 것 같은 데다 다시는 당에 보내지 지 않으리라고 생각했기 때문입니다."

"그 뒤로 조규의 소식은 들었는가?"

"소직이 어찌 적국의 관리 소식을 알겠습니까? 듣지 못했소이다."

그러자 길게 숨을 뱉은 태자가 윤충과 계백이정을 번갈아 바라보았다. 계백이정은 그냥 시선을 내렸으나 윤충은 어금니를 물었다.

이윽고 태자의 목소리가 청을 울렸다.

"그대는 그 당시 부여광의 모반 조짐을 느꼈을 것인데 고하지 않은 죄가 있다. 허나 이미 부여광은 죽고 연무군은 평정되었다. 없던 일로 할 터이 니 앞으로는 앞뒤 가리지 말고 국익부터 생각해야 될 것이다."

"명심하겠습니다. 전하."

이마를 청 바닥에 붙였다 뗀 사상이 눈물이 글썽한 눈으로 태자를 보 았다.

"부여광의 난 이후 소신은 마음 편히 지낸 날이 없었습니다. 전하 은혜 가 하해와 같소이다."

조규의 종은 6척 장신에 수염이 짙은 데다 눈빛에 힘이 실려 있었다. 한눈에도 무인으로 보였다. 머리를 든 그가 앞에 선 윤충과 의직을 향해 물었다.

"방령들께서 웬일이시오?"

도성 상부(上部)의 관사 안이었다. 별채의 방에 두 손이 뒷결박당한 채 감금된 사내는 온몸이 멀쩡했는데 주는 음식도 잘 먹는다고 했다. 의직이 부드럽게 물었다.

"네 이름이 무엇이라고 했더라?"

"종이 무슨 이름이 있겠소? 나리께선 대본이라고 부릅니다."

"나리라면 사찬 조규 말이냐?"

"그렇소."

"네가 수결을 받아가려고 했던 역적들이 모두 50여 인이나 된다. 그리고 그자들은 백제국의 중신(重臣)들이다."

"그런가?"

"그자들을 다 잡아 역모죄로 처형하기로 했는데……."

대본이 입을 다물었으므로 의직이 빙긋 웃었다.

"그런데 태자 전하께서 마음을 바꾸셨다. 천한 종이 들고 온 연판장 한 통으로 중신 50여 명을 어찌 처형할 수 있겠느냐고 하셨지."

"내가 상관할 바 아니야."

대본의 얼굴이 딱딱하게 굳어졌다. 그러자 혀를 찬 윤충이 허리에 찬 칼을 쓰윽 뽑아 쥐었다.

"이봐 달솔, 말이 낳구나. 어서 이놈의 목을 치기 전에 사실을 알려 주게."

그러자 의직이 대본을 쏘아보았다.

"네 놈들의 간계에 넘어갈 백제국이 아니다. 이놈! 사상은 조규를 만난 적도 없다."

"당연히 거짓말을 했겠지. 증인도 없을 테니까."

"증인이 있어. 이놈아. 부여광의 딸이 살아서 그것을 증언했다."

"그년도 살려고 그랬을 게야."

문득 대본은 입을 다물었고 의직과 윤충이 서로의 얼굴을 바라보며 웃었다.

"땅을 구르고 싶은 얼굴이군. 이놈은."

윤충이 칼끝으로 대본의 턱을 치켜올렸다.

"어떻게든 되돌려 놓으려는 심상(心裳)이 드러났다."

대본이 얼굴에 웃음을 띠었다.

"백제 방령은 심상도 보는 모양이군."

"네놈은 연판장을 품고 일부러 도성 수비군에게 잡힌 것이다. 그러고는 마지못한 듯 자백을 했어."

"더 말할 것 없다. 죽여라."

그러자 의직이 정색을 했다.

"이미 간계가 탄로 났으니 당당히 이름을 밝히고 죽도록 해라."

"이름이 무슨 소용이냐? 나는 신라국 병졸이다."

"옳지."

윤충이 머리를 끄덕였다.

"네놈은 종이 아니었다. 그리고 그만한 담력이면 장수일 것이다."

칼을 조금 치켜든 윤충이 잔잔한 시선으로 그를 보았다.

"같은 장수로 묻는다. 부디 네 이름을 남겨 자손에게 목이 떨어진 장소를 알도록 하라. 네 이름은 무엇이냐?"

"어서 베어라."

눈을 감은 대본이 목을 늘였으므로 혀를 찬 윤충이 칼을 날렸다. 머리가 방바닥에 떨어져 굴렀고 머리 없는 목에서는 분수처럼 피가 솟았다. 한 걸음 물러선 윤충이 찌푸린 얼굴로 의직을 보았다.

"놈들이 만들어낸 연판장 한 통에 백제국 조정이 피바다가 될 뻔했어.

나는 등에서 식은땀이 나네."

"천운이야. 부여진이 살아 있을 줄 누가 알았겠나?"

말을 받은 의직의 표정도 밝지는 않았다.

태자가 말 위에서 몸을 돌려 계백이정을 바라보았다.

"나솔, 이리 오게."

말에 박차를 넣은 계백이정이 태자 옆으로 다가갔다. 앞쪽에는 대왕의 행차가 무수한 깃발 속에서 나아가고 있었다. 태자는 왕을 모시고 왕흥사에 가는 길이었다. 사비수 건너편에 2월에 세워진 왕흥사로 가려면 곧 말에서 내려 배로 갈아타야만 한다.

"나솔, 하마터면 나는 충승까지 처단할 뻔했어."

목소리를 낮춘 태자가 쓴웃음을 지었다.

"간이 큰 첩자 하나를 보내 백제국의 왕자를 비롯하여 중신 수십 명을 매몰시키려고 하다니. 신라의 간계가 놀랍군 그래."

"전하, 허점이 있었기 때문입니다."

계백이정이 말하자 태자가 머리를 끄덕였다.

"알고 있어. 나솔."

태자의 표정이 다시 부드러워졌다.

"나솔. 도성에 있는 부여상의 딸은 시면시키겠네."

잠자코 머리를 숙인 계백이정에게 그가 말을 이었다.

"내가 얼굴은 보지 못했으나 나하고 같은 피를 나눈 부여 씨인데도 역적의 꼬리를 달고 있을 테니 안되었어. 그러니 내가 성씨를 내리겠어. 베풀 시(施)를 성으로 하라고 하게."

"황공하옵니다. 전하."

"그렇다면 이름이 시진이 되겠군."

"결코 은혜를 잊지 않겠소이다."

"시진의 공(功)일세."

앞쪽 대왕의 행렬이 사비수에 닿았으므로 태자는 고삐를 당겨 말걸음을 늦추었다.

"백제의 운이 아직 강하다는 증거이기도 하고."

"모두 대왕과 태자 전하의 성복입니다."

"계백과 시진의 인연이 강한 것이야."

시선이 마주치자 태자는 빙긋 웃었다.

"계백과 시진의 혼인은 곧 부여 씨와의 혈연일세. 계백은 부인을 잘 얻은 것이야."

도이가 백발을 휘날리며 달려왔으므로 나무 그늘에 앉아 있던 부여진이 놀라 몸을 굳혔다. 도이의 뒤를 삼차복이 따르고 있었는데 그의 얼굴은 벌겋게 상기되어 있었다. 토성 안의 본채 앞이었다. 주위의 종들도 걸음을 늦추거나 바삐 놀려서 도이와 부여진에게 접근했으므로 도이가 다가섰을 때는 사람이 꽤 모였다. 가쁜 숨을 몰아 쉬던 도이가 둘러선 종들을 보더니 와락 눈을 부릅떴다. 그러나 생각을 바꾼 듯 부여진을 향해 두 손을 모으고 섰다.

"아씨, 도성의 백부께서 전갈을 보내왔소이다."

아직 헐떡이는 목소리로 그가 소리치듯 말했다.

"태자 전하께서 아씨께 성을 내리셨소이다. 베풀 시(施)라는 성이오."

그가 손끝으로 허공에 '시'자를 쓰고는 빠진 이를 보이며 웃었다.

"이런 광영이 어디 있습니까? 전하께서는 아씨와 계백 가문의 혈연까지 말씀하셨다고 합니다."

부여진은 도이의 뒤에 선 삼차복이 손등으로 눈을 씻는 것을 보았다. 그도 도이 못지 않게 감격하고 있는 것이다. 아수라장이 된 연무성에서 목숨을 걸고 자신을 보호하여 이곳까지 따라온 삼차복이다. 마침내 부여진은 두 손으로 얼굴을 가리고 울었다. 그러자 주위는 갑자기 조용해져서 매미 소리만 들렸다.

〈2권에 계속〉